그후의 삶

AFTER
LIVES

Abdulrazak
Gurnah

그후의 삶

압둘라자크 구르나

장편소설

강동혁 옮김

문학동네

일러두기

주석은 모두 옮긴이주다.

차례

1부

1

상인 아무르 비아샤라를 만났을 때 칼리파는 스물여섯 살이었다. 당시 그는 구자라트 출신의 두 형제가 소유한 작은 민간은행에서 일하고 있었다. 인도인들이 운영하는 민간은행만이 지역 상인과 거래하고 그들의 사업 방식에 맞춰주었다. 큰 은행들은 서류와 담보, 보증을 통해 사업을 운영하고 싶어했는데, 이런 방식은 눈에 보이지 않는 인맥이나 관계에 따라 일하는 지역 상인들과 항상 맞는 것은 아니었다. 형제가 칼리파를 고용한 것은 칼리파의 아버지가 형제의 친척이었기 때문이다. 어쩌면 친척이라는 말은 과장일지 모르겠지만, 칼리파의 아버지도 구자라트 출신이었고 경우에 따라 그 정도면 친척이라고 할 수 있었다. 칼리파의 어머니는 시골 여자였다. 칼리파의 아버지는 읍내에서 이틀 거리에 있는 인도인 대지주의 농장에서 일하다가 그녀를 만났는데, 그 농장은 아버지가 성인이 된 이후 거의 평생을 산 곳이었다. 칼리파는 인도인으로 보이지 않았고, 그 지역에서 자주 보이는 인도인처럼 생기지도 않았다. 피부색이나 머리카락, 코는 모두 아프리카인인 어머니를 더 닮았지만, 칼리파는 상황에 따라 자기 혈통을 밝히기를 좋아했다. 네, 네. 아버지는 인도인이세요. 안 그래 보이죠? 아버지는 어머니랑 결혼하고 신의를 지키셨어요. 어떤 인도 남자들은 아프리카 여자와 장난삼아 만나다가, 인도인 아내를 불러올 준비가 되면 그 여자를 버리죠. 제 아버지는 한 번도 어머니를 떠나지 않으셨어요.

아버지의 이름은 카심이었다. 그는 부자와 가난한 사람, 힌두교도와 이슬람교도, 심지어 에티오피아계 기독교인까지 있는 구자라트의 작은 마을에서 태어났다. 카심의 가족은 이슬람교도였고 가난했으며, 카심은 시련에 익숙한 부지런한 소년으로 자라났다. 그는 마을에 있는 모스크 학교에 다니다가, 가까운 읍내의 구자라트어를 쓰는 공립학교에 진학했다. 카심의 아버지는 고용주를 대신해서 지역을 돌아다니는 세금 징수인이었고, 카심을 학교에 보내 세금 징수인이나 그와 비슷하게 존경받는 무언가가 되도록 만들어야 한다고 생각했다. 카심의 아버지는 가족과 함께 살지 않았다. 일 년에 두세 번만 그들을 만나러 왔다. 카심의 어머니가 다섯 자녀는 물론 눈먼 시어머니까지 돌보았다. 카심이 맏이이고 그 밑으로 남동생 한 명과 여동생 세 명이 있었다. 여동생 중 넷째와 다섯째 둘은 어렸을 때 죽었다. 아버지가 가끔 돈을 보냈지만, 가족들은 마을에서 알아서 생계를 꾸려가며 잡히는 대로 일을 해야 했다. 카심이 충분히 나이를 먹자 구자라트어를 쓰는 학교의 선생들은 그에게 뭄바이에 있는 영어 초급 학교에 장학생 신청을 하라고 했다. 그 이후로 카심의 운명이 변했다. 아버지와 친척들은 카심이 뭄바이에서 학교를 다니는 동안 최대한 자리잡을 수 있도록 빚을 내 돈을 마련해주었다. 머잖아 카심은 학교 친구의 가족 집에서 하숙을 하게 되면서 형편이 나아졌다. 카심의 친구도 카심이 더 어린 아이들의 가정교사 일자리를 찾을 수 있게 도와주었다. 카심이 그렇게 번 몇 안나* 안 되는 돈은 그가 이럭저럭 살아가는 데 도움이 되었다.

학교를 마치고 얼마 지나지 않아 카심은 아프리카 해안 지역에 사는 어느 지주의 경리로 일하지 않겠느냐는 제안을 받았다. 행운이 온 것 같았다. 생활비를 벌고 모험도 좀 할 수 있을지 몰랐다. 이 제안은 카심의 고향 마을 이맘을 통해 들어왔다. 지주의 먼 선조가 이 마을 출신이었고, 지주는 필요할 때마다 마을에 경리를 보내달라고 했다. 충성스럽고 자신에게 의존하는 사람에게 일을 맡기려는 것이었다. 일 년에 한 번 단식월마다 카심은 고향 마을의 이맘에게 돈을 보냈다. 지주가 카심의 임금에서 따로 떼어두는 이 돈은 카심의 가족에게 전달되었다. 카심은 구자라트로 다시는 돌아가지 않았다.

이것이 칼리파의 아버지가 들려준 어린 시절의 고생 이야기였다. 그가 칼리파에게 이런 이야기를 해준 까닭은 아버지라면 으레 자녀에게 이런 이야기를 해주기 마련이고, 아들이 그 이상의 무언가를 원하길 바랐기 때문이기도 했다. 카심은 칼리파에게 로마자

* 영국령 인도의 화폐 단위.

를 읽고 쓰는 법과 기본적인 계산법을 가르쳤다. 그러다가 칼리파가 조금 더 나이를 먹어 열한 살쯤 되자, 아들을 인근 마을의 개인 교사에게 보내 수학과 장부 정리, 기초적인 영어 단어를 배우게 했다. 카심이 인도에서부터 마음에 품었으나 직접 이루지는 못한 꿈을 실현한 것이었다.

선생에게는 칼리파 말고도 다른 학생들이 있었다. 네 명 모두 인도인 소년이었다. 그들은 교사와 한집에 살면서 아래층 계단 밑 바닥에서 잠을 잤고 거기서 식사도 했다. 위층에는 절대 올라가면 안 됐다. 교실은 바닥에 매트가 깔려 있고 높은 창문에는 창살이 달린 작은 방이었는데, 창문이 너무 높아서 집 뒤쪽의 덮개 없는 하수도에서 나는 냄새는 맡을 수 있어도 하수도를 내다볼 수는 없었다. 교사는 수업이 끝나면 교실 문을 잠그고 성스러운 공간이라도 되는 것처럼 굴었다. 그들은 매일 아침 수업이 시작되기 전에 교실을 쓸고 닦아야 했다. 날이 밝자마자 수업을 받은 다음, 너무 어두워지기 전 늦은 오후에 한번 더 수업을 받았다. 이른 오후에는 교사가 점심을 먹은 뒤 늘 잠을 자러 갔고, 저녁에는 양초를 아껴야 하기에 수업이 없었다. 자유시간에 아이들은 시장이나 해변에서 할 일을 찾거나 거리를 헤매고 다녔다. 칼리파는 나이가 들어 이 나날들을 떠올릴 때마다 얼마나 큰 그리움이 밀려올지 짐작도 하지 못했다.

칼리파는 독일인들이 마을에 도착한 그해부터 교사와 함께 지내기 시작해 오 년을 머물렀다. 그 시기는 알 부시리의 봉기가 있던 때였다. 이 땅의 통치자를 자처하는 독일에 맞서 아랍과 스와힐리족의 연안무역상과 카라반이 저항했다. 독일인이며 영국인이며 프랑스인이며 벨기에인이며 포르투갈인이며 이탈리아인이며 하는 자들이 이미 의회를 소집하고 지도를 그리고 조약에 서명했으므로 저항은 별 의미가 없었다. 반란은 비스만 대령과 새로 창설된 그의 슈츠트루페*에 의해 진압됐다. 알 부시리 반란이 실패로 돌아가고 삼 년 뒤, 칼리파가 교사와 지내는 기간이 끝나갈 때 독일인은 다른 전쟁을 벌이는 중이었다. 이번에는 남쪽 저멀리, 헤헤족과의 전쟁이었다. 헤헤족은 독일인의 통치를 대단히 싫어했으며 알 부시리보다 끈질겼다. 그들로 인해 슈츠트루페는 예상외로 많은 사상자를 냈고, 엄청나게 단호하고 가혹하게 대응했다.

칼리파의 아버지로서는 기쁘게도, 알고 보니 칼리파는 읽고 쓰고 장부를 작성하는 데 재능이 있었다. 칼리파의 아버지가 개인 교사의 조언에 따라 같은 마을에서 사업을 하던 구자라트 출신 은행가 형제에게 편지를 보낸 것이 그 시기였다. 개인 교사가 편지 초안을 잡아 아버지에게 가져다주라며 칼리파에게 주었다. 아버지는 자기 손글씨로 그것을 베껴쓴 다음 수레꾼 편에 교사에게 보냈고 교사는 편지를 은행가들에게 가져갔다. 다들 교사의 보증이 확실한 도움이 되리라고 생각했다.

칼리파의 아버지는 이렇게 썼다. 존경하는 두 분 사장님, 높은 평가를 받는 두 분의 회사에 제 아들이 들어갈 자리는 없을까요? 제 아들은 성실하며, 경험은 없을지라도 로마자를 쓸 수 있고 기초

* 19세기 말부터 20세기 초까지 아프리카 식민지에 주둔한 독일군 부대.

적인 영어를 할 줄 아는 재능 있는 경리입니다. 제 아들은 평생 두 분께 감사할 것입니다. 구자라트의 초라한 형제로부터.

답장을 받은 건 몇 달이 지나서, 교사가 자기 평판을 위해 형제를 찾아가 사정한 뒤였다. 그 답장에는 아들을 보내면 한번 써보겠습니다, 라고 적혀 있었다. 일을 문제없이 잘하면 일자리를 주지요. 구자라트의 이슬람교도끼리는 늘 서로 도와야 하니까요. 우리가 서로를 돌보지 않는다면 누가 우리를 돌보겠습니까?

당시 아버지가 경리를 보던 지주의 땅에 살던 칼리파는 가족의 집을 무척 떠나고 싶었다. 은행가 형제의 답장을 기다리던 그때 칼리파는 아버지의 일을 도와 봉급 지급 내역을 기록하고 주문서를 넣고 지출 경비 목록을 만들고 자기가 어쩔 수 없는 불만 사항에 귀기울였다. 지주의 땅에서 하는 노동은 고달팠으며 노동자들의 급료는 변변찮았다. 그들은 열병과 통증, 불결함과 자주 씨름했다. 노동자들은 부지에 남는 작은 땅을 일궈 식량을 충당했다. 칼리파의 어머니 마리아무도 그런 식으로 토마토와 시금치, 오크라, 고구마를 길렀다. 어머니의 텃밭은 가족의 비좁고 작은 집 옆에 있었는데, 가끔 칼리파는 이런 보잘것없는 삶이 너무도 절망적이고 지루하게 느껴져 개인 교사와 함께 살던 금욕적인 시간이 그리울 지경이었다. 그래서 은행가 형제가 답장을 보내왔을 때, 칼리파는 당장 떠나기로 했다. 그들이 자신을 계속 고용하도록 할 작정이었다. 은행가 형제는 십일 년 동안 칼리파를 고용했다. 처음에는 칼리파의 외모를 보고 놀랐을지 모르지만, 그들은 티를 내지 않았고 칼리파에게 그에 관한 이야기를 하지도 않았다. 다른 인도인 고객 몇 명은 그 얘기를 꺼냈지만 말이다. 아뇨, 아뇨, 우리 형제입니다. 우리 같은 구자라트 사람이에요. 은행가 형제는 그렇게 말했다.

칼리파는 장부에 숫자를 적어넣고 기록을 최근의 내용으로 정리하는 일개 직원일 뿐이었다. 은행가 형제가 칼리파에게 허락한 일은 그게 전부였다. 칼리파는 은행가 형제가 일과 관련해 자신을 완전히 믿지 않는다고 생각했다. 하지만 돈과 사업의 영역에서는 으레 그러기 마련이었다. 하심과 굴랍이라는 그 형제는 대부업자였으며 칼리파에게 모든 은행가가 사실 대부업자라고 말했다. 하지만 큰 은행과 달리 그들에게는 개인 계좌가 있는 고객이 없었다. 형제는 나이가 비슷했고 생긴 것도 무척 닮았다. 키가 작고 다부진 체격에 쉽사리 미소 짓는 얼굴, 넓은 광대뼈와 세심하게 다듬은 콧수염. 전부 구자라트 출신 사업가와 자본가인 소수의 사람들이 남는 돈을 형제에게 맡기면, 형제는 지역 상인과 무역업자에게 그 돈을 꿔주고 이자를 받았다. 매년 예언자 무함마드의 탄생일이면, 그들은 저택 정원에서 마울리드* 낭독회를 열고 모든 방문객에게 음식을 나눠주었다.

칼리파가 형제와 함께 일한 지도 십 년이 되었을 때 아무르 비아샤라가 그에게 접근해 한 가지 거래를 제안했다. 칼리파는 은행과 거래하는 상인 아무르 비아샤라를 이미 알고 있었다. 이때 칼리파는 몇 가지 정보를 아무르 비아샤라에게 전해주었는데, 고용주들로서는 칼리파가 안다는 사실을 모르는 것들이었다. 수수료

* 무함마드의 탄생 설화.

와 이자에 관한 자세한 정보 덕분에 아무르 비아샤라는 더 나은 거래를 할 수 있었다. 그는 칼리파에게 정보에 대한 값을 치렀다. 뇌물을 주었다. 작은 뇌물이었고, 아무르 비아샤라가 그 뇌물로 얻은 이득 역시 변변찮은 것이었다. 하지만 아무르 비아샤라는 호락호락하지 않다는 평판을 유지해야 했고, 어쨌거나 비열한 수를 쓰고 싶다는 유혹에 조금도 저항하지 못했다. 칼리파 입장에서는 뇌물이 소액이라는 점 때문에 고용주를 배신했다는 죄책감을 억누를 수 있었다. 그는 사업 경험을 쌓아가는 것뿐이라고 스스로를 타일렀다. 사업 경험이란 사업의 부정직한 방식을 아는 것이기도 했으니까.

칼리파가 아무르 비아샤라와 작은 거래를 하고 몇 달이 지났을 때, 은행가 형제는 몸바사로 사업을 옮기기로 했다. 몸바사에서 키수무까지 가는 철도가 건설중이었고, 당시에 영국령 동아프리카라고들 부르던 곳에 유럽인을 정착시키는 식민지정책이 승인되어 시행되었기 때문이다. 은행가 형제는 몸바사에 회사를 열면 더 나은 기회를 잡을 수 있으리라고 생각했다. 그렇게 생각한 인도인 상인과 장인은 그들만이 아니었다. 같은 시기에 아무르 비아샤라도 사업을 확장하면서 칼리파를 직원으로 고용했다. 그는 로마자를 쓸 줄 몰랐고, 칼리파는 알았기 때문이다. 상인은 이런 칼리파의 지식이 유용할지 모른다고 생각했다.

그즈음 독일은 독일령 동아프리카의 모든 반란을 진압했다. 어쨌든 독일인들은 그렇게 생각했다. 그들은 알 부시리와 시위대와 해안 지역 카라반의 저항을 처리했고, 고생은 했지만 반란을 진압했으며, 1889년에는 알 부시리를 산 채로 잡아 목매달았다. 비스만 대령과 독일인 장교들의 휘하에 있는, 아스카리라고 불리는 아프리카 용병대인 슈츠트루페는 당시 누비족 군인들로 이루어져 있었는데, 이들은 그전에 수단의 마디족이나 남쪽 포르투갈령 동아프리카에서 '줄루족'이라고도 하는 샹간* 신병들을 상대로 영국군을 위해 싸우다 해산된 자들이었다. 독일 정부는 알 부시리의 교수형을 대중적인 구경거리로 만들었고, 앞으로 그들이 집행하게 될 수많은 처형 역시 마찬가지였다. 이 지역에 질서와 문명을 가져다준다는 사명에 어울리는 징표로서, 독일인들은 알 부시리의 요새 중 한 곳이었던 바가모요를 독일 사령부로 바꾸어놓았다. 바가모요는 오랜 카라반 교역로의 종착지이자 그쪽 해안에서 가장 붐비는 항구이기도 했다. 바가모요를 점령하고 지키는 건 독일이 식민지를 잘 통제하고 있다는 사실을 보여주는 중요한 방법이었다.

하지만 독일인에게는 아직 할일이 많이 남아 있었다. 그들은 내륙으로 이동하면서 니암웨지족, 차가족, 메루족 등 독일의 백성이 되고 싶어하지 않는 수많은 민족을 마주쳤다. 이중에서도 가장 골치 아픈 민족이 남쪽의 헤헤족이었다. 독일은 팔 년의 전쟁 끝에 마침내 헤헤족을 굴복시켰다. 헤헤족 사람들을 굶기고 그들의 마을을 망가뜨리고 불태우는 방법을 써서 저항을 무력화했다. 승리를 거둔 독일인들은 헤헤족 지도자 음콰와의 머리를 잘라 트로피 삼아 독일로 보냈다. 이 시기, 슈츠트루페 아스카리는 패배한 지역

* 모잠비크 북동부에 거주하며 총가어를 사용하는 반투족.

민들 사이에서 징집한 신병들의 협조를 받으며 대단히 노련한 파괴의 군대가 되어 있었다. 이들은 악랄하다는 명성을 자랑스럽게 여겼다. 독일령 동아프리카에서 이들을 관리하는 장교와 행정관들의 마음에 꼭 드는 모습이었다. 칼리파가 아무르 비아샤라 밑에서 일하기 시작했을 때, 두 사람은 남서부에서 일어날 마지마지 봉기에 대해 알지 못했다. 이 봉기는 사상 최악의 반란이 되었으며 독일인과 그들을 따르는 아스카리 군대가 더욱 사납게 대응하는 계기가 되었다.

당시에 독일 정부는 사업에 관한 새로운 규칙과 법을 도입하고 있었다. 아무르 비아샤라는 칼리파가 자기 대신 협상을 벌일 방법을 알고 있을 거라 생각했다. 칼리파가 정부에서 발행한 훈령과 보고서를 읽고, 필요한 관세나 세금 관련 서류를 작성해주기를 기대했다. 그 외의 부분에서 상인은 사업의 내용을 공유하지 않았다. 그는 늘 뭔가 일을 꾸몄고, 칼리파는 애초에 본인이 기대했던 것과 달리 신뢰받는 직원이라기보다는 뭐든 필요한 일을 처리하는 조수가 되었다. 상인은 칼리파에게 이야기를 해줄 때도 있었고 하지 않을 때도 있었다. 칼리파는 편지를 썼고, 이런저런 허가를 받으러 관공서에 찾아갔으며, 소문과 정보를 모으고 상인이 비위를 맞춰주고 싶어하는 사람들에게 작은 선물과 구미에 맞는 것들을 가져다주었다. 그런데도 칼리파가 보기에 상인이 칼리파나 그의 판단력을 남들보다 더 믿는 것 같지는 않았다.

아무르 비아샤라는 같이 일하기 까다로운 사람이 아니었다. 그는 작고 우아한 사람으로, 늘 예의를 지켰고 말씨가 부드러웠으며 동네 모스크에도 의무에 따라 정기적으로 출석했다. 누군가에게 작은 재난이 닥치면 돈을 내놓았고 이웃의 장례식에 빠지는 경우도 없었다. 사정을 잘 모르고 지나가다 보면, 그는 단지 지역 공동체의 겸손하고 심지어 성인과도 같은 일원일 뿐이었다. 하지만 사람들은 바보가 아니었고, 그의 앞뒤 가리지 않는 방식이나 소문으로 떠도는 재산에 관해 감탄하듯 이야기했다. 그의 비밀스러움과 가혹한 사업 방식은 상인의 필수적인 자질로 여겨졌다. 사람들은 그가 사업을 마치 음모라도 꾸미듯 굴린다고 즐겨 말했다. 칼리파는 그를 해적이라고 생각했다. 아무르 비아샤라에게 놓쳐도 괜찮은 사소한 사업이란 없었다. 밀수, 대부업, 유용한 물건과 희소한 물건 사재기, 이것저것 수입하기 등 그는 뭐든 필요하면 기꺼이 했다. 아무르 비아샤라는 사업을 머릿속으로 했다. 아무도 믿지 않았고, 그가 하는 거래의 일부는 비밀리에 이루어져야 했기 때문이었다. 칼리파가 보기에 그는 뇌물을 주고 기만적인 거래를 하면서 기쁨을 느끼는 듯했다. 자신이 바라는 일이 일어나도록 비밀리에 돈을 쓰면 안심을 하는 것 같았다. 그는 머릿속으로 늘 계산하고 자기가 상대하는 사람들을 평가했다. 겉보기에는 온순했고 자기가 원하면 친절하게 굴 수도 있었지만, 칼리파는 그가 정말로 가혹해질 수 있다는 걸 알았다. 몇 년 동안 아무르 비아샤라 밑에서 일했기에, 칼리파는 그 상인의 마음이 얼마나 굳어 있는지 잘 알았다.

그래서 칼리파는 편지를 쓰고 뇌물을 주면서 상인이 굳이 신경 쓰지 않고 흘린 정보의 부스러기를 주우며 그럭저럭 만족했다. 칼리파는 듣는 쪽이든 퍼뜨리는 쪽이든 뒷말에 재능이 있었고, 상인은 칼리파가 책상에 앉아 있기보다 거리와 카페에서 대화하며 여러 시간을 보내도 나무라지 않았다. 아무것도 모르느니 무슨 말이 오가는지 아는 편이 항상 더 나았다. 칼리파는 사업에 기여하고 거래에 관해서도 더 알고 싶었지만, 그런 일이 일어날 가능성은 별로 없었다. 그는 상인의 금고를 여는 비밀번호 조합조차 몰랐다. 어떤 서류가 필요하면 상인에게 가져다달라고 부탁해야 했다. 아무르 비아샤라는 그 금고에 아주 많은 돈을 보관했는데, 칼리파든 누구든 사무실에 있으면 문을 활짝 열지도 않았다. 뭐든 금고에서 꺼내야 할 때면 앞에 서서 몸으로 가리고 비밀번호 다이얼을 돌렸다. 그렇게 문을 몇 마디쯤 열고 좀도둑이라도 되는 것처럼 안에 손을 넣었다.

칼리파가 브와나* 아무르와 삼 년쯤 지냈을 때 어머니 마리아무가 갑자기 돌아가셨다는 소식을 들었다. 어머니는 사십대 후반이었기에 전혀 예상하지 못한 죽음이었다. 칼리파는 아버지와 함께 있으려고 서둘러 집으로 돌아갔다가 아버지 역시 건강이 좋지 않으며 몹시 괴로워하고 있다는 것을 알게 되었다. 칼리파는 부모님의 유일한 자녀였으나 최근에는 두 사람을 자주 뵙지 못했으므로 그토록 지치고 약한 아버지의 모습에 놀랐다. 아버지는 어딘가 아팠지만, 뭐가 문제인지 말해줄 만한 치료사를 만나지 못하고 있었다. 근처에는 의사가 없었고 마을에서 가장 가까운 병원은 칼리파가 사는 해변 마을에 있었다.

* 남자에 대한 스와힐리어 경칭.

"얘기를 하셨어야죠. 그럼 제가 왔을 거 아니에요." 칼리파가 아버지에게 말했다.

아버지는 내내 몸을 조금씩 떨었고 기운이 없었다. 더는 일을 하지 못했고, 지주의 땅에 있는 방 두 개짜리 오두막 포치에 앉아서 하루종일 멍하니 앞만 보았다.

"그냥 몇 달 전에 이렇게 됐어. 이렇게 약해진 것 말이다." 아버지가 칼리파에게 말했다. "내가 먼저 떠날 줄 알았는데, 네 어머니가 이겼구나. 눈을 감고 잠들더니 가버렸어. 이제 난 어째야 하는 거냐?"

나흘을 지내면서 증상을 살펴보니 아버지는 심한 말라리아였다. 고열이 났고 음식을 먹어도 곧 토했으며 눈에는 황달기가 있는데다 핏기가 도는 소변을 보았다. 칼리파는 경험을 통해 이 땅의 모기가 위험한 존재라는 것을 알고 있었다. 아버지와 함께 쓰는 방에서 잠을 자다 깨보면 손과 귀가 모기 물린 자국으로 뒤덮여 있었다. 넷째 날 아침, 칼리파가 잠에서 깨어 살펴보니 아버지는 아직 잠들어 있었다. 칼리파는 아버지를 놔두고 몸을 씻고 찻물을 끓이러 집 뒤쪽으로 갔다. 물이 끓기를 기다리다가 끔찍하게 진저리가 쳐지는 느낌이 들어 안으로 들어갔다. 아버지는 잠든 것이 아니라 죽어 있었다. 칼리파는 잠시 가만히 서서 아버지를 바라보았다. 살았을 때는 그토록 활력 넘치는 투사였는데, 죽으니 너무도 마르고 쪼그라들어 보였다. 칼리파는 아버지를 덮어놓고 부지 관리소로 도움을 청하러 갔다. 관리소에서는 아버지의 시신을 부지 옆, 마을의 작은 모스크로 실어갔다. 그곳에서 칼리파는 관습에 따라 아버지를 씻겼고, 이런 의식을 잘 아는 사람들이 도와주었다. 그날 오후 늦게, 그들은 아버지를 모스크 뒤 묘지에 매장했다. 칼리파는 아버지와 어머니가 남긴 몇 안 되는 유품을 모스크의 이맘에게 기부하고 필요한 사람에게 나누어달라고 부탁했다.

마을로 돌아와 몇 달이 흐르는 동안 칼리파는 세상에 혼자 남겨진 기분, 은혜도 모르는 무가치한 아들이 된 기분이 들었다. 예상치 못한 느낌이었다. 그는 대부분의 인생을 부모님과 떨어져 지냈다. 개인 교사와 몇 년을 지낸 뒤에는 은행가 형제들과 지냈고, 그 다음에는 상인과 지냈으니 말이다. 부모님을 찾지 않고 지내면서도 가책을 느끼지 않았다. 두 분이 갑작스럽게 돌아가신 일은 재앙처럼, 심판처럼 느껴졌다. 칼리파는 고향이 아닌 마을에서, 전쟁이 끊이지 않는 듯한 나라에서, 남서부에서 또 한번 봉기가 일어났다는 소식이 들려오는 가운데 쓸모없이 살아가고 있었다.

아무르 비아샤라가 그에게 대화를 청한 것은 그때였다.

"자넨 몇 년간 나와 함께 일했지. 얼마나 됐나, 삼 년…… 사 년?" 그가 말했다. "자네는 유능하고 존중받을 만한 모습을 보였어. 나는 그 점을 높이 평가하네."

"감사합니다." 칼리파가 말했다. 봉급이 인상되려는지, 해고를 당하려는지 알 수 없었다.

"부모님 두 분이 돌아가시고 자네가 슬픈 충격을 받았으리라는 것 잘 아네. 그 일로 자네가 얼마나 괴로워하는지 봤어. 신께서 두 분의 영혼에 자비를 베풀어주시길 바라네. 자네는 오랫동안 무척 헌신적이고도 겸손하게 내 밑에서 일해왔으니 내가 몇 가지 조언을 한다고 해도 부적절한 일은 아니겠지." 상인이 말했다.

"조언이라면 얼마든지 해주십시오." 칼리파가 말했다. 해고되는 건 아니라는 생각이 들기 시작했다.

"자네는 내게 가족이나 마찬가지야. 자네에게 길을 가르쳐주는 것은 내 의무일세. 이제 자네는 결혼할 때가 됐어. 신부로 적당한 사람을 알 것 같구먼. 내 친척이 최근에 부모를 여의었다네. 공손한 여자고, 재산도 꽤 상속받았어. 자네가 그애에게 청혼하면 어떨까 싶으이. 나라도 그애와 결혼했을 거야." 상인은 미소 지으며 말했다. "내 생활이 지금처럼 완벽하게 만족스럽지 않았다면 말이지. 자네는 여러 해 동안 나를 잘 도왔으니, 이게 자네한테 어울리는 결과라고 생각하네."

칼리파는 상인이 그에게 여자를 선물로 주려 한다는 것을 알았다. 이 문제에 관해서 젊은 여자에게는 발언권이 별로 없으리라는 것도. 상인은 그 여자가 공손하다고 했지만, 냉정한 상인의 입에서 나온 말이니 별 의미는 없었다. 칼리파가 이 제안에 동의한 것은 거절할 수 있을 것 같지 않아서이기도 했고, 그러고 싶어서이기도 했다. 예비 신부가 거칠고 요구하는 게 많으며 보기 안 좋은 습관을 가진 사람일까봐 겁이 나는 순간들이 있었지만, 그래도 그러고 싶었다. 그들은 결혼식 전에 만나지 못했고, 심지어 결혼식 때도 만나지 못했다. 예식은 조촐하게 치러졌다. 이맘이 칼리파를 향해 아샤 푸아디에게 아내가 되어달라고 청하기를 원하느냐고 물었고, 칼리파는 그렇다고 대답했다. 그런 다음 브와나 아무르 비아샤라가 가족의 연장자로서 아샤 푸아디를 대신해 승낙했다. 그게 다였다. 예식이 끝나고 나서 커피가 나왔고, 칼리파는 상인의 손에 이끌려 새로운 아내의 집으로 가서 그녀를 소개받았다. 집은 아샤 푸아디가 상속받은 재산이었다. 단지, 진정으로 상속받지 못했을 뿐이었다.

아샤는 스무 살, 칼리파는 서른한 살이었다. 작고한 아샤의 어머니는 아무르 비아샤라의 누이였다. 아샤의 눈에는 여전히 최근에 겪은 슬픔으로 그늘이 드리워져 있었다. 얼굴은 타원형에 보기 좋았고 태도는 엄숙하고 미소를 지을 줄 몰랐다. 칼리파는 망설이지 않고 그녀를 안았으나, 처음에는 그녀가 단지 그의 포옹을 견디고 있을 뿐이라는 것을 알았다. 그녀가 칼리파의 열정에 응하고 자기 이야기를 털어놓기까지, 또 칼리파가 그녀를 완전히 이해하기까지는 조금 시간이 걸렸다. 그녀의 이야기가 특이하기 때문은 아니었다. 실은 그 반대였다. 이런 일은 세상의 해적 상인들에게는 흔한 관행이었다. 그녀가 말을 아꼈던 것은 새로운 남편을 믿고 남편이 상인과 그녀 중 누구에게 신의를 지키는지 확인하기까지 시간이 걸렸기 때문이었다.

"아무르 외삼촌이 아버지한테 돈을 빌려줬어요, 한 번이 아니라 여러 번." 그녀가 칼리파에게 말했다. "아버지는 아무르 외삼촌의 매형이고 가족이니, 외삼촌으로서는 선택권이 없긴 했죠. 빌려달라는데 줄 수밖에요. 하지만 아무르 외삼촌은 아버지한테 시간을 별로 주지 않았어요. 돈 문제로는 아버지가 믿음직스럽지 못하다고 생각했죠. 아마 그게 사실이었을지도 몰라요. 어머니가 아버지 면전에서 그렇게 말하는 걸 몇 번 들었거든요. 결국 아무르 외삼촌은 아버지한테 집을 넘기라고 했어요. 우리집, 이 집을요. 대출 담보였죠. 그렇게 하면서도 어머니한테는 말해주지 않았어요. 남자들은 사업을 그런 식으로 처리하니까요. 은밀하게, 비밀스럽게, 경솔한 여자들은 믿을 수 없다는 식으로요. 어머니가 알았다면 막았을 거예요. 갚을 여력이 없는 사람한테 돈을 빌려준 다음 집을 빼앗는 건 사악한 짓이에요. 도둑질이라고요. 아무르 외삼촌이 아버지와 우리한테 한 짓이 그거예요."

"아버지 빚이 얼마였소?" 아샤가 오랫동안 침묵을 지키자 칼리파가 물었다.

"얼마였는지는 중요하지 않아요." 그녀가 딱 잘라 말했다. "빚이 얼마든 갚을 수 없었을 테니까요. 아버지는 아무것도 남기지 않았어요."

"아버지가 갑자기 돌아가신 모양이구려. 아마 시간이 더 있으리라고 생각하셨을 텐데."

그녀는 고개를 끄덕였다. "떠날 때를 잘 계획하신 건 확실히 아니죠. 작년에 오랫동안 비가 내렸을 때 아버지는 말라리아열로 여러 번 고생했어요. 매년 고생하시긴 했지만, 그때는 전에 없이 심했어요. 결국 이겨내지 못하셨죠. 돌아가시기 전 그런 상태의 아버지를 보는 건 전혀 예상치 못한 끔찍한 일이었어요. 신께서 아버지의 영혼에 자비를 베풀어주시길. 어머니는 아버지 사정을 정말로 자세히 모르셨지만, 곧 우리는 돈을 아직도 갚지 못했고 갚는 시늉이라도 할 만한 재산이 하나도 남지 않았다는 걸 알게 됐어요. 아버지의 남자 친척들이 자기 몫의 상속분을 달라고 왔는데, 상속

분이라고 해봐야 사실 이 집밖에 없었죠. 하지만 집마저 곧 아무르 외삼촌의 것이 됐어요. 모두에게 끔찍하고 충격적이었지만, 어머니한테 특히 그랬어요. 이 세상에 우리 것은 아무것도 없었어요, 아무것도. 아무것도 없는 것보다 못했죠. 우리한테는 삶이라고 할 만한 것조차 없었으니까요. 아무르 외삼촌이 가족의 남자 연장자로서 우리의 보호자가 됐거든요. 아무르 외삼촌이 우리 일을 결정할 수 있게 된 거예요. 어머니는 아버지가 돌아가신 이후로 회복하지 못하셨어요. 오래전에 앓았던 이후로 늘 편찮으셨는데, 전에는 그게 슬픔 때문이라고 생각했어요. 어머니가 말씀하시는 것만큼 진짜 아픈 게 아니라, 비참한 나머지 썩어가는 걸 택했다고 생각했죠. 어머니가 왜 비참했는지는 사실 모르겠어요. 누가 어머니에게 나쁜 약을 썼는지도 모르고, 어머니의 인생이 실망스러웠는지도 모르죠. 어머니는 간혹 뭔가에 씌어서 낯선 목소리로 말을 하곤 했어요. 그러면 아버지가 말려도 치료사를 불러왔죠. 아버지가 돌아가시고 어머니의 비참함은 견딜 수 없는 슬픔으로 바뀌었지만, 어머니 인생의 마지막 몇 개월은 그보다 더한 고통이었어요. 등이 아프고, 뭔가가 어머니를 안에서부터 갉아먹는 것 같았죠. 어머니 말이 그랬어요. 뭔가가 안에서 자기를 갉아먹는다고. 그제야 저는 어머니가 떠나려 한다는 걸 알았죠. 슬픔이 정도를 넘어선 거예요. 마지막 며칠 동안 어머니는 저한테 무슨 일이 일어날지 걱정하며 아무르 외삼촌한테 저를 돌봐달라고 애걸했어요. 외삼촌은 그러겠다고 약속했고요." 아샤는 오랫동안 남편을 진지하게 바라보더니 말했다. "그래서 아무르 외삼촌이 저를 당신에게 준 거예요."

"아니면 나를 당신에게 준 것이겠지." 칼리파는 그녀의 목소리에 깃든 씁쓸함을 덜어내보려고 미소 지으며 말했다. "그게 그렇게까지 큰 불행이오?"

그녀는 어깨를 으쓱했다. 칼리파는 아무르 비아샤라가 아샤를 어째서 자신에게 주기로 했는지 이해했다. 아니, 짐작할 수 있었다. 일단 아무르 비아샤라는 그녀를 다른 사람에게 떠맡기고 싶었을 것이다. 게다가 아샤가 본인 생각과는 상관없이 빠져들지 모르는 수치스러운 정사를 막을 수도 있었다. 그게 강력한 가부장이 생각하는 방식이었다. 우탐시티리.* 칼리파는 아샤를 치욕으로부터 보호하고 가족의 명예를 깨끗하게 유지해야 했다. 그는 특별할 것 없는 인물이었지만 상인은 칼리파의 신원을 확실히 알았고, 그와 아샤를 결혼시키면 가능한 모든 불명예로부터 그녀의 이름을 지킬 수 있었고, 따라서 아무르 비아샤라 자신의 이름을 지킬 수 있었다. 칼리파처럼 자신에게 의존하는 사람과의 안전한 결혼이라면 상인의 재산과 관련한 이해관계를 온전히 보존할 수 있었다. 그러니까, 집 문제를 가문 안에서 처리할 수 있었다는 뜻이었다.

칼리파는 집안 사정을 알고 아내가 처한 부당한 입장을 이해한 다음에도 상인에게 그 이야기를 꺼낼 수 없었다. 이건 가족 문제였고, 그는 딱히 가족이 아니었다. 대신 그는 직접 외삼촌과 이야기해보라고, 그녀의 몫을 돌려달라고 부탁해보라고 아샤를 설득했다. "본인이 원할 땐 공정하게 굴 수 있는 분이오." 칼리파는 스스로

* '숨기다' '보호하다'라는 뜻의 스와힐리어.

도 그 말을 믿을 수 있었으면 좋겠다고 생각하며 말했다. "나는 그분을 잘 알아요. 그분이 일하는 모습을 보았소. 그분에게 부끄러움을 느끼게 하고, 정당한 몫을 당신에게 주도록 해야지. 그러지 않으면 아무 문제도 없다는 듯 손을 놓고 있으실 거요."

결국 아샤는 외삼촌과 이야기를 나누었다. 당시 칼리파는 자리에 없었고, 나중에 상인이 그 일에 관해 정중히 물었을 때는 아무것도 모른다는 입장을 취했다. 외삼촌은 아샤에게 이미 유언장에 그녀 몫을 남겨두었다며 당장은 이 문제를 묻어두고 싶다고 했다. 달리 말해, 집에 관해 굳이 더 이야기하고 싶지 않다는 것이었다.

*

칼리파와 아샤가 결혼한 건 1907년 초였다. 마지마지 봉기는 잔혹한 마지막 단계에 접어들어, 아프리카 사람들의 목숨과 생계라는 엄청난 비용을 치러가며 진압되었다. 린디에서 시작된 반란은 이 지방 남서부의 시골과 읍내 사방으로 번져갔다. 삼 년이나 그렇게 이어졌다. 독일의 통치에 대한 저항이 널리 번져 뿌리를 박자 식민 총독부의 대응도 더욱 가혹하고 잔인해졌다. 독일 사령부는 군사적 수단만으로 반란을 꺾을 수 없다는 걸 알고 사람들을 굶겨 항복시키기로 했다. 봉기가 일어난 지역에서는 슈츠트루페가 모두를 전투원처럼 취급했다. 그들은 마을을 불태우고 들판을 짓밟고 식량 저장고를 약탈했다. 초토화되고 공포에 질린 풍경을 배경으로, 길가의 교수대에는 아프리카 사람들의 시신이 매달렸다. 칼리파와 아샤가 사는 지역에서는 이런 사건들이 풍문으로만 들려왔다. 그들의 마을에서는 눈에 보이는 반란이 일어나지 않았으므로 이런 건 그저 충격적인 이야기에 불과했다. 독일이 복수해올 거라는 위협적인 소문이 사방에서 들려왔지만, 알 부시리가 교수형을 당한 이후로 반란의 조짐은 보이지 않았다.

독일령 동아프리카 제국의 백성이 되지 않겠다는 이곳 사람들의 끈질긴 거부는 독일인에게 놀라움을 안겼다. 남쪽의 헤헤족, 그리고 북동부 산맥에 사는 차가족과 메루족 사람들을 본보기로 보여줬으니 특히 그랬다. 마지마지 봉기를 성공적으로 진압하는 과정에서 수십만 명이 굶어죽었고, 전투에서 입은 부상이나 공개 처형으로 죽은 사람도 수백 명이었다. 독일령 동아프리카의 일부 통치자들은 이런 결과를 불가피한 것으로 보았다. 이제나저제나 그들은 죽을 수밖에 없었다. 그러는 동안에도 제국은 아프리카인들이 굴종이라는 멍에를 고분고분 받아들이는 법을 깨우칠 수 있도록 독일이라는 권력의 악력을 느끼게 해주어야만 했다. 하루가 갈수록 독일 세력은 백성들이 마지못해 받아들인 멍에를 단단히 조였다. 총독부는 이 땅에 대한 지배력을 강화했다. 독일인의 숫자가 불어났고, 그들의 힘이 미치는 범위도 넓어졌다. 독일인 정착민이 더 많이 도착하면서 좋은 토지는 그들 차지가 되었다. 강제 노역이라는 통치 체제는 식민본국에서 온 정착민들의 여흥과 카이저라이히*의 명예를 위해 길을 닦고 길 옆 도랑을 청소하고 대로를 깔

* '제국'이라는 뜻.

고 정원을 만드는 데까지 확장되었다. 세계의 이쪽 지역에서 독일인은 제국 건설의 후발주자였다. 그러나 그들은 오랫동안 눌러앉을 작정이었으며 이곳에서 지내는 동안 편안히 있고 싶어했다. 이들이 교회와 주랑이 있는 사무용 건물, 총안이 뚫린 요새를 세운 까닭은 새로 정복한 백성들에게 경외감을 안기고 적들에게 인상을 남기는 것만큼이나 교양 있는 삶을 살기 위해서였다.

최근의 봉기로 독일인 중 일부가 다르게 생각하기 시작했다. 그들이 보기에는 폭력만으로 식민지를 제압해 생산을 기대하기란 분명 불가능한 일이었다. 그래서 진료소를 만들라는 제안이 나왔고, 말라리아와 콜레라를 퇴치하자는 캠페인이 시작되었다. 처음에 이런 사업은 정착민과 관료, 슈츠트루페의 건강과 복지를 위한 것이었으나 나중에는 원주민까지 포괄하게 되었다. 총독부에서는 새 학교도 열었다. 마을에는 이미 상급 학교가 있었다. 몇 년 전에 문을 연 이 학교는 아프리카인을 공무원이나 교사로 훈련시키기 위한 곳으로, 소수의 순종적인 엘리트만을 학생으로 받아들였다. 하지만 이제는 더 많은 피지배인에게 기초적인 교육을 하기 위해 학교를 개방했다. 아무르 비아샤라는 처음으로 그런 학교에 아들을 보낸 사람 중 하나였다. 이름이 나소르인 그의 아들은 칼리파가 상인 밑에서 일하기 시작했을 때 아홉 살이었고 학교에 들어갔을 때는 열네 살이었다. 입학하기에는 좀 늦은 나이였으나 그 점은 별로 중요하지 않았는데, 그가 들어간 학교는 학생들에게 대수학이 아니라 상거래를 가르치는 곳이었고 나소르의 나이는 톱질하는 법이나 벽돌 쌓는 법, 무거운 망치를 휘두르는 법을 배우기에 적당했기 때문이다. 상인의 아들이 목공을 배운 곳이 그 학교였다. 나소르는 사 년 동안 학교에 다녔고, 마지막에는 글을 읽고 수를 다룰 수 있게 되었으며 유능한 목수가 되었다.

그 시절에는 칼리파와 아샤도 나름의 교훈을 얻게 되었다. 칼리파는 아샤가 바쁘게 지내기를 좋아하며 자기가 뭘 원하는지 잘 아는 활기차고 고집스러운 여자라는 걸 깨달았다. 처음에 그는 아샤의 에너지에 경탄하며, 그녀가 자기 의견을 덧붙여 이웃에 관해 간략히 전하는 이야기를 듣고 웃었다. 샘이 많아요, 못됐어요, 신성모독자들이에요. 그녀는 그렇게 말했다. 아, 이런, 과장하지 말래도. 아샤가 못마땅하다는 듯 고집스럽게 인상을 찌푸리고 있으면 칼리파는 그렇게 반대했다. 그녀는 과장이 아니라고 말했다. 평생 그 사람들 곁에서 살아왔다면서. 칼리파는 그녀가 신의 이름을 주워섬기고 쿠란의 구절을 인용하는 것이 어떤 사람들이 말버릇처럼 쓰는 관용구에 불과하다고 생각했으나, 차츰 이런 행동이 그저 지식이나 교양의 과시가 아니라 진지한 신앙심의 표출이라는 걸 알게 되었다. 칼리파는 그녀가 불행하다고 생각했으며, 어떻게 하면 그녀가 덜 외롭다고 느낄지 방법을 궁리해보았다. 칼리파는 자신이 그녀를 원하듯 그녀도 자신을 원하게 만들려고 했지만, 그녀는 독립적이었고 열의가 없었다. 칼리파는 그녀가 단지 자신을 참아주고 있을 뿐이고, 아무리 잘 봐줘도 그의 열정과 포옹에 그저 항복하고 있는 것이라는 생각이 들었다.

아샤는 자신이 칼리파보다 강하다는 것을 알게 되었다. 이 점을 마음속으로 거리낌없이 생각하기까지는 오랜 시간이 걸렸지만 말이다. 아샤는 늘 그런 건 아닐지라도 많은 경우 자신의 마음을 잘 알았으며, 남의 말이나 가끔 자기 자신의 말에도 쉽게 흔들리는 칼리파와는 달리 일단 자기 마음을 알고 나면 단호했다. 아샤는 종교에서 지시하는 대로 아버지를 존중했던 기억을 떠올렸고, 그 기억이 남편에 대한 판단에 끼어들었다. 아샤는 칼리파 때문에 짜증이 나는 것을 점점 더 참기가 힘들어졌다. 도저히 참을 수 없을 때면, 자기도 모르게 칼리파에게 날카로운 태도로 말하고는 이따금 후회했다. 칼리파는 한결같았다. 하지만 성인인 양 거짓말이나 할 뿐 경건함이라고는 모르는 위선자에 도둑인 외삼촌에게 지나치게 고분고분했다. 지나치게 쉽게 만족하고 자주 이용당했다. 하지만 이 모든 것이 그분의 뜻이니, 아샤는 만족하려고 최선을 다했다. 그녀는 남편의 끝도 없는 이야기들이 피곤하게 느껴졌다.

아샤는 결혼 초반에 세 번 유산했다. 삼 년 만에 세번째로 유산을 하고 나자, 그녀는 이웃들의 설득에 따라 음강가, 즉 약초상에게 조언을 구하기로 했다. 음강가는 그녀에게 바닥에 누워 머리끝부터 발끝까지 캉가*를 덮어쓰라고 했다. 그런 다음 아샤 옆에 오랫동안 앉아서 조용히 반복적으로 콧노래를 흥얼거리며 아샤로서는 알아들을 수 없는 말을 했다. 이후 음강가는 아샤에게, 보이지 않는 존재가 그녀에게 들러 몸안에서 아이가 자라게 놔두지 않는 거라고 말했다. 보이지 않는 존재를 설득해 내보낼 수는 있지만, 그러려면 그 존재가 요구하는 바를 알아내 충족시켜줘야 한다

* 동아프리카에서 여성이 몸에 두르는 화려한 무늬의 면포.

고 했다. 그 요구를 알 수 있는 유일한 방법은 보이지 않는 존재가 아샤의 몸을 빌려 말하도록 하는 것인데, 아샤가 그 존재에 완전히 씌어야만 그런 일이 일어날 가능성이 컸다.

음강가는 조수를 데려오더니 아샤에게 다시 바닥에 누우라고 했다. 그들은 아샤를 두꺼운 마레카니* 이불로 덮은 다음 아샤의 머리 가까이에 얼굴을 대고 둘 다 콧노래를 흥얼거리기 시작했다. 시간이 지나고 음강가와 조수가 노래를 부르자, 아샤는 점점 더 심하게 몸을 떨다가 결국 이해할 수 없는 단어와 소리를 내뱉었다. 폭발은 고함으로 절정에 이르더니, 그녀는 또렷하지만 이상한 목소리로 이렇게 말했다. 이 여자의 남편이 이 여자를 데리고 하즈** 를 떠나고, 규칙적으로 모스크에 가며, 코담배를 끊겠다고 약속한다면 이 여자를 내버려두겠다. 음강가는 승리감에 환성을 지르며 아샤에게 약초 우린 물을 마시게 했다. 아샤는 진정한 후 잠에 빠져들었다.

아샤가 보는 앞에서 음강가가 칼리파에게 보이지 않는 존재의 요구를 전하자 칼리파는 고분고분하게 고개를 끄덕이고 음강가에게 요금을 치렀다. 코담배는 당장 끊겠습니다. 지금 당장 목욕재계하고 모스크로 가지요. 돌아오는 길에 하즈에 관해서 물어보도록 하겠습니다. 이제 이 악마를 당장 쫓아주세요.

칼리파는 실제로 코담배를 끊었고 하루이틀쯤 모스크에도 갔지

* '미국'이라는 뜻의 스와힐리어.

** 메카의 성지를 순례하는 것.

만, 하즈 얘기는 다시 꺼내지 않았다. 아샤는 칼리파가 고분고분하게 굴긴 해도 설득된 것은 아니며, 단지 그녀를 비웃을 뿐이라는 걸 알았다. 이웃들이 제안한 신성모독적 치료를 받겠다고 하는 바람에 상황이 더 나빠졌다. 귓속에서 들리는 그 흥얼거리는 소리에 지쳤으면서도, 아샤는 참을 수가 없었다. 그녀는 실제로 칼리파가 기도를 덜 하는 것이 짜증났고 다른 무엇보다도 하즈를 원했다. 이런 욕구에 대한 칼리파의 조용한 비웃음에서 아샤는 깊은 거리감을 느꼈다. 아이를 가지려고 다시 시도하는 게 꺼려졌고, 칼리파의 열정을 식히고 그가 흥분해서 불쾌하게 법석을 떨어도 피하는 방법을 찾아냈다.

나소르 비아샤라는 배울 것을 다 배우고 나서 열여덟 살 나이에 나무 냄새에 취한 채 독일 직업학교를 졸업했다. 아무르 비아샤라는 아들이 무슨 짓을 해도 너그러웠다. 그는 칼리파에게 수많은 거래의 세부 사항을 알려주지 않은 것과 같은 이유로 아들이 사업을 돕는 것을 기대하지 않았다. 아무르 비아샤라는 혼자 일하는 편을 좋아했다. 나소르가 아버지에게 직접 사업을 하고 싶다며 목공소를 열 비용을 대달라고 부탁하자 상인은 기꺼이 그 청을 들어주었다. 괜찮은 사업 같기도 했고, 그러면 당분간 아들이 자기 일에는 관심을 두지 않을 것 같아서였다. 아들에게 그의 사업에 대한 야심을 불어넣을 시간은 나중에도 있을 터였다.

나이든 상인들의 사업 방식은 신용을 걸고 서로 돈을 빌리고 빌려주는 것이었다. 편지만 주고받은 관계, 혹은 한 다리 건너서야 아는 사이에서도 거래가 성사되었다. 돈이 이 손에서 저 손으로 전달되었다. 빚을 갚느라 다른 빚의 채권을 팔기도 했고, 실물을 보지도 않고 위탁물을 사고팔기도 했다. 이런 식의 관계는 모가디슈, 아덴, 무스카트, 뭄바이, 콜카타 등 온갖 전설적인 장소로 멀리멀리 이어졌다. 이중 어느 곳에도 가본 적이 없을 대부분 마을 사람들에게 이런 이름들은 음악처럼 들렸다. 다른 모든 곳이 그렇듯 그런 장소도 시련과 고생, 가난으로 점철된 곳이라는 점을 상상할 수 없어서가 아니었다. 단지 그런 이름의 묘한 아름다움에 저항할 수가 없었을 뿐이다.

나이든 상인들의 사업상 거래는 신용에 달려 있었지만, 그렇다고 이들이 서로를 믿는다는 뜻은 아니었다. 아무르 비아샤라가 머릿속으로 사업을 한 이유가 그거였다. 단지 그는 굳이 정확한 기록을 남기지 않았고, 결국은 제 꾀에 넘어갔다. 운이 나빴다거나, 운명이었다거나, 신의 계획이었다거나, 뭐든 갖다붙일 수 있겠다. 어쨌든 그는 유럽인들이 약이니 위생이니 하는 것들을 가지고 들어오기 전보다 훨씬 자주 일어나던 끔찍한 전염병이 돌 때 갑자기 병에 걸렸다. 다들 너무도 익숙하게 어우러져 살았던 오물 속에 그토록 많은 질병이 있으리라고 누가 생각했겠는가? 유럽인들이 있든 말든 아무르 비아샤라는 그런 전염병에 걸렸다. 때가 되면 때가 된 것이다. 이유야 더러운 물이나 상한 고기, 독이 있는 곤충에 물린 상처 등 무엇이든 될 수 있었다. 어쨌든 그 결과, 아무르 비아샤라는 어느 날 이른아침에 고열로 구토를 하면서 잠을 깬 이후 다시는 침대에서 일어나지 못했다. 그는 거의 의식을 차리지 못하다가 닷새 만에 죽었다. 그 닷새 동안 비아샤라는 한 번도 의식을 되찾지 못했고, 그의 모든 비밀이 그와 함께 세상을 떠났다. 당연하게도, 채권자들이 서류를 잘 갖추어 예정대로 찾아왔다. 그에게 빚을 진 사람들은 입을 딱 다물고 있었다. 나이든 상인의 재산은 갑자기 소문보다 훨씬 적어졌다. 아샤에게 집을 돌려줄 생각이었는데 미처 손을 쓰지 못한 것일 수도 있겠지만, 그의 유언장에 아샤의 몫은 전혀 없었다. 이제 집은 나소르 비아샤라의 것이 되었다. 그의 어머니와 두 누이가 각자의 몫을 챙겨가고 채권자들도 각기 자기 몫을 챙겨간 뒤에 남은 모든 재산도 나소르의 것이 되었다.

2

일리아스는 아무르 비아샤라가 갑자기 죽고 난 직후 마을에 도착했다. 그는 커다란 독일 사이잘삼* 농장 관리자 앞으로 된 소개장을 가지고 왔는데, 관리자를 직접 만나지는 못했다. 관리자는 농장의 지분을 가진 사람이기도 해서, 이렇게 사소한 문제에 시간을 낼 거라고는 기대하기 어려웠다. 일리아스는 관리소에 소개장을 제출한 뒤 기다리라는 지시를 받았다. 관리소 직원이 그에게 물 한 잔을 주고 탐색하는 대화를 나눴다. 직원은 일리아스가 어떤 사람이고, 그가 이곳에서 무슨 일을 하려는지를 가늠해보았다. 잠시 후 젊은 독일인이 안쪽 사무실에서 나와 일리아스에게 일자리를 제안했다. 하비브라는 이름의 관리소 직원이 그의 정착을 도와주기로 했다. 하비브는 마알림 압둘라라는 교사에게 일리아스를 안내

* 용설란과에 속하는 식물로, 밧줄이나 바닥 깔개를 만드는 데 쓴다.

했고, 마알림 압둘라는 자기가 아는 가족의 방에 세 들어 살 수 있도록 일리아스를 도와주었다. 마을에 도착한 첫날 오후, 일리아스는 일자리는 물론 집까지 얻었다. 마알림 압둘라는 나중에 다시 와서 사람들을 좀 소개해주겠소, 라고 말했다. 그날 오후 늦게, 마알림 압둘라는 일리아스의 집에 찾아와 그를 데리고 마을 산책에 나섰다. 그들은 카페 두 곳에 들러 커피를 마시고 대화를 나누며 소개를 주고받았다.

"여기, 일리아스 형제는 커다란 사이잘삼 농장에 일하러 왔소." 마알림 압둘라가 사람들에게 알렸다. "다름 아닌 위대하신 독일인 지주, 관리자님의 친구라오. 독일어를 모국어처럼 하지요. 주인님께서 이토록 탁월한 직원에게 어울리는 숙소를 찾아주실 때까지 당분간은 오마르 함다니의 집에 묵을 거요."

일리아스는 미소를 지으며 손사래를 치고 정감어린 농담으로 인사를 돌려주었다. 자연스럽게 터져나오는 웃음과 겸허한 태도에 사람들은 편안해졌고, 일리아스에게는 새로운 친구들이 생겼다. 늘 그런 식이었다. 이후 마알림 압둘라는 그를 항구와 독일인 거주 지역으로 데려갔다. 일리아스가 보마*를 가리키며 알 부시리가 목매달린 곳이 저곳이냐고 물었다. 마알림 압둘라는 아니라고, 알 부시리는 팡가니에서 교수형을 당했고 어쨌거나 이곳에는 사람들이 모일 만큼 넓은 공간이 없다고 알려주었다. 교수형을 구경거리로 삼는 독일인들은 아마 군악대와 행진할 군대를 부르고 구경꾼을

* 야생 들판에 목책을 두른 보호구역.

모았을 것이다. 그러려면 넓은 공간이 필요했다. 둘의 산책은 칼리파의 집에서 끝났다. 칼리파의 집은 마알림 압둘라가 항상 찾는 바라자*로, 그는 거의 매일 저녁에 가십을 듣고 대화를 하러 그곳에 갔다.

"환영합니다." 칼리파가 일리아스에게 말했다. "모두에게 바라자가 있어야지요. 저녁마다 들러서, 서로 안부를 확인하고 새로운 소식을 들을 수 있도록 말입니다. 이 마을에서는 퇴근한 뒤에 달리 할일이 별로 없어요."

일리아스와 칼리파는 아주 빠르게 친해졌고, 며칠 만에 격의 없이 대화를 나누는 사이가 되었다. 일리아스는 칼리파에게 어린 시절 집에서 도망쳐 며칠을 헤매다가 기차역에서 슈츠트루페 아스카리에게 납치당해 산으로 끌려간 이야기를 들려주었다. 그곳에서 풀려난 뒤에는 독일식 미션스쿨로 보내졌다.

"기독교인처럼 기도하라고 시키던가?" 칼리파가 물었다.

바닷가를 거닐고 있던 그들의 대화를 누가 엿들을 리는 없었지만, 일리아스는 잠시 그답지 않게 입을 꽉 다물고 침묵을 지켰다. "내가 말해도 다른 사람에게 전하지 않겠지?" 그가 물었다.

"시켰구먼." 칼리파가 재미있어하며 말했다. "자네에게 죄를 짓게 했어."

"아무한테도 말하지 말게." 일리아스가 간청했다. "기독교인처럼 기도를 하지 않으면 학교를 떠나야 했어. 그래서 흉내를 냈네. 그

---

* 동아프리카에서 주민들이 모이는 장소 또는 그 모임.

들은 나를 보고 무척 기뻐했고, 나는 신께서 내 진심을 알아주시리라는 걸 알았네."

"음나피키.*" 칼리파는 말을 이었다. 일리아스를 괴롭히는 걸 아직 그만둘 생각이 없었다. "때가 되면 위선자들에게 내리는 특별한 벌이 있다네. 무슨 벌인지 말해줄까? 아니, 차마 입에 담을 수도 없어. 자네는 머잖아 그 벌을 받을 걸세."

"저 아래, 자물쇠로 잠가놓은 내 깊은 진심이 무엇인지는 신께서 아셔." 일리아스는 칼리파가 농담을 한다는 걸 이제야 눈치채고는 가슴을 두드리고 미소 지으며 말했다. "나는 나를 학교에 보낸 독일인의 커피 농장에서 살면서 일했다네."

"거긴 아직도 전쟁중인가?" 칼리파가 물었다.

"아니, 전에는 어땠는지 몰라도 내가 있을 때는 다 끝난 뒤였어." 일리아스가 말했다. "아주 평화로웠다네. 새로운 농장과 학교가 있었고, 새로운 마을들도 있었지. 지역 사람들은 아이들을 미션스쿨에 보내고 독일인 농장에서 일했네. 문제가 생겨서 알아보면 전부 소란 떨기를 좋아하는 악당들의 작품이었지. 내가 이 마을에서 일자리를 얻을 수 있었던 것도 나를 학교에 보내준 농장 주인이 편지를 써준 덕분이라네. 농장 관리자가 그분 친척이거든."

나중에 일리아스는 말했다. "전에 살던 마을에는 다시 가본 적이 없어. 옛날 식구들에게 무슨 일이 일어났는지 모른다네. 이 마을에 와서 살면서 알게 된 건데, 그곳이 별로 멀지 않은 곳에 있더군. 사

* '위선자'라는 뜻의 스와힐리어.

실 여기 오기 전에도 고향 가까운 곳에 살게 되리라는 걸 알았지만 그 생각은 하지 않으려고 애썼지."

"한번 가봐." 칼리파가 말했다. "떠난 지 얼마나 됐나?"

"십 년." 일리아스가 말했다. "가서 뭐하게?"

"가야지." 칼리파는 자기가 부모님을 잊고 지냈던 것과, 이후 그것이 얼마나 후회됐는지를 떠올리며 말했다. "가서 가족을 만나. 뭔가 타고 가면 하루이틀밖에 걸리지 않을 걸세. 거리를 두고 지내는 건 옳지 않아. 가서 가족들에게 잘 지낸다고 알려줘야지. 원한다면 내가 같이 가주겠네."

"아니야." 일리아스는 변명하듯 말했다. "거기가 얼마나 고약하고 비참한 동네인지 모를 걸세."

"그럼 자네가 얼마나 성공을 거뒀는지 보여줄 수 있겠군. 거긴 자네 고향이고, 자네가 뭐라 생각하든 가족은 가족이야." 일리아스의 마음이 흔들리는 것 같자 칼리파가 더 단호하게 말했다.

일리아스는 잠시 인상을 쓰며 자리에 앉아 있었다. 그의 눈이 천천히 밝아졌다. "가야지." 그는 고향을 찾아갈 생각에 신이 나서 말했다. 이후 칼리파는 일리아스의 성품이 딱 그렇다는 걸 알게 되었다. 어떤 계획에 사로잡히면, 그 계획에 푹 빠져버렸다. "그래, 그 말이 맞아. 혼자 가겠네. 그동안 여러 번 생각했다가도 어찌어찌 미뤄뒀어. 칼리파 같은 수다쟁이가 있어야 일을 밀어붙여서 저지르게 되는군."

칼리파는 그 마을 방향으로 가는 수레꾼에게 일리아스를 조금만 태워다달라고 했다. 또 일리아스의 목적지에서 그리 멀지 않은 큰길에 사는 거래처 사람의 이름도 알려주었다. 필요하면 거기서 하루를 묵을 수 있었다. 며칠 뒤 일리아스는 울퉁불퉁한 해안 도로를 따라 남쪽으로 가는 당나귀 수레에 올랐다. 수레꾼은 길을 따라 이동하며 시골 가게에 물건을 납품하는 나이든 발루치 사람이었다. 배달할 물건이 많지는 않았다. 그는 가게 두 곳에 들른 다음 도로 상태가 더 나은 내륙으로 방향을 틀었다. 괜찮은 속도로 나아간 끝에, 오후 중반쯤 칼리파가 알려준 거래처에 도착했다. 거래처 사람은 카림이라는 인도인 신선 식품 장수였는데, 지역 사람들에게서 식재료를 사서 마을의 시장으로 보냈다. 바나나, 카사바, 호박, 고구마, 오크라처럼 길에서 하루이틀 묵어도 괜찮은 단단한 채소들이었다. 발루치 남자는 당나귀에게 음식과 물을 준 다음 당나귀와 귓속말로 대화하는 듯했다. 그는 아직 시간이 이르니 지금 출발하면 앞서 식료품을 배달했던 가게 한 곳에서 밤을 날 수 있다고 말했다. 당나귀도 기꺼이 그러고 싶어한다고 말이다. 카림은 발루치 사람이 수레에 작물을 싣는 것을 지켜보며 장부에 숫자를 적어 넣고, 마을 시장의 구매자에게 가져다줄 수 있도록 거친 종이에 그 내용을 베껴 수레꾼에게 주었다.

수레꾼이 떠난 뒤 일리아스가 자신의 계획을 설명하자 카림은 글쎄올시다 싶은 눈치였다. 카림은 일리아스의 어깨 너머로 날빛을 바라보며 조끼 주머니에서 시계를 꺼내더니 과장된 동작으로 뚜껑을 찰칵 열고 슬픈 듯 고개를 저었다.

"내일 아침에 가세요." 그가 말했다. "오늘은 못 가요. 마그립*까지 한 시간 반밖에 안 남았는데, 내가 당신한테 수레꾼을 구해줄 때쯤엔 거의 해가 질 겁니다. 밤에 길을 나다니는 건 바람직하지 않아요. 화를 부르는 일이야. 길을 잃거나 나쁜 사람들을 만나기 십상이에요. 내일 아침이 밝자마자 가세요. 오늘밤에 수레꾼과 이야기해보겠지만, 지금은 일단 쉬십시오. 참 잘 오셨습니다. 손님을 위한 방이 있어요. 이리 오세요."

일리아스는 가게와 붙어 있는, 흙바닥으로 된 작은 방으로 안내되었다. 가게에도 방에도 문에 덜컥거리는 녹슨 셔터가 달렸고 쇠로 된 맹꽁이자물쇠가 달려 있었지만, 안전장치라기보다는 장식처럼 보였다. 작은 방안에는 밧줄을 엮어 밑판을 대신하고 매트를 올려놓은 침대가 있었는데, 그 안에는 빈대가 우글거릴 게 틀림없었다. 일리아스는 모기장이 없다는 걸 즉시 알아채고 체념하며 한숨을 쉬었다. 이곳은 체력 좋은 행상인들이 머무는 숙소였다. 하지만 선택지가 없었다. 카림이 낯선 남자를 가족의 집에 들일 거라고는 기대할 수 없었다.

일리아스는 문틀에 천 가방을 걸어놓고 주위를 둘러보러 나갔다. 카림의 집이 같은 뜰 안에 있었다. 정면을 보는 문 양옆으로 철창 달린 창문이 두 개 있는 튼튼한 건물이었다. 땅에서 세 계단 올라간 곳에 단을 높여 베란다도 만들어놓았다. 카림은 베란다 매트에 앉아 있다가, 일리아스를 보더니 손을 흔들어 불렀다. 그들은 마을에 대해서, 잔지바르를 휩쓰는 파괴적인 콜레라 전염병에 대해서, 사업에 대해서 잠시 앉아 이야기했다. 곧 일고여덟 살쯤 되

* 해질녘에 하는 이슬람교의 예배.

어 보이는 어린 여자아이가 나무 쟁반에 작은 커피잔 두 개를 받쳐 들고 집에서 나왔다. 땅거미가 내리자 카림은 다시 시계를 꺼내 시간을 보았다.

"마그립 기도 시간입니다." 그가 말했다. 그리고 뭐라고 외치자, 잠시 후 아이가 다시 나와 이번에는 물 양동이를 들고 낑낑댔다. 카림은 웃으며 양동이를 받아들었다. 그는 계단을 딛고 땅으로 내려가 발을 씻도록 한쪽에 마련해둔 돌 단상에 양동이를 올려놓았다. 그리고 손님 먼저 목욕재계하라고 손짓해 불렀으나 일리아스는 완강하게 사양했다. 결국 카림이 먼저 기도 준비를 위한 목욕재계를 했다. 그다음 일리아스의 차례가 되자 그는 카림이 한 대로 따라 했다. 그들은 기도를 해야 할 베란다로 다시 올라갔다. 카림은 관습에 따라 예의바르게 일리아스더러 먼저 기도를 해달라고 청했다. 이번에도 일리아스는 극구 사양했고, 카림이 앞으로 나서서 기도를 이끌었다.

일리아스는 어떻게 기도해야 하는지, 기도 내용은 무엇이 되어야 하는지 몰랐다. 그는 모스크에 들어가본 적이 한 번도 없었다. 어린 시절에 살았던 곳에도, 이후 오랜 세월을 지낸 커피 농장에도 다닐 만한 모스크가 없었다. 근처의 산속 마을에는 모스크가 있었지만, 농장이나 학교 사람 누구도 일리아스에게 그 모스크에 가보라고 하지 않았다. 그러다가 기도를 배우기에는 너무 때가 늦어버렸다. 이제 와서 기도를 배우는 건 부끄러운 일이었다. 그때쯤 일리아스는 사이잘삼 농장에서 일하는 성인이었고 모스크가 흔한 마을에 살고 있었으나, 이번에도 일리아스에게 모스크에 가라고 말하는 사람은 없었다. 일리아스는 언제라도 당혹스러운 일이 생기리라는 걸 알고 있었다. 기도하자는 카림의 청에 처음으로 우려했던 상황에 맞닥뜨린 일리아스는 모든 동작과 중얼거림을 따라 하며 성스러운 말을 하는 것처럼 최선을 다해 기도하는 시늉을 했다.

약속대로 카림은 일리아스를 고향으로 데려다줄 다른 수레꾼을 구해주었다. 마을은 멀지 않았다. 초조한 하룻밤을 보낸 그는 뜰에서 누군가 움직이는 소리를 듣자마자 밖으로 나왔다. 수레꾼이 올 때까지 기다리는 동안 먹을 아침식사로 바나나 한 개와 양철 머그잔에 담긴 홍차를 받았다. 그는 작은 소녀가 베란다를 비로 쓰는 모습을 보았지만, 아이 엄마의 모습은 보이지 않았다. 이번 수레꾼은 외출을 하게 돼서 기뻐하는 십대 아이였다. 그는 가는 내내 최근에 친구들과 함께 정신 나간 장난을 쳤던 일을 떠들어댔다. 일리아스는 예의바르게 귀기울이며 필요할 때면 웃었지만, 속으로는 시골뜨기 같으니, 라고 생각했다.

그들은 한 시간 정도 걸려서 마을에 도착했다. 수레꾼은 마을로 들어가는 오솔길이 수레로 지나가기에는 너무 좁으니 대로에서 기다리겠다고 말했다. 수레를 세워놓은 오솔길을 따라 조금만 걸어가면 된다는 것이었다. 그래, 알아. 일리아스가 말했다. 그는 옛집이 있던 자리로 이어지는 오솔길을 따라갔다. 겨우 몇 달 전에 떠난 것처럼 모든 것이 어수선하면서도 익숙하게 보였다. 딱히 마을이라고 할 것도 없었다. 뒤쪽에 작은 밭이 있고 이엉을 얹은 집들이 여기저기 흩어져 있을 뿐이었다. 옛집에 도착하기도 전에 일리아스는 이름은 기억나지 않으나 얼굴은 익숙한 한 여자를 보았다.

그녀는 나뭇가지와 진흙으로 지은 다 쓰러져가는 집 앞 공터에 앉아서 코코넛 잎사귀로 매트를 짜고 있었다. 발치를 보니 돌 세 개를 괴어 냄비를 데우고 있었고, 닭 두 마리가 땅을 쪼며 집 주변을 돌아다녔다. 일리아스가 다가가자 여자는 캉가 주름을 펴며 머리를 가렸다.

"시카무.*" 그가 말했다.

여자는 인사에 대답하더니 일리아스의 말을 기다리며 도시 옷을 입은 그를 위아래로 훑어보았다. 여자의 나이는 가늠이 되지 않았지만, 일리아스가 생각한 그 사람이라면 여자에게는 일리아스 또래의 자식이 있을 터였다. 문득 일리아스는 그 자식 중 하나가 함께 놀곤 했던 하산이라는 걸 떠올렸다. 일리아스의 아버지 이름도 하산이었고, 그토록 쉽게 그 이름이 떠오른 건 그래서였다. 낮은 의자에 앉아 있던 여자는 굳이 일어나거나 미소 지으려 들지 않았다.

"저는 일리아스예요. 전에 저 위에 살았어요." 그가 여자에게 부모님의 이름을 대며 말했다. "부모님이 지금도 거기 사시나요?"

여자는 대답하지 않았고, 일리아스는 그녀가 자기 말을 들었는지, 이해는 했는지 알 수 없었다. 일리아스가 직접 보러 가려는데, 집안에서 한 남자가 나왔다. 여자보다 나이가 많은 남자는 절뚝거리며 다가와 시력이 나쁘기라도 한 것처럼 일리아스를 가까이서 바라보았다. 얼굴에 주름살이 있고 수염은 깎지 않았으며 몸이 약

* '안녕하세요'라는 뜻의 스와힐리어.

하고 건강이 나쁜 것 같았다. 일리아스는 다시 자기 이름과 부모님의 이름을 밝혔다. 남자와 여자는 시선을 주고받았다. 입을 연 사람은 여자였다.

"일리아스라는 이름은 기억나는구나. 사라졌던 그 아이니?" 여자는 그렇게 말하며, 가엾다는 듯 두 손으로 잠시 머리를 감쌌다. "그땐 끔찍한 일들이 많이 일어났어. 우린 네가 루가루가*나 와망가**에게 납치당했다고 생각했단다. 음다치***가 너를 죽인 줄 알았어. 안 해본 생각이 없는 것 같다. 그래, 일리아스는 기억나. 그게 너니? 정부 사람처럼 보이는구나. 너희 어머니는 오래전에 돌아가셨어. 지금은 저 위에 아무도 살지 않아, 집도 무너져내렸고. 너희 어머니가 너무 운이 나빠서 아무도 그 집에 살고 싶어하지 않았거든. 네 어머니는 너희 아버지가 돌봐야 할 작은 아기를 남기고 떠났다. 태어난 지 십오 개월인가 십육 개월쯤 됐을 거야. 그런데 너희 아버지는 아기를 버리고 다른 사람들이랑 살러 떠났어."

일리아스는 잠시 그 말을 생각해본 뒤 물었다. "아기를 버리고 다른 사람들이랑 살러 갔다니, 그게 무슨 뜻이에요?"

"아기를 줘버렸다." 이제는 남자가 말했다. 목소리가 약했고, 애써 말하느라 숨을 헐떡였다. "네 아버지는 무척 가난했어. 심하게 아팠고. 우리 모두가 그렇듯이 말이야. 그래서 아기를 줘버렸다." 그는 팔을 들어 길 쪽을 가리켰다. 너무 지쳐서 더이상 말을 하지

---

* 동아프리카 지역의 게릴라를 일컫는 말.

** '아랍 사람들'이라는 뜻의 스와힐리어.

*** '독일인'이라는 뜻의 스와힐리어.

못하는 듯했다.

"아피야였어, 이름이. 아피야." 여자가 말을 이었다. "넌 어디 있다가 왔니? 네 어머니는 돌아가셨어. 아버지도 돌아가셨고. 동생은 다른 집에 줘버렸다. 넌 어디 있었니?"

어쨌든 일리아스가 예상한 그대로였다, 다들 죽어버렸다니. 일리아스의 어린 시절 내내 아버지는 당뇨병을 앓았고, 어머니는 여자들이 걸리는 이름 모를 질병으로 자주 아팠다. 등이 아픈 것 말고도 어머니는 숨쉬기 힘들어했고, 가슴은 물이 차 무거웠다. 끝없는 임신으로 자주 구역질을 하기도 했다. 그럴 거라고 예상하긴 했지만, 그래도 이처럼 갑작스럽게 부모님의 죽음을 알게 되자 충격적이었다. "동생은 이 마을에 있어요?" 마침내 그가 물었다.

남자는 괴로워하는 목소리로 다시 입을 열어, 아피야를 데려간 가족이 사는 곳을 알려주었다. 그러고는 일리아스와 함께 대로까지 가서 젊은 수레꾼에게 방향을 가리켜주었다.

*

그녀가 어린 시절을 보낸 작은 도롯가 마을은 덤불로 뒤덮인 원뿔 모양의 어두운 언덕이 내려다보는 곳에 있었다. 집밖에 나가면 언제나 그 언덕이 자리를 지키며, 길 건너편의 집들과 뜰을 굽어보고 있었다. 하지만 아주 어렸을 때는 언덕이 보이지 않았다. 언덕의 존재를 의식하게 된 것은 일상적인 풍경에 의미를 두는 법을 배운 뒤의 일이었다. 그녀는 절대 언덕에 올라가서는 안 된다는 말을 들었지만 그 이유에 대한 설명은 듣지 못했으므로, 상상할 수 있는 모든 두려운 것이 거기에 산다고 생각했다. 절대로 언덕에 올라가서는 안 된다고 주의를 준 사람은 아주머니였다. 아주머니는 아이를 통째로 집어삼키는 뱀이나 보름달이 뜨는 밤이면 그림자가 지붕을 빠르게 가로지르는 키 큰 남자 이야기, 길을 헤매다 바다까지 갔다가 가끔 표범으로 변신해 염소나 아기를 노리고 마을을 습격하는 추레한 늙은 여자 이야기도 해주었다. 아주머니가 그렇게 말한 건 아니지만, 그녀는 뱀과 키 큰 남자와 추레한 늙은 여자 모두 언덕에 살다가 내려와 세상을 공포에 휩싸이게 한다고 확신했다.

집과 뒤뜰 뒤쪽으로는 들판이 있었고, 언덕은 그 들판 너머에 솟아 있었다. 그녀가 나이를 먹자 언덕은 마을 위로 더욱 거대하게 솟은 것처럼 보였다. 땅거미가 질 때면 특히 그랬다. 꼭 불만이 많은 유령처럼 언덕마루가 마을을 내려다보았다. 그녀는 밤에 집을 나서야 할 때마다 언덕에서 시선을 돌리는 법을 배웠다. 밤의 깊은 침묵 속에서는 조용하게 속삭이는 소리가 슬금슬금 기어내려오는 것 같았고, 가끔은 그 소리가 집 주변과 그 너머에서도 들려왔다. 아주머니는 그것이 오직 여자들만 목소리를 들을 수 있는 보이지 않는 존재들이라고 말했지만, 그녀는 그들의 속삭임이 아무리 구슬프고 끈덕지더라도 절대 문을 열어주지 않을 작정이었다. 한참이 지나서, 그녀는 남자아이들이 언덕을 올라갔다가 안전하게 돌아온다는 걸 알게 되었다. 그들은 한 번도 뱀이나 키 큰 남자나 추레한 늙은 여자 얘기를 하지 않았고, 속삭이는 소리를 언급한 적도 없었다. 그들은 언덕으로 사냥을 하러 간다면서, 뭐든 잡으면 불에 구워먹는다고 했다. 그들이 돌아올 때는 늘 빈손이었으므로 그녀는 놀림을 당하는 건지 아닌지 알 수 없었다.

마을을 지나는 길은 한쪽은 바닷가로, 다른 쪽은 내륙 깊은 곳으로 이어졌다. 대부분 사람들은 걸어서 다니는 길이었다. 그중에는 무거운 짐을 들고 다니는 사람도 있었고, 가끔은 당나귀나 소달구지에 탄 남자들이 오가기도 했다. 길은 수레가 지나갈 수 있을 만큼 넓었지만 바닥이 고르지 않고 울퉁불퉁했다. 뒤쪽 멀리 지평선을 따라 산맥의 실루엣이 보였다. 산맥의 낯선 이름을 들으면 그녀는 위험을 떠올렸다.

그녀는 아주머니와 아저씨와 오빠와 언니와 살았다. 오빠의 이름은 이사, 언니는 자와디였다. 그녀는 아주머니와 같은 시간에 일어나야 했다. 아주머니는 그녀를 흔들어 깨우고 엉덩이를 찰싹 후려쳐 일으켜세웠다. 일어나, 말썽쟁이야. 아주머니의 이름은 말라이카였지만, 다들 엄마라고 불렀다. 소녀가 처음 일어나서 하는 허드렛일은 아주머니가 화로에 불을 붙이는 동안 물을 길어오는 것이었다. 화로는 전날 밤에 깨끗하게 닦아 목탄으로 가득 채워두었다. 물은 부족하지 않았지만 직접 길어와야 했다. 화장실 문 앞에는 안에서 쓸 수 있도록 물 양동이와 국자가 놓여 있었다. 바깥쪽 하수도로 이어지는 수문 옆에도 양동이가 하나 더 있었는데, 거기서 냄비와 접시를 닦고 빨래한 물을 버렸다. 하지만 아저씨가 목욕을 하고 차를 마시는 물은 차양을 덮어 시원하게 관리하는 커다란 토기 수조에서 그녀가 길어와야 했다. 아저씨의 목욕물과 찻물은 깨끗해야 했고, 양동이의 물은 허드렛일에만 쓰는 것이었다. 사람들은 물 때문에 이따금 병에 걸렸다. 그래서 그녀는 아저씨가 목욕하고 차를 마실 수 있도록 깨끗한 물을 데워야 했다.

수조는 높았고 그녀는 작았으므로, 뒤집어놓은 상자를 딛고 올라서야 물에 손이 닿았다. 물 높이가 낮거나 물장수가 와서 수조를 채워놓지 않았을 때는 몸 절반이 미끄러운 수조에 들어갈 정도로 손을 뻗어야 했다. 머리가 수조 안에 있을 때 말을 하면 목소리가 악마처럼 들리고 몸집이 거대해진 것 같은 기분이 들었다. 그녀는 물을 긷지 않을 때도 가끔 그런 식으로 수조에 머리를 집어넣고 거대한 존재가 된 것처럼 흡족한 듯 신음을 냈다. 그녀는 국자로 물을 퍼서 냄비 두 개에 반씩만 채웠다. 그러지 않으면 너무 무거워서 들 수가 없었다. 그녀는 아주머니가 피워놓은 화로 두 개로 물이 담긴 냄비를 하나씩 가져간 다음, 물이 딱 맞는 양에 이를 때까지 수조를 여러 번 오가며 냄비를 채웠다. 하나는 아저씨의 목욕물이고 하나는 차를 끓일 물이었다.

그녀는 처음 기억나는 순간부터 이미 아주머니, 아저씨와 함께 살고 있었다. 오빠 이사와 언니 자와디는 그녀보다 나이가 대여섯 살쯤 많았다. 물론 진짜 오빠와 언니는 아니었지만, 그들이 장난삼아 놀리고 아프게 하더라도 그녀는 두 사람을 오빠와 언니라고 생각했다. 때때로 둘은 매우 고의적으로 그녀를 때렸다. 그녀가 성질을 돋울 만한 일을 해서가 아니라 그냥 그러고 싶어서, 그녀에게는 막을 힘이 없어서 때렸다. 그들은 집에 아이들끼리만 있어서 그녀의 울음소리를 들을 사람이 없을 때마다, 아니면 심심할 때마다 그녀를 때렸고 그런 일은 자주 있었다. 그녀가 싫어하는 일을 시켜놓고 울거나 거부하면 따귀를 때리고 침을 뱉었다. 그녀는 허드렛일을 마치고 나면 할일이 별로 없었다. 하지만 오빠와 언니가 친구들과 놀러나가거나 이웃의 나무에서 과일 서리를 할 때 따라가면 두 사람도, 그 친구들도 늘 반기지는 않았다. 여자애들은 그녀에게 더러운 욕설을 해서 남자애들을 웃겼고, 가끔은 그녀를 쫓아내기도 했다. 이유는 그때그때 달랐지만, 오빠와 언니는 매일 그녀를 때리거나 꼬집거나 그녀의 음식을 훔쳤다. 그녀는 두 사람이 자기를 때리고 꼬집고 음식을 훔쳐도 별로 슬프지 않았다. 별로 아프지도 않았다. 그녀를 더욱 슬프고 작게 만드는 것들, 이 세상에서 혼자만 다른 사람이 된 것처럼 느끼게 하는 것들은 따로 있었다. 매야 다른 애들도 매일 맞는 것이었으니까.

아주 어린 나이부터 그녀는 허드렛일을 해야 했다. 언제부터였는지는 기억나지 않지만, 그녀는 언제나 뭔가 하라고 불려다녔다. 바닥을 쓸거나 물을 긷거나 가게로 달려가서 아주머니 심부름을 했다. 나중에는 시키는 대로 옷을 빨고 먹을 것을 썰고 껍질을 벗겼으며, 아저씨의 목욕물과 가족들이 마실 찻물을 데웠다. 마을의 다른 아이들도 각자의 아저씨와 아주머니를 위해 집에서나 들판에서 허드렛일을 해야 했다. 그녀의 아저씨와 아주머니는 밭이 없고 텃밭조차 가꾸지 않았으므로, 그녀의 허드렛일은 모두 집안이나 뒤뜰에서 하는 것이었다. 아주머니는 종종 말투가 날카로워졌지만, 친절한 경우가 더 많았고 그녀에게 이야기를 들려주었다. 밤이면 쇠사슬을 끌고 길가를 돌아다니며 작은 여자아이를 납치해 지하의 땅굴로 데려간다는, 비대한 몸에 넝마를 걸치고 손톱이 더럽고 긴 남자 이야기처럼 무시무시한 것도 있었다. 그자가 오면 늘 소리가 난단다. 땅에 사슬이 질질 끌리거든. 아주머니가 들려주는 이야기 중에는 어린 소녀들을 훔쳐가는 더럽고 늙은 사람 이야기가 많았다. 이사나 자와디가 그녀를 못살게 구는 걸 보면, 아주머니는 그들을 나무랐고 심지어 벌을 주기도 했다. 동생처럼 대해야지, 가엾은 아이인데. 아주머니는 그렇게 말했다.

어머니는 돌아가셨다. 그건 그녀도 알았다. 하지만 왜 하필 아주머니와 아저씨가 그녀를 받아들였는지는 몰랐다. 그녀가 여섯 살이던 어느 날에 아주머니가 말해주었다. "우리가 널 받아들인 건 네가 고아가 됐고 네 아버지는 아팠기 때문이야. 네 어머니와 아버지는 길 저쪽에 살았고, 우린 그 사람들을 잘 알았단다. 가엾은 네 어머니는 건강이 좋지 않았어. 네가 두 살쯤인가, 아주 작았을 때 돌아가셨지. 네 아버지는 너를 우리에게 데려와서 자기가 나을 때까지 돌봐달라고 했지만, 나아지지 않았다. 신께서 너희 아버지까지 데려가셨지. 이런 일은 신의 손에 달렸어. 그때 이후로 너는 우리의 짐이 된 거야."

아주머니는 이 이야기를 하며 그녀의 머리를 감기고 기름을 바르고 땋아주었다. 이가 생기지 않도록 매주 하는 일이었다. 아주머니의 무릎 사이에 앉아 있던 그녀는 아주머니의 얼굴을 볼 수 없었지만 목소리는 온화했다. 심지어 아련했다. 이 이야기를 들은 뒤에야 그녀는 두 사람이 진짜 친척 아저씨나 아주머니가 아니며 아버지도 돌아가셨다는 걸 알게 되었다. 어머니는 기억나지 않았지만, 생각하면 슬펐다. 어머니를 상상하려고 해도 마을 여자 중 한 명이 떠오를 뿐이었다.

아저씨는 그녀에게 별로 말을 걸지 않았다. 그녀도 마찬가지였다. 그녀가 말을 걸면 아저씨는 인상을 썼다. 그저 아주머니가 한 말을 전할 때조차 그랬다. 그녀를 부르고 싶으면, 아저씨는 손가락을 딱 튕기거나 너! 하고 소리쳤다. 아저씨의 이름은 마카메였다. 그는 얼굴도 둥글고 코도 둥글고 커다란 배도 둥근, 덩치 큰 남자였다. 그는 모든 것이 자기 뜻대로 되어야 만족했다. 그가 아이 하나에게 날카롭게 말하면 집이 그의 분노로 떨리고 흔들렸으며 모두가 조용해졌다. 그녀는 아저씨의 눈을 피했는데, 성난 그의 얼굴에서 그 눈이 뜨겁고 무시무시하게 보이는 경우가 많았기 때문이다. 그녀는 아저씨가 자기를 좋아하지 않는다는 건 알았지만, 자기가 무슨 짓을 했기에 아저씨가 그런 식으로 느끼는지는 몰랐다. 아저씨는 손이 컸고 팔은 그녀의 목만큼 굵었다. 아저씨가 뒤통수를 후려치면 그녀는 비틀거리며 현기증을 느꼈다.

아주머니에게는 뭔가 단호하게 이야기할 때 몇 차례 고개를 끄덕이는 버릇이 있었는데, 얼굴이 잡아 늘인 듯 길고 코가 뾰족해서 그럴 때마다 허공에 있는 뭔가를 쪼는 것처럼 보였다. "네 아저씨는 아주 힘이 센 사람이야." 아주머니는 그녀에게 말했다. "그래서 세리칼리* 창고에 경비원으로 고용된 거란다. 부랑자들이 들어오지 못하도록 대문을 여닫는 일을 하지. 정부에서 아저씨를 선택한 거야. 다들 네 아저씨를 두려워하거든. 마카메의 주먹은 곤봉 같다

* '정부'라는 뜻의 스와힐리어.

고 다들 말한단다. 네 아저씨가 아니었으면, 사람들이 깡패처럼 굴면서 물건을 훔쳐갔을 거야."

기억이 나는 가장 이른 순간부터 그녀는 집 현관 바로 안쪽 바닥에서 잤다. 아침에 문을 열면 언덕이 보였고, 밤에 문이 닫혀 있을 때조차 그 자리에서 거대한 언덕이 모두를 내려다보고 있다는 걸 알았다. 밤에는 개들이 짖었고 얼굴 주변에서는 모기들이 윙윙거렸으며 조잡하고 금이 간 문 바로 바깥에서는 벌레들이 부스럭거리며 귀에 거슬리는 소리를 냈다. 그러다가 언덕에서 속삭거리는 소리가 집 뒤쪽까지 한참을 내려오면 그 모든 소리가 조용해졌다. 그녀는 문의 널빤지 틈 사이로 자기를 들여다보는 불만 가득한 눈을 보게 될까봐 눈을 꽉 감고 있었다.

집은 진흙 벽돌로 짓고 안팎에 흰색 도료를 바른 작은 건물이었다. 현관 복도 양편으로 방이 하나씩 있고, 뜰로 나가는 뒷문이 있었다. 싸리울이 집을 둘러싸고, 바깥에 씻는 공간과 조리공간이 있었다. 다른 네 사람은 두 방 중 큰 방에서 잤다. 어머니와 딸이 한 침대에서 자고 아버지와 아들이 다른 침대에서 잤다. 아이들은 작은 방에서 잘 때도 있었다. 낮 동안에 작은 방은 거실로 쓰거나 물건을 보관하기도 하고 식사를 하거나 찾아온 이웃을 맞아들이는 장소로도 쓰였다. 마을은 시골 깊숙한 곳에 있었으므로 수도시설이 없었다. 물 높이가 낮아질 때마다 물장수가 채워주는 커다란 토기 수조에서 그녀가 아저씨의 목욕물과 찻물을 길어와야 하는 이유였다. 물장수는 조금 떨어진 곳의 마을 우물에서 물을 길어와 직접 수레를 끌고 이 집 저 집 다니면서 돈을 받고 수조를 채워주었다. 많은 이들이 직접 우물에 가거나 아이를 보냈지만, 아주머니와 아저씨에게는 돈을 낼 여유가 있었다.

어느 날 그녀가 뜰에서 아주머니를 도와 빨래를 하고 있을 때 앞문 밖에서 누군가 부르는 소리가 들렸다. 가서 누군지 보렴, 하고 아주머니가 말했다. 문 앞에는 소매가 긴 흰 셔츠에 카키색 바지를 입고, 밑창이 두꺼운 부드러운 가죽신을 신은 남자가 있었다. 그는 오른손에 천 가방을 들고 길에서 바로 이어진 계단 위에 서 있었다. 읍내에서, 해변에서 온 남자가 분명했다.

"카리부." 그녀가 환영한다는 뜻의 인사를 전했다.

"마라하바.*" 그가 미소 지으며 말하고는 잠시 후 물었다. "이름이 뭐야?"

"아피야요." 그녀가 말했다.

그는 더욱 활짝 웃으면서 동시에 한숨을 쉬었다. 그러더니 눈높이를 맞추려는 듯 허리를 숙였다. "난 네 오빠야." 그가 말했다. "너를 아주 오랫동안 찾고 있었어. 네가 살아 있는지, 아니면 엄마랑 아빠가 살아 계신지 몰랐거든. 세상에, 이제야 널 찾았구나. 이 집 사람들은 안에 있어?"

그녀는 고개를 끄덕이고 아주머니를 부르러 갔다. 아주머니는 캉가에 손을 닦으며 나왔다. 다시 허리를 펴고 선 남자가 이름을 대며 자기소개를 했다. "저는 일리아스입니다. 얘 오빠예요. 예전에 살던 집에 갔다가 식구들이 세상을 떠났다는 걸 알게 됐어요. 이웃

* '고맙다'는 뜻의 스와힐리어.

들이 동생이 이 집에 있다고 하더라고요. 전 몰랐습니다."

아주머니는 잠시 그의 말에 동요하는 듯했다. 그의 외모에도 놀란 것 같았다. 그는 정부 사람처럼 옷을 입고 있었다. "카리부. 우린 그쪽이 어디 있는지 몰랐어요. 아피야가 아저씨를 데리고 올 테니 기다려주세요." 그녀가 말했다. "빨리, 지금 가."

아피야는 창고로 달려가 아저씨더러 아주머니가 부른다고 말했다. 아저씨는 무슨 일이냐고 물었다. 우리 오빠가 왔어요. 그녀가 말했다. 어디서? 아저씨가 물었다. 하지만 아피야는 그냥 앞장서서 달렸다. 집에 이르렀을 때, 아저씨는 약간 숨을 헐떡이면서도 공손하게 미소 짓고 있었다. 그가 평소 집에서 보이는 모습은 아니었다. 오빠는 평상시처럼 어수선하고 비좁은 작은 방에 있었고, 아저씨는 그곳에서 그와 악수하며 기쁜 듯 활짝 웃었다. "어서 오세요, 형제. 당신을 안전하게 지켜주시고 동생을 만날 수 있도록 우리집으로 이끌어주신 신께 감사드립니다. 당신 아버지는 당신이 실종됐다고 했어요. 우린 어떻게 해야 당신을 찾을 수 있을지 몰랐고요. 우린 최선을 다해서 이 아이를 돌봤습니다. 지금 이 아이는 우리 식구나 마찬가지예요." 그는 환영의 뜻으로 오른팔을 활짝 벌린 채 왼손을 가슴에 두고 말했다.

"저를 기억하실지는 모르겠지만, 앞서 말씀드렸듯 제가 이 아이의 오빠라는 건 확실합니다." 오빠가 말했다.

"내가 봐도 가족이라 서로 닮았네요." 아저씨가 말했다. "확인해주실 필요도 없겠어요."

몇 분 뒤 아피야가 쟁반에 물 두 잔을 받쳐서 가져왔을 때 두 사람은 대화를 나누고 있었다. 그녀는 오빠가 말하는 것을 들었다. "이렇게 오랫동안 동생을 돌봐주셔서 감사합니다. 아무리 감사드려도 부족하겠지만, 이제 동생을 찾았으니 데려가서 함께 살고 싶군요."

"아이가 떠난다니 유감입니다." 아저씨가 말했다. 얼굴이 말라붙은 땀으로 번들거렸다. "지금 저애는 우리 딸이나 마찬가지예요. 저 아이가 함께 살면서 들어간 비용을 우리는 기꺼이 치렀습니다. 하지만 당연히 오빠랑 같이 살아야죠. 핏줄은 핏줄이니까."

둘은 잠시 이야기를 나누더니 아피아에게 들어오라고 했다. 오빠는 그녀에게 앉으라고 손짓하고서 자신과 함께 큰 마을에 가서 살게 될 거라고 설명했다. 잠시 후 함께 떠날 테니 짐을 챙기라고 했다. 아피아는 작은 꾸러미를 챙겨 몇 분 안에 준비를 마쳤다. 아주머니가 그녀를 찬찬히 지켜보았다. 그냥 그렇게 가는 거냐, 고맙다는 말도, 작별인사도 없이. 아주머니가 나무라듯 말했다. 감사합니다, 안녕히 계세요. 아피아는 서두른 것을 부끄러워하며 말했다.

그녀는 진짜 오빠가 있는지조차 몰랐다. 오빠가 여기 왔다는 것이, 그냥 길가에서 들어와 그녀를 데려가려고 기다리고 있다는 것이 믿기지 않았다. 오빠는 무척 깨끗하고 아름다웠으며 아주 태평하게 웃었다. 나중에 이야기를 들어보니 오빠는 아저씨와 아주머니에게 화가 났으나 아피아가 친척이 아닌데도 그녀를 받아준 두 사람에게 고마워하지 않는 것으로 보일까봐 티를 내지 않은 것이었다. 그들은 아피아를 받아주었다. 그걸 아무것도 아니라고 할 수는 없었다. 그는 두 사람에게 친절을 베풀어준 데 대한 답례로 돈을 좀 주었지만, 그럴 필요는 없었다. 그가 찾아왔을 때 아피야는 그 집 노예라도 되는 것처럼 더러운 넝마를 걸치고 있었으니 말이다. "그렇게 오랫동안 너를 부려먹었는데, 네가 돈을 받았으면 받았지." 그가 말했다. 당시에 아피야는 그런 식으로 생각하지 못했다. 나중에, 오빠와 함께 살게 된 뒤에야 그렇다고 깨닫게 되었다.

그녀를 찾은 그날 아침, 오빠는 아피야를 당나귀 수레에 태워 카림의 가게로 갔다. 그녀는 한 번도 당나귀 수레를 타본 적이 없었다. 그들은 마을로 가는 수레가 올 때까지 가게에서 기다렸고, 다음날 다른 당나귀 수레에 올랐다. 아피야는 망고와 카사바와 곡물 자루 사이에 앉았고 오빠는 수레꾼과 함께 운전석에 탔다. 오빠가 그녀를 데려간 곳은 해변의 작은 읍내였다. 오빠는 읍내에서 어느 가족의 집 아래층 방을 빌려 살고 있었고, 그 집에 도착하자 위층으로 아피야를 데려가 거기 사는 사람들을 소개해주었다. 어머니와 십대인 딸들이었는데, 그들은 아피야에게 언제든 원할 때마다 올라오라고 했다. 오빠와 사는 동안 아피야는 살면서 처음으로 침대에서 잤다. 방 끝에는 그녀만의 모기장이 쳐진 그녀의 침대가 있었고, 오빠 침대는 반대쪽 끝에 있었다. 가운데에는 탁자가 있었는데, 오빠는 매일 오후에 퇴근해 돌아오면 그녀에게 그 탁자에서 공부를 하라고 했다.

아피야를 읍내로 데려오고 며칠이 지난 어느 날 아침, 오빠는 그녀를 데리고 바닷가 근처의 공립 병원으로 갔다. 그녀는 한 번도 바다를 본 적이 없었다. 흰 가운을 입은 남자가 그녀의 팔을 긁어 보더니 작은 항아리에 소변을 보라고 했다. 일리아스는 팔을 긁은 건 열병에 걸리지 않게 하려는 것이고, 소변은 빌하르츠 주혈흡충증이 있는지 검사하려는 것이라고 설명해주었다. 독일식 의학이야, 그가 말했다.

아침에 일리아스가 일을 하러 가면, 그녀는 위층 가족에게로 올라갔고 그들은 아무렇지 않게 그녀에게 자리를 내주었다. 그들은 이것저것 질문을 던졌고, 아피야는 별로 할말이 없었으나 대답을 했다. 그녀는 할 줄 아는 일이 달리 없어서 주방에서 일을 돕거나, 자매가 이야기를 나누며 바느질을 할 때 함께 앉아 있었다. 때로는 자매가 아피야를 거리 저쪽에 있는 가게로 심부름 보내기도 했다. 자매의 이름은 자밀라와 사아다였는데, 둘은 처음부터 아피야의 친구가 되었다. 나중에 자매의 아버지가 집에 오면 아피야는 그들과 함께 식사했다. 그들은 아피야에게 자매의 아버지를 오마리 삼촌이라고 부르라 했고, 그 말을 듣자 아피야는 가족의 일원이 된 기분이 들었다. 오후에 오빠가 퇴근하고 몸을 씻고 나면 그녀는 아래층으로 점심을 가져다주고 오빠가 식사하는 동안 함께 앉아 있었다.

"글을 읽고 쓰는 법을 배워야 해." 오빠가 말했다. 아피야는 누가 글을 읽거나 쓰는 모습을 본 적은 없어도 마을 가게의 깡통과 상자에 무언가 적혀 있고 가게 주인의 의자 위쪽 선반에 책이 한 권 있는 걸 보기도 했으므로 글이 무엇인지는 알았다. 가게 주인은 그 책이 기도를 준비할 때처럼 손을 씻은 다음에야 만질 수 있는 신성한 책이라고 말했다. 아피야는 그렇게까지 신성한 책을 배울 수 있으리라는 생각이 들지 않았지만, 오빠는 그녀를 보고 웃더니 옆에 앉혀놓고 글자를 써 보이며 따라 읽게 했다. 나중에 그녀는 스스로 글자 쓰는 법을 연습했다.

위층 사람들도 나가고 없는 어느 오후, 오빠는 아피야를 데리고 친구를 만나러 갔다. 이름은 칼리파였고, 일리아스는 그가 마을에서 가장 친한 친구라고 말했다. 그와 서로 놀리고 웃다가 잠시 후 오빠는 그만 가야겠다면서 아피야를 다시 데려오겠다고 약속했다. 대부분의 아침에 아피야는 위층으로 올라가서 요리하고 이야기하고 바느질하는 자밀라, 사아다와 함께 앉아 있었다. 일리아스가 카페에 가거나 친구들을 만나러 가는 저녁에도 위층에 올라가, 자매의 부러워하는 시선을 받으며 글자를 읽고 쓰는 걸 연습하기도 했다. 자매는 둘 다 글을 읽을 줄 몰랐고, 둘의 어머니도 마찬가지였다.

하지만 오빠가 늘 밖에 나가는 것은 아니었다. 집에서 아피야에게 카드게임이나 노래를 가르쳐주든지, 자신이 겪은 일을 이야기해주는 저녁도 있었다. 오빠는 이렇게 말했다. "난 엄마가 너를 임신했을 때 집에서 도망쳤어. 정말로 도망칠 생각이었는지는 모르겠어. 아니었겠지. 난 겨우 열한 살이었거든. 우리 엄마랑 아빠는 무척 가난하셨어. 모두가 가난했지. 두 분이 어떻게 살았는지, 어떻게 살아남았는지 모르겠다. 아빠는 당뇨병 때문에 아파서 일을 할 수 없었어. 아마 이웃들이 도와줬을 거야. 내 옷이 넝마였고, 늘 배가 고팠던 건 확실해. 엄마는 여동생 둘을 낳으셨는데 둘 다 죽었어. 말라리아 때문이었던 것 같지만, 당시에는 나도 그냥 어린애였으니까 그런 건 몰랐지. 동생들이 태어났던 건 둘 다 기억나. 몇 달이 지나니까 걔들이 아프기 시작했고 며칠 동안 울더니 세상을 떠났어. 어느 밤에는 너무 배가 고픈데다 아빠가 너무 시끄럽게 신음 소리를 내서 잠을 잘 수가 없었어. 아빠는 다리가 부풀었고 썩는 고기처럼 고약한 냄새가 났어. 아빠 잘못이 아니라 당뇨 때문에 그런 거야. 울지 마, 눈물 고이는 거 보이네. 널 괴롭히려고 하는 얘기가 아니라, 아마 그런 이유로 내가 도망치고 싶었을 거라는 걸 설명하고 싶은 거야.

정말 도망칠 생각은 아니었겠지만, 일단 길을 나선 뒤에는 계속 걸었어. 아무도 나를 눈여겨보지 않았지. 배가 고프면 구걸을 하거나 과일을 훔쳤고, 밤이면 늘 기어들어가서 잘 만한 곳을 찾았어. 무척 겁이 날 때도 있었지만, 나 자신을 잊고 그냥 주변에서 무슨 일이 일어나는지 지켜볼 때도 있었어. 며칠 뒤 나는 해변에 있는 큰 읍내에, 이 마을에 도착했어. 군인들이 거리를 행진하면서 음악을 연주하는 걸 봤지. 묵직한 군화가 척척 앞으로 나아갔고 젊은 사람들이 무리 지어 그 곁을 행진했어. 자기들도 군인이 된 것처럼 말이야. 나도 제복과 행진과 군악대를 보고 짜릿해져서 그 젊은이들과 함께했지. 행진은 기차역에서 끝났고, 나는 거기 서서 쇠로 된 집채만한 차들을 봤어. 엔진이 소리를 내면서 꼭 살아 있는 것처럼 연기를 내뿜었지. 그전에는 기차를 본 적이 한 번도 없었거든. 아스카리 군대가 승강장에 서서 기차에 타려고 기다리고 있었는데, 나는 그 주변을 서성이면서 그냥 구경하고 귀를 기울였어. 그때는 아직 마지마지 전투가 벌어지던 때였어. 마지마지 전투라고 알아? 그땐 나도 몰랐어. 그 얘기는 나중에 해줄게. 기차가 준비되자 아스카리가 올라타기 시작했는데, 어느 샹간 아스카리가 나를 기차로 밀어넣더니 내 손목을 쥐고서 웃었어. 몸부림쳐도 놔주지 않았지. 나더러 자기 총돌이를 하라는 거야. 행진할 때마다 자기 총을 들고 다니라는 거였어. 마음에 들 거라면서. 그 사람은 기찻길이 끝나는 곳까지, 아니, 당시에 기찻길이 놓여 있던 곳까지 나를 데려갔고 우리는 며칠에 걸쳐서 산속 마을까지 깊숙이 들어갔어.

도착하고 나니까 우리더러 어느 뜰에서 잠깐 기다리라데. 아마 그 샹간은 내가 더이상 탈출할 마음이 없다고 생각했을 거야. 내 손목조차 잡지 않았거든. 아마 도망칠 곳이 없다고 생각했겠지. 나는 어느 인도 남자가 웬 화물을 지키고 서서 짐꾼들에게 명령을 내리고 작은 판자에 메모하는 걸 봤어. 그 사람한테 달려가서 아스카리가 나를 집에서 억지로 끌고 왔다고 말했지. 인도인 남자는 저리가, 이 더러운 도둑놈아! 하고 말했어. 난 분명 아주 더러워 보였을 거야. 옷이라고 해도 넝마일 뿐이었거든. 자루로 만든 반바지에, 더이상 빨 생각도 들지 않던 낡고 찢어진 셔츠를 입고 있었으니까. 나는 인도인 남자에게 내 이름은 일리아스고, 저쪽에 서서 우리를 노려보는 덩치 큰 샹간이 나를 집에서 억지로 끌고 왔다고 했어. 인도인 남자는 처음에는 외면하다가 나한테 이름을 다시 말해보라고 했어. 두 번 더 말해보라고 하더니 미소 지으면서 따라 말하더라고. 일리아스. 그러고는 고개를 끄덕이더니 내 손을 잡았어." 일리아스는 그렇게 말하며 아피야의 손을 잡았다. 그리고 인도인 남자처럼 미소 지으며 자리에서 일어났다. "그러더니 마찬가지로 그

뜰에 있던 흰 제복 차림의 독일인 장교한테 걸어가는 거야. 그 사람이 아스카리 대장이었는데, 병사들 때문에 바빴어. 모래색 머리카락에 눈썹 색도 똑같았지. 내가 처음으로 가까이 가본 독일인이 그 사람인데, 내 눈에 보인 모습은 그랬어. 그 사람이 나한테 인상을 쓰더니 인도인 남자에게 뭐라고 말했고, 인도인 남자는 나더러 마음대로 가도 좋다고 했어. 나는 갈 곳이 없다고 했지. 아스카리 대장은 그 말을 듣더니 다시 인상을 쓰면서 다른 독일인 남자를 불렀어."

그들은 다시 자리에 앉았다. 아피야는 여전히 미소 짓고 있었으며 그녀의 눈은 이야기를 듣는 즐거움에 흠뻑 빠져 있었다. 일리아스는 찌푸린 표정을 지으며 말을 이었다.

"그 독일인은 멋진 흰색 제복을 입은 장교가 아니라, 일꾼들이 짐 싣는 걸 감독하는 인상이 험한 남자였어. 인도인 남자가 헤아리던 그 짐 말이야. 장교의 말을 다 듣고 그 사람이 나를 불러서 날카롭게 물었어. 사연이 뭐라고? 나는 내 이름은 일리아스고 웬 아스카리가 나를 집에서 억지로 데려왔다고 말했어. 그 사람은 내 이름을 따라 말하더니 미소 지었어. 일리아스라, 멋진 이름이군. 그렇게 말했지. 내가 일을 마칠 때까지 여기서 기다려라. 나는 샹간 아스카리가 다시 올까봐 그 자리에서 기다리지 않고 그 사람을 따라다녔어. 남자는 산으로 조금 올라가면 있는 커피 농장에서 일했어. 다른 독일인 소유의 농장이었지. 그 사람은 농장으로 돌아갈 때 나를 데려가더니, 동물 우리에서 일을 시켰어. 거기에 당나귀 몇 마리랑, 마구간을 혼자 쓰는 말 한 필이 있었거든. 그래, 암말이었어.

덩치도 크고 어린아이가 보기엔 무서웠지. 새로 문을 연 농장이라 할일이 많았어. 그래서 인상이 험한 독일인이 나를 데려간 거야. 일할 사람이 필요했거든.

나는 우리에서 당나귀 똥을 치웠던가, 그런 일을 했는데 정확하게 기억나지는 않아. 그 모습을 농장 주인이 봤어. 부대에서 나를 데려온 사람한테 내가 누구냐고 물었지. 내가 아스카리한테 납치당했다는 걸 알자 화를 냈어. 야만인처럼 굴 필요는 없잖아, 라면서. 우린 그러려고 여기 온 게 아니야. 내가 그 사람이 한 말을 아는 이유는 나중에 그 사람이 알려줬기 때문이야. 그 사람은 자기가 한 행동에 만족감을 느꼈고, 나나 다른 사람들한테 그 얘기를 하는 걸 좋아했어. 그 사람은 내가 일하기에는 너무 어리니 일단 학교에 가야 한다고 했어. 독일인들은 여기 사람들을 노예로 삼으려고 온 게 아니라고. 그후 나는 교회 학교에 다닐 수 있었어. 개종자들을 위한 학교였지. 나는 그 농장에서 여러 해를 지냈어."

"그때 나도 태어났어?" 아피야가 물었다.

"아, 그럼. 아마 너는 내가 도망치고 몇 달 뒤에 태어났을 거야." 일리아스가 말했다. "내가 농장에서 구 년을 지냈으니 너는 열 살쯤 됐겠지. 나는 거기 사는 게 정말 좋았어. 농장에서 일하면서 학교에 다니고 글을 읽고 쓰는 법과 독일어로 노래하고 말하는 걸 배웠어."

일리아스는 말을 멈추고 독일어 노래가 틀림없는 어떤 노래를 불렀다. 그녀는 일리아스의 목소리가 아름답다고 생각했으며 그가 노래를 멈추자 자리에서 일어나 손뼉을 쳤다. 일리아스는 기뻐서

씩 웃었다. 그는 노래하는 걸 좋아했다.

그가 말을 이었다. "그렇게 오래되지 않은 어느 날, 농장 주인이 이야기 좀 하자면서 나를 불렀어. 그 사람은, 그 남자는 나한테 아버지나 마찬가지였지. 모든 일꾼들을 돌보았고 누가 아프면 치료를 받으라고 선교사 병원에 보내기도 했어. 그분이 나더러 농장에 남고 싶으냐고 물었어. 이젠 나한테 농장 일꾼으로 살기에는 재능이 너무 많다면서, 훨씬 더 기회가 많은 해변으로 돌아가면 어떨지 궁금하지 않냐고 물었지. 그리고 나한테 여기, 이 마을에 사는 자기 친척에게 보여줄 편지를 줬어. 친척이 사이잘삼 공장 주인이라면서. 편지에는 내가 믿을 만하고 공손한 사람이며 독일어를 읽고 쓸 줄 안다고 적었지. 그분은 봉하기 전에 나한테 편지를 읽어주셨어. 그래서 내가 독일 사이잘삼 공장에서 직원으로 일하는 거야. 네가 읽고 쓰는 법을 배우는 이유이기도 하고. 그래야 언젠가 너도 세상에 대해 알고 너 자신을 돌보는 법을 배울 수 있어."

"응." 아직은 미래에 대해 생각할 준비가 되지 않았지만 아피야가 대답했다. "그 농장 주인도 흰 제복을 입은 독일인처럼 머리카락이 모래색이었어?"

"아니, 그렇지는 않았어." 일리아스가 말했다. "검은 머리였어. 날씬하고 신중한 분이었고, 절대로 소리를 지르거나 일꾼들을 괴롭히지 않으셨어. 그분은 꼭…… 숼러*처럼 보였어. 배운 사람, 절도 있는 사람."

* '학자'라는 뜻의 독일어.

아피아는 일리아스가 설명해준 농장 주인의 모습을 잠시 생각해보더니 물었다. "우리 아빠도 검은 머리였어?"

"음, 아마 그랬을 거야. 내가 집을 떠날 때는 머리가 전부 세었지만 그전에는 검었겠지, 젊었을 때는." 일리아스가 말했다.

"그 농장 주인이 우리 아빠랑 닮았어?" 아피아가 물었다.

일리아스는 웃음을 터뜨렸다. "아니, 그분은 독일인처럼 생겼어. 우리 아빠는……" 일리아스는 말을 멈추고 고개를 저은 뒤 잠시 아무 말도 하지 않았다. "우리 아빠는 편찮으셨어." 그가 말했다.

*

"세상을 떠난 지 얼마 되지도 않은 사람을 나쁘게 말하고 싶지는 않은데," 칼리파가 일리아스에게 말했다. "그 사람은 해적이었어. 젊은 타지리*의 경우는, 뭐랄까, 나랑 꽤 오래 알고 지냈지. 내가 브와나 아무르 밑에서 일하기 시작했을 때 아홉 살 꼬마였을 거야. 지금은 겁에 질려 어쩔 줄 모르는 영혼을 가진 젊은이로 자라났지. 아버지가 그렇게까지 아무것도 모르게 키웠는데, 누군들 그렇게 되지 않겠나? 그러다가 갑자기, 채권자들이 밀어닥치는데 그 강도짓을 상대해야 하는 처지가 된 거야. 나소르는 아버지가 사망하고 난 뒤 혼란 속에서 많은 걸 잃었다네. 사업에 대해서는 아무것도 몰랐기에 다른 해적들이 그를 약탈했지. 그가 정말로 관심을

---

* '부자'라는 뜻의 스와힐리어.

가지는 건 나무뿐이야. 심지어 자기 아버지를 설득해서 목공소와 가구 작업실을 열어달라고도 했어. 그가 하고 싶어하는 일이 그런 거, 목공소에 머물면서 나무 냄새를 맡는 거거든. 그러는 동안 다른 모든 게 엉망진창이 되는 거지.

집 얘기는 했었지? 글쎄, 우리는 나소르가 아버지랑 똑같이 추잡한 재목이라고 생각하지는 않았어. 자기 집을 돌려달라는 비* 아샤의 간청에 좀더 사려 깊게 귀기울일지도 모른다고 생각했지. 하지만 그 녀석도 제 아비처럼 탐욕스럽더군. 그 녀석에게는 이 집에 대한 권리가 전혀 없어. 마땅한 주인에게 돌려줬어야지. 하지만 나소르는 집을 포기하지 않겠다고 단호히 거절했어. 집이 비 아샤의 소유가 아니라는 걸 알고는 자기도 놀랐으면서 말이야. 우리한테 나가라고 할 수도 있었겠지만, 내 아내를 너무 무서워했던 것 같아. 자네도 알겠지만 둘은 사촌지간이거든, 거의 남매나 다름없어. 하지만 아내 가족의 정당한 소유물인 집은 돌려주지 않겠다는군. 그 녀석도 탐욕스러운 악당에 불과해."

두 남자는 늦은 오후나 이른 저녁에 한두 시간쯤 카페에서 만나곤 했다. 그들은 다른 사람들이 수다를 떠는 데 끼기도 했는데, 카페에 모이는 주된 목적이 그것이었다. 발이 넓은 칼리파는 일리아스를 다른 사람들에게 소개해주며 그의 이야기를 해보라고 부추겼다. 일리아스의 이야기는 대개 산속 마을의 독일인 학교에서 보낸 시절과 후원자인 독일인 농장 주인에 대한 것이었다. 다른 사람들

* 여성 앞에 붙이는 호칭.

도 이야깃거리가 있었는데, 그중에는 믿기 어려운 것도 많았다. 하지만 그게 카페의 스타일이었다. 이야기는 다양할수록 좋다는 것이다. 칼리파는 이야기와 가십의 감정가로 유명했고, 때때로 여러 버전의 이야기가 경합하면 조언을 해주며 중재했다. 카페에서 충분히 수다를 떤 뒤, 그들은 해변을 따라 거닐다가 저녁이 되면 칼리파의 친구들이 바라자를 하러 오는 칼리파의 집 포치로 돌아갔다. 그들은 당시에 영국과의 충돌이 임박했다는 소문에 정신이 팔려 있었다. 사람들은 그 충돌이 아랍인이나 스와힐리족 사람들, 헤헤족과 니암웨지족과 메루족을 상대로 싸웠던 작은 전투가 아니라 커다란 전쟁이 될 거라고 말했다. 그때 그 전투도 끔찍했지만, 이번에는 큰 전쟁이 벌어질 거라니까! 그 사람들한테는 언덕처럼 커다란 군함이랑, 물속으로 다닐 수 있는 배랑, 몇 킬로미터 밖에서도 마을을 포격할 수 있는 대포가 있어. 심지어 하늘을 나는 기계도 있다는구먼. 아무도 그런 걸 본 적은 없지만.

"어림도 없지, 영국인은." 일리아스가 말했다. 주변에서는 그 말이 옳다고 웅성거렸다. "독일인은 재능이 뛰어나고 영리한 사람들이니까. 조직하는 법도 알고, 싸우는 법도 안다고. 독일인은 모든 걸 생각해…… 그뿐인가, 영국인보다 훨씬 친절하기도 하고."

듣던 사람들이 폭소를 터뜨렸다.

"친절한지는 모르겠는데," 카페의 만물박사 중 한 사람인 망궁구라는 남자가 말했다. "내가 보기에 영국인을 처리하는 건 누비족과 니암웨지족 아스카리의 가혹함과 악랄함일 거야. 독일군만큼 가혹한 건 없거든."

"알지도 못하면서 떠들기는." 일리아스가 말했다. "난 독일인들한테서 친절함 말고는 겪어본 적이 없어요."

"잘 들어, 독일인 남자 한 명이 자네한테 친절하게 대해줬다고 지난 세월 동안 여기에서 일어난 일이 바뀌는 건 아니야." 마흐무두라는 다른 남자가 일리아스에게 말했다. "이 땅을 차지한 삼십 년 넘는 세월 동안 독일인은 이 나라 전체에 해골과 뼈가 흩뿌려지고 땅이 피로 젖을 만큼 많은 사람을 죽였어. 과장하는 게 아니야."

"아니, 과장이야." 일리아스가 말했다.

"여기 사는 당신들은 남쪽에서 무슨 일이 있었는지 몰라." 마흐무두가 말을 이었다. "그래, 영국인은 어림도 없을 거야. 육지에서 싸움이 벌어진다면 그렇겠지. 하지만 그게 독일인의 친절함 때문은 아닐 거라고."

"내 생각도 같아. 독일인의 아스카리는 사납고 완전히 야만적이야. 놈들이 어쩌다 그 지경이 됐는지는 신만이 아시겠지." 마흐푸드라는 남자가 말했다.

"장교들 때문이야. 장교들한테 그런 잔인함을 배우는 거라고." 망궁구가 자신이 원하는 방향으로 논쟁을 마무리짓고 싶어하는 권위 있는 목소리로 말했다.

"그 사람들은 단지 똑같이 야만적인 적에게 복수했을 뿐이야." 일리아스가 물러서지 않고 말했다. "놈들이 독일인에게 무슨 짓을 저질렀는지 반도 듣지 못했잖아. 복수를 제대로 해야만 했어. 그래야 야만인들이 질서와 복종을 이해할 테니까. 독일인은 명예롭고 교양 있는 사람들이고, 여기에 와서 좋은 일을 많이 했다고."

듣고 있던 사람들은 너무도 격렬한 말에 조용해졌다. "친구, 놈들이 자네를 먹어치웠군." 망궁구가 결국 입을 열었다. 평소처럼 마지막 한마디는 자기 차지라는 듯이.

모임 때 이런 이야기가 나오기는 했지만, 일리아스가 슈츠트루페에 자원할 생각이라고 말했을 때 칼리파는 대단히 놀랐다. "미쳤나? 자네랑 무슨 상관이라고?" 친구가 물었다. "이 싸움은 폭력적이고 악랄한 두 침략자의 싸움이야. 하나는 우리 옆에 살고, 다른 하나는 북쪽에 살 뿐이지. 놈들은 누가 우리를 통째로 삼킬지를 놓고 싸우는 걸세. 이게 자네랑 무슨 상관인가? 자네는 잔인하고 악랄하기로 악명 높은 용병대에 들어가려는 거야. 다들 뭐라고 하는지 못 들었나? 심하게 다칠 수 있어…… 그보다 더 나쁜 일을 당할 수도 있고. 제정신으로 하는 생각인가?"

일리아스는 설득되지 않았고 자신의 결정을 변호하려 들지도 않았다. 그의 유일한 걱정거리란 동생을 어떻게 하느냐는 것뿐이라고 했다.

*

일 년이 통째로 빠르게 흘렀다. 아피야에게는 오빠가 돌아와서 자신을 찾고 하루하루를 웃음으로 채워준 날들이 평생 가장 행복한 시간으로 느껴졌다. 오빠는 정말로 그녀의 나날을 웃음으로 채워주었다. 오빠는 늘 웃었고, 오빠가 웃으면 아피야도 웃음을 참을 수 없었다. 그런데 난데없이, 적어도 아피야가 보기에는 난데없이 그가 말했다. "난 슈츠트루페에 들어갔어. 그게 뭔지 알아? 방위군이라는 뜻이야. 제시 라 세리칼리.* 난 아스카리가 될 거야. 독일을 위한 군인이 될 거야. 전쟁이 벌어지려 해."

"꼭 가야 해? 오래 가 있어?" 아피야는 이 소식에 놀라면서도 침착하게 물었다.

"오래는 아닐 거야." 일리아스는 안심시키려는 듯 미소 지으며 말했다. "슈츠트루페는 천하무적의 강한 군대야. 다들 슈츠트루페를 두려워해. 몇 달이면 돌아올 거야."

"오빠가 올 때까지 나는 여기 있어?" 아피야가 물었다.

일리아스는 고개를 저었다. "그러기엔 네가 너무 어려. 너 혼자 여기 놔둘 수는 없어. 네가 가족들과 지낼 수 있는지 오마르 삼촌한테 물어봤는데, 그런 책임을 지고 싶지는 않다고 하셨어. 그야…… 우린 친척도 아니니까." 일리아스는 그렇게 말하고 어깨를 으쓱했다. "넌 여기 머물 수도 없고, 나랑 같이 전쟁터로 갈 수도 없어. 널 다시 그 사람들한테, 시골에 사는 아주머니와 아저씨한테 돌려보내고 싶진 않지만 다른 방법이 없어. 이젠 내가 널 데리러 올 거라는 걸 아니까 더 잘 대해줄 거야."

아피야는 오빠가 어떻게 자신을 다시 그리로 보낼 수 있는지 알 수가 없었다. 그 모든 말을 해놓고, 그 사람들과 살았던 삶이 얼마나 잔인한 것이었는지 깨닫도록 가르쳐놓고. 아피야는 오랫동안 울음을 멈출 수 없었다. 일리아스는 그녀를 끌어안고 머리를 쓰다

* '정부군'이라는 뜻의 스와힐리어.

듬으며 안심시키는 말을 속삭였다. 그날 밤 일리아스는 아피야를 자기 침대에서 함께 재웠고 아피야는 오빠가 산속 마을에서 학교 다니던 시절 얘기를 들으며 잠들었다. 아피야는 오빠가 서둘러 떠나기로 마음먹었다는 걸 알았고, 자신이 싫어져서 다시 돌아오지 않을까봐 뚝 그치라는 오빠의 말에 울음을 그쳤다. 자매는 작별선물로 아피야에게 옷을 지어주었고, 자매의 어머니는 오래된 캉가를 주었다. 넌 분명 시골에서 무척 행복하게 지낼 거야. 자매는 그렇게 말했고, 아피야도 그럴 거라고 말했다. 자매에게는 시골에 있는 아저씨와 아주머니 이야기를 전혀 하지 않았다. 일리아스가 하지 말라고 했다. 그래서 그리로 돌아가는 것이 얼마나 두려운지도 말하지 않았다. 남매는 칼리파와 비 아샤에게도 작별인사를 하러 갔다. 일리아스는 자신이 다르에스살람의 훈련소에 배치되었다는 걸 알고 있었다.

오빠의 친구인 칼리파가 아피야에게 말했다. "네 오빠가 여기 남아서 너를 돌보지 않고 전쟁터에 가겠다는 이유를 모르겠구나. 이 싸움은 네 오빠와 아무 상관이 없어. 오빠는 이미 손에 피칠갑을 한 살인자 아스카리들과 함께 싸움을 하려는 거야. 내 말 잘 들어라, 아피야. 오빠가 돌아오기 전까지 뭐든 필요한 게 있으면 우리한테 알려야 해. 내 일터로 소식을 전해라. 나는 비아샤라라는 상인의 일을 봐주고 있어. 기억하겠니?"

"앤 글을 쓸 줄 알아." 일리아스가 말했다.

"그러면 편지를 보내거라." 칼리파가 말했다. 두 친구는 작별인사를 하며 웃었다.

며칠 만에 모든 일이 진행되었고, 아피야는 머잖아 시골의 아주머니와 아저씨에게로 돌아갔다. 몇 안 되는 소지품은 작은 천 꾸러미에 쌌다. 자매가 만들어준 옷, 자매의 어머니가 준 오래된 캉가, 글쓰기를 연습하라며 오빠가 직장에서 가져다준 작은 석판과 메모지. 그녀는 다시 현관 바닥에서, 언덕이 드리운 그림자에서 잠을 자게 되었다. 아주머니는 아피야가 겨우 며칠 나가 있었다는 듯 그녀를 대했고, 아피야가 전처럼 허드렛일을 하기를 기대했다. 아저씨는 그녀를 못 본 체했다. 딸인 자와디는 비웃으며 우리 노예가 돌아왔다고 말했다. 읍내에 사는 멋진 오빠한테는 아피야가 어울리지 않았나보다고. 아들 이사는 아버지처럼 코밑에서 손가락을 튕겨 그녀를 불렀다. 모든 것이 전보다 좀더 나빠졌으며, 더 아프게 느껴졌다. 아피야는 오빠가 완전히 돌아올 때까지 견디라고 했으니 견뎌야 한다고 자신을 타일렀다. 아주머니는 아피야가 일하는 속도가 느리다고, 그녀를 다시 받아주느라 돈이 많이 들었다고 예전보다 더 투덜거렸다. 오빠가 그녀의 양육비를 주고 갔는데도 말이다. 이제 아들은 열여섯 살이 되었으며, 주변에 아무도 없고 아피야가 재빨리 도망치지 못하면 간혹 아피야에게 몸을 바싹 붙이고 그녀의 젖꼭지를 쥐어짰다.

아피야가 다시 와서 살게 되고 며칠이 지난 어느 날, 덥고 무기력한 늦은 오후에 아주머니는 아피야가 뒤뜰에 앉아서 석판에 글쓰기를 연습하는 모습을 보았다. 아주머니는 점심을 먹고 낮잠을 자다가 막 깨어 씻으러 가는 중이었다. 처음에 아주머니는 아무 말 없이 지켜보다가 곧 가까이 다가왔다. 석판에 남은 표시가 그냥 낙서가 아니라는 걸 깨닫자 그녀는 석판을 가리키며 사납게 물었다. "그게 뭐야? 글을 쓰는 거니? 뭐라고 썼어?"

"자나, 레오, 케쇼." 아피아가 단어를 차례로 가리키며 말했다. 어제, 오늘, 내일.

아주머니는 심란한 듯 못마땅한 표정이었으나 아무 말 없이 세면실로 갔다. 아피아는 서둘러 석판을 치우며 앞으로는 몰래 연습하라고 스스로에게 주의를 주었다. 아주머니는 다시 석판을 언급하지 않았지만, 남편에게 이야기한 게 틀림없었다. 다음날 점심시간에 가족들에게서는 평상시와 다른 긴장감이 느껴졌다. 아저씨는 점심을 먹은 뒤 아피아에게 손가락을 튕기고 작은 방을 가리켰다. 그 지시에 따르려고 고개를 돌리다가, 아피아는 아들의 얼굴에 기대감이 가득한 미소가 떠오르는 것을 보았다. 아저씨가 오른손에 지팡이를 쥐고 왔을 때 그녀는 이미 방안에서 문을 마주보고 있었다. 아저씨는 문을 잠그고 잠시 혐오스럽다는 표정으로 그녀를 노려보았다. "글 쓰는 법을 배웠다던데. 누가 가르쳐줬는지는 물어볼 필요도 없다. 누군지 정확히 아니까. 책임감이라고는 없는 인간이지. 아니, 아예 제정신이 아닌 인간이야. 어째서 여자애가 글을 써야 한다는 거냐? 포주한테 편지를 보내게?"

아저씨는 한 발짝 다가와 왼손으로 아피아의 관자놀이를 후려치더니 지팡이를 옮겨 쥐고 오른손으로 아피아의 얼굴과 머리를 때렸다. 그 타격에 아피아는 비틀거리며 뒤로 물러났고, 아저씨는 고함을 지르며 호통쳤다. 오랫동안 침묵이 흐른 뒤, 그는 지팡이를 아피아에게 휘둘렀다. 처음에는 일부러 빗맞혔지만 점점 가까이 다가왔다. 아피아는 두려워 소리를 지르면서 최선을 다해 도망치려 했으나 방이 좁았고 아저씨가 문을 잠가두었다. 숨을 곳이 없었으므로 아피아는 이리 뛰고 저리 뛰며 피했고, 어쩔 수 없을 때는 맞았다. 대부분은 등과 어깨를 맞았는데, 매번 절로 비명이 터졌다. 결국 아피아는 비틀거리며 넘어졌다. 그러면서 얼굴을 막으려고 왼손을 뻗었는데, 지팡이가 뼈를 부러뜨릴 기세로 세게 손을 내리쳤다. 아피아는 고통에 숨을 쉴 수 없었고 놀라서 헐떡거렸다. 그러다가 비명이 온몸에서 터져나왔다. 아피아가 아저씨의 발치에 엎드려 비명을 지르고 흐느끼는 사이 아저씨는 길길이 날뛰었으며 아무도 그를 막으러 오지 않았다. 아저씨는 성에 찰 때까지 난리를 치고 나서야 문을 열고 방에서 나갔다.

이후에, 아피아는 울고 흐느끼던 와중에 아주머니가 다가와 그녀의 더러워진 옷을 벗기고 몸을 닦아내는 것을 알았다. 그런 다음 아주머니는 이불을 덮어주고 아피아가 정신을 잃을 때까지 뭐라고 중얼거렸다. 잠깐 사이에 벌어진 일일 수도 있었다. 정신을 차려보니 여전히 창밖이 환했고, 방은 열기로 후끈거렸으니 말이다. 아피아는 혼미한 의식으로 울면서 오후 내내 그 방에 있었다. 가끔은 아주머니가 근처 벽에 기대앉아 있는 기척이 느껴졌다. 저녁이 되자 아주머니는 아피아를 약초상에게 데려가 손을 싸매달라고 했다. 음강가가 여자에게 말했다. "당신, 부끄러운 줄 알아야지. 그 사람이 고함을 지르면서 아이를 때리는 소리를 온 마을 사람들이 들었어요. 미친 사람 같던데."

"그이도 이렇게 해치려던 건 아니었어요. 사고였지." 아주머니가 말했다.

"아무도 기억하지 못할 줄 아시오?" 음강가가 말했다.

약초상은 자기가 아는 모든 방법을 썼지만 손은 제대로 낫지 않았다. 하지만 아피아에게는 다른 손이 있었고, 매를 맞고 며칠 뒤 메모지에 오빠가 읍내에서 사귄 친구에게 보내는 편지를 썼다. 그 사람이 아피아에게 도움이 필요하면 그러라고 한 대로 받는 사람은 브와나 비아샤라의 직원 앞이라고 적었다. 그녀는 이렇게 썼다. 카니누미자. 니사이디에. 아피아. 나를 다치게 했어요. 도와주세요. 아피아는 이 쪽지를 가게 주인에게 주었고, 가게 주인은 쪽지를 읽어보더니 반으로 접어 해변으로 가는 수레꾼에게 주었다. 쪽지를 배달한 수레꾼과 함께 오빠의 친구가 왔다. 수레꾼에게는 다음날 돌아갈 돈을 주었다. 아피아는 그때까지도 멍과 부러진 손 때문에 온몸이 아팠으며, 그들이 집 앞에 나타났을 때는 문 앞 계단에 앉아 언덕을 바라보고 있었다. 가게 주인이 오빠의 친구 일행에게 어디로 가면 되는지 일러준 터였다. 직장에 있던 아저씨는 돌아오지 않았다. 누가 왔는지 안 게 틀림없었다. 작은 마을이었으니까. 오빠의 친구를 보자마자 아피아는 자리에서 일어났다.

"아피아." 그는 아피아에게 다가와 상태를 살폈다. 그리고 아피아의 성한 손을 잡고 아무 말 없이 수레로 그녀를 데려갔다.

"잠깐만요." 그녀가 말했다. 아피아는 집안으로 달려들어가 짐을 챙겼다. 짐은 그녀가 자는 현관 앞에 놓여 있었다.

오랫동안 아피아는 아무데도 가고 싶지 않았다. 그 사람들이 잡으러 올 것만 같았다. 그녀는 자신을 데리러 왔으며 이제는 바바*

칼리파라고 부르게 된 오빠의 친구와, 기운을 차리라고 밀 포리지와 생선 수프를 먹여주었으며 이제는 빔쿠브와**라고 부르게 된 비아샤가 아닌 모든 사람을 두려워했다. 바바가 오지 않았다면, 머잖아 아저씨의 손에, 아저씨가 아니라면 그의 아들 손에 죽었을 게 분명했다. 하지만 바바 칼리파가 왔다.

* '아버지'라는 뜻의 스와힐리어.

** '어머니' 혹은 '할머니'라는 뜻의 스와힐리어.

2부

3

그는 첫날 아침 사열 때 눈으로 그를 짚어냈다. 그 장교가 말이다. 먼저 소집된 다른 신병들과 합류하도록 인도된 보마 주둔지에 서였다. 소집 지점에서 보마로 가는 동안 호위대는 앞에서, 뒤에서, 가끔은 옆에서 신병들을 위협하고 조롱하며 재촉했다. 너희는 와셴지*다. 야생동물에게 잡아먹힐 약하디약한 먹잇감이지. 쇼가**처럼 궁둥이 흔들지 마. 너희를 사창가로 데려가는 게 아니니까. 어깨 펴라, 호모새끼들아! 군대에서 궁둥이에 힘 주는 법을 알려주지.

행군하는 신병들이 얼마나 자발적으로 동참했는지는 각자 다 달랐다. 일부는 자원했고, 일부는 협박당한 어른이 시켜서 자원했으며, 일부는 상황에 휩쓸리거나 달리 어쩔 수가 없어서 왔고, 일

---

* '야만인들'이라는 뜻의 스와힐리어.

** '동성애자'라는 뜻의 스와힐리어.

부는 길가에서 데려온 자들이었다. 슈츠트루페는 덩치를 불려가고 있었으며 싸울 사람을 찾느라 눈이 벌겠다. 일부 신병은 벌써 기대감에 으스대며 거리낌없이 지껄여댔다. 이런 상황에 익숙해서, 호위대가 괴롭히는 말에도 웃으면서 경멸스러운 말이 지배하는 세계에 빨리 편입되고 싶어하는 이들이었다. 다른 사람들은 앞으로 닥칠 일이 무엇인지 몰라 불안해서 침묵을 지켰다. 심지어 공포에 떠는 사람들도 있었다. 후자에 속하는 함자는 자신이 저지른 일에 조용히 고통스러워했다. 그에게 입대를 강요한 사람은 아무도 없었다. 그는 자원했다.

그들은 날이 밝자마자 소집 지점에서 출발했다. 함자는 아는 사람이 아무도 없었지만, 처음에는 몇몇 사람들과 함께 으스대듯 걸었다. 이런 낯선 상황에 대담해져서, 모험이 시작되기라도 한 것처럼 새벽에 훈련소로 행군해갔다. 덩치 큰 근육질 남자들이 앞장서서 자신감 있게 성큼성큼 걸으며 뒤따라오는 사람들을 이끌었다. 그중 한 명이 낮고 어두운 목소리로 노래를 부르기 시작하자 그의 말을 알아듣는 몇몇 사람들도 따라서 불렀다. 그 노래는 니암웨지 말로 되어 있을 듯했는데, 함자가 보기에 그 남자들은 니암웨지 사람 같았기 때문이다. 니암웨지족으로 보이는 이들이 섞여 있는 호위대는 미소를 지었고, 가끔 끼어들어서 노래를 부르기도 했다. 그 소리가 잠잠해지자 누군가가 스와힐리어로 다른 노래를 부르기 시작했다. 사실 노래라기보다는 노랫가락에 말을 얹어서 대화를 하는 것 같았다. 한 소절이 끝날 때마다 폭발적인 후렴이 나오는 쾌활한 행진곡이었다.

투메판야 풍고 나 음자루마니, 타야리.
타야리!
아스카리 와 발로지 와 음다치, 타야리.
타야리!
투탐피가니아 빌라 호푸.
빌라 호푸!
투타와티샤 아두이 와주에 호푸.
와주에 호푸!

그들은 신나게 노래 부르며 가슴을 치는 동작으로 스스로를 반쯤 비웃었다.

우리는 독일 편이 되었다.
준비됐다!
우리는 음다치 총독의 병사들이다.
준비됐다!
우리는 두려움 없이 그분을 위해 싸우리라.
두려움 없이!
우리는 적들을 두려움에 질리게 하고 공포로 채우리라.
공포로!

그들이 허풍 떠는 가사로 노래를 부르자 호위대는 함께 웃으며 자기들만의 외설적인 가사를 덧붙였다.

군대는 시골로 행군해 들어갔고, 열기가 오르며 태양이 목과 어깨를 옥죄고 얼굴에서 땀이 쏟아져 등으로 흘러내리자 함자는 다시 불안해졌다. 그는 충동적으로 자원했다. 견딜 수 없을 것만 같은 일로부터 도망치기 위해서. 하지만 그는 자신이 어디에 몸을 판 것인지, 이곳의 요구에 따를 준비가 되어 있는지 몰랐다. 함께 지내기로 한 사람들이 어떤 자들인지 몰랐던 것은 아니다. 아스카리 군대인 슈츠트루페에 대해서, 또한 그들이 보이는 사나움에 관해서는 모두가 알았다. 그들을 이끄는, 마음이 돌덩이 같은 독일 장교들에 대해 모두가 알았다. 함자는 도망치기 위해 그들의 병사가 되기로 했다. 달아오른 한낮에 지쳐서 땀을 흘리며 흙길을 나아가는 동안, 함자는 자신이 저지른 짓 때문에 불안감이 너무도 강렬하게 치솟아 간혹 숨을 쉬기가 힘들었다.

그들은 물을 마시고 말린 무화과와 대추야자를 먹으려고 멈추었다. 주요 도로에서 이탈해 장막처럼 늘어진 잎사귀 바로 너머의 마을로 이어지는 오솔길을 여럿 지났으나 사람은 하나도 보지 못했다. 모두가 숨어 있는 것 같았다. 어느 도롯가에는 커다란 타마린드나무 아래 작은 공터에 바나나 여러 송이와 작은 더미를 이루고 쌓여 있는 카사바, 오이가 담긴 바구니와 토마토가 담긴 바구니가 있었다. 장이 열렸다가 서둘러 철수한 것이다. 사람들은 그들이 다가오는 것을 보고 놀라, 제때 물건을 전부 챙기지도 못하고 안전하게 물러나는 편을 선택했다. 다들 징병대가 시골에 나와 있다는 걸 알았다.

호위대가 그곳에서 무리를 멈춰 세우고 물건 주인들에게 모습을 드러내라고 했지만, 아무도 나오지 않았다. 그러는 동안 호위대는 바나나를 병사들에게 나눠주었다. 바나나만 나눠주면서 숨어 있는 상인들에게 카이저의 정부로 청구서를 보내라고 소리쳤다. 행군하는 병사들은 한 번이라도 호위대의 눈에서 벗어나면 안 되었다. 모두가 보는 앞에서, 뒤가 마렵든 마렵지 않든 한 번에 여섯 명씩 길가에서 일을 봐야 했다. 규율을 가르치기 위해서다, 라며 호위대는 웃었다. 병영으로 가기 전에 그 더러운 것들을 빼내고 흙으로 덮어라.

그들은 하루종일 걸었다. 대부분은 맨발이었고 일부는 가죽 샌들을 신었다. 호위대의 말로는 독일인이 이 길을 만들었다고 했다. 너희들이 힘들게 정글을 헤치고 갈 필요가 없도록 하기 위해서다. 우리가 너희 씹새끼들을 편안하게 데려갈 수 있도록 말이다. 오후 중반에 이르자 함자는 다리와 등이 너무 아파서 기계적으로, 본능적으로 걸었다. 계속 움직이는 것밖에는 선택의 여지가 없었다. 나중에 함자는 이 행군의 마지막 단계가 기억나지 않았다. 다만 우리에 다가가는 동물처럼, 신병들은 거의 다 왔다는 호위대의 말에 생기를 띠었다.

그들은 터덜터덜 지나가는 병사들을 보려고 구경꾼이 모여든 커다란 마을 외곽을 가로질러 해질녘 병영에 도착했다. 그들이 정문을 지나 장벽으로 둘러싸인 보마에 들어갈 때까지 우호적인 함성과 몇몇 사람의 웃음소리가 따라붙었다. 하얗게 칠한 긴 건물 하나가 병영 오른편에 서 있었다. 군데군데 등불이 밝혀진 위층에는 방마다 탁 트인 연병장을 내려다보는 베란다가 있었다. 아래쪽 1층에는 닫힌 문이 죽 늘어섰다. 더 작은 건물도 하나 있었는데, 그 건물은 연병장의 저쪽 끝에 정문을 마주보며 서 있었다. 그 건물 위층도 어둠을 배경으로 빛났다. 아래층에는 문 하나와 창문 두 개만 있었는데, 전부 닫혀 있었다. 널찍한 연병장 왼쪽에는 반쯤 열린 헛간 두 곳과 동물 우리가 몇 개 보였다. 정문과 가장 가까운 구석에는 2층짜리 건물이 있었는데, 알고 보니 그곳은 감옥이었다. 병사들은 바로 그곳으로 인도되었다. 천장 서까래에 등불이 매달린 커다란 아래층 방으로 들어가라고 했다. 위층으로 가는 문은 닫혀 있었으나 그들이 있는 방의 문은 건물 현관과 마찬가지로 열어두었다. 그들과 함께 행군한 아스카리는 그대로 남아, 자기들도 지쳐 보였으나 병사들을 계속 감시했다. 다만 그들도 조롱하고 욕하기에는 너무 피곤해서 문 옆에서 교대자가 오기만 기다렸다.

일행 중 신병은 열여덟 명으로, 이제 그들은 비좁은 방에 지친 채 땀을 흘리며 조용히 앉아 있었다. 함자는 배가 고프고 기진맥진해서 멍했다. 한편으로는 다스릴 수 없는 괴로움으로 심장이 마구 두근거렸다. 마을의 나이든 여자 세 사람이 잘게 썬 소의 내장과 함께 끓인 바나나 요리를 토기에 담아오자 행군한 병사들은 그 주변에 모여들어 음식이 다 떨어질 때까지 차례로 토기에 손을 집어넣으며 최대한 먹었다. 교대를 하러 도착한 경비병들은 신병을 한 명씩 어두운 바깥으로 데려가, 감옥 한쪽 옆에 있는 옥외 변소에서 양동이에 변을 보게 했다. 이후 경비병들은 신병 두 사람을 골라 양동이를 정문 밖 오물통에 비우라고 했다.

"보마 라 음중구." 한 경비병이 말했다. "킬라 키투 사피. 하타키 마비 예누 은다니 야 보마 라케. 하파나 루후사 쿠판야 맘보 야 키셴지 하파." 여기는 음중구*의 병영이다. 여기서는 모든 것이 깨끗하다. 음중구는 너희 똥이 보마에 있는 걸 원치 않으신다. 여기서는 너희들의 야만적인 방식을 따라서는 안 된다.

이후로는 보마 정문이 닫혔다. 그때쯤엔 완전한 밤이었지만, 함자는 장벽 밖 마을에서 웅성거리는 소리를 들을 수 있었다. 놀랍게도 이샤 기도를 하라고 부르는 무아딘의 목소리도 들렸다.** 이후 함자는 감옥의 열린 문 너머로 연병장을 가로지르며 움직이는 몇 개의 기름등을 보았지만 그중 무엇도 이쪽으로 다가오지는 않았다. 한밤중에 눈을 떠보니, 어둠 속에서 빛나는 하얀 건물이 보였다. 경비병들은 어디에도 보이지 않았다. 신병들을 지켜보는 사람이 아무도 없는 것 같았다. 어쩌면 누가 말썽을 부리는지 밖에서 지켜보고 있는지도 몰랐다. 아니면 신참들이 한밤중에 안전하게 갈 수 있는 곳은 아무데도 없다는 걸 알았거나.

아침이 되자 그들은 사열을 받으려고 긴 하얀색 건물을 마주보고 도열했다. 밝을 때 보니 건물은 회색으로 칠한 양철 지붕으로 덮여 있었고 앞면 전체를 따라 이어진 높은 나무 단상이 있었다. 해질녘에 보았던 닫힌 문이 사무실이나 가게라는 것도 알 수 있었다. 함자가 세어보니 문은 일곱 개였고, 셔터가 달린 창문은 여덟

---

* '백인'이라는 뜻의 스와힐리어.

** '이샤'는 밤에 하는 예배이며, '무아딘'은 이슬람교에서 기도 시간을 알리는 사람이다.

개였다. 가운데의 창문과 문은 열려 있었다. 연병장 가운데쯤에 깃대가 있었는데, 나중에 함자는 연병장을 엑서치어플라츠라고 부른다는 걸 알게 되었다.

그들을 깨워 연병장으로 데리고 나온 누비족 옴바샤*가 대열 앞쪽을, 그다음에는 뒤쪽을 성큼성큼 걸어가며 튼튼한 대나무 지팡이로 조용히 신병들을 쿡쿡 찔러 줄을 바로잡았다. 샌들을 신고 왔던 사람까지 모두가 맨발에 평상복을 입은 반면, 옴바샤는 카키색 군복에 탄약 주머니가 달린 가죽 허리띠를 차고 징이 박힌 군화를 신었으며, 앞쪽에 독수리 표시가 있고 목 가리개가 달린 타부시**를 쓰고 있었다. 중년 남자인 그는 깨끗하게 면도를 했고, 배가 불룩 나오기는 했지만 체격이 호리호리하고 단단해 보였다. 가트***를 먹는 사람들처럼 이가 붉은 갈색으로 얼룩져 있었으며, 미소 짓지 않는 근엄한 얼굴은 땀으로 번들거렸고 양쪽 관자놀이에 흉터가 있었다. 누비족 아스카리의 두렵도록 무표정한 얼굴이었다.

옴바샤는 대열이 충분히 똑바르고 잠잠해졌다고 생각하자, 그들이 모여 있는 곳 앞쪽 건물을 돌아보았다. 건물 가운데 사무실의 열린 문 앞에 장교가 나와 있었다. 옴바샤는 허리를 바짝 세우더니, 돼지들이 사열 준비를 마쳤다고 외쳤다. 하와 슈웨인 타야리. 역시 카키색 군복을 입고 전투모를 쓴 장교는 곧바로 움직이는 대신 옴바샤의 말을 알아들었다는 뜻으로 단장을 들어올렸다. 위엄

* '일병'이라는 뜻의 스와힐리어.

** 차양이 없는 작고 둥근 빨간색 모자.

*** 곡물 수프 같은 인도의 음식.

을 세우는 데 필요한 잠깐의 시간이 흐르자 그는 높은 단상에서 내려와 신병들에게 걸어왔다. 그리고 늘어선 열의 한쪽에서부터 시작해 천천히 나아가며 몇몇 사람들 앞에서는 잠시 멈춰 살펴보았고 그러는 내내 아무 말도 하지 않았다. 그는 늘어선 병사들 중 네 명을 단장으로 툭툭 쳤다. 옴바샤는 앞서 신병들에게 똑바로 서서 앞을 보되, 그 어떤 경우에도 독일인 장교와 눈을 마주쳐서는 안 된다고 했다. 함자는 장교가 이미 눈으로 자신을 짚어냈다는 걸 알았다. 장교가, 깨끗하게 면도한 날씬한 그 남자가 문 앞에서 움직이기 전부터 알 수 있었다. 장교가 자기 앞에서 멈춰 서자 함자는 몸이 떨리는 것을 막을 수가 없었다. 장교는 단상에 서 있을 때처럼 키가 커 보이지는 않았으나 함자보다는 컸다. 장교는 함자 앞에 그저 몇 초 동안 서 있다가 다시 움직였으나, 함자는 보지 않고도 장교의 눈이 매서우며 거의 투명하다는 걸 알았다. 그가 있던 자리에는 톡 쏘는 약품냄새가 남았다.

장교가 지나가면서 단장으로 툭 친 네 사람은 수송대 사무실로 보내져 들것을 나를 사람이나 짐꾼으로 차출되었다. 아마 너무 늙었거나 굼떠 보이거나 그냥 장교의 눈에 차지 않은 듯했다. 장교는 옴바샤더러 나머지 병사들을 계속 지휘하라고 했다. 함자는 혼란스럽고 두려웠으며, 한 등급 떨어지기는 해도 수송대에 들어가는 게 더 나을지 궁금했다. 함자는 이런 생각이 비겁함에서 나온다는 걸 알았다. 짐꾼이라고 아스카리로 살아가는 시련을 피할 수 있는 건 아니었다. 게다가 그들은 넝마를 입고 가끔은 맨발로 다니며 모두에게 경멸당했다. 신병들은 몇 발짝 움직여 작은 건물 앞 땅바닥에 앉으라는 지시를 받았다. 지금은 작은 건물의 중앙 계단 쪽 문이 열려 있었고, 건물 끝에 다른 문이 하나 더 있었는데 위쪽과 아래쪽에 맹꽁이자물쇠가 채워져 있었다.

병영을 둘러싼 장벽 근처에는 나무가 한 그루도 없었고, 연병장에도 그늘이 없었다. 이른아침이었지만, 가만히 앉아 있어야 했기에 함자는 목과 머리에 내리쬐는 태양이 벌써 견딜 수 없게 느껴졌다. 한참 시간이 흐르자 다른 독일인 장교가 건물에서 나왔고, 제복을 입은 한 남자가 한두 발짝쯤 거리를 두고 그를 따라왔다. 독일인 장교는 통통했고 무릎까지 내려오는 바지와 주머니가 여러 개 달린 튜닉을 입고 있었다. 왼쪽 위팔에는 붉은 십자가가 그려진 흰 띠를 찼다. 안색이 발그레했으며, 황동색 콧수염은 대단히 숱이 많았다. 머리카락은 색이 엷고 가늘었고 이마가 넓어져가고 있었다. 반바지와 두둑한 뱃살, 커다란 콧수염 때문에 약간 우스꽝스러운 분위기가 났다. 그는 오랫동안 신병들을 살펴보더니 일어서라고 명령했다가 앉으라고 한 다음 다시 일어서라고 했다. 그리고 미소를 지으며 뒤쪽의 남자에게 뭐라고 말한 다음 다시 안으로 들어갔다. 똑같이 빨간 십자가가 그려진 흰 띠를 착용한 의무병이 옴바샤에게 고개를 끄덕이고 의무실로 돌아갔다. 신병들은 한 번에 한 명씩 그리로 들어가 검사를 받았다.

차례가 되었을 때 함자는 바람이 잘 통하고 불이 환하며 깔끔하게 정리된 빈 침대 여섯 개가 있는 방으로 들어갔다. 방 한쪽 끝에는 작게 진료실이 마련되어 있었는데, 한쪽에는 접이식 탁자가 설치돼 있고 다른 쪽에는 검사용 침대가 있었다. 날씬하고 키가 작으며 까무잡잡한 피부에 경험이 많아 보이면서도 냉소적인 느낌을 풍기는 의무병이 미소 짓더니 스와힐리어로 함자의 이름과 나이, 집, 종교를 물었다. 장교에게는 독일어로 말했는데, 자신이 전달하는 정보가 왠지 미심쩍은 것 같다는 눈치였다. 장교도 그 내용을 검토하더니 카드에 적기 전에 확인해봐야겠다는 듯 함자를 힐끗 보았다. 함자는 나이를 속였다. 실제보다 많다고 했다.

"수루왈리.*" 의무병이 함자의 바지를 가리키며 말했다. 함자는 머뭇거리며 바지를 벗었다. "하야 슈넬.**" 너무 오래 걸리자 장교가 말했다. 장교는 어렵사리 몸을 숙이고 함자의 성기를 자세히 들여다보더니, 갑자기 몸을 일으키며 고환을 가볍게 탁 쳤다. 함자가 놀라서 펄쩍 뛰자 그는 낄낄거리며 의무병과 미소를 주고받았다. 그런 다음 장교는 다시 손을 앞으로 내밀어 함자의 성기가 딱딱해지기 시작할 때까지 부드럽게 반복적으로 움켜쥐었다. "이나 판야 카지." 그가 의무병에게 말했다. 잘되네, 라는 뜻이었다. 하지만 그 말은 어색하게, 혹은 장교에게 언어장애라도 있는 것처럼 서툴게 나왔다. 장교는 아쉽다는 듯 성기를 놓았다. 그런 다음 함자의 눈을 바라보며 입을 벌리라고 하더니 잠시 그의 손목을 쥐고 있었다. 그러다 금속 쟁반에서 바늘을 들고 작은 주사액 병의 뚜껑을 열더니 바늘을 걸쭉한 액체에 담갔다. 그는 함자의 위팔을 바늘로 세게 긁고, 반투명하고 맑은 액체가 담긴 다른 접시에 바늘을 담갔

* '바지'라는 뜻의 스와힐리어.

** '서두르라'는 뜻의 독일어.

다. 그런 다음 의무병이 함자에게 물과 함께 삼키라며 알약을 하나 주었다. 함자가 그 쓴맛에 움찔하자 의무병은 미소를 지었다. 그러는 동안 장교는 카드에 뭐라고 더 쓰고 오랫동안 함자를 바라보며 생각에 잠겨 있더니 살짝 미소 지으면서 나가라고 손짓했다. 함자와 군의관의 첫 만남이었다.

그들은 각각 군복과 혁대, 군화, 페즈 모자를 받았다. 누비족 옴바샤가 말했다. "내 이름은 게프라이터* 하이다르 알 하마드다. 너희 아스카리 훈련을 담당한 옴바샤지. 너희는 늘 바른 품행으로 내 말에 복종해야 한다. 나는 북부와 남부에서, 또 동부와 서부에서 싸웠다. 영국군을 위해서도, 케다이브**를 위해서도 싸웠으며 지금은 카이저를 위해 싸운다. 나는 명예롭고 노련한 사람이다. 내 가르침을 받기 전까지, 너희 아스카리는 돼지새끼들이다. 내 가르침을 받기 전까지, 너희는 다른 모든 민간인과 똑같은 와센지다. 너희는 아스카리가 된 것이 행운임을 매일 기억하게 될 것이다. 존중하고 복종해라. 그러지 않으면, 왈라히,*** 어찌될지 두고 보자. 우나파하무?**** 모두 따라 한다. 은디오 브와나.***** 자, 이 군복과 군화, 혁대, 페즈는…… 이것들은 그 무엇보다 중요하다. 잘 입고 깨끗하게 보관해라. 매일 닦아라. 이게 너희 아스카리의 첫 임무다.

* '일병'이라는 뜻의 독일어.

** 터키 제국이 파견한 이집트 총독.

*** 스와힐리어 감탄사.

**** '알겠나?'라는 뜻의 스와힐리어.

***** '예, 알겠습니다'라는 뜻의 스와힐리어.

너희는 매일 군복과 군화, 혁대 등 모든 것이 제대로 되어 있는지 확인해야 한다. 깨끗하지 않으면 다른 모두가 보는 앞에서 키보코와 마투시*를 당하게 될 거다, 함사 이시린.** 이게 무슨 뜻인지 아나? 너희 뚱뚱한 궁둥이를 스물다섯 대 후려치겠다는 것이다. 너희가 아스카리 카사***가 되면, 나처럼 타부시를 쓰게 될 거다. 내가 너희를 가르칠 것이고, 너희는 위생을 철저히 한다. 지키지 않을 시 왈라히, 두고 보자. 장비를 깨끗하게 유지한다. 우나파하무?"

"은디오 브와나."

그는 각각의 장비를 착용하고 관리하는 방법을 자세히 설명했다. 스와힐리어, 아랍어, 독일어까지 다양한 언어로 거칠게 하는 말은 뚝뚝 끊겼고 완전하지 않았다. 그는 잘못 알아듣기가 불가능한 손짓과 몸짓을 덧붙이며, 모두가 이해했다는 표시로 고개를 끄덕일 때까지 설명을 되풀이했다. 은디오 브와나. "샤바시.**** 이것이 병영의 언어다, 우나파하무." 옴바샤가 그들을 향해 허공에 지팡이를 휘두르며 말했다. "이해가 안 되면, 이게 설명해줄 거다."

그들은 보마 장벽 바로 바깥에 있는 마을의 막사에 자리잡았다. 그 첫날 아침 이후로 그들의 삶은 기가 빨리는 매일의 훈련에 잠식당했다. 훈련은 날이 밝자마자 울리는 나팔소리로 시작되어 정오까지 계속되었다. 보마 안에서 진행되었으며, 처음에는 누비족 옴

---

* '키보코'는 '채찍' '채찍질', '마투시'는 '모욕'이라는 뜻의 스와힐리어.

** '스물다섯 번'이라는 뜻의 스와힐리어.

*** '특별한 군인'이라는 뜻의 스와힐리어.

**** '잘했다'는 뜻의 힌디어.

바샤인 게프라이터 하이다르 알 하마드가 지도했으나 나중에는 마찬가지로 누비족인 샤우시, 그러니까 운테로피치어*인 알리 응구루 하산이 이어받았다. 그는 비위 맞추기가 어렵고 늘 얼굴을 찌푸리고 있는 금욕적인 인상의 남자였다. 신병들은 며칠간 훈련을 받은 뒤에야 독일인 하사인 펠트베벨** 발터를 만나게 되었다.

펠트베벨은 키가 크고 건장했으며 목소리가 크고 우렁우렁했다. 검은 머리에 커다란 콧수염을 길렀고 툭 튀어나온 갈색 눈은 화가 나거나 불만스러우면 커지곤 했다. 말을 할 때마다 거의 매번 비웃듯 입술을 비죽였다. 그의 훈련은 격렬하고도 힘들었고, 그는 신병들의 행동에서 짜증스러운 부분을 여러 가지 찾아냈다. 그가 신병들을 맡을 때는 호되게 굴렀다. 두 손을 엉덩이에 얹은 채 더럽고 모욕적인 말로 그들을 꾸짖었다. 그런 말이 하수도를 흐르는 오수처럼 쏟아져나왔다. 침묵할 때조차 그는 짜증을 감추기 어려워했다. 그는 함자가 상상한 독일 장교 그대로였다. 늘 단장을 가지고 다니며 조바심이 나는 듯 오른쪽 다리를 두드려댔는데, 가끔은 꽤 세게 쳤다. 그럴 때가 아니면, 그는 뭔가를 가리키거나 치솟는 분노를 이기지 못해 아주 격렬하게 허공을 가를 때만 그 막대를 사용했다. 아스카리를 후려치는 건 독일인 장교의 위신을 떨어뜨리는 짓이었다. 그는 자기가 한 말을 강조할 필요가 있을 때면 모든 훈련에 함께하는 옴바샤가 끼어들어 병사들을 때리기를 바랐다.

---

* '병장'이라는 뜻의 독일어.

** '장교' 또는 '부사관'이라는 뜻의 독일어.

하루 일과는 퀴닌*을 먹은 뒤, 몇 시간 동안 행군 훈련을 하는 것으로 시작됐다. 펠트베벨은 멋진 모습을 보이는 것은 슈츠트루페에게 중요한 일이며, 멋진 모습을 보이기 위해서는 행군이 필수라고 신병들에게 소리쳤다. 그들은 군대식으로 몸을 움직이는 방법을 배운 뒤 서로의 앞에서 한 명씩 행군하는 방법을, 그다음에는 옴바샤나 샤우시나 펠트베벨이 명령과 욕설을 외치는 가운데 무리지어 행군하는 법을 배웠다. 이후에는 무기를 잡고 사용하는 방법과 땅에 엎드려 조준하는 방법, 총을 쏴서 표적을 맞히는 방법, 빠르게 움직이며 재장전하는 방법을 배웠다. 슈츠트루페 아스카리는 명령을 받기 전까지 퇴각하지 않으며, 공격받아도 당황하지 않고, 무엇보다도 한결같아야 한다. 우나파하무? 모든 명령은 고함으로 이루어졌고 욕설을 동반했다. 은디오 브와나. 모든 잘못은 심각한 정도에 따라 폭력이나 힘든 노동으로 처벌받았다. 처벌은 끊이지 않았고 공개적이었다. 신병과 베테랑 아스카리를 가리지 않고 며칠에 한 번씩 군대 전체가 보마로 가서 함사 이시린, 그러니까 스물다섯 대의 채찍질을 목격했다. 이런저런 잘못으로 공개 채찍형이 이루어진 것이다. 그중에는 그런 식의 치욕은 너무 과해 보이는 잘못도 많았다. 옴바샤는 이런 처벌의 목적이 그들을 순종적이고 두려움을 모르게 만드는 것이라고 말했다. 채찍질은 늘 아프리카인 아스카리의 몫이었고, 절대 독일인이 하지 않았다.

오후에는 보마와 막사 건물을 정리하고 지시받은 대로 다른 업

* 말라리아 치료제로 쓰이는 기나나무 껍질의 성분.

무를 했다. 그들은 무기와 신발, 각반, 군복을 깨끗이 했다. 사열이 여러 번 있었고, 모든 흠은 개인적으로든 단체로든 처벌받았다. 그들은 신체를 강화하기 위해 운동과 달리기를 했고, 강제 행군을 하고 근육을 키우기 위한 훈련을 했다. 함자와 같은 집단의 신병 대부분은 그 지역 출신이라 서로가 하는 말을 알아들을 수 있었지만, 부대에서는 다른 언어도 쓰였다. 아랍어, 니암웨지어, 독일어가 대부분이었다. 이 모든 언어의 단어들이 스와힐리어와 뒤섞인 형태가 바로 부대에서 쓰는 주요 언어였다.

함자는 기가 빨리는 일상에 방향을 잃고 말았다. 군대에 들어오고 나서 처음 솟구치는 공포를 느낀 이후로, 함자는 폭력에 익숙하며 오직 힘과 거친 성질만을 높이 평가하는 남자들에게 비웃음당하고 괴롭힘당할까봐 두려웠다. 그의 집단에서는 머잖아 명백한 질서가 나타났고, 힘과 민첩성이 그 질서의 일부였다. 콤바와 풀라니가 힘과 열정 때문에 자연스럽게 리더가 되었고, 아무도 대놓고 이의를 제기하지 않았다. 풀라니는 슈츠트루페 정도는 아니었지만 이미 군생활 경험이 있었다. 니암웨지족인 그는 어느 상인의 사병대에서 경비병으로 일했었고 그에게 풀라니라는 이름을 지어준 것도 그 상인이었다. '뭐뭐'라는 뜻의 그 이름을 붙여준 건 상인이 그의 니암웨지어 이름을 온전히 기억하지 못했기 때문이었다. 풀라니는 힘찬 느낌이 좋아서 그 이름을 받아들였다. 콤바는 대단히 힘이 세 보였고 자신감이 있었다. 타고난 운동선수이기도 했다. 이 둘이 모든 훈련을 주도했고 음식을 가져다주는 여자들에게 말을 걸고 그들과 음담패설을 주고받으며 저녁에 찾아가겠다고 약속하곤 했다. 이들은 늘 가장 먼저, 많은 음식을 배식받았다. 옴바샤가 항상 칭찬하고 펠트베벨이 적당히 달래다가 최악의 욕설을 퍼붓는 사람도 이들이었다. 콤바는 펠트베벨을 뒤에서 비웃으며 어린 수탉이라는 뜻의 조구라고 불렀다. 여자가 근처에 있으면 꼭 수탉처럼 뽐내고 돌아다닌다고. 다들 펠트베벨이 두 사람, 특히 콤바를 공격하는 것은 그들이 부대에서 가장 뛰어나다는 점을 인정하기 때문이라는 걸 잘 알았다. 둘을 깎아내리지 않고 자신의 권위를 세우려면, 펠트베벨은 그들을 힘으로 눌러야 했다. 함자는 마지못해 그 질서에 따르며 그 안에서 자기 자리를 찾았다. 부대의 나머지 병사들처럼 말이다.

풀라니와 콤바가 부상한 것은 함자에게 그리 중요한 문제로 보이지 않았다. 집단의 머릿속을 사로잡고 있는 것은 대체로 심한 훈련과 처벌에 대한 일반적인 공포였다. 누구도 게프라이터나 운테로피치어, 특히 펠트베벨 발터의 비웃음이나 폭력에 대응할 수 없었다. 지휘관은 이름으로 부를 수 없었다. 아니, 아예 부를 수 없었다. 그들은 그저 최대한 빠르게 복종할 대상이었다. 무슨 일을 저지르고 간신히라도 빠져나갈 수 있는 사람은 콤바뿐이었는데, 그건 콤바가 자기가 저지른 것이 잘못인 줄 몰랐다거나 불경을 저지를 의도가 없었다는 식으로 행동하는 건방진 능력자였기 때문이었다.

아무튼, 가혹한 통치 체제에도 불구하고 함자는 자신의 힘과 기술이 향상되는 것에 예상치 못한 만족감을 느꼈다. 얼마쯤 지나자 슈바인*이라거나 와셴지라거나 아직 이해하지는 못했지만 교관들이 끊임없이 독일어로 질러대는 고함에도 더이상 움찔하지 않게 되었다. 그는 두려워했던 것과 달리 무리에서 거부당하지도, 조롱당하지도 않았다. 예상치 못했지만, 그는 집단의 일원이 되어 살인적인 일과를 보내고 피로해져 함께 투덜거리는 것이, 명령에 노련하게 반응할 만큼 강해진 자신의 몸이, 또한 지휘관이 요구하는 대로 정확하게 행군할 수 있게 된 능력이 자랑스러워지기 시작했다. 기진맥진해 잠든 사람들의 몸과 그 몸에서 뿜어져나오는 가스의 퀴퀴한 냄새에 익숙해지는 데는 시간이 좀더 걸렸다. 농담은 야만적이었지만, 그야 모두가 겪는 것이었다. 함자는 튀는 행동을 하지 않고 자기 몫을 받아들이는 방법을 배웠다. 작전을 수행하러 나가기 시작했을 때 그는 아스카리가 도착하면 마을 사람들이 두려워하는 것을 보았으며, 그들의 두려움에 짜릿하게 번지는 기쁨을 억누를 수 없었다.

첫날 아침 이후로 장교는 거리를 유지했다. 아침 훈련은 보통 보마 연병장인 엑서치어플라츠에서 진행되었는데, 이따금 장교가 나와서 그들을 지켜보았다. 그는 높은 나무 단상에서 내려오지 않았고 오랫동안 지켜보지도 않았다. 그보다는 보마를 떠나 정규군과 함께 기동작전을 펼치는 일이 잦았다. 그들은 다른 아스카리로부터 이런 작전을 샤우리 임무라고 부른다는 걸 알게 되었다. 샤우리는 정부 정책을 설명하고 분쟁에 관한 판정을 전달하거나 규칙을 위반한 마을이나 추장에게 벌을 내리는 자문회의였다. 그들이 속한 부대가 훈련을 위해 샤우리 임무에 참여했을 때, 함자는 자문이

* '돼지'라는 뜻의 독일어.

랄 것이 별로 없다는 걸 알게 되었다. 이런 작전은 멍청한 와센지 마을에서 규율을 잡고 주민들을 겁주어, 아무 이의 없이 정부 지시에 따르도록 하는 것이었다.

몇 주째 훈련을 받고 나자 어느 날 아침 장교가 단상에서 내려와 그들에게 다가왔다. 게프라이터 하이다르 알 하마드, 운테로피치어 알리 응구루 하산, 펠트베벨 발터 세 교관이 모두 참석한 것을 보면 이 순간을 미리 계획한 것 같았다. 번쩍번쩍한 흰색 주둔군 제복을 입은 장교처럼 그들도 완전한 예복을 갖춰 입고 있었다. 옴바샤가 미리 해준 설명에 따르면 통신파견대나 군악대를 위한 특수 훈련을 받기로 예정된 사람들이 이번 행군에서 선발될 것이었다. 비록 병사들 중 누구도 연주를 들어본 적은 없었지만 한 명이 트럼펫을 불 줄 알았는데, 그는 무지크카펠레*에 지원할 생각이었다. 그가 군악대에 지원하게 해달라고 옴바샤의 허락을 구했다. 통신파견대에 선발되려면 글을 읽을 줄 알아야 했지만, 함자는 읽을 줄 알면서도 지원하지 않았다. 관심을 끌기 싫어서 지원하지 않기로 했다. 하지만 옴바샤 하이다르는 함자가 쉬는 시간에 정부의 스와힐리어 신문인 〈키옹고지〉를 다른 병사들에게 큰 소리로 읽어주는 모습을 보았다. 행군 도중에 진행될 선발 절차에 관해 설명하면서, 옴바샤는 통신파견대를 언급하며 함자 쪽을 힐끗 보았다.

장교는 첫날 아침에 그랬듯 도열한 병사들을 차례로 지나치며

* '군악대'라는 뜻의 독일어.

걸었다. 다만 이번에는 병사 한 명 한 명 앞에 멈추어 자세히 살펴보았다. 그 절차가 끝나자, 장교는 차렷 자세로 서 있는 부대와 몇 발짝 거리를 두고 멈춰 섰다. 펠트베벨이 아부두라는 트럼펫 연주자의 이름을 부르자 그가 지시받은 대로 두 걸음 나섰다. 이어 그가 함자의 이름을 불렀고, 함자도 똑같이 했다. 장교는 경례하고 사무실로 돌아갔다. 부대는 아부두와 함자를 엑서치어플라츠에 세워둔 채 떠났다. 그들은 늦은 아침의 태양이 내리쬐는 가운데 명령받은 대로 차렷한 채 서 있었다. 둘 다 이 역시 처벌에 가까운 또 한번의 시험이며 움직이거나 말을 하면 불쾌한 벌칙이 이어질 것이고, 더이상 훈련은 없으리라는 걸 알았다. 함자에게는 아무 이유 없는 잔인한 변덕처럼 보였지만, 그런 깨달음을 얻어봤자 이미 너무 늦기도 했고 견디는 것 말고는 할일도 없었다.

늦은 아침의 태양을 쬐며 차렷 자세로 얼마나 오래 서 있었는지 알기란 어려웠다. 아마 십오 분쯤이었을 것이다. 어쨌든 얼마간 시간이 지나자 옴바샤 하이다르가 돌아와 아부두에게 자기를 따라오라고 했고, 함자는 엑서치어플라츠에 그대로 서 있었다. 그다음은 함자의 차례였다. 그는 지시받은 대로 옴바샤보다 앞에 서서 걸었고, 사무실의 열린 문 앞에 다다르자 짙은 어둠에 잠시 앞이 보이지 않았다. 들어와, 안에서 목소리가 들렸다. 함자가 장교의 목소리를 들은 건 그때가 처음이었다. 그 목소리의 엄격함이 함자의 힘줄을 타고 전해지는 것만 같았다. 함자는 앞쪽에 창문이 두 개 나 있고, 방 저편에 문을 마주보며 책상이 놓여 있는 큰 사무실로 들어갔다. 책상 앞에는 의자가 있었으며 작은 탁자 하나가 벽에 붙어 있고 그 위에 제도판이 놓여 있었다. 장교는 책상 뒤 의자에 푹 기대앉아 있었다. 전투모를 벗으니 얼굴이 전보다 야위어 보였고 왼쪽 뺨 위와 헤어라인 아래쪽 관자놀이에는 주름이 잡혀 있었다. 눈은 꿰뚫어보는 듯한 푸른 눈이었다.

오랫동안 일부러 침묵을 지킨 뒤, 장교가 독일어로 말하자 옴바샤가 그 말을 통역했다. "오벌로이트난트*께서 당신의 담당 통신병이 되고 싶으냐고 물으신다."

"예, 그렇습니다." 함자는 큰 소리로, 장교의 머리 위쪽 허공을 향해 최대한 확신을 담아서 대답했다. 통신병이 되는 것이 아스카리가 되는 것보다 안전한지 알 수 없었지만 옥신각신할 순간이 아니었다.

장교가 다시 짧게 말했다. "이유는?" 옴바샤가 통역했다.

함자는 이 질문에 대한 답을 미리 생각해뒀어야 했지만 생각해본 적이 없었다. 잠시 고민한 뒤 그가 말했다. "새로운 기술을 배우고 제가 가장 잘할 수 있는 일로 슈츠트루페에 봉사하기 위해서입니다."

함자는 장교를 힐끗 보았다. 장교가 미소 짓는 모습이 눈에 들어왔다. 앞으로 익히 알게 될 비웃음을 처음으로 본 순간이었다. "글은 읽을 줄 아나?" 옴바샤가 다시 통역했다.

"조금 읽을 줄 압니다."

장교는 추궁하는 표정을 지으며 자세히 말해보라고 했다. 함자

* '중위'라는 뜻의 독일어.

는 어떻게 더 설명해야 할지 몰랐다. 그는 글자를 전부 알았고, 인내심만 있으면 스와힐리어로 된 단어는 읽을 수 있었다. 장교가 알고 싶어하는 점이 그것인지 확신할 수 없었기에, 함자는 장교의 머리 위를 바라보며 아무 말도 하지 않았다. 장교가 옴바샤를 보며 독일어로 천천히 말했고, 옴바샤는 말이 끝날 때까지 기다렸다가 통역했다. 단어들은 누비족의 평소 방식대로 뒤죽박죽으로 나왔고, 장교를 마주보며 서 있던 함자는 옴바샤가 과장할 때마다 장교가 약간씩 움찔하는 것을 시야 한쪽으로 볼 수 있었다. 사람들 말로는 독일인 중에서 이 장교가 스와힐리어를 가장 잘한다고 했다.

"오벌로이트난트께서는 읽기를 더 배우려 하지 않는 이유가 무엇인지 물으신다. 왜 중위님처럼 모든 것을 읽지 않나? 중위님께서 너라는 개새끼 앞에 뭘 놓으시든 너는 배우지 않는다. 너는 교양이 없다. 그래서 네가 야만인인 것이다. 중위님께서는 네가 반드시 배워야 한다고 말씀하신다. 중위님께서 말씀하신 단어가…… 소학이라던가. 너는 그것도 모른다."

"수학이야." 장교가 말했다.

"그래, 슈학. 너는 그게 뭔지 모르지, 이 개새끼. 야만인 개새끼." 옴바샤가 말했다.

"니니 지나 라 수학 콰 루그하 야코?" 장교가 물었다. 결국 옴바샤가 없어도 괜찮았던 것이다. 너희 언어로 수학이 뭐지? "수학이 뭔 줄 아나? 수학이 없으면 세상 그 어떤 지식도 이해할 수 없다. 음악도, 철학도, 통신의 기계학적인 측면은 둘째 치더라도. 우나파하무?"

"은디오 브와나." 함자가 큰 소리로 대답했다.

"너흰 수학이 뭔 줄도 모르지? 우린 너희에게 이걸, 수학을 비롯해서 우리가 아니었다면 너희가 가질 수 없었던 수많은 영리한 것들을 가져다주려고 왔다. 이게 우리의 치빌리지어룽미시온*이다." 장교는 그렇게 말하더니 왼팔로 창밖의 보마를 가리켰다. 그의 여윈 얼굴과 가느다란 입술이 가소롭다는 듯 구겨졌다. "이게 우리의 교활한 계획이다. 어린애가 아니면 오해할 수 없지. 우린 너희를 문명화시키려 온 거다. 우나파하무?"

"은디오 브와나."

장교는 알맞은 단어를 찾아가며 조심스럽게 스와힐리어로 말했지만 자신이 전혀 다룰 수 없는 언어로 공연을 하는 것 같았다. 단어는 알지만, 그 단어에 맞는 감정은 모르는 듯이. 장교는 그 단어들을 어울리지 않는 방식으로 말하고 싶어하는 것 같았다. 그의 눈에는 호기심과 경멸 사이를 오가는 경계하는 빛이 어려 있었고, 자신의 말이 함자에게 미치는 영향을 계속해서 살폈다. 이에 함자도 눈을 마주치지 않고 최대한 장교를 관찰했다. 나중에 알게 되지만, 평소에 그 눈은 폭력을 저지를 수 있는 남자 특유의 빛으로 번뜩였다.

"다만 나는 너희가 절대 수학은 배우지 못할 거라고 생각한다. 수학에는 너희 민족으로서는 불가능한 정신적 규율이 필요하기 때문이다. 지금은 이걸로 충분하다." 장교가 불쑥 말하더니, 손짓해

---

* '문명인의 사명'이라는 뜻의 독일어.

그들을 사무실에서 내보냈다.

함자는 그날 늦게, 자신이 장교의 전속 하인이나 다름없는 당번병으로 지정되었다는 것을 알게 되었다. 그는 아침이 밝자마자 장교의 집으로 가 전임 당번병에게서 업무 인계를 받아야 했다. 통신병 배치 신청은 거절되었다. 이유는 아무도 말해주지 않았다. 이런 배치가 알려지자 콤바가 앞장서서 조롱했다.

"넌 쇼가야." 그가 말했다. "그래서 널 고른 거야. 자기 등을 주무르고 저녁을 차려줄 상냥하고 예쁜 사람이 필요해서. 산은 날씨가 춥다지, 밤에 따뜻하게 해줄 사람이 필요하겠지, 아내처럼. 넌 여기 뭐하러 온 거냐? 누가 봐도 군인이 되기엔 너무 예쁜데."

"독일인은 예쁘장한 젊은 남자를 가지고 노는 걸 좋아해. 특히 너처럼 태도가 좋은 녀석들 말이야. 크와 히사니 야코." 풀라니가 손을 내젓고 목소리를 낮추며 말했다. 원하신다면야.

"그러게, 꿈에나 나올 법한 미인 아니겠냐." 콤바는 함자의 뺨을 쓰다듬을 것처럼 손을 내밀며 말했다.

다른 병사들도 끼어들어 함자가 된 척하며, 음식을 차리고 등을 주무르는 연기를 하면서 과장되게 여성스러운 걸음걸이로 돌아다녔다. "독일인이 너한테 질리면, 언제든 돌아와서 내 등을 주물러도 돼." 누군가가 말했다. 그들은 한참이 지나서야 이 장난에 싫증을 내고 함자를 내버려두었다. 그때쯤 함자는 수치심에 움츠러들어 입을 다물었고, 병사들이 그에게 닥칠 거라고 예상한 일이 실제로 벌어질까봐 두려워하고 있었다. 그때까지 함자는 자신도 그들의 일원이라고, 그들의 곤궁함과 처벌을 함께하고 있다고 느꼈다.

병사들 중 누구도 전에는 이처럼 모멸적인 방식으로 그에게 말하지 않았다. 꼭 그들이 억지로 함자를 추방하는 것만 같았다.

4

일리아스에게서는 아무 소식이 없었지만, 칼리파는 그건 걱정할 일이 아니라고 했다. “다르에스살람은 멀리 떨어져 있어. 한동안 소식이 없을 거야. 누군가 다르에스살람에서 오면 소식을 듣게 되겠지. 아니면 일리아스가 우리에게 몇 자 적어 보내거나. 머잖아 소식을 듣게 될 거야.”

빔쿠브와, 바바 칼리파와 함께 살게 된 초기에, 아피야는 그들과 같은 방에서 바닥에 얇은 케이폭 매트리스를 깔고 잤다. 뒤뜰에 창고로 쓰는 공간이 하나 있었는데, 바구니에 숯을 담아 그곳에 보관했고 언젠가는 틀림없이 쓸 오래된 냄비와 가구도 조금 있었다. 칼리파는 그 창고를 치워 아피야에게 방을 마련해주겠다고 했다. 벌레를 죽이려면 석회칠을 해야겠지만, 그런 다음에는 편안한 방이 될 터였다. 집 앞쪽에는 문이 달린 창고가 하나 더 있었다. “잡동사니는 저리로 옮기면 돼.” 칼리파가 말했다. “서두를 것 없지. 먼저 아피야가 여기에서 우리와 지내는 데 익숙해져야 해. 그저 꼬마애일 뿐이니까. 두려움을 극복하도록 해줘야지."

"아피야는 아기가 아니에요." 비 아샤는 그렇게 말했지만, 고집을 부리지는 않았다.

아피야는 매일 조금씩 나아지기는 했어도 여전히 열이 났고 손이 아팠다. 비 아샤가 그녀를 접골사에게 데려가니 그는 손을 주무른 다음 약초와 밀가루와 달걀로 만든 깁스를 해주었다. "뼈가 낫는 데 도움이 된단다." 그가 말했다. 며칠 뒤 접골사는 깁스를 떼어내고 아피야에게 손 움직임을 나아지게 하는 운동을 알려주었다. 그는 비 아샤에게 말했다. "온전하게 다시 쓸 수 있을지는 모르겠어요. 손의 섬유에 영구적인 손상이 생겼을지도 몰라요."

비 아샤는 아피야를 위해 기도했고, 그녀에게 쿠란을 읽는 걸 가르쳤다. 함께 쿠란을 읽으면 너도 아픔에 대해 별로 생각하지 않게 될 테고 신께서 너를 축복하고 보상을 주실 거야, 라고 말했다. 짧은 수라*를 익혀 더듬더듬 읽기까지 진도를 나가기 위해 아피야는 몇 주에 걸쳐 매일 노력해야 했는데, 일단 읽을 수 있게 되자 비 아샤가 그녀를 비 하비바라는 이웃에게 보냈다. 비 하비바는 매일 아침 네 명의 소녀를 집에서 가르치고 있었다. 비 아샤는 다른 아이들과 함께 있으면 아피야가 더 잘 배울 수 있을 거라고 생각했다. 칼리파에게는 비 하비바가 딱히 좋은 선생은 아닌 것 같다고 털어놓았다. 아이들은 비 하비바의 관대한 태도를 이용해, 이야기를 해

---

* 쿠란의 한 장(章).

달라고 꾀어 수업을 피했다.

"무슨 이야기?" 칼리파가 물었다. 그는 이야기를 좋아했다.

"몰라요." 비 아샤는 칼리파가 요점을 놓친 것을 알고 쏘아붙였다. "아마 예언자 무함마드와 그 벗들에 관한 이야기겠죠. 아무튼 읽기 연습을 해야죠. 그러라고 돈을 주는 건데."

"아, 좋은 이야기지." 칼리파가 말했다. 남편의 목소리에서 대수롭지 않게 여기는 기색이 느껴지자 비 아샤는 짜증이 났다. 그녀는 신앙 문제에 관해 그가 일부러 무관심한 태도를 보이는 것 때문에 자주 짜증을 냈다.

"네, 좋은 이야기였으면 좋겠네요." 그녀가 말했다. "제가 아피야한테 가서 소문이나 듣고 오라고 돈을 내는 거겠어요?"

"그 돈이 소문을 들을 수 있을 만큼은 안 될걸." 그는 자기 재치에 즐거워하며 말했다.

여러 주가 지나면서 아피야는 글을 유창하게 읽게 되었고, 수업을 마치고 집안일을 도울 수 있을 정도로 손도 나았다. 수업은 아침이 밝자마자 두 시간 동안 진행됐다. 아피야는 비 하비바의 집에서 돌아오면 그날 아침 무엇을 읽었는지 설명했고, 빔쿠브와 앞에서 직접 읽어볼 때도 있었다. 그런 다음 빔쿠브와와 함께 시장으로 가서 채소와 과일을 샀다. 고기를 먹는 날에는 고기를 사기도 했다. 비 아샤는 아피야에게 식품의 가격과 값을 치르는 법, 돈을 다루는 법을 알려주었다. 네가 충분히 나이가 들면 나 대신 장을 봐오렴, 비 아샤가 말했다. 때때로 상인 나소르 비아샤라의 집을 지나가면 열린 문을 마주보는 사무실 책상에 칼리파가 앉아 있는 모습이 보였다. 사무실은 상인의 집 아래층 방이었다. 상인 가족은 위층에서 살았다. 매일 오전 늦게, 그들이 시장에서 돌아오고 나면 한 남자가 이 집 저 집 다니면서 바구니에 담아온 싱싱한 생선을 팔았다. 손님들이 직접 바닷가로 가서 비늘이나 생선 내장 사이에서 흥정을 벌일 필요가 없도록 어부에게 생선을 사오는 사람이었다. 아피야는 생선 손질하는 법을 배웠다. 마늘과 생강과 고추를 맷돌에 갈아 걸쭉한 양념이 되면 생선살 위와 안쪽에 발랐다. 한 손으로 양념을 갈면서 다른 손으로는 맷돌이 움직이지 않게 고정했는데, 다만 왼손으로는 꽉 쥐기가 어려웠다. 그녀는 이외에도 여러 가지 방법으로 상처를 다루는 법을 배웠다.

아피야는 일리아스와 함께 살 때 집을 빌려주었던 가족, 자밀라와 사아다 자매와 그들의 어머니를 만나러 갔다. 그들은 아피야를 보고 반가워하며 전에 그랬듯 친절하게 맞아주었다. 그들은 아피야의 손 움직임이 어색한 것을 보고 어쩌다 그렇게 되었는지 물었다. 글 쓰는 법을 배웠다는 이유로 아저씨가 때렸다는 아피야의 대답에 자매의 어머니는 그런 무식함은 죄악이라고 했다. 자매 중 언니인 자밀라는 약혼한 상태였지만, 아버지가 자밀라는 결혼하기에 너무 어리며 열여덟 살이 될 때까지 기다려야지 그러지 않으면 자밀라 자신도 어린 시절을 다 누리지 못했는데 아이를 낳다가 인생을 망치게 될 거라고 했다. 자밀라는 집에서 지내는 것이 즐거우며 기다리는 것도 나쁘지 않다고, 약혼자도 마찬가지라고 했다. 약혼자는 잔지바르에 사는데 한 번밖에 만난 적이 없어서 자밀라가 그를 그리워하기에는 서로 잘 몰랐다. 그들은 일리아스에 관해 물었고, 아피야는 아무 소식을 듣지 못했다고 말했다. 어머니는 신께서 일리아스를 안전하게 지켜주시길, 하고 빌어주었다. 아래층에 네가 쓰던 방을 지날 때마다 거기 살던 너희 둘이 생각난단다.

칼리파는 매일 점심을 먹으러 집에 왔다. 비 아샤가 정오 기도를 하고 나면 바로 식사가 차려졌다. 아피야는 비 아샤와 함께 기도해야 했지만 칼리파는 보통 어떻게든 기도를 마친 직후에 도착했다. 처음에 비 아샤는 아피야가 듣고 따라 할 수 있도록 의례적인 말들을 큰 소리로 했다. 그녀의 설명에 따르면 기도란 신께 직접 말을 하는 것이니 중간에 끊고 다른 사람에게 말을 걸거나 딴짓을 해서는 안 되었다. 그래서 비 아샤는 기도를 하다 말고 멈추어 설명해주거나 지시를 내릴 수 없었고, 아피야는 보고 따라 하면서 배워야만 했다. 점심을 먹고 나면 칼리파는 셔츠와 키코이*를 걸치고 침실에서 빈둥거리다가 매트에 쭉 뻗어 낮잠을 잤다. 비 아샤도 침대에서 낮잠을 자면 아피야는 혼자 놀 수 있었다. 그녀는 거리마저 열기 속에서 고요해지는 것 같은 한낮의 이 조용한 시간을 좋아했다. 그녀는 냄비를 닦고 화로를 청소하고 뒤뜰을 쓸었다. 그런 다음 뜰 구석에 석판과 종잇조각을 가지고 앉아 글쓰기를 연습하거나 비 아샤가 사준 쿠란을 읽었다. 모두가 쿠란을 한 권씩 가져야 해. 비 아샤는 오래전에 자기 쿠란을 아무렇게나 두었다가 잃어버린 칼리파를 쳐다보지도 않고 그렇게 말했다.

오후 기도를 하라는 무아딘의 외침이 어른들에게는 일어나라는

* 허리, 어깨 등에 두르는 강렬한 색깔의 큰 천.

신호였다. 칼리파는 그 신호를 들으면 재빨리 몸을 씻고 직장으로 돌아가 두 시간쯤 일했고, 비 아샤는 몇 가지 집안일을 한 다음 밖으로 나가 이웃들을 방문하거나 그들을 맞아들였다. 하루는 칼리파가 아피야에게 자기와 함께 사무실에 가고 싶은지, 아니면 이웃들을 만나러 가는 게 더 좋은지 물었고 아피야는 칼리파를 따라갔다. 사무실에는 책상이 세 개 있었고, 커다란 공간은 비 아샤와 아피야가 시장으로 갈 때 지나는 도로 쪽으로 트여 있었다. 문을 마주보는 가운데 책상이 바바 칼리파의 것이었다. 문 오른쪽의 책상은 상인 나소르 비아샤라의 것이었는데, 아피야는 그동안 나소르 비아샤라는 탐욕스러운 악당이라거나 좀더 비꼬는 투로 우리의 부유한 상인 나리라고 불리는 것만 여러 차례 들었을 뿐 직접 만나는 건 오늘이 처음이었다. 그녀는 나소르 비아샤라가 늙고 못된 구두쇠처럼 생겼으리라고 생각했으나 실제로는 별로 그렇지 않았다.

그녀는 바바 칼리파가 찾아준 연필과 종잇조각을 들고 문 왼쪽 책상에 자리잡았다. 가끔 남자들이 찾아왔는데, 사업 이야기를 할 때도 있었지만 대부분은 최신 소식과 소문을 들으려는 것이었다. 대부분의 사람들에게는 그것만이 세상에서 벌어지는 일을 따라갈 유일한 방법이었다. 손님들은 아피야에 관해 자주 이야기했다. 새로 직원을 들이셨군요, 라거나 사무실에 일을 제대로 할 줄 아는 사람이 생겼네요, 라는 식이었다. 그녀는 남자들이 정치와 정부의 위기에 대해 하는 이야기를 들으며 열심히 석판에 글씨를 끼적이는 척했다. 다가오는 전쟁과 슈츠트루페의 사나움이 자주 화제에 올랐다. 슈츠트루페에 대해 하는 말에는 혐오감과 존경심이 뒤섞여 있었다. 그놈들은, 그 아스카리는 짐승들이야. 아피야는 그들이 그렇게 하는 말을 들었다. 그래서 칼리파에게 그 아스카리가 일리아스가 함께 싸우러 간 아스카리인지, 아니면 다른 아스카리인지 물었다.

"같지만 다르기도 하지." 칼리파가 말했다. "모든 아스카리가 그들이 말하던 사나운 짐승은 아니거든. 그중에는 경찰이나 점원이나 병원 잡역부도 있단다. 심지어 악단에서 연주하는 사람도 있어. 내 생각에는 일리아스가 그런 아스카리가 되었을 것 같구나. 머잖아 꼭 소식이 들려올 거야. 지금쯤 훈련이 끝났을 게 틀림없거든. 그러고 나면 반드시 며칠 집으로 돌아와 지낼 거야. 그때 만나면 물어볼 수 있을 거다."

상인은 보통 그녀에게 말을 많이 하지 않았다. 그는 장부와 편지 때문에 바쁘거나 손님들 때문에 바빴고, 어쨌거나 수다를 잘 떠는 사람도 아니었다. 사람들이 대화하고 있으면 그는 보통 듣는 쪽이었고 손님과 바바가 이야기를 늘어놓았다. 그는 글을 쓸 때면 금속테 안경을 썼는데, 아피야는 그런 안경을 쓴 사람을 한 번도 본 적이 없었다. 한번은 아피야가 자기가 뭘 하는지 의식하지도 못한 채 자리에 서서 그가 일하는 모습을 빤히 바라보았다. 그녀는 귀 뒤쪽에서 안경다리가 구부러진 모습을 보고 안경을 쓰면 아플지 궁금했다. 나소르 비아샤라가 결국 고개를 들고 안경을 머리 위로 밀어 올렸다. 그는 몇 초 동안 눈을 비비더니 뒤로 기대앉아서 그녀를 바라보았다.

"뭘 봐?" 그가 물었다.

아피야가 안경을 가리키자 칼리파가 날카롭게 말했다. "사람 얼굴에 그런 식으로 삿대질하는 거 아니야."

상인도 똑같이 날카롭게 말했다. "놔두세요." 그때 아피야는 바바 칼리파가 상인을 싫어하는 만큼 상인도 바바를 싫어한다는 걸 알았다.

어느 날에는 아피야가 사무실에서 기침 발작을 일으켰는데, 나소르가 걱정스러운 듯 인상을 쓰며 그녀 쪽을 보았다. 따라와, 아피야의 기침이 멈추지 않자 결국 그가 말했다. 위층의 집으로 가는 문이 사무실 바로 옆에 있었는데, 나소르는 계단 맨 아래에 서서 위를 보며 소리쳤다. "칼리다, 아피야가 물 마시러 올라갈 거야." 아피야는 그렇게 상인의 아내를 만났다. 그 이후로 아피야는 매일은 아니어도 바바 칼리파와 함께 사무실에 갈 때마다 위층으로 올라가서 물 한 잔을 마셨고 간혹 쌀 케이크 한 조각을 먹기도 했다. 칼리다는 어린 아기가 있어서 밖에 별로 나가지 않았기에 친구와 이웃, 다른 상인들의 아내와 친척들, 그 상인들 밑에서 일하는 사람 등 손님이 찾아오는 경우가 많았다. 그들은 향수를 뿌린 캉가와 부스럭거리는 시폰 드레스를 입고 둘러앉아 결혼식과 생일, 상속에 관해 이야기했다. 그들이 심술궂게도 재미있어하며 사람들 흉내를 낼 때면 아피야는 입을 벌린 채 귀기울였다. 자만심에 빠져 뽐내는 남자들, 거드름 피우는 여자들, 소문에 따르면 위선자라는 정부 고관들. 그중에는 살아 있는 사람도 있었고 이미 세상을 떠난 사람도 있었다. 다들 자기 남편과 친척은 빼두었지만, 대화에 끌어들이는 다른 모든 사람에 대해서는 자비가 없었다. 아피야는 굳이 안 듣는 척은 하지 않았다. 사람들은 아피야가 열렬한 관심을 보이는 걸 재밌어하며, 윙크하고 눈썹을 치켜올리고 암호 같은 말을 쓰면서 어린애 앞에서 너무 많은 이야기를 하지 말라고 서로에게 경고했다. 사람들이 그녀에게 알려주고 싶어하지 않는 것에 대해 이야기할 때면 아피야도 알아차렸다. 이 방에 엿듣는 사람이 있다는 듯이 흠 소리를 내거나 기침을 하거나 우회적으로 말하거나 손짓을 했기 때문이다. 그들은 이런 놀이를 하면서 자기들끼리 웃었다. 모르는 척하긴 했지만, 그들이 뭔가 숨기려 할 때마다 아피야는 보통 알아냈다. 그들이 다른 사람에 대해 하는 말이 다 사실은 아니라는 걸 깨닫기까지는 오랜 시간이 걸렸다.

이런 식으로 아피야는 시간을 보냈다. 비 하비바의 작은 집 복도에서 받는 수업, 나비 무사에서 나비 이브라힘과 나비 이사, 그리고 누구보다도 신의 사자인 살랄라후와알레에 이르기까지 신의 예언자들에게 일어난 기적적인 사건에 관해 비 하비바가 해준 이야기. 그녀는 자밀라와 사아다와 그들의 어머니를 만나러 갔고, 상인의 사무실에 앉아 남자들이 이야기하는 동안 종잇조각에 글을 쓰거나 그림을 그렸으며, 위층으로 올라가 상인의 아내 칼리다와 그녀의 친구들을 만나고 그들의 중상모략을 들으며 쌀 케이크를 먹었다. 당시에는 그렇게 생각하지 않았지만, 나중에 아피야는 빔쿠브와, 바바 칼리파와 살게 된 처음 몇 달이 만족스러운 시기였다는 걸 알게 되었다.

*

뒤뜰 방의 잡동사니가 마침내 집 앞쪽 창고로 옮겨졌다. 이후에는 벽에 석회칠을 하고 바닥을 쓴 다음 비눗물로 닦았으며, 창틀에 윤을 내고 창살에는 페인트칠을 했다.

"옛날에 우리 아버지는 집 앞쪽 창고에 거래 물품을 보관하셨어." 비 아샤가 말했다. "우리 타지리 나소르가 자기가 안 쓰는 물건도 거기 보관해달라고 했지만, 내가 안 된다고 했지. 나소르는 문을 잠그고 자기가 열쇠를 갖고 있겠다고 했을 거야. 그게 시작이겠지. 처음에는 창고, 그다음에는 뒤뜰, 그다음에는 집 전체. 그러다 보면 우리는 거리에 나앉게 될 테고. 그 악당은 못할 일이 없어. 우리 아버지가 저 안에 무슨 거래 물품을 보관하셨느냐고? 뭐든 생기는 대로 보관하셨단다. 모두가 자기 손에 들어오는 거라면 뭐든 거래했거든. 싸게 사서 되팔 수 있는 쌀 한 자루, 수확량이 많아서 내다팔고도 남은 옥수수나 수수, 금속 쟁반, 장미 향수, 대추야자 같은 것들 말이야. 여기서 난 상품도 있고 바다 건너에서 온 상품도 있었지. 어느 해에는 아버지가 인도에서 물그릇 수십 개를 사셨단다. 아무도 이유를 몰랐어. 그릇들은 몇 년 동안이나 창고에 남아 있었고 결국 어떻게 됐는지는 나도 모른단다. 우리 아버지는 그리 훌륭한 상인은 아니었고 어쩐지 늘 잘못된 결정을 내리셨어. 때에 맞지 않게 사고팔거나 적당하지 않은 가격에 거래를 했지. 아무튼, 우리 가엾은 아버지는 돈을 전혀 벌지 못하셨어. 그런 다음에는 아무르 외삼촌이 이 집을 훔쳐가도록 놔두셨지."

모기장 틀이 갖추어진 새 침대가 나소르 비아샤라의 작업실에서 배달되었다. 상인이 아피아에게 주는 선물이었다. 매트리스 제작자가 와서 아피아가 바닥에 깔아놓고 자던 닳아빠진 매트리스를 뜯어 새 케이폭으로 채웠다. 재단사에게 주문한 새로운 모기장도 하얗게 반짝이도록 틀에 걸어놓았다. 살면서 처음으로 아피아는 열두 살 나이에 자기 방이라는 예상치 못한 사치를 누렸다. 처음엔 뜰에 있는 작은 방에 있는 게 조금 무섭게 느껴졌지만, 그 말을 하지는 않았다. 그녀는 문을 닫아걸고 시키는 대로 여닫이창 하나를 약간 열어두었다. 그런 다음 모기장 끄트머리를 쑤셔넣고 어둠 속에서 불길하게 들려오는 부스럭거리는 소리를 무시하는 법을 천천히 배워나갔다.

"네가 얼마나 운이 좋은지 모를 거다." 비 아샤는 아피아에게 그렇게 말했지만, 훈계조가 아니라 미소를 짓고 있었다. "너무 편해져서 버릇을 망치지 않았으면 좋겠구나."

칼리파가 자기는 그 나이에 선생님 집 계단 밑에 있는 매트에서 다른 소년 몇 명과 함께 잤는데 그것도 결국은 가치 있는 경험이었다는 이야기를 했지만, 비 아샤가 그의 말을 잘랐다. 또 인도 얘기 시작이네, 라고 말했다. 칼리파는 너그럽게 미소 지으며 점심을 먹고 자러 갔다.

어느 날 아침, 비 하비바의 쿠란 수업을 들으러 가는 아피아에게 비 아샤가 캉가를 내밀며 입는 방법을 보여주었다. 너도 이제 자라고 있어. 품위를 지키려면 나갈 때 몸을 가려야 한단다.

아피아는 젖꼭지가 아프고 부풀어오르는 걸 알았고, 거리를 걸어다니면 남자들의 시선이 자기 가슴에 머문다는 것도 눈치챘다. 사무실에 손님이 와 있을 때 나소르 비아샤라가 그녀를 위층으로 올려보내고 싶어한다는 것도 알게 되었다. 손님들이 아피야를 보는 방식에 당혹감을 느끼는 듯했다. 아무도 설명해주지는 않았지만 아피야도 무슨 일이 일어나는지 알았고, 고맙게 캉가를 받아 시키는 대로 몸을 가렸다.

5

장교는 보마 오른쪽 건물 위층 끝에 있는 방 두 개를 숙소로 썼다. 작은 침실 하나, 그리고 안락의자 두 개와 작은 책상 하나가 있는 방 하나. 장교는 가끔 그 책상에 앉아 글을 썼다. 위층에는 방이 다 합해서 일곱 개 있었는데, 아래층과 구조가 똑같았고 공간이 위계질서에 따라 배치되어 있었다. 지휘관이 사용하는 맨 끝의 방 두 개 옆으로 건물 중앙에는 식당으로 쓰는 큰 방이 자리했다. 그 옆으로 군의관에서 시작해 펠트베벨까지 다른 네 장교가 차례로 방을 썼는데, 펠트베벨이 가장 먼 쪽의 작은 방을 차지한 건 그의 계급이 가장 낮기 때문이었다. 보마의 다른 세 장교는 정문을 마주보는 작은 건물에 방이 있었고, 그 건물의 아래층은 의무실과 맹꽁이 자물쇠가 채워진 창고로 쓰였다. 창고에는 통조림으로 만든 유럽식 별미와 병맥주, 와인, 슈냅스, 브랜디처럼 장교 식당에서 쓸 식량이 보관되어 있었다. 두 구역의 배치는 모두 대단히 질서정연했다. 두 구역 다 세면장은 아래층의 독립된 건물에 있었다. 장교를 모시는 병사들이 쓰는 숙소는 건물 뒤쪽, 방 두 개짜리 별채에 위치했고 이들은 그 건물에 딸린 세면장을 함께 썼다. 같은 구역의 네 장교를 모시는 함자와 율리우스가 한방을 썼고, 더 작은 구역에서 복무하는 두 사람이 다른 방을 썼다.

율리우스는 삼십대 후반으로 함자보다 훨씬 나이가 많았다. 그는 선임 당번병으로서 십 년 이상 슈츠트루페에서 일했다. 독일어를 약간 말할 수 있었고 알아듣는 것은 훨씬 더 잘했다. 율리우스는 그들 중 유일하게 보급품 창고에 들어갈 수 있는 사람으로, 창고 열쇠는 병참 장교가 보관했다. 율리우스는 자기가 그런 책임을 맡게 된 것은 글을 쓸 줄 알기 때문이라고 설명했다. 율리우스는 창고에서 뭔가 꺼낼 때마다 창고 안에 보관된 장부에 그 내역을 적어야 했다. 그는 함자에게 바가모요의 미션스쿨에 다니며 받은 교육에 관해 이야기해주었지만, 그 기간에 관해서는 정확히 말하지 않는 편을 택했다. 그는 자신이 받은 교육이나 종교를 자랑스러워했다. 이따금 이렇게 말하기도 했다. 너도 나처럼 교육받은 기독교인이었다면 모든 것을 다르게 생각했을 거야. 율리우스는 마을로 조세 단속을 나갔다가 가벼운 부상을 입었고, 회복하는 동안 그의 지휘관이 그에게 당번병 임무를 맡겼다. "올해로 삼 년째인데, 아무도 내 보직을 바꾸려 하지 않는 걸 보니 꽤 잘하고 있는 모양이야." 그가 말했다.

수도를 설치하려는 계획이 있긴 했지만 아직은 위층에 물이 나오지 않았으므로, 함자는 장교의 세면대를 깨끗한 물로 채운 다음

조리실로 그의 커피를 가지러 갔다. 장교들의 식사는 보마 안에 있는 헛간에서 마을 여자들이 요리했는데, 그들 모두 아스카리의 아내였다. 함자가 돌아왔을 때쯤 장교는 침실에서 나와 셔츠와 바지를 입고서 커피가 오기를 기다리고 있었다. 이어 함자가 침실로 들어가 침대를 정리하고 그의 옷 주름을 폈다. 열린 문 사이로 장교의 시선이 자주 느껴졌다. 이후 함자는 식당으로 가서 율리우스를 도와 식기를 놓았다. 두 구역의 장교들이 모두 식당에서 아침식사를 했고, 매일 저녁 만나 정찬을 먹는 곳도 그곳이었다. 율리우스는 필요한 그릇과 커틀러리, 또 식사 시중의 기초적인 내용을 설명해주었다. 그런 다음 그들은 아래층으로 내려가 작은 건물에서 일하는 남자들이 주방에서 아침을 날라오기를 기다렸다. 이후 함자와 율리우스는 그 음식을 식당에 차려놓고 장교들을 불렀다.

아침을 먹고 나면, 그들은 장교들만 쓰도록 되어 있는 식기를 닦아 찬장에 넣고 식당을 청소한 다음 개인실 정리를 했다. 함자는 장교의 숙소를 정돈하고, 먼지를 떨고, 환기를 시키고, 세면대와 요강을 비우고 닦은 다음, 앞뒤의 베란다를 쓸고 더러워진 천을 저마다 이름이 달린 자루에 넣어 세탁부가 가져갈 수 있도록 아래층에 가져다두었다. 대단히 질서 잡힌 일과였다. 아침 일곱시면 이 모든 일을 마친 상태여야 했다.

장교의 전속 하인으로 새로 배치되고 나서 첫 몇 주 동안, 그는 일곱시가 지나자마자 훈련을 받는 부대원들과 합류했다. 신병 훈련이 끝나지 않았기 때문이다. 일곱시가 되기 전에도 엑서치어플라츠에는 부대원들이 보였다. 함자가 베란다를 쓸거나 장교의 튜

닉을 다리는 동안 그들은 옴바샤나 샤우시의 명령에 따라 자기 한계를 시험해보았고, 함자는 그들과 함께하고 싶은 열망을 느꼈다. 상황이 허락할 때면 그는 장교를 가까이서 시중드는 데서 오는 무가치한 느낌을 떨쳐버리고자 훈련에 뛰어들었다. 간혹 사격 연습이나 기동작전을 하러 들판으로 나가기도 했지만, 행선지가 멀면 함자는 함께 갈 수 없었다. 정오가 되기 직전에 그는 달려와 청소하고 그날 식당에서 식사하는 모든 장교를 위해 점심을 차려야 했다. 점심시간쯤에는 식당에 오래 있기엔 너무 더울 때가 많았으므로, 장교들은 음식을 빠르게 쑤셔넣고 서둘러 자기 방으로 돌아가 더위가 식을 때까지 쉬었다. 함자에게는 보마와 주둔지 주변의 모든 건물이 조용히 잦아드는 이 시간이 하루 중 축복받은 시간이었다. 마을의 염소들과 개들마저 그늘진 구석에 털썩 주저앉아 헐떡이며 뜨거운 시간을 견뎠다. 함자는 식당과 뒤쪽 베란다에서 시간을 보냈는데 그때는 그곳이 가장 시원하기 때문이었다. 그러다 함께 쓰는 아래층으로 내려가보면 보통 율리우스는 이미 잠들어 있었다.

무아딘이 보마 밖 정착촌의 모스크에서 사람들에게 아스르* 기도를 하라고 외치는 오후 네시에, 함자는 그때쯤 샤워를 마치고 사무실로 갔을 장교에게 커피를 한 잔 가져다주었다. 오벌로이트난트는 그에게 근처에 머물라고 지시했는데, 함자의 자리는 사무실 바깥의 단상이었고 부르면 들리도록 거기에 의자를 놓고 앉아서

* 이슬람교의 오후 예배.

대기해야 했다. 이것이 매일 오후 일과였다. 그는 갖은 심부름을 하러 다른 장교에게 갔다 왔고 장교의 편의를 위해 필요한 부수적인 일들을 해야 했다. 물이나 커피를 갖다주거나, 새 수건을 갖다주거나 하는 일 말이다. 첫날부터 그런 오후의 어느 순간에 장교는 함자를 불러들여 독일어를 가르쳤다. 아마 처음에는 재미로 그랬겠지만, 알고 보니 함자가 대단히 열성적인 학습자였다는 이유도 있었을 것이다. 일단은 물건 이름부터 시작했다.

"펜스터. 말해봐라." 장교가 창문을 가리키며 말했다. "튀어, 말해봐라. 슈툴, 아우게, 헤어츠, 코프." 문, 의자, 눈, 심장, 머리. 그는 그렇게 말하며 손가락으로 가리키거나 자기 몸을 건드렸다.

그런 다음 함자는 문장 전체를 따라 해야 했다. "마인 나메 이스트 지크프리트. 아니, 아니. 네 이름을 말해야지. 마인 나메 이스트 함자. 지 진트 헤어츨리히 빌코멘 인 마이넴 란트. 잘했어, 말은 잘했지만 진심인 것처럼 말해야지. 지 진트 헤어츨리히 빌코멘 인 마이넴 란트. 아주 잘하는군. 이 말은, 내 나라에 온 것을 환영한다는 뜻이다." 장교는 비웃는 미소를 띠며 말했다.

그런 다음 그는 함자를 제도 책상으로 보냈다. 책상에는 야전교범이 펼쳐져 있고 그 옆에 빈 종이가 놓여 있었다. 장교는 함자에게 독일어 단어를 쓰는 데 익숙해지도록 몇 줄을 베껴쓰라고 했다. 함자는 매일 몇 줄을 베껴쓴 다음, 처음에는 의미도 모르는 글을 큰 소리로 읽어야 했다. 기회가 있을 때마다 장교는 그에게 독일어로 말을 걸며 때로 그걸 재미있어했고, 함자는 상관을 웃게 하려고 과장되게 당황한 시늉을 했다. 함자가 뭔가 이해하지 못하면 장교는 통역을 해주었으나, 다음에는 함자가 이해하고 대답하기를 기대했다. 장교는 때때로 장난을 걸며 함자에게 스스로를 조롱하는 말을 따라 하도록 시킨 다음, 웃으며 내용을 설명해주기도 했다. 장교에게는 그게 놀이였다. 그는 함자가 그토록 빠르게 반응을 보인다는 것을 즐거워했다. 곧 실러의 책을 읽게 해야겠다, 그렇게 말하는 그의 눈이 장난기로 초롱초롱했다.

그 눈. 함자가 침대를 정리하거나 앞쪽 베란다를 쓸거나 셔츠를 다리다가 휙 돌아보면, 그 투명한 푸른 눈이 꼼짝하지 않고 함자에게 붙박여 있곤 했다. 처음 그런 일이 생겼을 때, 함자는 장교가 방금 무슨 말을 하고서 대답을 기다리고 있나보다고 생각했다. 하지만 눈은 움직이지 않았고 입술도 열리지 않았다. 그래서 함자는 그 강렬한 눈빛에 난처함을 느끼고 혼란스러워 물러섰다. 장교 근처에 있을 때면 함자는 간혹 어떤 고요함을 느꼈고, 돌아보면 그 눈이 그때와 똑같은 방식으로 자신에게 붙박여 있으리라는 걸 알았다. 뻔뻔하면서도 거슬리는 관찰이었다. 함자로서는 그토록 오랫동안 가만히 관찰당하는 것밖에, 그 눈을 마주볼 능력이 없는 것처럼 시선의 대상이 되는 것밖에 선택의 여지가 없었다. 함자는 보지 않는 법을 터득했다.

함자가 독일어를 조금 말하고 읽는 법을 배우는 데 성공하자 장교는 기뻐했다. 그는 식당에서 함자의 성취를 다른 장교들에게 과시했다. 맥주와 슈냅스를 마시는 저녁식사 시간과 식사를 마친 이후에 특히 그랬다. 그는 다른 장교들더러 함자에게 말을 걸어보라고, 그를 시험해보라고 했다. 군의관은 상냥하게 미소 지으며, 함자의 몸에서 독일어를 쓸 줄 아는 능력의 증거를 찾으려는 듯 그를 위아래로 훑어보았다. 군의관과 같은 구역에서 지내는 다른 두 장교는 상관의 놀이에 더욱 기꺼이 참여해, 어른이 아이에게 할 만한 단순하고 친절한 질문을 던졌다. 비 알트 진트 지?* 다른 장교들은 웃으며 함자가 알아듣지 못하는 한마디를 덧붙이고는 그러면서 더욱 재미있어했다. 펠트베벨 발터는 장교들의 새로운 놀이를 재미있어하지 않았고, 무시하듯 코웃음쳤다. 나중에 그는 함자가 알아듣지는 못했으나 분위기로 보아 모욕적이고 빈정거리는 게 틀림없는 말을 화난 조롱조로 나직하게 내뱉었다. 율리우스는 이럴 때마다 윗사람이라도 된 것처럼 미소 짓고 있다가, 나중에 장교들이 함자를 원숭이 취급하고 있다고 알려주었다. 함자는 최대한 빨리 식당을 떠났다. 그들의 경멸에서, 특히 음주와 유흥이 추잡해지기 전에 빠져나가려는 것이었다.

"펠트베벨은 신경쓰지 마." 율리우스가 그에게 말했다. "펠트베벨은 이 명예로운 장교들과 같은 건물을 써서는 안 되는 저급한 사람이야. 방기**를 너무 많이 피우고, 그런 다음에는 바깥 마을 여자들을 쫓아다녀. 저 사람 방에서는 연기 악취가 나."

때로 음주는 늦게까지 이어졌다. 아마 장교 중 한 명이 어느 마을이나 추장의 규율을 잡는 임무를 앞두고 있거나, 장기 기동작전에 참여하러 갈 때였을 것이다. 그럴 때면 이들의 말소리와 웃음소

---

* '몇 살이야?'라는 뜻의 독일어.

** '마리화나'라는 뜻의 스와힐리어.

리가 보마 전체에 들렸고, 오벌로이트난트는 다음날 아침 고문과도 같은 두통을 느끼며 고통스럽게 눈을 꽉 감은 채 손가락을 쫙 뻗어 관자놀이를 쥐어짜곤 했다. 늦게까지 밤을 지새우고 나면 장교는 늘 그런 식으로 괴로워했다.

어느 날 오후, 함자가 커피를 들고 사무실로 들어가 지시받은 대로 독일어 인사를 건넸지만 장교는 뭔가를 읽는 데 너무 빠져 있어서 답하지 않았다. 그가 손에 들고 있는 종이는 공식적인 문서 같았고, 함자는 페이지 맨 위에 정부 인장이 찍혀 있는 것을 보았다. 마침내 장교는 함자가 들어온 것을 알고, 손을 내저어 그를 사무실에서 내보냈다. 평소와 달리 삼십 분짜리 회화 수업을 위해 그를 다시 불러들이는 일도 없었다. 함자가 커피잔을 가지러 들어갔을 때, 장교는 공허한 눈빛으로 의자에 깊숙이 기대앉아 생각에 잠겨 있었다. 함자는 지시 사항이 더 있는지 기다렸다. 아무 지시도 없자 커피 쟁반을 가지러 앞으로 나섰는데, 장교를 살펴보는 데 너무 정신이 팔린 나머지 동작이 부주의해졌다. 그는 비틀거리며 책상에 부딪혔고 쟁반 위의 식기가 시끄럽게 덜그럭거렸다. 장교의 머리가 홱 돌아갔다. 눈에는 분노가 어려 있었다. “씨발, 나가.” 그가 말했다.

그날 저녁 식당에는 긴장감이 감돌았다. 아마 장교가 앞서 오후에 읽고 있던 내용과 관계가 있을 터였다. 새 명령을 받은 게 틀림없었다. 장교들 사이에 전반적으로 격한 대화가 오갔고, 가끔은 잠깐 숙연해지기도 했다. 내내 지나치게 유창하고 빨라서 함자로서는 확신을 품고 따라갈 수 없었다. 함자나 율리우스를 당황하게 하려고 일부러 빠르게 말하는 것 같지는 않았다. 잠시 그들은 하인들이 그 자리에 있다는 것조차 의식하지 못하는 것으로 보였다. 하지만 어느 시점에 눈짓을 주고받더니, 하인들이 자기들 말을 알아듣는 위험을 무릅쓰는 건 바람직하지 않다고 판단한 듯했다. 지휘관이 펠트베벨에게 고개를 끄덕이자 펠트베벨은 율리우스와 함자에게 식당에서 나가라고 명령했다. 함자가 그때 들은 수많은 단어는 나중에야 좀더 완전히 이해하게 되었지만, 크리크는 이미 아는 단어였다. 비타. 전쟁.

그는 율리우스와 함께 방으로 돌아와 물었다. "우린 누구랑 싸우는 겁니까?"

"누구일 것 같아? 큰 전쟁이 될 거라는 얘기 못 들었어? 네가 독일어 신동인 줄 알았는데." 율리우스는 경멸어린 시선으로 노려보며 말했다. "벨기에나 포르투갈일 수도 있지만, 영국이 가만있지 않을 테니 그들 모두일 게 틀림없어. 우린 그들 모두와 싸우게 될 거야. 차가족이나 하디무족에 관한 얘기였다면, 독일인들이 큰 전쟁이 될 거라고 말하진 않았겠지."

다음날 아침, 함자가 커피를 가져다주었을 때 장교는 특유의 냉소적인 미소를 지으며 말했다. "오늘 넌 훈련에 참여할 수 없다. 어제 수업을 빼먹었지. 잡일을 마치는 즉시 내 사무실로 와라. 사령부 높은 분들의 전언 때문에 네 수업이 방해받아서는 안 되지."

*

그러는 동안 일과가 변했다. 장교는 점점 더 오래 함자를 곁에 두고 싶어했다. 하인에게 독일어를 말하고 읽도록 가르치는 놀이에 마음이 사로잡혔고 진지해지기 시작했다. 그는 심지어 술을 몇 잔 마신 뒤 장교들에게 내기를 걸기도 했다. 몬순이 불어오기 전에 어린 쉴러에게 실러를 읽히겠다는 것이었다. 어느 몬순 말씀이십니까? 다른 장교들은 웃었다. 아마 십 년 뒤 몬순이지 말입니다.

함자는 전처럼 매일 아침 장교의 세면대를 따뜻하고 깨끗한 물로 채운 다음 그의 커피를 가지러 갔다. 커피는 전날 저녁에 로스팅한 콩을 매일 아침에 일어나자마자 갈아서 만들어야 했다. 조리실 여자들이 이런 지침을 정확히 따르는지 알 수 없었지만, 장교는 불평하지 않았다. 함자가 커피를 가지고 돌아오면 장교는 여전히 침대에 누운 채로 커피를 받았다. 전이었다면 셔츠와 바지를 입고 있었을 것이다. 함자는 장교가 몸을 씻고 나서 군화와 각반 신는 걸 도와달라고 부를 때까지 뒤쪽 베란다에서 기다렸다. 한번은 장교가 다 씻은 줄 알고 너무 일찍 들어갔다가, 그가 상의를 벗은 채 침실에 서 있는 모습을 보고 말았다. 장교의 상체는 화상 자국으로 얼룩덜룩했다. 함자는 서둘러 물러나 장교가 다시 부르기를 기다렸다. 꾸지람을 들을 줄 알았으나, 장교는 그저 평소 이 시간에 그러듯 말을 건네며 함자에게 대답하라고 했다. 그는 이 시간을 하루의 첫 회화 수업이라고 불렀다. 어쩌면 함자가 들어오는 걸 못 봤는지도 몰랐다. 그런 다음 함자가 침실로 들어가 침대를 정리했고, 그동안 장교는 면도를 하면서 대화를 이어나갔다. 때때로 오벌로이트난트가 조용해지면, 함자는 보지 않고도 그가 특유의 묘한 방식으로 자신을 바라보고 있다는 걸 알았다.

아침식사를 마친 뒤 함자와 율리우스는 식당을 치우고 숙소들을 살피고 다른 허드렛일을 했다. 이후 함자는 오벌로이트난트의 사무실로 가서 정리해야 할 것을 정리한 다음 밖에서 지시를 기다렸다. 그는 다른 장교들에게 메시지를 전했고, 때로는 보마 밖 마을의 부대원들에게 소식을 전하기도 했다. 바쁜 일이 없으면 마을을 돌아다녔고 때가 맞으면 모스크로 가서 기도하고 사람들을 만났다. 매일 군의관에게 가서 질병 보고서를 받아오는 것도 함자의 일이었다. 군의관은 의무병에게는 오벌로이트난트에게 보고서 전하는 일을 맡기지 않았는데, 의무병은 심부름꾼이 아니라는 이유에서였다. 많은 장교와 아스카리가 매일 퀴닌을 먹고 모기장을 치고 잤는데도 때때로 말라리아로 고생했다. 일부는 군대에 들어오기 전에 이미 감염되어 있었으나, 기동작전중에 무방비 상태로 있다가 제 할일을 하는 모기들에게 당하는 경우도 있었다. 이질과 성병, 무좀도 있었다. 장티푸스가 살짝 번지기도 했는데, 장티푸스 환자들은 의무실에 엄격히 격리 수용해야 했다. 함자는 질병 보고서를 몰래 읽다가 누비족 부사관들 사이에 아편중독이 퍼져 있다는, 소수만 아는 기밀을 알게 되었다.

함자가 매일 의무실에 들를 때마다 군의관은 다 안다는 듯한 표정으로 미소를 지어 보였다. 함자는 그 미소가 싫어졌지만 모르는 척했다. 어느 날 아침 군의관은 보고서를 넘겨주면서 함자가 들을 수 있도록 신경을 써가며 의무병에게 말했다. "이 젊은이가 우리 오벌로이트난트의 집착 대상이 됐어. 이 녀석을 학자로 만들 생각인가봐. 우리더러 이 청년이 곧 잠자리에서 책을 읽어줄 수 있을 거라고 장담하더군."

두 남자는 미소를 주고받았고, 의무병의 미소가 슬쩍 음흉한 시선으로 바뀌었다. 때로 함자가 식당에서 시중을 들다가 군의관의 의자 근처를 지나갈 때면, 허벅지를 쓰다듬는 그의 손길이 느껴졌다. 군의관은 아무도 알아채지 못하도록 그런 짓을 한 다음 함자와 눈을 마주치면 특유의 미소를 지었다. 율리우스더러 군의관이 그에게도 똑같은 짓을 하느냐고 물어보니 율리우스는 씩 웃으며 아니라고 말했다.

"널 노리는 거야. 널 좋아하거든. 몰랐어? 다들 군의관이 바샤*라는 걸 알아. 사람들 말로는 의무병이 군의관 마누라라던데. 독일에서는 병사들끼리 섹스해도 돼. 독일령 동아프리카 전체를 다스리는 총독 하나도 바샤였어. 오직 섹스만을 위해 남자 하인을 뒀다는 혐의로 몇 년 전 재판을 받기도 했다고."

"총독이 법정에 끌려갔단 말씀입니까? 누가 총독을 법정에 끌고 갈 수 있습니까?" 함자가 물었다. "법정이 총독 것 아닙니까?"

"기독교 정부잖아." 율리우스는 살짝 잘난 체하는 미소를 지으며 말했다. "법정은 누구의 소유도 아니야."

"아무리 그래도 총독이 바샤라는 이유로 법정에 끌려갔단 말입니까!" 함자는 여전히 믿을 수 없어서 말했다.

"그래, 총독이랑 총독의 장교 몇 명이 끌려갔지. 못 들었어?"

---

* '동성애자'라는 뜻의 스와힐리어.

"못 들었습니다." 함자가 말했다.

율리우스는 불쌍하다는 듯 그를 보았다. 율리우스는 여러 가지 면에서 함자가 불행하다고 생각했으며, 함자에게도 그렇게 말했다. 특히 함자가 미션스쿨에 다니지 못했고 반동적인 종교를 믿기 때문이었다. 율리우스는 스스로가 계급이 낮은 사람들, 특히 그가 입버릇처럼 하는 말에 따르면 수치스러운 계급 출신인 성질 나쁜 펠트베벨 같은 이를 시중들기보다 지휘관을 모시는 데 더 잘 어울린다고 생각하는 듯했다. 이제 율리우스는 목소리를 낮추고 말을 이었다. "내가 듣기로는 카이저도 그렇대." 그는 의미심장하게 고개를 끄덕이며 속삭였다.

"아니, 양념을 너무 치시는 것 아닙니까." 함자가 과장되게 못 믿겠다는 듯 말했다. "카이저도 그렇다뇨."

"목소리 낮춰! 그래, 독일인들은 그저 우리가 비웃을까봐 이 모든 일에 쉬쉬하려는 것뿐이야."

함자가 심부름을 하지 않고 사무실 앞 의자에 앉아 있을 때면, 그리고 장교 자신이 보마나 현장의 군사 업무에 정신이 팔려 있지 않을 때면, 장교는 함자를 불러들였다. 보기에는 변덕에 따라 그러는 것 같았다. 그는 함자에게 제도 책상에 앉아 글쓰기 연습을 하라고 했다. 보통 그 연습이란 야전교범을 베끼는 것이었다. 교범에는 독일어에서 스와힐리어로 간단한 구문들이 번역되어 있었으며 함자가 베껴쓰고 번역해야 하는 다양한 독일어 지침도 적혀 있었다. 함자가 큰 소리로 모르는 단어를 말하면 장교가 의미를 일러주었다. 가끔은 수업이 거꾸로 진행돼 장교가 무언가의 스와힐리 단어를 물어보기도 했다. 유향은 뭐라고 하지? 우바니입니다. 얼얼하다는 건 어떻게 말하지? 간지입니다. 포말을 나타내는 말은? 포말이요? 거품 말이야. 마포부입니다.

장교는 이따금 하던 일을 멈추고 함자와 몇 분간 대화를 나누기도 했다. 함자가 잘하면 마음에 든다는 뜻으로 보일 듯 말 듯 살짝 고개를 끄덕였고, 함자가 예상치 못한 일을 해내면 즐거운 기색을 보이기 주저하면서도 미소 지었다. 장교는 이렇게 말했다. 아주 잘하고 있다. 하지만 실러를 읽을 준비는 되지 않았어. 간혹 수업은 오후에도 계속되었으므로 함자는 전에 한 번도 느껴본 적 없는 기분이 들었다. 꼭 학교에 다니는 사람이 된 것만 같았던 것이다. 보마 밖 마을에서 무아딘이 사람들에게 마그립 기도를 하라고 외치는 소리가 들려오면 수업이 끝났는데, 보통 그 외침은 장교에게 저녁에 마실 첫 슈냅스를 따르라는 신호였다.

함자는 이제 눈에 띌 정도로 오벌로이트난트의 보호를 받았으며, 보마의 일상적인 군사적 관행에 따라 자행되는 괴롭힘과 모욕은 피할 수 없어도 최소한 수많은 부대원이 도저히 피하지 못하는 채찍질이나 힘든 노동은 피할 수 있었다. 그러나 펠트베벨의 경멸에서는 벗어날 수 없었다. 펠트베벨은 지휘관의 등뒤에서 함자를 장난감 병정이라고 불렀다.

"넌 누구 장난감인가? 그의 예쁘장한 장난감이지. 귀여운 쇼가 장난감 말이야, 안 그래?" 그는 경멸을 가득 담아 경고하듯 손가락을 흔들며 말했다. 한번은 손을 뻗어 함자의 젖꼭지를 꼬집기도 했다. "널 보면 역겨워."

때때로 오벌로이트난트에게는 일종의 어둠이 내려앉았다. 그는 오랫동안 침묵을 지키거나 스스로를 조롱하는 것처럼 들리는 암호 같은 말을 했다. 함자가 궁금하다는 듯 고개를 들면, 장교는 잔인하거나 비웃는 듯한 말을 했다. 내가 한 말을 정확히 알고 싶나? 덜 떨어진 원숭이 같으니. 함자는 이런 분위기가 느껴질 때는 고개를 들어서는 안 된다는 것을 알게 되었고, 할 수만 있다면 거리를 지켰다. 함자는 처음부터 장교가 폭력을 쓸 수 있다는 걸 알았다. 무의식중에 번뜩이는 장교의 눈빛에서, 팽팽하게 당겨지는 그의 관자놀이에서 보았다. 그는 꼭 타는 듯한 충동을 억누르고 있는 것만 같았다. 깊이 집중하거나 낙담해 있으면, 장교는 멍하니 그 살갗의 주름을 주물러댔다. 장교가 주고 싶어하는 모든 모욕에 쉽게 마음이 무너져내리는 이런 어두운 순간이 함자는 두려웠다. 장교에게는 모욕을 주는 자기만의 방법이 있었다. 비웃는 듯한 시선도 그중 하나였고, 간혹 뭔가를 책상에 던져 깨뜨린 뒤 욕설을 쏟아낼 때도 있었다. 그럴 때면 함자는 장교가 분을 터뜨리다가 나가라고 갑작스럽게 명령을 내릴 때까지 가만히 서 있었다. 함자는 이런 분위기가 시작되는 기색이 느껴지면 최선을 다해 거리를 두었으나, 장교가 불렀는데 함자가 자리에 없거나 올 때까지 너무 오랜 시간이 걸리면 그 또한 화를 불러올 수 있었다.

함자는 독일어를 더 잘 이해하게 될수록 장교가 하는 말을 더 많이 알아들었다. 때로 장교는 같은 말을 반복하기도 했다. 글을 쓸 때 자주 그랬다. 왜 꼭 이렇게 되어야 했던 거지? 왜 꼭 이렇게 되어야 했던 거지? 그는 더위에 대해, 또는 자신이 편지를 쓰는 상대방에 대해 분노를 터뜨리며 소리를 지르곤 했다. 똑같은 말을 계속해서 하는 건 아무 의미가 없다고. 내가 지금 그러고 있지만 말이야. 또 그는 방금까지 대화를 나누고 있었던 것처럼 함자에게 직접 말을 걸기도 했다. 우리 자신과 우리가 하는 행동을 설명하는 건 끝없이 멍청한 일이야. 조금도 설득력이 없으니까. 우리는 그저 같은 말을 계속해서 할 뿐이지. 그런 순간에 함자는 귀가 먹은 척했다. 아마 장교에게는 그가 보이지 않는지도 몰랐다.

그러다가 어느 날 오벌로이트난트는 이틀 뒤 대규모 작전이 있다고 선언했다. 모든 부대원을 모아 전투 준비를 하라는 것이었다. 그간 훈련 강도는 점점 높아졌고, 야전진지에서 메시지와 전보가 더 자주 오갔다. 모두가 움직이라는 명령을 기다리고 있었다. 장교들은 오랫동안 진지하게 회의를 했고, 부대원들을 데리고 나가 규칙적으로 훈련을 했다. 전쟁이 다가오고 있었다. 그런 광기어린 날이 저물 무렵 어느 조용한 순간에, 함자는 너무 짙어서 무섭기까지 한 불길한 침묵을 느꼈다.

"여기서 뭘 하는 거야? 너 같은 사람이 이런 야만적인 일에서 뭘 하는 거지?" 장교가 침묵에 대고 물었다.

"저는 슈츠트루페와 카이저를 섬기고자 이곳에 있습니다." 함자는 뻣뻣하게 차렷 자세를 취하고 똑바로 앞을 보며 말했다.

"그래, 당연히 그렇겠지. 그보다 고귀한 임무가 있겠나!" 장교는 조롱하듯 말하더니, 돌아나와 함자를 마주보았다. "너도 나한테 같은 질문을 할 수 있을 것 같은데. 마르바흐라는 사랑스럽고 작은 마을에서 온 남자가 이 똥구덩이에서 뭘 하는 거지? 나는 군인 집안에서 태어났고, 이건 내 의무야. 그래서 내가 여기 있는 거지. 우리가 더 강하다는 이유로 정당하게 우리 것이 된 소유물을 취하기 위해서. 우리는 뒤처진 야만인들을 상대하고 있고, 그들을 다스릴 유일한 방법은 야만인들과 허영심 많은 난쟁이 왕국 술탄들에게 공포를 불어넣고 모두를 두들겨패서 복종하게 만드는 것뿐이야. 슈츠트루페는 우리 도구지. 너도 마찬가지야. 우린 너희가 상상도 못할 정도로 규율이 잡히고 고분고분하고 잔인해지기를 바라지. 너희가 망설임 없이 우리 지시에 따르는 낯두껍고 비정한 허풍쟁이가 되기를 바란다. 그렇게 된다면 우리가 너희에게 값을 잘 치러주고, 너희를 마땅히 존중해줄 것이다. 노예든 군인이든 추방자든 말이야. 다만…… 너는 그들 중 하나가 아니야. 너는 이 모든 일이 괴롭다는 듯 몸을 떨면서 바라보고 모든 심장소리에 귀기울이지. 나는 너를 놈들이 처음 이곳으로 데려온 순간부터 지켜봤다. 너는 몽상가야."

함자는 가만히 서서 앞을 보고 있었다.

"내가 도열해 있는 병사 중에서 너를 끄집어낸 건 생김새가 마음에 들어서다." 장교는 함자 앞 두 걸음쯤 되는 곳에 서서 말했다. "내가 두렵나? 나는 사람들이 나를 두려워하는 걸 좋아하지. 그러면 내가 강해지니까."

장교는 앞으로 나와 함자의 왼뺨을 후려치더니, 손등으로 오른뺨도 쳤다. 함자는 놀라서 헛숨을 들이켰고, 잠시 후 살갗이 아프고 얼얼해졌다. 장교는 이제 겨우 몇 뼘밖에 떨어져 있지 않았고, 함자는 오벌로이트난트가 신병들을 사열했던 첫날 아침에 맡았던 톡 쏘는 약품냄새를 다시 들이마셨다. 다만 지금은 그것이 슈냅스 냄새라는 걸 알았다.

"아팠나? 네 괴로움은 나와 아무 상관이 없다." 장교는 함자에게 아주 가까이 다가서서 말했다. 함자는 시선을 피하며, 장교의 팽팽해진 관자놀이 피부가 두개골 위에서 물결치는 것을 보았다. "질문에 대답해라. 내가 두렵나?"

"은디오 브와나." 함자가 큰 소리로 말했다.

장교가 웃었다. "네가 실러를 이해할 수 있도록 독일어를 말하고 읽는 방법을 가르쳤는데, 그 유치한 언어로 대답하는군. 제대로 대답해라."

"야볼, 헤어 오벌로이트난트.*" 함자는 그렇게 말한 다음, 속으로 뇌까렸다. 샤이서.**

장교는 음침한 표정으로 잠시 함자를 보더니 말했다. "너는 이 세상에서 네 자리를 잃었다. 내가 왜 그걸 신경쓰는지 모르겠지만, 신경이 쓰이는군. 아니, 아마 이유를 알지도 모르지. 넌 내가 무슨 말을 하는지 모를 거다. 너를 둘러싼 위험도 전혀 모르겠지. 좋다, 가서 네 일을 해라." 장교는 돌아서서 침실로 가다가 어깨 너머로 말했다. "나가, 작전에 필요한 내 장비를 모두 준비해둬라."

---

* '야볼'은 '알겠습니다'라는 뜻의 독일어, '헤어'는 남자에 대한 독일어 경칭이다.

** '제기랄'이라는 뜻의 독일어.

*

전쟁은 이틀 후에 시작됐다. 그들이 작전에서 돌아온 다음날 아침 전보로 명령이 날아들었다. 그들은 기차를 타고 모시로 갔다가 방어선을 강화하기 위해 접경지 근처로 행군해야 했다. 명령은 훈련하고 연습한 대로 정확하게 수행되었다. 부대원들은 밀집대형을 유지한 채 보마에서 마을까지 군가를 부르며 행군했고, 장교들은 앞장서 뭔가를 타고 가거나 그들 옆에서 걸었다. 뒤따라온 수송대와 아내들, 아이들, 가축까지 모두 타면 기차가 꽉 차서 짐꾼들과 총돌이들은 지붕에 타야 했다. 모시를 지난 뒤 그들은 영국령 동아프리카와의 접경지까지 북쪽으로 행군했다. 당시 이 세계의 그 지역은 그런 이름으로 불렸다. 세상의 이 지역은 전부 유럽인의 것이었다. 최소한 지도에서는 그랬다. 영국령 동아프리카, 독일령 동아프리카, 포르투갈령 동아프리카, 벨기에령 콩고.

백오십 명의 아스카리로 이루어진 행렬은 온갖 민간인이 더해져 1.5킬로미터 이상 이어졌다. 뭔가를 타고 가는 장교들이 앞장선 채 아스카리가 대형의 선두에 섰고, 군의관과 의무병들이 바로 뒤에 쫓아왔다. 행군할 때나 전투할 때는 늘 그런 대형을 짰다. 그다음이 장비와 탄약, 보급품, 장교들의 개인 소지품을 나르는 짐꾼들이었다. 그 뒤에는 후위대로서 독일인 장교 한 명이 지휘하는 소수의 아스카리가 민간인들과 함께 왔다. 탈영이나 좀도둑질을 방지하기 위해서였다.

아내나 애인이 그냥 부대를 따라다니기만 하는 건 아니었다. 슈츠트루페가 행군하면 보마 정착민 전체가 함께 행군했다. 일단 아스카리는 애인 없이 전쟁에 나가지 않으려 했다. 게다가 슈츠트루페는 가능하면 주둔한 곳에서 자급자족했다. 음식과 정보를 날라오고 부대원들에게 요리를 해주고 거래할 수 있는 곳에서는 거래하고 남편을 만족시켜주는 건 바로 여자들이었다. 슈츠트루페를 만들었는데, 전면적인 반란과 탈영의 위험을 무릅쓰지 않고서는 아내와 애인들을 해산시킬 수 없게 되자 비스만 장군이 어쩔 수 없이 한 양보였다.

함자의 부대에 있는 많은 아스카리는 노련한 야전병이었다. 이 지역을 잘 아는 자들도 있었다. 저녁에 아스카리가 대열을 이루고 야영할 때면, 그들은 예전에 이 지역에서 했던 약탈 이야기를 들려주었다. 고분고분하지 않던 차가족 추장 린디와 아들 멜리를 굴복시킨 이야기, 다른 추장 열세 명을 교수형에 처한 이야기, 식량을 숨겼거나 협조하지 않았다는 이유로 마을을 초토화시킨 이야기, 독일인 선교사들을 죽인 메루와 아루샤의 반란자들을 처리한 이야기. 아스카리에게는 그들 모두가 와셴지였다. 와셴지는 제압하고 채찍으로 때리고 기강을 잡고 공포를 안겨야 했다. 저항하면 할수록 처벌은 심해졌다. 그게 슈츠트루페의 방식이었다. 저항의 기미가 조금이라도 보이면, 슈바인은 짓밟혔고 가축은 도살당했으며 마을은 불탔다. 그것이 슈츠트루페가 받은 명령이었고, 슈츠트루페는 열정적인 효율성으로 명령을 수행하며 적들을 겁에 질리게 하고 동료 아스카리와 지역민의 눈에 그들을 향한 존경심이 담기게 했다. 그들은 사납고 무자비했다, 왈라히.

무용담을 늘어놓으며 거대한 산맥이 비를 막아주는 평원을 가로지를 때만 해도, 이들은 앞으로 몇 년 내내 폭우와 가뭄을 겪으며 늪과 산맥과 숲과 초원에서 싸우면서 알지도 못하는 군대를 살육하고 또 그들에게 살육당하게 되리라는 걸 몰랐다. 펀자브인과 시크교도, 판티족과 아칸족, 하우사족과 요루바족, 콩고족과 루바족. 이들 모두가 유럽인을 대신해 그들의 전쟁에서 싸우는 용병이었다. 독일인에게는 슈츠트루페가, 영국인에게는 국왕의 아프리카 결사대KAR, King's African Rifle와 왕실 서부 아프리카 최전선 부대와 인도 군대가, 벨기에인에게는 포스 퓌블리크가 있었다. 여기에 더해 남아프리카 사람과 벨기에인, 살인을 모험이라고 여기며 정복과 제국이라는 거대한 기계를 위해 기꺼이 일하는 다른 유럽인 자원자들도 있었다. 아스카리로서는 알지도 못했던 사람들이 그렇게 다양하게 존재한다는 것이 놀라웠다. 접경지를 향해 행군하던 전쟁의 아주 초기에는 앞으로 닥칠 일의 규모가 분명하지 않았다. 독일인 장교들은 노새를 타고 앞장섰고, 아내와 아이들은 즐거워하며 뒤따라왔다. 그들은 모두 어떤 식으로든 노래하고 웃고 유쾌한 모습을 보일 수 있었다.

접경지에서 교전이 시작된 것은 독일인 사령관이 수백 킬로미터 떨어진 몸바사를 점령하려 했을 때였다. 결국 표적이 공급선과 너무 멀리 떨어져 있어서 슈츠트루페가 물러날 수밖에 없었다. 이후 몇 개월 동안 함자와 부대원들에게 전쟁은 반복적인 순찰과 영국령 동아프리카의 철도를 끊어놓으려는 기습을 의미했다. 해안에서는 영국인들이 탕가에 상륙했다. 1914년 11월, 영국 해군 및 그들과 함께 온 군함이 항구에 들어와 항복을 요구했다. 소규모 슈츠트루페 부대는 영국 해군 군함의 폭격이 두려워 마을에서 철수하고 저항할 준비를 했다. 전쟁과 아무 상관이 없었던 마을의 나머지 주민들은 물러나 겁에 질려 있거나, 할 수 있으면 시골로 도망쳤다. 이 마을을 차지해야 하는 이유는 북쪽으로 모시까지 이어지는 철길의 종착점이기 때문이었다.

영국군의 상륙작전은 재앙으로 끝났다. 대부분 인도인 병사들로 이루어진 몇몇 부대가 항구에서 해변을 따라 조금 위쪽에 있는 지점에 상륙했다. 그들의 지휘관은 어떤 적을 마주치게 될지 확신할 수 없었으므로 조심스럽게 접근했다. 하선은 어둠 속에서 이루어졌다. 병사들은 엉덩이까지 잠긴 채 바닷물을 헤치고 뭍으로 올라왔다. 아침이 되어 보니, 병사들은 어디로 가야 마을이 나오는지도 알 수 없을 만큼 빽빽한 덤불과 웃자란 풀 사이에 있었다. 마을이라고 생각되는 쪽을 향해 길을 뚫고 나아가면서, 그들은 슈츠트루페에게 여러 차례 공격당하고 총을 맞았다. 슈츠트루페는 이런 치고 빠지기 전술의 전문가였고, 기차를 타고 모시에서 빠르게 내려온 군대의 지원을 받았다. 이들의 전략에 영국군과 짐꾼들은 공황에 빠져 겁을 먹고 도망쳤다. 사상자가 늘면서 점점 더 많은 병사들이 도망쳤고, 반복적으로 공황에 휩싸이자 모두가 달아났다. 아직 하선중이던 사람들은 곧장 바다로 다시 도망쳤다.

한편, 영국 해군은 마을을 향해 포를 쏘아 건물을 무너뜨리고 몇 명인지도 알 수 없는 주민들을 죽였다. 이후로는 아무도 굳이 사상자의 수를 헤아리지 않았다. 영국 해군이 맞힌 표적 중 하나는 독일인들이 부상자를 치료하는 병원이었다. 전쟁중에 벌어진 무작위적인 불운일 뿐이었다. 모든 일이 끝나고 영국이 대부분의 장비를 남겨둔 채 휴전을 요청했을 즈음에는 영국군 병사 수백 명이 길가와 마을의 거리에 죽어 있었다. 수를 알 수 없을 만큼 많은 짐꾼들도 사살당하거나 익사했다. 그때도, 그리고 전쟁 기간 내내, 죽은 짐꾼들의 수를 굳이 헤아려보려는 사람은 없었다. 이 교전이 마무리되자마자 함자의 부대는 기차를 타고 모시로 이동해 원래 위치로 복귀했다. 슈츠트루페는 이런 식으로, 빠르게 전진하고 퇴각하며 정신없는 전쟁을 치르게 될 터였다.

상륙작전이 실패했음에도 영국 제국이라는 기계는 계속 돌아갔고, 세계 각지에서 군대가 도착했다. 다들 몇 개월이면 충돌이 마무리되리라고 확신했지만, 독일인 지휘관의 생각은 달랐다. 영국 제국군이 상대를 궁지에 몰았다고 생각할 때마다 슈츠트루페는 병자와 중상자를 영국군의 수하에 두고 빠져나갔다. 슈츠트루페는 자주 전력이 소모되고 다수가 병들었지만, 적의 허를 찌르며 빠르게 기습하고 퇴각할 때는 활기를 띠기도 했다. 그들은 마을과 농장에서 찾은 것은 무엇이든 먹었고, 뭐든 할 수 있는 대로 약탈하고 빼앗았다.

사방에서 압박을 받은 슈츠트루페는 두 대열로 나누어 퇴각했는데, 한 대열은 호숫가를 따라 서쪽으로 물러났고 다른 대열은 모시에서 남쪽으로 향했다. 함자는 남쪽으로 가는 대열에 속해 있었다. 그들은 커다란 대포와 장비, 아내들과 하인들과 짐을 끌고 울루구루산맥을 가로질러 퇴각했다. 울루구루 건너편의 모로고로에서 퇴각하던 중 소대장 콤바가 사살당했다. 총탄의 큰 파편이 가슴에 박혀 그를 갈가리 찢어놓았다. 소대의 다른 몇 명도 같은 작전에서 사살당하거나 돌아오지 못했다. 이후 몇 달 동안 함자의 부대는 천천히 남쪽의 루피지강을 향해 퇴각하며 계속해서 싸웠다. 수천 명이 살해당한 키바티에서의 전투처럼 격렬한 싸움이 벌어지기도 했다.

그해 루피지강에는 심한 홍수가 들었고 모기가 들끓었다. 아스카리는 다른 어떤 원인보다도 흑수열로 많이 죽었다. 짐꾼들은 늪을 건너다가 악어에게 물려갔다. 하이에나들이 시체를 파냈다. 악몽이었다. 그들은 마침내 루피지강을 건넜고, 이후로는 마히와 전투에서 싸웠다. 함자의 부대와 슈츠트루페가 겪은 최악의 전투였다. 많은 대가를 치르고 승리를 거두기도 했지만, 그들은 남부의 고원으로, 이어서 루부마강과 포르투갈령 동아프리카와의 접경지로 계속 물러났다. 가는 길에 장비와 아내들과 아이들이 버려져 영국인에게 억류되었다. 지도가 있어도 늘 위치를 아는 것은 아니었고, 어쩔 수 없이 지역민을 잡아다 취조해야 했다. 아스카리 중에는 취조를 할 수 있을 만큼 그 지역의 언어를 아는 사람이 꼭 하나씩은 있었고, 어떤 식으로든 충분한 고통을 주면 필요한 답이 나왔다. 폭력과 잔인함을 보이라고 명령할 필요도 없었다. 아스카리는 무엇이 필요한지 알았고, 지시를 받지 않아도 행동했다. 전쟁의 이 단계에서는 전투에 참여하는 대부분의 군인이 아프리카인과 인도인이었다. 니아살랜드*와 우간다, 나이지리아와 황금해안, 콩고와 인도 등에서 온 군인들이 있었고 한편으로는 아프리카인으로 구성

된 슈츠트루페가 있었다.

전투와 질병, 탈영으로 병사와 짐꾼들을 잃기는 했지만, 슈츠트루페의 장교들은 광기어린 고집과 끈기로 계속 싸웠다. 아스카리는 땅을 황폐하게 했고, 그 땅에 사는 사람들을 수십만 명씩 굶겨 죽였다. 그러면서 자신들로서는 기원조차 알 수 없는 공허한 야망이자 결국 그들을 지배할 목적이었던 명분을 맹목적으로, 살인적으로 끌어안고 계속 분투했다. 짐꾼들은 말라리아와 이질, 탈진으로 여럿씩 죽어나갔다. 아무도 굳이 그 사람들의 숫자를 세지 않았다. 그들은 그야말로 겁에 질려 탈영했다가 피폐해진 시골에서 죽어갔다. 나중에 이런 사건들은 기이하고 무심한 영웅담으로, 유럽에서 벌어진 엄청난 비극에 곁들여지는 이야기로 변하게 된다. 하지만 당시를 살았던 사람들에게, 이 시대는 그들의 땅이 피로 젖고 시체로 어지럽혀진 시기였다.

한편, 장교들은 유럽인으로서 특권을 꼭 유지하려 했다. 야영지를 조성할 때면 독일인은 아스카리와 따로 대열을 갖추고 모기장이 달린 야전침대에서 잤다. 개울을 만나 멈출 때면, 그들은 늘 상류에 있었고 아스카리는 하류에, 짐꾼과 동물은 더 하류에 있었다. 장교들은 매일 저녁 만나서 회식을 하려고 온갖 노력을 기울였는데, 이런 식사 때는 에티켓이 최대한 지켜졌다. 그들은 장비 옮기기, 식량 구하기, 야영지 조성, 요리, 설거지 등 아스카리나 짐꾼들이 하는 육체노동을 전혀 같이 하지 않았다. 그들은 거리를 두고

---

* 아프리카 남동부에 있는 옛 영국령으로 현재의 말라위.

따로 식사했으며 할 수 있을 때마다 존중을 요구했다. 그때 슈츠트루페는 장교와 사병을 가리지 않고 모두 전사한 아군과 적군에게서 건질 수 있는 옷을 아무렇게나 입었는데, 일부 아스카리는 그런 상황을 터무니없는 복장과 계급장을 뽐내고 다녀도 괜찮다고 허락받은 것처럼 여겼지만, 장교들은 그때까지도 은색 버클과 금색 견장을 찬 것처럼 으스대고 돌아다녔다. 그러나 아스카리에게도 나름대로 지킬 명예가 있었다. 그들은 자신들을 짐꾼들과 구분해줄 것을 고집했고, 짐을 드는 것은 군인의 위신을 떨어뜨리는 일이라고 여겼다.

보마에서 온 다른 장교들 중에서는 군의관과 일명 조구인 펠트베벨 발터가 아직 함께하고 있었다. 다른 장교 둘은 루피지강에서 퇴각하다가 사망했고, 무지크카펠레 출신 장교와 정착민 자원자가 대신 그 자리를 채웠다. 세 장교는 다른 부대로 전출됐다. 함자와 같은 시기에 입대한 아스카리는 전부 죽거나 실종되거나 적에게 잡혔다. 길이 보이지 않는 작전과 재앙에 가까운 전투를 몇 개월, 몇 년씩 겪고 나자 남아 있는 사람들은 너덜너덜 지쳐버렸다. 군의관은 살이 빠졌고 황갈색 턱수염을 수북하게 길렀다. 그는 부상과 질병을 치료하느라 계속 바쁘게 보내며 재고가 남아 있는 한 부대원들에게 매일 퀴닌을 나눠주었다. 최대한 물자를 아껴야 했으므로 짐꾼들은 더이상 퀴닌을 받지 못했다. 의무병도 여전히 그와 함께였고 늘 그랬듯 침착한 모습으로 휘적휘적 다녔다. 군의관은 병영에서보다 더 유쾌해져서, 끔찍한 업무를 보면서도 낄낄거리고 웃었다. 하지만 그건 군의관이 조심스럽게 사수해온 브랜디와 의료함에 있는 약물로 유지하는 유쾌함이었다. 그는 정확하게 이틀에 한 번씩 말라리아열이 났으며, 그 바람에 몇 시간씩 누워 있었다. 이런 병치레에는 대가가 따랐고, 그는 자리를 털고 일어날 때마다 몸무게가 더 빠지고 미소도 희미해지는 것 같았다.

이제 펠트베벨은 짜증나는 일이 생길 때마다 정신이 나갈 정도로 화를 냈다. 그의 광기는 방기와 마을 사람들에게서 빼앗은 수수 발효주 때문에 더욱 심해졌다. 다른 모든 장교가 한 번씩은 아팠던 것과 달리 그는 절대 병에 걸리지 않는 것처럼 보였다. 이제 성질도 아예 통제할 수 없어서, 지팡이든 채찍이든 장작이든 뭐든 손에 잡히는 것을 가지고 아스카리와 짐꾼들을 자주 때렸다. 그들이 약탈한 땅의 원래 주인인 지역민들에게 증오와 경멸을 보일 때보다도 더 악랄했다. 펠트베벨에게 그들은 야만인이었다. 그들에게 말할 때면 영국인 적에게 보이는 것보다 더 사나운 태도를 보였다. 그는 함자를 깊이 혐오했으며, 함자가 아주 사소한 잘못을 저지르다 걸리거나 그의 상상 속에서만 잘못을 저질러도 못살게 굴었다. 함자는 되도록 펠트베벨과 마주치지 않으려 했지만, 때로는 펠트베벨이 그를 찾아다니는 것 같았다.

함자는 오벌로이트난트의 고집 때문에 그의 곁에서 떨어질 수 없었다. 이 점에 다른 장교들이 언짢은 듯 화를 냈고, 일부는 조롱했으며, 펠트베벨은 더 큰 증오를 느꼈다. 아스카리들은 불평하며 함자를 괴롭히면서 장교에게 일러바치라고 했다. 함자는 고개만 끄덕이고 아무 말도 하지 않았다. 그는 해질녘에 한두 시간쯤 장교 옆에 침낭을 펴라는 명령을 받았고, 그 시간에 장교는 자기가 회화 수업이라고 부르는 것을 이어나갔다. 그런 다음 함자는 침낭을 집어들고 아스카리들이 있는 대열로 돌아갔다. 어떤 밤에는 장교가 손을 뻗어 어둠 속에서 함자를 건드렸다. 아직 거기 있구나. 너무 조용한데, 그가 말했다. 함자는 장교가 뭘 바라는지 알 수 없었다. 그는 장교의 품안에 갇힌 듯한 느낌이었으며 강제적인 친밀함에 메스꺼움을 느꼈다. 그래도 보마에서보다는 전쟁터에서 그런 친밀함을 피하기가 더 쉬웠다. 기습하고 숨고 음식을 찾아다니느라 전장에서는 정신을 쏟아야 할 일이 훨씬 많았고, 회화 수업은 종종 형식적으로 변했다.

상황이 계속 어려워지면서 장교는 특유의 비웃는 듯한 냉소적인 기운을 상당히 잃었다. 요즘은 냉담하고 의기소침한 경우가 많았다. 이따금 어두운 기분에 사로잡혀 오랫동안 침묵을 지키기도 했다. 다른 독일인 장교들은 흔들림 없이 동지애를 유지했는데, 그 때문에 오벌로이트난트의 의기소침함이 더욱 두드러졌다. 궁핍함과 전쟁의 방식이 그들 중 많은 사람을 약하게 만들었다. 장교는 내향적으로 변하고 전에는 무척 자신만만했던 일도 머뭇거리게 되었다. 그는 다른 장교들과 아스카리에게 더욱 짜증을 냈고, 약탈한 마을의 사람들에게도 인내심을 보이지 않았으며, 어쩔 때는 방해 행위를 했다는 이유를 대며 처벌하라는 가혹한 명령을 내려서 모든 물자를 압수한 다음 주민들의 오두막을 불태우기도 했다. 어느 마을에서는 얌을 묻어놓은 곳을 알려주지 않았다는 이유로 어느 노인을 처형하자고 다른 장교들이 제안했다. 얌이 묻힌 장소는 어린 소년을 두들겨패 강제로 입을 열게 하고서야 알아낼 수 있었다.

지휘관은 장교들의 요청에 눈을 내리뜨더니 고개를 끄덕이고 자리를 떴다. 펠트베벨은 노인의 머리를 쏴버렸다.

수백 킬로미터의 악몽을 헤쳐오는 동안, 함자는 열악한 상황에서 지휘관이 내릴 수 있다고 생각한 모든 명령을 수행했으며 최대한 그를 보좌하려 했다. 함자는 이목을 끌지 않으려고도 최선을 다했다. 그는 부대원들과 함께 행군했고, 훈련받은 대로 포복 자세로 빠르게 나아갔으며, 필요할 때마다 총을 쏘았으나 누군가를 맞힌 적이 있는지는 확신할 수 없었다. 그는 몸을 숙여 피하고 이리저리 비집고 다니고 다른 아스카리처럼 고함을 질렀으나 표적을 피해 그림자를 쏘았다. 기적적으로 운이 좋아서 근접전에는 참여할 필요가 없었고, 간혹 배신하거나 속임수를 쓴 마을 사람들이 죗값을 치러야 할 때도 그들을 쏘지 않을 수 있었다. 그는 다른 모든 사람처럼 훔쳐온 음식을 먹었고, 땅이 파괴되는 걸 목격했으며, 모두가 그랬듯 서둘러 떠났다. 그는 아침 첫 빛에 눈을 뜨는 순간부터 두려움에 빠져 있었으나 가끔은 기진맥진해서 겁도 나지 않는 상태가 되었다. 그럴 때면 현실에서 유리되어 자신에게 닥칠 일을 뭐든 받아들일 수 있을 것만 같았고, 그것은 허세도 가식도 아니었다. 이따금 그는 절망에 빠져들었다.

6

탕가 전투에 대한 이야기가 여러 주 동안 해안을 따라 사람들 입에 오르내렸다. 하지만 대부분의 사람들에게 탕가 전투란 재앙에 가까운 공격 이후로 이어진 고요를 의미했다. 모두가 예측한 그대로였다. 영국은 슈츠트루페의 적수가 되지 못했다. 해안을 따라 탕가에서부터 아래쪽으로 말이 번지기 시작하자 소문은 부풀려졌고 아스카리의 사나움과 규율, 인도인 부대의 엉망진창인 공황 상태는 윤색되었다. 사람들은 인도인 군대가 가장 먼저 공황에 빠져들었을 거라고 생각했다. 칼리파는 독일군의 승리 소식을 일리아스로부터 듣게 될 거라고 했다. 아마 일리아스는 슈츠트루페 찬가를 부르고 싶은 마음을 참지 못할 거라고 말이다. 하지만 일리아스에게서는 아무 소식도 들려오지 않았다.

패배한 영국의 대응은 영국 해군이 해변을 봉쇄하는 것이었다. 해안이 가로막혀 바다를 건너 장거리 무역을 할 수 없는 것은 물론, 잔지바르나 몸바사, 펨바 등 어느 곳과도 무역을 할 수 없었다. 상인들은 공급 물량을 보존하기 위해서든 가격이 오르기를 기다리기 위해서든 서둘러 상품을 사재기했다. 모든 것을 자국민과 독일 군대를 위해 압수하고 싶어할 게 뻔한 독일 당국이 상품에 손을 대지 못하게 만든 것이다. 그러자 하룻밤 사이에 물자 부족이 일어났다. 아버지가 돌아가신 이후로 채권자들에게 빚을 갚느라 파산 지경에 이르렀다가 천천히 사업을 회복해가던 나소르 비아샤라는 이제 더욱 지독한 곤경에 빠지게 되었다. 그는 내륙의 손님들에게 도매로 유통하기 위해 인도산 설탕, 제분용 밀, 수수와 쌀 등 몇몇 물품을 사들이는 데 전념해왔고, 이 모든 물품은 이미 대금을 치러 배송만을 기다리고 있었다. 그는 단 하나의 야심찬 사업으로 채권자들에게 잃은 돈을 메꿀 수 있으리라 생각했으나 항구 봉쇄 때문에 난관에 빠졌다.

봉쇄의 영향을 체감한 사람은 나소르 비아샤라 같은 사업가들만이 아니었다. 많은 것이 전보다 희소해졌다. 쌀도, 커피도, 차도—이 모든 것이 시골에서 재배되고 있었는데도 말이다—설탕도, 소금에 절인 생선도, 밀가루도. 슈츠트루페는 할 수 있을 때마다 토지를 약탈해 식량을 구했고, 지금은 전시였기에 모든 식량의 처분이 그들에게 맡겨져 있었다. 생선은 여전히 많았고, 코코넛과 바나나와 카사바도 영국 해군이나 슈츠트루페와 무관하게 계속 자랐다. 한동안 사람들은 물물교환을 했다. 셔츠 한 벌을 내주고 망고 한 바구니를 사거나 면포 한 필을 주고 숫양 한 마리를 사는 식이었다. 한동안은 아무도 돈에 별로 신경을 쓰지 않았다. 적당한 물물교환용 물건이 없어도 보석은 늘 쓸 수 있었다. 대부분의 가족들은 지참금으로 마련되어 대대로 물려온 보석류를 조금씩 가지고 있었다. 상인과 무역상들은 금과 보석의 변치 않는 가치를 잘 알았고, 누가 그런 것을 내밀면 물리치지 못했다. 한동안 물자 부족의 공황이 사람들을 사로잡았다.

내륙에는 전쟁 소식이 거의 전해지지 않았고, 전해지는 소식은 독일 총독부를 거친 것이었다. 탕가 전투에서의 경험만으로도 영국은 해안에 상륙하기를 망설이게 된 것 같았다. 해안이 봉쇄돼 있다고는 하지만 고요한 시기가 길어질수록 사람들은 적응하고 대응해나갔다. 그리고 그러한 더 큰 혼란 속에서, 사람들은 독일 총독부에서 평상시에 부과하는 세금을 회피할 수 있었다. 사업과 무역이 개선되기 시작했다. 다만 나소르 비아샤라의 사업은 여전히 어려웠다.

"자네가 아무리 꾀를 부려도 파멸은 닥쳤군." 칼리파가 그에게 말했다.

상인은 칼리파가 가끔 자신에게 쓰는 말투가 마음에 들지 않았다. 그를 꼭 자기 일도 제대로 모르는 애송이로 보는 것 같았다. 칼리파가 이 말을 했을 때 나소르가 분노를 다스리려 애쓴 것은 분명했다. 그는 입술을 꽉 다문 채 칼리파를 마주 노려보다가 잠시 고개를 돌린 다음 천천히 말하기 시작했다. 그는 아직 칼리파와 대적할 준비가 되어 있지 않았다. "꾀 같은 건 안 부렸습니다. 그저 사업을 복구하기 위해 뭔가 해야 한다고 생각했을 뿐이죠. 전쟁이 나고 항구가 봉쇄될 줄 제가 어떻게 알았겠습니까?"

"그런 식으로 한 가지에 모든 것을 거는 건 좋은 사업 감각이라고 할 수 없지." 칼리파가 말했다.

"어쩌기를 기대하셨는데요? 그냥 가난해질 때까지 기다릴 줄 아셨습니까? 저는 그 사업에 모든 걸 투자한 게 아닙니다. 우리한테는 지금도 목재 사업이 남아 있어요." 나소르 비아샤라는 화를 내며 말했다. 그런 다음 그는 깊이 숨을 들이쉬었다가 잠시 후 좀더 침착한 어조로 말을 이었다. "그리고 어쨌거나, 사업에 대해 그렇게 잘 아신다면 아버지 시절에 그 많은 빚이 쌓이는 동안에는 어디 계셨던 겁니까? 지금 저한테 툴툴대지 말고 그때 아버지한테 이런 얘기를 하지 그러셨어요?"

"난 자네 아버지의 사업 거래를 전부 알지 못했다네. 말했을 텐데." 칼리파가 말했다.

"아저씨는 아버지의 직원이었습니다. 아셨어야죠." 나소르 비아샤라가 말했다. "기록을 해두셨어야 해요."

"자네 아버지가 비밀스럽게 굴었다고 나를 탓하는 건가?" 칼리파는 경멸을 미소로 표현하며 부드럽게 물었다.

나소르 비아샤라는 대화하는 동안 이마에 얹어두었던 안경을 내리고 다시 장부로 시선을 돌렸다. 앞서 장부를 읽다가 놓친 게 있을지 몰라 아버지가 거래한 흔적을 찾아 또 한번 장부를 뒤지던 중이었다. 나소르는 그날 남은 시간 내내 칼리파에게 말을 걸지 않고 시선을 피했다. 그리고 며칠 동안 이처럼 무뚝뚝한 태도를 유지하며, 공손하게 말하기는 하되 오직 필요할 때만 입을 열었다. 할 일은 별로 없었다. 나소르 비아샤라는 점점 더 많은 시간을 목공소에 있는 작은 사무실에서 보냈다. 대부분의 시간 동안 그들은 사무실에 앉아 있다가, 누구든 들르는 사람과 이야기를 나누었다. 그때와 비슷한 대화를 또 나누지는 않았지만, 어느 날 나소르 비아샤라는 아래층 사무실을 임대할 사람을 찾았다고 말했다. 그 사람이 사무실을 식료품 상점인 두카로 바꿔놓으리라는 것이었다. "서류는 목공소로 옮기고 가구는 전부 팔 겁니다. 지금부터는 장부를 쓰지 않아도 되고, 있는 서류는 제가 직접 처리할 테니 창고를 관리하세요. 급료도 삭감해야겠습니다. 지금 상태가 계속되는 한 모두의 급료를 삭감할 겁니다."

나소르는 대화는 이것으로 끝이라는 듯 약간 거칠게 이 말을 전했다. 그리고 해야 할 말을 마치자마자 모자를 쓰고 위층으로 올라갔다.

"당신을 쫓아내려는 거예요." 비 아샤가 말했다. "은혜도 모르는 못된 악마 같으니. 비실비실하고 도둑질이나 하는 위선자라니까. 당신이 그놈과 그놈 아버지한테 해준 일이 얼마인데요." 비 아샤는 그런 말을 오래 이어갔고, 칼리파는 고맙게 그녀의 격분에 귀기울였다. 나소르 비아샤라에게 비용을 절감하는 것 말고는 선택지가 없다는 걸 그도 알았지만, 그래도 작은 타지리를 갈가리 찢어놓는 말을 들으니 좋았다. 예전부터 부끄럼 많고 심지어 겁쟁이인 줄 알았던 소년이 그토록 결단력 있게 행동할 수 있다니 놀라웠다. 심지어 그 생각에 남몰래 미소를 짓기까지 했다. 사무실을 임대로 내놓는 것은 다소 터무니없는 조치였지만, 언제든 취소할 수 있었으므로 결국 그리 중요한 문제는 아니었다. 거의 비어 있는 창고에서 칼리파가 할 일이 뭐가 있을까? 그는 비 아샤의 말이 맞을까봐, 상인이 그를 슬슬 쫓아내려는 것이며 머잖아 봉급이 끊길까봐 걱정됐다. 어쩌면 머잖아 나소르가 사업을 그만두게 될지도 몰랐다. 이렇게 곤궁한 시기에 누가 경리를 두려 하겠는가?

하지만 상인은 칼리파를 쫓아내지 않았다. 전쟁이 잦아들고, 기껏해야 내륙에서 맹렬한 싸움이 벌어진다는 소문만 들려오게 되자 나소르 비아샤라는 충돌이 끝나는 순간 수리와 재건을 위해 반드시 필요할 목재에 투자했다. 이제는 싸움이 더 길어질 리 없다고 생각했다. 그는 칼리파에게 자문이나 조언을 구하지 않고 결정을 내렸으며, 직접 상황을 기록했고, 무능한 경리가 그 일을 해주기를 기다리지 않았다. 그러는 동안 칼리파는 상인이 매입한 목재를 받을 수 있도록 창고를 치우고 정리했다. 미래에 무능하다든가 혹은 그보다 더 나쁜 비난을 들을지도 모르니 칼리파도 자기 나름대로 기록을 남겼다.

아무르 비아샤라의 옛 거래처 사람 중 부두에서 놀고 있는 보트의 나호다*인 라시드 마울리디라는 사람이 있었는데, 그가 펨바에서 쌀과 설탕을 들여오겠다는 사업 계획을 나소르 비아샤라와 공유했다. 정확한 내막은 모르지만, 상인은 라시드 마울리디가 아버지가 후원했던 수상한 무역업자 네트워크의 일원이라는 걸 알았다. 나소르는 너무 위험해서 자기는 싫다고 말했다. 영국인들에게 붙잡히면 배가 가라앉고 몇 년 동안 갇혀 있을 수도 있었다. 쌀과

* '선장'을 뜻하는 스와힐리어.

설탕을 몰래 들여왔다는 걸 독일인들에게 걸리면 재고를 빼앗기고 사재기의 대가로 키보코로 채찍질을 당할 터였다. 라시드 마울리디는 자신이 하려는 거래에 대해 더 잘 아는 칼리파에게 가서 계획을 설명했고, 칼리파는 주의깊게 듣더니 라시드 마울리디에게 외상으로 물건을 가져올 수 있느냐고 물었다. 가능한가요? 마울리디는 펨바가 고향이라 그곳에서 자기 신용이 좋기는 하지만 위험부담을 혼자서 지고 싶은지는 잘 모르겠다고 말했다. 일이 잘못되면 바로잡을 방법이 없어 배를 잃게 될 터였다. 칼리파는 상인이 걱정이 많은 젊은이라 설득할 필요가 있다고 말했다. 그러면서 이 계획이 유효하다는 걸 보여주려면 소량이라도 외상으로 물건을 들여와야 한다고 라시드 마울리디에게 제안했다. 그런 다음 다시 상인과 이야기해보자고 말이다. 라시드 마울리디는 합의한 대로 소량의 쌀과 설탕을 외상으로 들여왔다. 물자를 창고에 안전하게 보관해두고 나서 그들은 나소르 비아샤라를 데려와 보여주었다.

"자넨 물건이 여기 있다는 걸 모르는 걸세." 칼리파가 말했다. "나한테 돈을 주면, 내가 내 이름으로 물건을 팔도록 하지. 그런 다음에는 사업이 알아서 굴러가는 거야. 우리는 이익금으로 더 많은 물건을 사들일 거야. 자네가 끼어들 필요는 없어. 뭐든 이익이 나면 자네 몫이 4, 라시드 마울리디 몫이 4, 내 몫이 2일세. 그것 말고는 자네는 더 알 필요도 없고."

실랑이는 좀더 벌여야 했지만, 이런저런 말이 오가다가 결국 그렇게 하기로 결정되었다. 남은 봉쇄 기간에 라시드 마울리디는 펨바에서 살 수 있는 물건을 뭐든 조금씩 들여왔고, 칼리파는 믿을 만한 무역업자들이 사업을 하러 오는 창고에 그 물건들을 숨겨두었다. 떼돈을 벌어들인 건 아니지만 덕분에 사업을 계속할 수 있었고, 칼리파는 창고지기 말고도 밀수품 거래자라는 새 역할을 찾을 수 있었다. 가끔 짜증을 내긴 했지만, 그는 나소르 비아샤라와 예의바르게 거래했다. 대체로 그들은 서로를 가만히 놔두었다.

*

1914년의 끔찍한 시도로부터 거의 이 년이 지난 1916년 7월 3일, 영국군이 탕가에 진입했다. 인도인 병사 수백 명으로 이루어진 소규모 군대가 총을 한 발도 쏘지 않고 항구를 차지했다. 마을에는 아직 영국 해군의 폭격으로 입은 흉터가 남아 있었다. 항구와 세관 건물과 부두는 독일인들이 떠나기 전에 폭파해 폐허가 되었다. 그 지역의 독일군은 남쪽으로 퇴각하기 전에 군대를 다시 모으고 있던 내륙의 사령관과 합류하러 떠났다. 바가모요와 다르에스살람은 8월에 더 전투를 치러야 했지만, 해안의 이 지역에서는 전쟁이 그렇게 끝났다. 이로써 봉쇄가 끝나고 몸바사, 펨바, 잔지바르와 천천히 상업이 재개되기도 했다. 이제 그들은 내륙의 전쟁 소식을 좀더 자세히 듣게 되었다. 모두가 전쟁이 금방이라도 끝날 거라고 확신했다. 몬순 이후까지 이어지지는 않을 거라고들 했다.

영국군이 해안을 점령했을 때 아피야는 열세 살이었다. 일리아스가 다르에스살람으로 떠난 뒤로 이 년이 넘는 시간이 흘렀고, 그동안 내내 일리아스에게서는 한마디 소식도 들려오지 않았다. 바바 칼리파는 내륙 소식에 따르면 사방에서 싸움이 벌어지고 있으며 수많은 사상자가 났다고 했다. 독일인, 영국인, 남아프리카공화국인, 인도인도 죽었지만 대부분 사상자는 아프리카 사람이라고 말해주었다. 슈츠트루페 아스카리, KAR, 서아프리카군 등 수많은 아프리카인이 유럽의 분쟁을 해결하기 위해 살해당하고 있었다. 마알림 압둘라는 사이잘삼 농장에서 일하는 일리아스의 동료 하비브를 설득해 문의를 하게 했다. 하비브는 그들이 이미 알고 있는 사실을 알아왔다. 일리아스가 훈련을 받으러 다르에스살람으로 파견되었다는 이야기였다. 그들은 일리아스가 통신병 훈련을 받고 남부의 린디 지구에 배치됐다는 것도 알게 되었다. 하비브는 더이상의 정보를 알아낼 수 없었고, 독일인 관리자가 영국군에 억류되었으므로 더 물어볼 사람도 남아 있지 않았다.

칼리파는 벨기에가 포스 퓌블리크를 동원해 타보라를 점령했으며, 그때 끔찍한 전투가 벌어졌다는 이야기를 들은 적이 있었다. 이후로는 최악의 전쟁이 남부로 옮겨가 현재는 린디 지역에서 벌어지고 있었다. 일리아스가 통신병으로 배치되었다는 바로 그곳이었다. 칼리파는 아피아에게 이런 이야기를 전하지 않았으나 일리아스가 오랜 침묵을 지키는 것이 뭔가 불길하다는 생각이 들기 시작했다. 그래도 아피아와 이야기할 때는 크게 걱정할 일은 아닌 것처럼 말하려 했다. "통신병은 평화로운 보직이야." 그가 아피아에게 말했다. "괜찮을 거다. 일리아스의 일은 문제가 벌어지는 곳과 멀리 떨어진 언덕에 서서 거울로 신호를 보내는 거야. 걱정하지 마라. 곧 소식을 듣게 될 테니까."

*

이제 아피야는 더이상 소녀가 아니라 키자나, 아가씨였다. 그녀는 여성의 격리된 삶에 따라오는 무한한 분노를 이해하기 시작했다. 그녀는 예전처럼 칼리다를 자주 방문하지 않았는데, 비 아샤가 그러면 안 된다고 했기 때문이었다. 비 아샤는 그 사람들은 가족의 수치이며, 칼리다가 사귀는 머리 빈 여자 친구들은 뒷말을 하고 사람들을 갈가리 찢는 것 말고는 좋아하는 게 아무것도 없다고 했다. 부끄러운 줄 알아야 한다고. 아피야는 비 아샤의 주된 대화 주제가 이웃들이라는 걸 알고 있었다. 비 아샤는 그들의 단점을 반복적으로 이야기하며 즐거워했다. 아피야는 이런 새로운 금지에 반발하지 않았지만, 친구를 만날 때는 비 아샤에게 말하지 않았고 칼리다에게도 그녀나 그녀의 남편에 대해, 또는 그녀의 여자 친구들이 일삼는 중상모략에 대해 비 아샤가 한 말을 전하지 않았다. 칼리다와 자밀라를 만나러 가는 걸 제외하면 아피야는 낮이고 밤이고 집에 갇혀 있었고 밖에 나갈 때는 부이부이*로 몸을 감쌌다. 아피야는 마음속에서 뭔가가 쪼그라드는 느낌이 들었다. 계속 꾸지람을 당하기만 기다리는 것처럼 불안해졌다. 이제는 부적절한 일, 그녀가 해서는 안 되는 일이 너무 많아졌다. 아피야는 인사를 할 때조차 아이고 어른이고 할 것 없이 남자의 손을 건드려서는 안 되었다. 상대가 먼저 말을 걸어올 때, 그리고 그 사람이 아는 사람일

* 일부 이슬람권 여자들이 입는 검은 옷과 머리에 두르는 천.

때를 제외하면 남자와 말을 해서는 안 되었다. 모르는 사람을 보고 미소 지어서도 안 됐고, 우연히 시선이 마주치지 않도록 눈을 살짝 내리깔고 걸어야 했다. 비 아샤는 그녀의 움직임을 관리했다. 아니, 그러려고 했다. 그녀는 아피야의 품행에 관해서나 누구를 보면 안 되고 뭘 해서는 안 되는지에 관해 단호하게 조언했다.

아피야의 친구 자밀라는 아직 결혼하지 않은 상태였다. 비 아샤는 약혼이 취소될 가능성이 크다고 장담했다. 약혼 기간이 이렇게 길어지면 보통 그렇게 된다고 말이다. 그 말은 누군가가 생각을 바꾼다는 뜻이었다. 자밀라의 약혼자는 잔지바르에 살았으며 결혼식 이후 이사를 와서 자밀라와 함께 살 계획이었다. 비 아샤는 놀랍지도 않다고 했다. 잔지바르를 떠나고 싶지 않은 사람이 있으려고? 잔지바르에는 죄악과 실망을 포함해 이름을 댈 수 있는 모든 질병이 있는데 말이야. 아피야는 어깨를 으쓱하며 그 빈정거림을 한 귀로 흘렸다. 자밀라의 가족은 결혼이 늦어져도 골치 아파하지 않는 것 같았고, 심지어 터놓고 그 이야기를 하며 평소처럼 태평하게 행동했다. 그들은 아피야가 찾아올 때마다 반가이 맞아주었으며 자신들의 계획을 이야기해주었다. 일리아스가 빌렸던 아래층 방이 결혼식 이후 자밀라의 신혼집이 될 예정이었다. 자밀라는 준비삼아 그 방을 장식해두었다.

아직 자밀라를 찾아가는 건 금지되지 않았지만, 아피야는 비 아샤가 그녀의 옛친구를 점점 더 못마땅하게 여긴다는 것을 느꼈다. "지금 자밀라가 몇 살이지? 거의 열아홉이 됐을 텐데. 무슨 말썽을 부리기 전에 결혼시키는 게 좋을 거야. 남자들이 얼마나 교묘한지,

또 젊은 여자들이 얼마나 어리석은지 모르거든. 내 말 잘 들어라, 아가야. 그 사람들은 고생을 자초하는 거야."

난 아가가 아닌데. 아피아는 속으로 생각하고, 그 말에 신경쓰지 않으려 애썼다. 비 아샤와 시간을 보내는 내내 아피아는 비 아샤의 바람에 거역하지 않았다. 아피아가 자기 뜻대로 하기 위해 쓰는 작은 속임수들은 별로 중요하지 않은 문제에만 국한되어 있었다. 칼리다를 만나고 말하지 않은 것이 아피아가 저지른 가장 큰 거역이었다. 그것 말고는 장을 보고 오면서 바나나를 하나 숨겨 가끔 배가 고픈 저녁에 먹는다거나, 자밀라와 사아다가 어머니의 보석함에서 찾아 선물로 준 조개껍데기 목걸이를 숨긴 것 정도였다. 빔쿠브와는 장신구를 못마땅하게 여겼다. 비 아샤는 아피아가 이런 일을 저지르다가 걸려도 이렇게 작은 속임수에는 개의치 않고 미소지었다. 우나쿠와 음잔자 웨, 그녀는 이렇게 말했다. 영리해지는구나. 가끔은 바바가 편을 들어주었지만, 비 아샤는 가장 엄한 지시는 아피아와 단둘이 있을 때 내렸다.

상인이 사무실을 닫고 목공소로 옮겨갔을 때, 바바는 거의 깨끗한 장부를 하나 건질 수 있었다. 바바는 그 장부를 집으로 가져와 아피아에게 주었다. 페이지는 두껍고 광택이 있었으며, 표지에는 회색과 분홍색 대리석 무늬가 있었다. 그 아름다운 종이에 서툰 글씨를 휘갈기는 건 안타까운 일 같았다. 바바는 〈키옹고지〉 과월호도 찾는 대로 가져왔다. 영국군이 들어온 이후로는 발행되지 않았으나, 과월호는 여전히 돌고 있었다. 칼리파는 마알림 압둘라를 통해 〈라피키 양구〉 몇 부도 찾아냈다. 이 신문이 아피아의 읽기 교재였다. 나중에 그녀는 문단을 통째로 베끼며 쓰기 연습을 했다. 비 아샤는 불신자들의 말이 적혀 있고 거짓말로 사람들을 개종시키려 한다며 이런 간행물을 의심스럽게 보았다. 악한 일을 저지르려는 욕망은 끝이 없지. 간혹 비 아샤는 일을 하면서 카시다*를 읊었고, 기분이 내키면 한 소절을 받아쓰도록 불러주면서 아피야가 가사를 적는 모습을 너그럽게 지켜보았다. 나중에 아피야는 받아쓴 소절을 읽어주었고, 비 아샤는 어디 보자고 말하며 아피야의 영특함에 미소 지었다. 아피야도 기분이 좋았지만, 바바의 글씨가 무척 우아한 데 비해 그녀는 읽는 속도도 느렸고 쓰는 것도 힘겨워했으므로 자신이 영리하다고 느끼지는 않았다.

"연습하면 돼." 칼리파는 말했다. "진짜로 노력해야지."

"바바처럼 글을 쓸 필요는 없어." 비 아샤가 말했다. "바바는 경리잖니. 너는 경리가 되지 않을 거야, 아가."

난 아가가 아닌데.

*

열다섯 살이 된 해의 이드** 첫날, 아피야는 친구 자밀라와 사아다가 선물로 만들어준 드레스를 입었다. 보디스는 푸른색 새틴으로 만들어졌으며 넉넉하게 맞았다. 목선은 둥글고 가장자리에 흰

* 아라비아 시의 한 장르.

** 이슬람교의 두 축제인 이드알피트르 혹은 이드알아드하를 말한다.

레이스가 달려 있었다. 풍성한 주름치마는 작은 초록색 꽃무늬가 들어간 연파랑 포플린으로 만들었다. 자매의 어머니가 과거에 다른 드레스를 만들고 남겨둔 옷감이었다. 자밀라는 특이한 옷감으로 드레스를 디자인하는 재주가 있었고, 이 디자인을 생각해낸 것도 그녀였다. 아피야가 그들의 집에서 드레스를 입어보자 자매는 서로를 보며 자신들의 작업을 기념하듯 미소 짓고, 아피야에게 아주 잘 어울린다고 말했다. 아피야가 입어본 것 중 가장 아름다운 드레스였다. 아피야는 그 드레스를 집으로 가져가 부이부이 밑에 감춰 방의 찬장에 넣어두었다. 어떤 본능이 그렇게 하라고 경고했다. 비 아샤가 못마땅해할 것 같았다.

대부분의 사람들이 이드에 입을 새 옷을 지었다. 여자들은 새 드레스와 캉가를, 남자들은 새 칸주*와 코피아**, 심지어 재킷까지 마련했다. 봉쇄가 풀렸는데도 그 시절은 여전히 힘들었다. 아피야는 빔쿠브와가 드레스를 물려주리라는 걸 알았다. 새 옷은 아니었지만 빔쿠브와가 몇 년 전에 입으려고 직접 만든 옷으로, 아피야에게 맞게 어느 정도 수선한 것이었다. 아피야는 날씬했고 여전히 자라고 있었기에 드레스가 헐렁하고 벙벙했는데, 비 아샤는 그건 문제가 아니라고 했다. 자라면 딱 맞을 거다. 이드 전날 밤, 아피야가 그 옷을 입고 집안을 돌아다니자 바바는 비 아샤의 등뒤에서 살짝 얼굴을 찌푸리며 인상을 썼다가 가엾다는 듯 미소 지었다.

---

* 동아프리카 지역에서 남자들이 입는 헐렁한 흰색 겉옷.

** 위가 평평하고 챙이 없는 원통형 모자.

이드 첫날 아침, 아피아는 작업복을 입은 채 허드렛일을 하고 명절 아침식사를 준비했다. 오전이 반쯤 지나 모든 일을 마치고 아침식사를 하려고 앉기 직전에, 그녀는 자기 방으로 가서 옷을 갈아입었다. 두 사람은 그녀가 비 아샤가 수선해준 드레스를 입고 나오리라고 생각할 터였다. 대신 그녀는 친구가 만들어준 옷을, 비 아샤에게도 바바에게도 말한 적 없는 옷을 입었다. 몇 분 뒤 아피아가 나오자 바바는 고개를 끄덕이고 미소를 지은 뒤 조용히 갈채를 보냈다.

"멋지구나." 그가 말했다. "이제 고아가 아니라 공주처럼 보인다. 어디서 났니?"

"자밀라랑 사아다가 만들어줬어요." 아피아가 말했다.

비 아샤는 잠시 아무 말 없이 바라보다가, 아피아가 방으로 돌아가서 옷을 갈아입으라는 말을 들으려나보다고 생각한 그 순간에 간신히 미소 지었다. "이젠 젊은 여자가 됐네." 그녀가 말했다.

비 아샤가 한 말의 온전한 무게는 이후 몇 개월에 걸쳐 천천히 드러났다. 아피아가 밖으로 나갈 준비를 할 때마다 비 아샤는 그녀에게 어디로 가는지, 뭘 하러 가는지 말하라고 했다. 그녀가 돌아오면, 누구를 만났고 무슨 말이 오갔는지 설명하라고 했다. 처음에는 자기가 뭘 하는지도 몰랐으나 점차 아피아는 어느새 나가기 전에 비 아샤의 허락을 구하게 되었다. 비 아샤는 아피아가 입은 옷에 대해 의견을 내고, 자기가 보기에 적절한가에 따라 칭찬을 하거나 나무랐다. 이드 드레스는 아피아에게 너무 작다는 이유로 비난을 들은 지 오래였다. 가슴이 너무 꽉 끼고 대담하다고 했다. 바바가 근처에 있을 때는 심지어 캉가를 덮어쓰고 얼굴만 내놓아야 했다. 비 아샤는 아피야의 생리 주기를 아는 듯했으며, 언제나 그에 관해 물었다. 아피야는 생리 때 자기 몸에 일어나는 일에 관한 불쾌감을 아직 극복하지 못했기에 그 색깔과 양을 억지로 설명하는 것이 치욕스럽게 느껴졌다.

비 아샤가 아피야에게 쓰는 말투는 귀에 거슬리는 경우가 많았다. 꼭 말 아래로 나지막한 투덜거림이 흘러가는 것 같았다. 비 아샤는 아피야가 함께 기도를 하거나, 오후에 함께 앉아 쿠란을 읽을 때만 만족하는 듯했다. 친구들을 만나러 갈 준비를 하려면 아피야는 미리 기도라는 주문을 오랫동안 걸어두어야 했다. 그냥 좀 쉬고 싶어서 그렇게 할 때도 있었다. 그녀는 마치 자신이 비밀리에 죄를 지을 생각이라도 한다는 것처럼 늘 꼼짝 못하게 둘러싸여 감시당하는 기분이 들었다. 아피야는 방을 비우면 비 아샤가 들어와서 뒤지는 게 틀림없다고 생각했다. 이때쯤 아피야는 분노와 죄책감을 동시에 느꼈다. 그녀가 다치고 겁먹은 어린아이였을 때 비 아샤가 보여주었던 친절함이 떠올랐기 때문이었다. 빔쿠브와에게 자신은 더이상 어린애가 아니라고 말하고 싶었지만 감히 그러지 못했다. 아무도 굳이 그녀의 생일을 기록하지 않았기에, 아피야는 자기가 정말 몇 살인지조차 몰랐다.

이런 말을 듣자 바바는 말했다. "한번 생각해보자꾸나. 네가 태어난 해는 알 수 있어. 일리아스가 도망친 해였으니 말이야. 그럼 이젠 네 생일을 선택해보려무나. 모두에게 이런 특권이 있는 건 아니야. 내 생일은 우리 아버지가 적어놓으셨지. 비 아샤의 생일은 브와나 아무르 비아샤라의 회계장부에 적혀 있었고. 넌 네 생일을 직접 고를 수 있어. 마음껏 골라보려무나."

아피야는 여섯째 달의 여섯째 날, 음웨지 시타 와 음풍고 시타를 골랐다. 발음이 좋아서였다. 그럼, 지금부터는 네 나이를 정확히 알 수 있겠다. 바바가 말했다. 열여섯 살이 되고 나서 몇 개월이 지났을 때, 아피야가 친구들이 만들어준 옷을 입었던 이드 첫날 비 아샤가 했던 말의 온전한 무게가 그녀에게 내려앉았다.

"이제 넌 젊은 여자야." 일 년 뒤 이드 날 아침식사 자리에 함께 앉아 있을 때 비 아샤가 말했다. "네게 남편을 찾아줄 때가 됐어."

바바는 비 아샤가 아피야를 다 자랐다고 놀린다 생각하고 킥킥 웃었다. 아피야도 같은 생각에 미소 지었다.

"농담이 아니야." 비 아샤가 건조하게 말했고, 아피야는 즉시 처음부터 그 점을 알았어야 한다는 걸 깨달았다. 아니, 비 아샤는 농담을 하는 게 아니었다. "다 자란 여자가 아무 할일도 없이 집안에 앉아 있게 놔둘 수는 없지. 그래 봐야 말썽이 생길 뿐이니까. 남편이 있어야 해."

"다 자란 여자라니! 아피야는 어린애일 뿐이야." 바바가 믿을 수 없다는 듯 말했다. 비 아샤가 놀라서 헛숨을 들이쉴 정도로 강한 감정이 담겨 있었다. "늘 아가라고 부르면서, 이젠 갑자기 여자가 됐다고 하다니."

"갑자기 그러는 게 아니에요." 비 아샤가 말했다. "모른 척하지 마세요."

"아이라는 짐을 안기기 전에 아피야가 어린 시절을 즐기게 해줍

시다. 뭐하러 서두르시오? 누가 아피야한테 청혼이라도 했소?"

"아뇨, 아직은 아니에요. 하지만 금방 청혼이 들어오겠지요. 당신도 아셨을 텐데요. 이애는 열여섯 살이에요." 비 아샤가 고집스럽게 말했다. "여자아이가 결혼하기에는 완벽히 정상적인 나이죠."

"이건 무식하고 편협한 짓이오." 바바가 열을 내며 말했다. 비 아샤는 잠시 물러나며 입을 삐죽거렸다.

7

어느 날 밤, 장교가 이끌고 함자가 포함되어 있는 다섯 명의 파견대가 킬렘바라는 독일 선교지로 떠났다. 그들은 영국군이 아직 그곳에는 이르지 못했기를 바랐다. 영국의 작전은 모든 독일 초소와 농장, 선교지를 폐쇄해 슈츠트루페가 보급품을 챙기지 못하도록 막는 것이었다. 독일 민간인은 문명화된 교전국 시민에 걸맞은 예우를 받았으며 로디지아*나 영국령 동아프리카, 니아살랜드의 블랜타이어로 이송되어, 적대 행위가 끝날 때까지 다른 유럽인들과 함께 억류될 터였다. 감독자 없이 아프리카인이 단독으로 유럽인을 감시하거나 억류해서는 안 되었다. 시민도 아니고 어느 국가의 구성원도 아니며 문명화되지도 않았고 교전국들이 이동하는 지역에 사는 아프리카인은 무시당하거나 강도질을 당하거나 필요할

* 아프리카 남부의 영국 식민지. 1980년에 독립해 짐바브웨가 되었다.

경우 강제로 수송대에 징집되었다.

장교는 지도를 통해 전쟁 이전에는 근처에 선교지가 있었다는 걸 알았지만 그곳이 여전히 열려 있는지, 아니면 영국인이 이미 그곳에 이르렀는지는 확신하지 못했다. 보통은 정찰과 추적 전문가인 아스카리 부대에 선교지 찾는 일을 맡겼겠지만, 지휘관은 마지막 전쟁 기간에 이 선교지에서 몸을 회복하느라 몇 주를 보냈다는 동료 장교의 이야기를 듣고 호기심을 느꼈다. 함자 생각에는 독일 음식과 괜찮은 슈냅스를 구할 수 있을지 모른다는 유인도 있는 듯했다.

그들은 별로 어렵지 않게 선교지를 찾아 오후 늦게 도착했다. 점점 높아져 돌투성이 벼랑이 되었다가, 다시 낮아져 멀리 떨어진 산맥에 둘러싸인 초원으로 변하는 숲 지역을 가로질러왔다. 선교지는 평원 한가운데에 불쑥 솟은 언덕 꼭대기에 위치했다. 성벽으로 둘러싸인 부지 안에 석회칠을 한 건물들과 가지를 넓게 뻗은 무화과나무 한 그루가 있었다. 언덕 위는 평온하고 평화로워 보였다. 목사가 아내와 금발의 두 딸과 함께 그때까지 살고 있었다. 그들은 함자 일행이 도착하자 안쪽 대문에 서서 기다리다가 맞아주었다. 어른들은 미소 짓고 아이들은 손을 흔드는 걸 보니 독일군을 보아서 기쁜 게 분명했다.

바깥쪽 대문 바로 안에는 울타리를 치고 경작한 작은 텃밭 두 곳이 있었고 거기서 호박과 양배추, 함자가 모르는 다른 작물을 기르고 있었다. 장교가 앞으로 나서 선교사와 그 가족에게 인사한 다음 그들을 따라 안으로 들어가는 동안 파견대는 그 자리에서 기다렸다. 잠시 후 한 아프리카인이 밖으로 나와 그들을 건물 안으로 불러들였다. 그는 이마와 얼굴에 깊이 주름이 졌고 목 오른쪽에는 삐죽삐죽한 흉터가 나 있었다. 스와힐리어를 유창하게 썼는데, 군인들에게 자기 이름은 파스칼이며 선교지에서 일한다고 말했다. 선교지는 규모가 컸고 건물 여러 채와 학교, 진료소, 닭장, 과일과 채소를 키우는 텃밭이 있었다. 근처에서 전투가 벌어져 인근 마을 주민은 모두 도망쳤다. 그래서 선교지가 이토록 비어 보이는 것이었다. 보통은 학교에 아이들이 있었다. 기생충이니, 수면병*이니, 말라리아처럼 이 지역 사람들에게 영향을 끼치는 엄청나게 많은 질병을 치료하느라 진료소도 늘 바빴다. 영국인들은 선교지를 계속 개방할 수 있도록 해주었는데, 목사와 그 가족이 영국인의 친구인 로디지아 장교를 돌봐주고는 블랜타이어로 이송되어 억류당하는 대신 남아서 지역민을 돌보게 해달라고 애원했기 때문이었다.

"왜 사람들이 선교지로 피난하지 않은 거지?" 프란츠라는 아스카리가 물었다.

"목사님이 막았으니까요." 파스칼이 말했다. "목사님은 영국인들이 돌아와서, 여기 사람들이 루가루가를 데리고 있다고 말하는 걸 바라지 않으셨습니다."

"루가루가가 있나?" 프란츠가 대변인 역할을 맡아 물었다.

"난 모릅니다." 파스칼이 말했다. "나는 못 봤어요. 우리가 정말로 두려워하는 건 영국인도, 로디지아인도 아닌 루가루가예요. 어떤

* 체체파리가 옮기는 아프리카 풍토병.

사람들은 그들이 식인종이라던데."

이 말을 듣고 몇몇 아스카리가 웃었다. "누가 그래?" 알베르트라는 병사가 물었다. 몇몇 아스카리 사이에서 독일식 이름을 짓는 것이 유행이 되어 있었다.

"사람들이요." 파스칼이 침착하게 말했다. "여기 있던 로디지아 장교가 목사님한테 루가루가는 포로를 두지 않고 사람 고기를 먹는다고 했어요. 나야 그 말이 사실인지 모르지만."

"루가루가는 그냥 오합지졸 하층민이지 식인종이 아니야. 염소 가죽과 깃털로 치장하고 사나운 척하는 야만인이지." 프란츠는 한 번 더 폭소를 터뜨린 후 말했다. "우리가 놈들을 이용하는 건 놈들이 대단히 악명 높아서 혼란을 일으키고 사람들에게 겁을 주기 때문이야. 놈들이 왜 루가루가라고 불리는지 아나? 늘 방기에 잔뜩 취해서, 항상 깡충깡충 뛰어다니기 때문이야. 루가루가, 알겠나? 너희들이 정말로 두려워해야 하는 건 우리, 슈츠트루페야. 우리는 우리 뜻대로 밀어붙이면서 와셴지 민간인들을 괴롭히고 썰어버리는 걸 좋아하는 무자비하고 화가 난 짐승들이지. 우리 장교들은 두려움을 일으키는 횡포한 전문가들이고. 우리가 없으면 독일령 동아프리카도 없어. 우리를 두려워하라고."

"은디오 맘보 얄리브요." 선교지 사람이 조용히 말했다. 그런 거군요. 정중하면서도 무관심한 그 태도 때문에 그는 프란츠가 한 말을 진짜로 믿지는 않거나, 아스카리가 원하는 만큼 놀라워하지 않는 것처럼 보였다.

나중에 파스칼은 그들에게 음식을 가져다주었다. 옥수수와 소금에 절인 생선을 넣고 끓인 스튜, 자두와 무화과 몇 개였다. 그들은 장비와 침낭을 펼쳐놓은 임시 숙소에서 음식을 먹었다. 파스칼은 그들이 매우 즐거워하며 음식을 먹는 동안 함께 앉아 있었다. 그들은 이게 잔치나 마찬가지라고 말했다. 저 바깥에서 우리가 뭘 먹고 지냈는지 모를걸. 이후 파스칼은 마찬가지로 선교지에서 일하는 다른 두 남자를 데려왔다. 그냥 유마라고 불리기를 좋아하는 예레미야와 위트니스였다. 이들은 선교지 공동체의 기독교인 동료였다. 그들은 가축과 텃밭을 돌보았고, 위트니스의 아내가 집안일을 했다. 파스칼은 지금 이 순간 위트니스의 아내가 건물 안에서 선교사 가족과 장교에게 멋진 독일식 저녁식사를 대접하는 중이라고 말했다. 프란츠가 전투며 그들이 관여한 잔인한 사건들에 관해 늘어놓기 시작하자 다른 아스카리도 자신들이 세운 소름 끼치는 공로를 이야기하며 끼어들었다. 선교지 사람들에게 겁을 주기 위해서였지만, 정작 선교지 사람들은 그 자리에 앉아 입을 벌린 채 모든 이야기를 듣기만 했다. 그들은 바로 그런 목적으로, 아스카리의 흉포함에 관해 들으러 온 것이었다. 이야기가 터무니없어질수록 그것을 받아들이는 침묵과 경이감은 깊어졌다.

"전쟁이 아주 가까운 곳까지 닥쳤어요." 파스칼이 말했다. "그러더니 멀어졌지요. 우리는 독일인 장교랑, 아까 얘기했던 로디지아 사람을 돌봤습니다. 주님께서 그들 모두와 우리를 돌봐주신 덕분에 여기 선교지에서는 한 사람도 잃지 않았어요."

날이 저물자 온도가 급격히 떨어졌다. 함자는 돌계단을 따라 벽 맨 위로 올라가서 얼굴에 불어오는 가혹할 만큼 차가운 바람을 느겼다. 달빛을 받아 초원의 웅덩이가 스산하게 빛났다. 그들은 그날 밤을 이곳에서 보낸 다음 날이 밝으면 돌아가기로 했다. 선교지와 선교사들에 관한 장교의 호기심은 충족되었다. 둘 다 주님의 손안에 안전하게 있는 것이 분명했다. 그들은 소시지와 다른 장교들에게 줄 슈냅스 한 병, 거기에 더해 담배까지 선물로 받아 킬렘바를 떠났다. 텃밭에서 자라던 작물 중 함자가 알아보지 못한 것이 바로 담배였다. 파스칼은 담배를 말리는 헛간을 보여주었으나 아스카리가 담배를 가져가지는 못하게 했다. 목사가 담배를 직접 돌보았는데, 그는 양을 철저히 헤아리는 사람이었다. 담배를 조금이라도 가져가면 목사가 알게 될 터였다. 파스칼은 목사가 자신을 도둑이라고 생각하는 걸 바라지 않았다.

그들은 일찍 길을 나서서 아무런 어려움을 겪지 않고 본대에 다시 합류했다. 그날 밤늦게, 독일인 장교들이 잔치를 즐기고 난 뒤 오벌로이트난트는 야전침대에 누웠다. 함자는 근처의 침낭에 앉아 있었다. 둘의 회화 수업 시간이었다. 선교지를 방문하고 슈냅스를 마신 덕에 장교는 기분이 좋았다.

"목사는 품위 있는 사람이지만 좀 딱딱하더군." 장교가 말했다.

"예, 품위 있는 분이셨습니다." 함자가 말했다.

"아내와 어린 자식들을 이토록 외지고 고립되고 질병이 들끓는 곳까지 데려오다니, 무슨 생각이었을까? 사모는 매력적이고 친절하더군. 과수원이 아름다웠지? 사모가 과일과 학교를 돌본다고 했네. 그 위쪽은 시원해서 도움이 된다는 거야. 과일을 키우기에 완벽한 기후지. 하지만 그 가엾은 여자는 식인종 루가루가에 관한 소문 때문에 잔뜩 겁을 먹고 있었어. 나는 사모를 안심시키려고 루가루가 얘기는 그냥 영국인들의 선동일 뿐이라고 했네. 루가루가는 우리 사람들, 우리의 보조원이라고 말이야. 우린 식인종과는 관계를 맺지 않는다고 했지."

"그분을 안심시켜드릴 수 있었다니 다행입니다." 함자가 말했다. 가끔 이렇게 대답을 하지 않으면 장교가 짜증을 내면서 함자더러 이건 설교가 아니라 대화라고 말하곤 했다. 아무 할 말이 없으면, 함자는 장교가 한 마지막 말을 따라 했다.

"그럴 수는 있어. 식인 말이야. 안 그런가? 우리가 그랬듯이 인간이 미쳐버리면 무슨 일이든 가능하니까. 피에 미친 루가루가 야만인이 아니라도 말이야. 우리가 놈들을 이용하는 게 그래서야. 놈들이 그 절대적인 야만성으로 우리 적들에게 겁을 주거든. 왜 굳이 멈춰서 자기가 죽인 자들의 시신을 먹겠나? 사람 고기를 먹는다니, 상상이 돼? 전쟁에서의 광기나, 죽은 적의 힘을 얻으려고 그들을 먹는 원시인의 의식을 말하는 게 아니야. 관습에 따라, 너희 관습의 메뉴에 올라 있는 항목에 따라 식인을 하는 게 아니라 욕망으로, 호기심으로, 모험으로 식인을 하는 것, 그런 식인이 상상이 되나?"

"아뇨, 상상되지 않습니다." 장교가 답을 기다렸기에 함자가 말했다.

오벌로이트난트는 비웃듯 미소 지었다. "그래, 넌 그럴 만한 배짱이 없어 보여." 그가 말했다.

*

전쟁의 마지막 몇 주는 추격군을 피해 도망치고 숨는 악몽이었다. 남쪽으로 퇴각하자 영국군과 연합군이 멀리 루부마까지 추격해왔다. 슈츠트루페는 도망치고 숨기만 한 것이 아니라, 영국군과 그 동맹을 응징할 때도 가차없이 성공을 거두었다. 이런 동맹은 대부분 남아프리카공화국 사람들, 로디지아인, 아프리카인 KAR로 이루어져 있었고, 심지어 이제는 전쟁에 뛰어들 때가 됐다고 생각한 포르투갈인도 있었다. 하지만 마히와 전투와 이후에 벌어진 교전에서는 특히 많은 사상자가 발생했다. 며칠에 한 번씩 수많은 짐꾼들이 탈영하는 것이 일상이었으며, 배고프거나 지쳐서 길가에 쓰러지기도 했다. 탈영이 언제나 안전한 길인 것은 아니었다. 이제 그들은 슈츠트루페가 거의 삼십 년 전에 헤헤족과 싸웠고 그로부터 십오 년 후에는 마지마지 전쟁을 치르며 잔혹 행위를 저지른 곳에 와 있었다. 그 시절에 살아남아 지금 목숨과 식량을 더 심하게 약탈당하는 사람들은 슈츠트루페의 폭력에 질릴 대로 질려서, 탈영한 짐꾼들에게 친절을 베풀 가능성이 낮았다.

아스카리는 한결같이 충성심을 지켰다. 그건 기적이었다. 그들은 다르에스살람이 함락되고 독일 총독부가 그곳에 있던 조폐국을 잃은 뒤로 몇 달째, 어떤 경우에는 몇 년째 봉급을 받지 못했다. 그럼에도 이토록 적대적인 지역에서 탈영을 하기보다는 힘들더라도 대오에 머무는 것이 아스카리에게는 더 안전한 일이었다. 그들은 탄약과 식량이 부족했고, 적의 보급로나 마을을 급습해도 더이상 얻을 것이 딱히 없었다. 그들은 토지를 고갈시켰고, 이제 그 땅 이곳저곳에는 서로 대립하는 군대에 반복적으로 물자를 약탈당해 기근에 시달리거나 텅 빈 마을만 여기저기 흩어져 있었다. 루부마를 지나서, 슈츠트루페는 로디지아가 있는 서쪽으로 방향을 틀었다. 마찬가지로 보급품을 구하고 질병과 싸우느라 애를 먹고 있는 추격자들을 훼방놓기 위해 일부러 가는 길에 마을들을 초토화시켰다. 함자의 부대는 한창 퇴각하고 있었다. 함자는 끊임없이 움직이다가 너무 지친 나머지 이따금 걸으면서도 잠을 잤다. 독일인 장교들을 포함해 부대원들은 모두 아무 옷이나 잡다하게 걸치고 있었으며, 군대라기보다는 오합지졸로 보였다. 이제 그들은 올해 초에 체류했던 킬렘바 선교지 근처를 향해 그간 지나온 길을 되밟아가고 있었다. 함자에게 전쟁 마지막 단계가 펼쳐진 곳이 그곳이었다.

아침 이른 시각 아직 주위가 어두울 때 함자는 눈을 뜨기도 전에 비 냄새를 맡았다. 부대원들이 일어나니 남아 있던 짐꾼 대부분이 밤사이 탈영하고 없었다. 함자에게든, 짐꾼들이 며칠째 끊임없이 투덜거리던 말을 알아들은 사람에게든 그렇게까지 예상치 못한 일은 아니었다. 짐꾼들은 가차없는 추격에도, 무거운 짐과 그들에게 떠맡겨진 모욕적인 작업에도 지쳐 있었다. 그들은 고용된 짐꾼이었으나 돈을 받지 못했고, 게다가 그중 다수는 하고 싶지 않은 일을 강요받아왔다. 짐꾼들 중에는 사상자도 많았다. 그들은 제대로 먹지도 못했고 장비도 형편없어서, 대다수가 맨발로 다녔으며 약탈하거나 훔칠 수 있는 대로 넝마를 걸쳤다. 그들은 병에 걸리고도 치료받지 못해 죽었고, 슈츠트루페가 겪고 있는 끔찍한 궁핍 때문에도 죽었다. 패배를 눈앞에 둔 군대에서 필사적으로 도망치고 싶었을 게 틀림없었다. 전에는 매일 몇 명씩 도망쳤지만, 이번에는 조직적으로 탈영했다. 슈츠트루페가 더이상 자신들의 생존이나 복지를 보장할 수 없음을 인정한 것이다. 오벌로이트난트는 격분했고, 다른 독일인들도 짐꾼들의 기강 해이에 함께 분노했다. 마치 그들이 때리고 경멸하고 과로시킨 넝마 부대가 그들에게 충성하리라고 정말로 믿은 것처럼 말이다.

"선택의 여지가 없습니다. 아스카리가 짐꾼의 일을 해야 합니다." 펠트베벨이 강하게 주장했다. 그는 점점 더 그런 태도로 변해가고 있었다. 기강 해이에 가까운 태도로 자신의 열성에 따라줄 것을 지휘관에게 요구했다. 오벌로이트난트는 고개를 저으며, 아직 곁에 남아 있는 다른 세 독일인을 힐끗 보았다. 군의관도 고개를 저었다. 이제 그는 매우 건강이 나빠져 있었다. 말라리아에 더해, 소화기 감염병 때문에 수시로 덤불을 찾아가며 고생하는 중이었는데, 이런 괴로움을 완화해줄 약은 더이상 남아 있지 않았다. 고통스러운 퇴각을 하던 지난 몇 달 사이 합류한 다른 두 장교는 침묵을 지켰다. 부대원들에게 매일 아침 훈련을 시키고 명령을 내릴 때는 권총을 흔들어대는 전직 군악대장과, 목소리가 작고 건강이 좋지 않은 로이트난트*였다. 로이트난트는 정착민 자원자로 그간의 고생 때문에 몹시 지쳐 보였다. 그들의 침묵은 공손했지만, 의미는 분명했다. 아스카리는 짐을 들지 않는다는 철의 규칙을 모두 이해

* '소위'라는 뜻의 독일어.

한다 해도, 아스카리가 그 일을 맡을 수밖에 없다는 것이었다. 이건 명예의 문제였다. 유럽인이 신성한 특권을 내려놓지 않으려 했던 것처럼, 아스카리도 마찬가지였다. 오벌로이트난트는 고개를 저었다. 실망해서 그런 것이기도 했지만, 확신이 서지 않기 때문이기도 했다. 그도 다른 선택지가 없다는 걸 알았다. 보급품과 장비를 버려야 한다면 차라리 가장 가까운 적군 초소로 가서 항복하는 것이 나았다. 무장도 하지 않고 적대적인 원주민 사이를 떠돌아다니느니 그편이 안전했다.

아무 보람도 없이 몇 분 동안 고민한 끝에, 그는 한 발 물러나 장교들의 긴장 넘치면서도 조용한 요구를 받아들이고 아스카리에게 짐을 들게 하라는 명령을 내렸다. 펠트베벨은 의기양양하게 미소 지으며 하달 임무를 맡았다. 그는 병사들을 소집했고, 다들 모여들자 새로운 명령을 외쳤다. 잠시 침묵이 흐른 뒤 대열이 무너지고 소란이 일었다. 격분한 펠트베벨과 하급 사관들이 지팡이는 물론 총까지 동원해 억지로 아스카리를 조용히 시킨 다음 복종하게 함으로써 질서를 회복한 것은 한참이 지나서였다. 그때쯤 비구름이 몰려왔고, 장교들이 마주보는 가운데 병사들은 찡그린 얼굴을 하고 두 줄로 나뉘어 섰다. 펠트베벨 발터가 그들을 질책했다. 아스카리에게 짐을 분배하는 일은 하급 사관들에게 맡겨졌다. 그런 다음 그들은 그날의 행군을 시작했다. 그때쯤에는 비가 본격적으로 세차게 내리고 있었다. 터덜터덜 니카*를 가로질러 벼랑으로 가는

* '황야' '벌판'을 뜻하는 스와힐리어.

그들에게 파고드는 비는 차갑고 거셌다.

장교들이 고함을 지르고 지팡이를 휘둘러도 그들의 속도는 느렸다. 펠트베벨의 괴롭힘으로 한층 더 잔인해진 옴바샤와 샤우시도 정신이 나간 것 같았으므로 하급 사관들의 매질을 피해 쉴 시간은 거의 없었다. 얼마 뒤에는 신물나게 재촉해대는 부사관들이 아무리 노력해도 행군이 마지못해 발을 질질 끌고 가는 수준에 그치게 되었다. 그들은 쉬거나 짐을 고쳐 들기 위해 자주 멈추었고, 쉴 때마다 투덜거리는 소리와 노려보는 시선이 있었다. 모기나 열기, 간헐적인 폭우, 닳아빠진 군화를 신고 걸어서 생긴 발의 통증, 피로 등 행군에 필연적으로 따르는 위험도 피할 수 없었다. 억지로 하찮은 일을 떠맡게 된 지금, 아스카리에게는 이 모든 것이 더욱 견딜 수 없게 느껴졌다. 늦은 오후가 되어 마침내 야영지를 세우려고 멈춰 섰을 때는 문제가 일어날 것처럼 긴장된 분위기가 흘렀다. 남자들은 시끄러운 목소리로 투덜거렸다. 누군가에게 들리기를 바라면서, 노예 같은 와셴지나 할 법한 이런 일은 군에 들어왔을 때 하기로 한 일이 아니라고 불평했다. 그들은 영국군이 탈영을 부추긴다는 걸 알고 있었다. 먹을 것을 구하려고 급습했던 마을에서 전단지를 보았고 다른 아스카리에게서 소문을 듣기도 했다. 그들은 영국인은 병사를 이렇게 모욕적으로 다루지 않는다고 불평했다. 이런 식으로 그들의 존엄성을 건드리는 것은 견딜 수 없다는 얘기였다. 함자는 이들의 불만이 도저히 달랠 수 없는 지경인 것을 보고 놀랐다. 불만은 때로 폭력에 가까워 보였고, 아스카리의 폭력이 무슨 짓을 저지를 수 있는지는 모두가 알았다. 함자가 보기에 마지막 몇 주 동안은 반란과 대학살의 두려움이 장교들 사이에 떠도는 것 같았다. 오벌로이트난트가 다른 독일인들에게 낮은 목소리로 말하는 것을 듣기도 했다. "다들 경계해라. 문제가 생길 수도 있다."

펠트베벨은 함자가 그 말을 듣고 있는 것을 보았다. 궁핍한 상황 때문에 펠트베벨의 근육질 몸은 여위었고 얼굴은 햇빛에 그을렸으며 눈은 경계심으로 번뜩였다. 머리카락과 턱수염은 길고 더러웠으며, 전체적인 태도가 오벌로이트난트를 포함한 모두에 대한 악의와 경멸로 가득했다. 함자가 보기에, 오벌로이트난트에 대한 그의 증오는 함자에게도 전이되는 것 같았다. 어째서인지 함자가 그 증오에 부채질을 하는 것만 같았다. 함자가 장교의 경고를 엿들었다는 것을 알게 된 그 순간, 펠트베벨의 시선은 날카롭고 위협적이었다. 함자는 서둘러 눈을 돌렸다.

밤이 내리면서 스콜은 폭풍으로 변했다. 그들은 숲에 야영지를 세웠다. 보통은 그러지 않았으나 정찰대를 피해 숨어야만 해서 어쩔 수 없었다. 어떤 나무들은 거대했다. 앞서 함자가 팔로 둥치를 끌어안았을 때 나무의 심장박동과 나뭇가지로 솟구쳐 올라가는 수액이 느껴졌다. 숲에서 번개가 번쩍이며 그들이 피신처를 마련한 덤불을 기묘하게 비추었다. 함자는 이런 야외에서 폭풍을 맞이하는 것이 안전한지 의문이 들었다. 그는 완전히 젖은 채, 물을 더이상 흡수하지 못해 질퍽거리는 땅바닥에 누워 있었다. 나무에서 함자에게로 물방울이 뚝뚝 떨어졌고 뭔가가 몸 위를 기어다니는 느낌이 들었으나 너무 지쳐서 움직일 수 없었다. 밤이 깊었을 때, 함자는 뭔가 움직이는 소리를 듣고 작은 동물이 몰래 돌아다니나보다고 생각했다. 그러다 불현듯, 그 소리를 내는 존재가 아스카리라는 것을 깨닫고 가만히, 조용히 그 자리에 그대로 누워 있었다. 그렇게 하면 사라질 수 있을 것처럼, 무른 땅에 몸을 바짝 붙였다. 번개가 번쩍이자 자기도 모르게 눈을 감았으나, 그러기 직전에 숲속으로 사라져가는 남자들의 웅크린 모습이 보였다. 은밀한 소음은 몇 분 동안 이어지다가 멈추었고, 이제 함자가 들을 수 있는 소리라고는 젖은 땅에 철퍽거리며 내리는 빗소리뿐이었다. 그는 아스카리가 탈영한 사실을 알았지만, 쏟아지는 빗속에 가만히 누워 새벽이 오기만을 기다렸다.

어쩌다 잠이 든 게 분명했다. 함자는 고함과 명령을 듣고 반짝 눈을 떴다. 겨우 동이 텄을 때였고, 하급 사관 중 한 명이, 함자 생각에는 샤우시가 탈영이 발생했다는 사실을 알고 경보를 울렸다. 몇몇 사람이 재빨리 일어나 고함을 치며 불안한 듯 주위를 둘러보았다. 어디에 위험이 있는지 아직은 확신할 수 없었다. 와메킴비아, 와메킴비아. 샤우시는 정신없이 소리지르고 있었다. 도망쳤다, 도망쳤다. 지휘관은 인원 점검을 지시했다. 펠트베벨은 손에 칼을 든 채 빗속에서 발을 쿵쿵거리고 돌아다니며 하급 사관들에게 병사들 수를 헤아리라고 외쳤다. 배신자들, 배신자들. 그는 이리저리 성큼성큼 돌아다니며 소리쳤다. 아스카리 스물아홉 명이 밤을 틈타 떠났고, 열두 명이 남았다. 그중 둘은 경보를 울린 옴바샤와 샤우시로, 둘 다 누비족으로서 오랫동안 복무해온 슈츠트루페였다. 펠트베벨은 눈을 부라리며 남아 있는 부대원들을 돌아보았다. 그의 눈이 함자에게 머물렀다. 함자는 시선을 피하려고 고개를 돌렸으나 너무 늦었다.

"이리 나와." 펠트베벨이 자기 앞으로 두 발짝 떨어진 땅을 가리키며 소리쳤다. 함자는 명령받은 대로 앞으로 나서, 펠트베벨이 가리킨 지점에서 한두 걸음쯤 못 미치는 곳에 멈춰 섰다. "중위님이 문제가 생길 수도 있다고 말하는 걸 이자가 들었습니다." 펠트베벨 발터가 오벌로이트난트에게 말했다. 독일인들은 아프리카 부대원들을 마주보며 한쪽에 듬성듬성 서 있었다. 군악대장과 로이트난트는 둘 다 손에 권총을 들고 있었다. "중위님의 창녀 같은 이 반역자가 우리를 배신했습니다. 이자가 떠나라고 놈들을 선동한 겁니다. 이자가 놈들에게 거짓말을 해서, 놈들이 탈영한 겁니다." 펠트베벨 발터는 분노해 소리질렀다. 그는 앞으로 나서며 거칠게 칼을 휘둘러 함자를 베려 했다. 함자는 급히 물러나 공격을 피했다. 칼이 엉덩이를 지나며 살점과 뼈를 갈랐다. 누군가가 비명을 지르는 소리가 들렸고, 함자는 머리가 진동할 정도로 세게 땅에 부딪히며 쓰러졌다. 몇몇 사람들의 고함소리가 들렸고, 근처에 있는 누군가가 정신 나간 듯 비명을 질렀다. 함자는 숨을 쉬려고 애썼다. 처절하게 가슴을 들썩거렸지만 공기를 빨아들일 수가 없었다. 그런 다음에는 정신을 잃은 게 틀림없었다.

멍하게 잠시 정신이 들었을 때는 옆에 무릎을 꿇고 앉아 있는 군의관이 보였고 자신을 안고 있는 누군가의 두 팔이 느껴졌다. 그리고 조금 뒤 화난 목소리와 누군가가 외치는 명령 속에 다시 정신이 들었다. 다음에 의식을 찾았을 때 그는 아스카리 두 명이 운반하는 들것에 실려 있었다. 비가 내렸고 얼굴에 물이 흘러내렸다.

그런 결론에 이른 것도 정신이 든 상태로 잠시 시간이 지나고 난 뒤였다. 혼란스러운 인상들은 서서히 합쳐질 뿐이었으며, 이윽고 함자는 다시 무의식으로 빠져들었다. 그는 이후에도 몇 번 정신을 차렸는데, 한번은 들것 옆에서 걸어가는 오벌로이트난트를 보았으나 곧 다시 놓쳤다. 그때쯤 함자는 환영을 보고 있었다. 아마 들것에 실려가는 것조차 아닐지도 몰랐다. 그는 오벌로이트난트를, 옆에서 걷는 그를 한번 더 보고 물었다. 진트 지 다스? 당신입니까? 온몸이 덜덜 떨렸고, 입에서는 토사물맛이 났다. 욱신거리는 느낌은 왼쪽 옆구리에서 가장 심했으나 몸 전체를 휩싸고 있었다. 그에게는 몸을 한 부분이라도 움직일 만한 기력이 남아 있지 않았다. 함자는 몸을 조금도 움직이고 싶지 않았고, 눈을 뜨는 데만도 엄청난 힘이 들었다. 그때 사람들이 그를 땅에 내려놓았고, 다리에서 고통이 솟구쳐오르며 비명이 터져나왔다. 고통이 닥치려 한다는 것을 미처 의식하기도 전이었다. 함자는 그때 완전히 정신을 차렸고, 들것 옆에 한쪽 무릎을 꿇고 있는 옴바샤 하이다르 알 하마드를 보았다.

"슈시 와차 켈렐레." 그가 말했다. "슈시 슈시 알함두릴라. 그렇게까지 소리지르지 마라, 아스카리." 그의 얼굴에서 빗줄기가 흘러내렸다. 입술은 아이를 조용히 시킬 때처럼 오므리고 있었다.

몸 한쪽을 타고 고통이 욱신욱신 번지는 가운데 입안에서 느껴지는 구역감에 숨이 막힐 것 같은 기분으로 땅바닥에 있을 때, 함자는 들것의 이불 위에 엎드려 있는 자신을 몇 발짝 떨어진 곳에서 내려다보는 오벌로이트난트를 보았다. "야, 이히 빈 에스. 마흐트

니히츠." 장교가 말했다. 그래, 나다. 걱정하지 마라.

이후 함자는 다시 정신을 잃었다. 그들은 밤 어느 때인가 걷기를 멈추었다. 함자가 그 사실을 안 것은 몇 차례 잠깐씩 깼기 때문이었다. 너무 추웠다. 완전히 젖은 몸은 통제할 수 없이 덜덜 떨렸다. 나중에 그는 하이에나들이 울부짖는 소리와 누가 낸 것인지 알 수 없는 이상한 기침소리를 들었다. 목숨이 뜯겨나가는 동물의 울부짖음이 들렸다.

길을 나선 동틀녘에는 더이상 비가 내리지 않았고, 태양이 몸을 데우자 어느 정도 안도감이 들었다. 함자는 이제 축축한 느낌이 비 때문만은 아니라는 것을 알게 되었다. 그는 심하게 피를 흘리고 있었다. 주위에 파리가 모여들어 얼굴과 몸에 앉았지만, 손을 내저어 파리들을 쫓아낼 힘은 없었다. 사람들은 파리가 다가오지 못하도록 함자의 얼굴에 덮어놓을 걸레 조각을 찾았다. 몸은 이제 지속적으로 떨렸다. 함자는 깜빡깜빡 잠들었다가 눈을 뜨곤 했다. 함자가 일어났을 때는 밤이었고, 근처 탁자에 기름등이 어스름하게 밝혀진 어느 방의 침대에 누워 있다는 걸 알기까지는 한참 시간이 걸렸다. 함자는 계속 떨면서, 고통의 경련이 온몸으로 번질 때마다 자기도 모르게 신음했다. 그는 고통의 품에 안겨 다른 모든 것에는 무관심해졌다. 나중에 그는 열린 문 너머로 새벽이 오는 것을 느꼈고, 잠시 후에는 누군가가 들어와 가까이 다가오는 소리를 들었다.

"아, 깼군요." 남자가 말했다. 익숙한 목소리였지만, 함자는 너무 지쳐서 눈을 뜰 수가 없었다. "이젠 안전합니다, 형제. 여긴 킬렘바 선교지예요. 나는 파스칼이고…… 파스칼 기억나지요? 당연히 기억할 겁니다. 목사님을 모셔올게요."

"우리가 최선을 다해 자네 상처를 꿰맸네." 목사가 말했다. 햇볕에 그을린 그의 얼굴이 함자를 굽어보고 있었다. 함자가 알아들을 수 있는데도 파스칼이 통역을 해주었다. 그들의 목소리는 함자의 청각에 잡히다가 말다가 했다. "출혈이…… 어느 정도 새어나와서. 잘 모르겠지만…… 뼈 안쪽의 손상이…… 감염이지. 중요한 건…… 열을 내리고…… 영양 공급도. 그런 다음 기다리면서 최선의 결과가 있기를 바랄 수밖에. 내가…… 깨어났다고…… 지휘관에게 말하지."

장교가 들어와 의자를 침대 옆에 끌어다 놓고 앉았다. 함자는 눈을 뜨고 있을 수가 없었으며 의식을 잃었다 찾았다 했다. 하지만 그가 눈을 뜰 때마다 장교는 여전히 그 자리에, 침대 옆에 있었다. 장교는 몸을 씻었으나 야전 때 입었던 넝마를 그대로 입고 있었다. 함자가 그의 말을 들으려 애쓰자 그는 평소의 조롱하는 듯한 미소를 지었다. 이제는 말소리를 더 잘 따라갈 수 있었다. 오벌로이트난트는 천천히, 위로하듯 말했다. "결국 살아남을 모양이군. 정말이지 골칫덩어리야. 이제 너는 이 아름다운 선교지에 누워서 요양이나 하게 됐다. 반면에…… 부대로 돌아가서…… 우리의 정신 나간 전쟁을 계속해야지. 치빌리지어룽미시온…… 우리는 제국을 위해 거짓말을 하고 사람을 죽이면서, 그걸 치빌리지어룽미시온이라고 불렀어. 그래서 이렇게 됐지. 여전히 치빌리지어룽미시온을 위해 사람들을 죽이고 있어. 고통이 심한가? 내 말이 들려? 들리면 눈을 깜빡…… 당연히 들리겠지…… 고통이 심하겠지만, 목사와 여기 사람들이…… 내게 약속했어. 좋은 사람들이지. 그들이 아무도…… 네가 아스카리라는 걸…… 못하게 네 군복을 버리고 충분한 음식을 주고 많이 기도해줄 거야. 그러면 금방 나을 거다."

장교의 말은 비현실적이고 멀게만 들렸다. 함자는 애써 말하려는 노력을 하지 않았다.

"말해봐, 실제로 몇 살이지?" 갑자기 장교의 말이 아주 또렷하게 전달됐다. "네 기록부에는 입대 당시에 스무 살이었다고 적혀 있지만, 나는 믿지 않아."

함자는 애써보았지만, 말을 꺼내는 데 너무 많은 힘이 들었다.

"아니, 나는 믿지 않아." 장교가 말했다. "거짓말을 했으니 장교에게 채찍 오십 대를 치라고 명령할 수도 있어. 두 배짜리 함사 이시린이지. 입대했을 때 너는 기껏해야 열일곱 살이었을 거야. 내 동생이 죽었을 때 그 나이였거든. 병영에 불이 나서 죽었지. 나도 그 자리에 있었어. 열여덟…… 아름다운 아이였는데, 나는 그애를 자주 생각한다." 장교는 관자놀이의 팽팽해진 피부를 주무르다가, 더이상 아무 말도 하지 않을 것처럼 몇 분 동안 뻣뻣하게 앉아 있었다. 장교가 손을 침대 쪽으로 뻗었다가 다시 거두었다. "끔찍하고 맹렬한 불이었다. 그애는 입대하기 싫어했어. 군대에는 어울리지 않았지. 내 아버지가 원하신 일이야. 집안 전통이라고…… 모두 군인인데…… 내 동생은 아버지를 실망시키고 싶지 않다고 했어…… 몽상가였지. 네가 독일어를 배운 건 무척 영리한 일이다…… 빠르게, 그렇게 잘 배우다니. 그애는, 내 동생 헤르만은 실러를 무척 좋아했다. 뭐, 이젠 너도 쉬어야겠지. 우린 떠날 준비를 할 거다."

옴바샤 하이다르 알 하마드와 다른 아스카리가 들어와 작별인사를 했다. "넌 행운아다." 옴바샤가 평소처럼 으르렁거리는 목소리로 말했다. 함자가 한마디도 놓치지 않기를 바라는 듯 입술을 함자의 귓가에 댄 채였다. "오벌로이트난트는 너를 좋아하신다. 그래서 네가 행운인 거야. 그러지 않았다면 우리는 널 숲에 버렸을 거다, 하말.*"

다른 아스카리는 그의 팔을 건드리며 말했다. "암리 야 뭉구. 뭉구 아쿠에케, 시시 투나루디 크웬다 쿠울리와." 신의 명령이야. 신이 보호해주시길, 우리는 죽으러 돌아간다.

장교가 떠날 준비를 마치고 돌아왔을 때, 함자는 그가 하는 모든 말을 들었다. "내가 왜 동생 얘기를 해줬는지 아나?" 그는 특유의 익숙한 냉소를 지었다. "아니, 당연히 모르겠지. 너는 아스카리일 뿐이고, 독일인 장교의 내밀한 생각을 추정해서는 안 되니까. 네 전과가 쌓여가고 있다. 거짓말과 탈영은 물론 불경죄까지." 장교는 방 반대쪽 탁자에 책 한 권을 내려놓았다. "네게 이걸 남겨주고 가지. 요양하는 동안 이 책이 친구가 되어주고, 독일어를 연습하는 데도 도움이 될 거다. 떠날 만큼 몸이 나아지면 목사에게 책을 맡겨둬라. 우리 전쟁은 곧 끝날 테고, 언젠가 내가 돌아와 책을 가져갈지 모른다. 영국인들이 우리를 검둥이 범죄자들과 함께 한동안 억류하고, 자기들을 이렇게까지 귀찮게 했다는 이유로 모욕을 주

* 서남아시아 일부 이슬람권에서 '짐꾼'이라는 뜻으로 쓰이는 말.

겠지만, 그런 다음에는 집으로 보내줄 거다."

*

함자는 파스칼의 보살핌을 받게 되었다. 파스칼은 하루에 몇 번씩 함자를 찾아와서 물을 주거나 목사가 처방한 수프를 먹이거나 몸을 닦아주었다. 함자는 무슨 일이 일어나는지를 흐릿하게, 간헐적으로만 인식할 수 있었다. 열이 높았고, 온몸에 아프지 않은 구석이 없었다. 더는 통증의 근원을 정확히 짚을 수가 없었다. 상처는 왼쪽 허벅지에 났고 맥이 뛸 때마다 그쪽 몸 전체가 욱신거렸다. 오른쪽 다리에서는 아무것도 느껴지지 않았고 두 팔도 움직일 수 없었다. 때로는 눈을 뜨는 데만도 엄청난 노력이 필요했다. 목사가 낮에 상태를 살피러 와서, 그를 씻기고 편안하게 해주는 방법에 관해 파스칼에게 지시를 내렸다. 두 사람의 얼굴이 시야를 들락거렸고 밤낮이 서로 섞여 하나가 되었다. 함자는 가끔 이마에 닿는 서늘한 손길을 느꼈으나 그게 누구 손인지는 알 수 없었다.

어느 날 밤 그는 완전한 어둠 속에서 눈을 떴다가 악몽을 꾸며 흐느끼는 사람이 자신이라는 걸 깨달았다. 피로 뒤덮인 땅이 그의 발을 집어삼키려 하고 몸은 그 피에 흠뻑 젖어 있었다. 팔다리와 상처를 입은 몸통이 그를 눌러왔다. 정신이 나가고 겁에 질린 목소리로 질러대는 비명과 고함이 들려왔다. 함자는 흐느낌을 가라앉혔지만, 팔다리가 떨리는 것을 멈출 수도 눈물을 닦을 수도 없었다. 그의 목소리를 들은 파스칼이 등불을 들고 들어왔다. 그는 아무 말도 하지 않고 이불을 들춰 붕대를 살펴본 다음 등잔을 방 저편 탁자에 내려놓았다. 그러고는 함자에게 돌아와 이마를 짚어보았다. 그는 젖은 헝겊으로 눈물을 닦아준 다음 콧구멍에서 나온 콧물과 입술도 닦아주고 함자에게 물을 조금 마시도록 했다. 마침내 파스칼은 의자를 침대 옆에 끌어다 놓고 앉았지만, 함자가 다시 조용히 숨을 쉬기 전까지는 아무 말도 하지 않았다.

"여기는 안전해요, 형제. 하와 와중구 와투 웨마." 이 유럽인들은 착한 사람입니다. "신의 사람들이에요." 그는 그렇게 말하더니, 참지 못하고 미소 지었다. "나는 의사가 아니지만, 열이 내리는 것 같아요. 목사님 말로는 열이 내리면 회복하는 중이랬어요. 목사님은 치료에 대해 잘 아시죠. 나는 오랫동안 그분 밑에서 일했어요. 목사님이 킬렘바로 사역을 하러 오기 전부터, 저 아래 바닷가에서부터 말이죠. 내가 다쳤을 때도 목사님의 약이 나를 구했어요." 파스칼은 그렇게 말하며 목에 난 흉터를 쓸어보았다. "목사님이 당신도 낫게 해주시겠지만, 모든 걸 그분 손에 맡겨두지는 않을 거예요. 주님의 도움도 청할 겁니다. 당신을 위해 기도할 거예요." 파스칼은 눈을 감고 두 손을 모아쥐더니 기도하기 시작했다. 함자는 그를 선명히 볼 수 있었다. 마치 눈에 붙어 있던 얇은 막이 떨어져나간 것 같았다. 그는 옆 의자에 앉아 있는 파스칼을 보았다. 얼굴은 세파로 주름졌고, 신성한 말을 읊조리면서 눈을 감고 있었다. 함자는 방을 둘러보았다. 등불이 놓여 있는 탁자, 반쯤 열린 문. 이 모든 것을 처음으로 보는 것만 같았다. 기도를 하던 중에 파스칼은 손을 뻗어 침대에 놓여 있던 함자의 오른손을 잡고 들어올렸다. 함자는 자신의 손이 파스칼의 손에 단단히 쥐여 있는 것을 보았지만, 그 손으로 감각을 느낄 수는 없었다. 파스칼은 다른 손을 함자의 이마에 얹더니 큰 소리로 축복의 말을 했다.

"나쁜 시절이 기억난 건가요?" 기도를 마친 뒤 그가 물었다. "원한다면 함께 있을게요. 하지만 자는 게 더 나아요. 당신이 부르면 내가 들을 수 있어요. 문이 열려 있고, 난 옆방에서 자거든요. 내가 여기 있으면 좋겠어요? 내일이면 이렇게 반짝이는 당신 눈을 보고 목사님이 무척 기뻐하실 거예요."

다음날 아침, 목사는 함자의 체온을 재보더니 만족스러운 듯 그에게 고개를 끄덕였다. 붕대를 풀고서는 덜 기쁜 얼굴이 되었지만, 용감한 표정을 지어 보였다. 그리고 파스칼이 함자의 베개를 매만져주는 동안 기다렸다. 목사는 뻣뻣한 태도의, 마르고 깔끔하며 똑바른 사람이었다. 장교가 말한 그대로였다. 파스칼이 함자를 편안하게 해주자 목사가 독일어로 말했다. "페어슈테스트 두? 내 말 알아듣나? 파스칼한테 통역하라고 할까?"

"알아듣습니다." 함자는 그렇게 말하고, 자기 목소리가 낯설게 들려 놀랐다.

목사의 근엄한 얼굴이 미소로 밝아졌다. "오벌로이트난트가 알아들을 거라고 했지. 좋은 일이야. 내가 한 말이 이해되지 않으면 고개를 젓게. 내 생각에는 열이 내리는 것 같은데, 이건 회복의 첫 단계일 뿐이야. 시간이 오래 걸릴 걸세." 그는 함자가 오해하고 안심이라도 할 것처럼 엄하게 말했다. "출혈이 완전히 멈춘 다음에는 조금씩 몸을 움직이며 운동을 할 걸세. 지금은 아직도 피가 조금씩 스며나와. 이 전쟁이 모든 것을 어렵게 만든다네. 제대로 치료받을 병원으로 자네를 데려갈 수 있을 때까지 여기에서 할 수 있는 일을 해보겠네. 가장 중요한 건 감염을 예방하는 거야. 이제는 단단한 음식을 주기 시작하겠네. 한 번에 한 단계씩 말이야. 오른팔이 움직여지나? 거기서부터 운동을 시작할 거야, 오른팔이랑 오른다리에서부터. 파스칼이 가르쳐줄 거라네."

파스칼이 주로 간병을 했다. 그는 합숙소에 자기 방이 있었지만 옆방에서 밤을 났다. 아침마다 함자를 닦아주고 일어나 앉도록 도와주었으며 두 팔과 오른쪽 다리를 주무르면서 특유의 느긋하고 약간은 엄숙한 투로 말을 걸었다. 그런 다음 눈을 감고 기도를 해준 뒤 함자가 요구르트, 수수, 으깬 호박으로 이루어진 식사를 하도록 도와주었다. 파스칼의 말에 따르면 선교지의 다른 아프리카인 일꾼들도 같은 음식을 먹는다고 했다. 그뒤 파스칼은 함자를 최대한 편안하게 만들어주고 선교지의 다른 일을 돌보러 갔다.

함자는 열린 창문 너머로 무화과나무 일부와 선교사의 집 일부를 볼 수 있었다. 대부분의 아침에는 작은 연녹색 왜가리가 꼼짝도 하지 않고 지붕 위에 오랫동안 서 있다가, 함자로서는 알 수 없는 이유로 떠나는 모습이 보였다. 왜 그런지는 몰랐지만 꼼짝도 하지 않고 지붕에 서 있는 왜가리의 모습을 보면 마음이 슬픔으로 가득 찼다. 너무도 외로워졌다. 아침나절에는 목사가 찾아와 그의 상태를 살폈다. 목사가 가까이 몸을 숙이면 비누와 축축한 살갗, 발효된 채소의 냄새가 뒤섞인 냄새가 났다. 목사는 상처를 철저하게 살피고 함자의 팔다리를 운동시키고 그에게 기나긴 질문을 던진 뒤,

검사 결과가 어떻든 진지하고 심각한 표정을 지었다.

함자는 창문 너머로 피아노 소리와 어린 여자아이들이 노래 연습하는 소리를 들었다. 그애들이 테라스에서 놀 때도 목소리가 들려왔다. 낮에는 소녀들의 어머니인 목사의 프라우*가 그를 보러 왔다. 그녀는 날씬한 금발 여인으로, 고된 일에 익숙해 보였으며 조금은 지친 듯도 했으나 쉽게 웃었다. 보통 양철 쟁반에 뭔가를 담아서 함자에게 가져왔다. 비스킷과 양철 머그잔에 담긴 커피, 혹은 작은 그릇에 담은 무화과나 저민 오이 같은 것이었다. 그녀는 킬렘바로 오기 전, 해안에서 보낸 몇 달에 관해 이야기해주었다. 여기 풍경이 멋지지 않니? 밤이 추워서 모기가 없더구나. 해안을 겪고 난 터라 정말 은혜롭게 느껴졌어. 목사와 그녀는 둘 다 농사를 짓던 사람들이었고, 이곳 기후가 그들의 작물에 완벽하게 맞았다. 여기가 마음에 들지 않아? 이 기후가 너한테도 좋은 영향을 미칠 거야, 두고 보렴. 그녀는 함자에게 질문을 던졌고, 그의 독일어에 감탄했다. 발음이 정말 훌륭하구나. 그녀가 떠나고 나면, 함자는 늘 실제보다 나아진 기분이 들었다. 목사의 프라우가 늘 오던 시간에 비스킷이나 과일을 가져오지 않으면 위트니스의 아내인 수비리가 양철 쟁반을 가지고 와 친절한 말을 작게 속삭이며 침대 옆 탁자에 내려놓았다.

그로부터 이 주 후에 함자는 테라스에 있는 여자아이들을 보았다. 어느 날 오후, 팔에 어느 정도 힘이 돌아온 함자는 파스칼이 만

* '아내'라는 뜻의 독일어.

들어준 목발을 짚고 그의 도움을 받아 한쪽 다리로 절뚝거리며 창가에 다가갔다. 왼쪽 다리에 피가 확 도는 것이 느껴졌고, 온몸에 예상치 못하게 얼얼한 통증이 느껴지기도 했다. 창밖으로는 선교사의 집 바깥쪽 테라스 한구석이 보였는데, 두 소녀가 그곳에 놓인 매트에 앉아 인형의 집을 가지고 놀고 있었다. 자매에게 말을 건네는 어머니의 목소리가 들렸지만, 모습은 보이지 않았다. 아이들은 함자가 보고 있다는 걸 몰랐다. 함자는 창가에 의자를 두고 때로는 아침 내내 그 자리에 앉아 선교지에서 벌어지는 이런저런 일을 지켜보았다. 좀더 몸을 움직일 수 있게 되고 진료소에서 절뚝거리며 나가 햇볕을 쬘 수 있게 되자 그는 소녀들에게 손을 흔들었다. 소녀들은 어머니가 지켜보는 가운데 마주 손을 흔들었다. 함자는 목사의 프라우가 아이들 때문에 걱정이라던 장교의 말을 떠올렸고, 그녀가 늘 아이들 곁에 맴돈다는 것을 알았다. 프라우는 집 옆 과수원에서 보일 때도 있었는데, 그때도 소녀들이 바구니를 들고 어머니를 따라다니고 있었다.

어느 날 아침, 진료소에서 의자를 꺼내와 밖에 앉아 있을 때 목사가 다가오더니 햇빛에 눈을 가늘게 뜨고 함자를 보았다. 잠시 아무 말도 하지 않고 그를 보기만 했다. "방금 소식을 들었는데, 전쟁이 끝나고 독일이 항복했다네." 그가 말했다. "여기, 독일령 동아프리카에서 우리 지휘관이 남은 병력과 함께 방금 영국에 항복했어. 휴전협정이 맺어졌다는 걸 삼 주 동안 몰랐던 모양이지만, 이젠 다 끝났지. 주님께서 자네를 살려주셨네. 너무나 많은 사람들이 목숨을 빼앗긴 마당에 자네만은 살려주셨으니 그분께 감사해야 하네.

늘 감사히 여기고, 주님께서 이 선교지를 그분의 자비를 실천할 도구로 삼아주셨다는 것도 고마워하게."

파스칼은 함자에게 세상을 떠난 모든 이를 위한 예배가 열릴 텐데 함자도 와야 한다고 말했다. "그러면 목사님도, 목사님의 프라우도 기뻐하실 테고 주님도 기뻐하실 거예요. 게다가," 그가 말을 이었다. "당신이 오지 않으면 목사님이 짜증을 내실 겁니다. 기분 좋게 만들어드리는 게 낫지요. 목사님은 신중한 분이라, 영국인과 로디지아인이 오기 전에 당신이 떠나는 걸 보고 싶어하세요. 그 사람들은 분명히 올 겁니다. 그 사람들이 여기에서 당신을 발견하면, 당신이 부상당한 아스카리라는 것을 알게 될 테고 그러면 심지어 선교지를 폐쇄할지도 몰라요. 당신이 마음에 들지 않으면 목사님은 그 사람들더러 당신을 데려가 가두라고 할 겁니다. 하지만 당신이 그분의 양떼 중 하나라면 안 그럴 거예요."

선교지 교회에 다니는 한줌의 마을 사람들이 돌아왔고, 예배에는 십여 명이 넘게 참석했다. 대부분 여자들이었다. 함자가 선교지의 예배당에 들어간 건 그때가 처음이었다. 예배당은 십자가가 걸린 벽 앞에 강단이 있는, 석회를 칠했을 뿐 아무 장식이 없는 방이었다. 함자는 파스칼이 무엇을 하려는지 알 것 같았다. 파스칼은 함자의 목숨을 구하는 동시에 그의 영혼이 구세주를 영접하게 하려는 것이었다. 함자는 찬송가를 하나도 몰랐고, 회중이 노래하고 목사가 스러진 자들을 위해 기도하는 내내 고개를 숙이고 앉아 있었다.

다친 엉덩이 관절이나 사타구니를 움직이면 아픈 경우가 많았지만, 함자의 상태는 그후 몇 주 동안 꾸준히 나아졌다. 상처는 나았고, 운동을 통해 움직임도 좋아졌다. 그러나 목사는 자기가 전문가가 아니라서 고칠 수 없는 힘줄이나 신경 손상이 틀림없이 있을 거라고 말했다. 다리가 체중을 지탱할 만큼 강하지 않았기에, 함자는 목발이 있어야 돌아다닐 수 있었다. 파스칼은 함자가 얼마간 이곳에 머물게 될 것 같으니 더 지내기 편하게 만들어주겠다고 말했다. 그는 위트니스의 도움을 받아 자신이 유마와 같이 쓰는 숙소 옆 임시 건물에 욋가지로 벽을 세우고 진흙을 두껍게 바른 뒤 함자가 그리로 옮기도록 도와주었다. 목소리만 높이면 우리 중 누군가가 들을 거예요, 그가 말했다.

지역민들이 치료를 받으러 오기 시작하면서, 진료소는 이제 다시 제대로 쓰이게 되었다. 전쟁이 끝나고 사방에 질병이 창궐한다는 소문이 들려왔지만, 최악의 상황이 킬렘바까지 이르지는 않았다. 함자는 선교지 일을 돕기 시작했다. 처음에는 담뱃잎을 분류하고 채소를 씻고 가구를 고치는 등 앉아서 할 수 있는 일부터 했다. 알고 보니 함자는 가구 수리에 상당한 기술이 있었고, 목사의 프라우와 파스칼은 그가 고칠 가구들을 찾아냈다. 목사는 함자가 담뱃잎이나 가구로 하는 일을 지켜보고 특유의 무뚝뚝한 방식으로 만족해했다. 그는 천성이 경계심이 강한 사람이라 선교지에서 벌어지는 일을 계속해서 지켜보면서도 사람들의 행동을 교정하거나 꾸짖기 위해 공개적으로 끼어드는 경우는 많지 않았다. 저녁이면 함자는 음식을 먹으며 선교지 벽 바깥에서 벌어지는 혼란에 대해 이야기하는 파스칼을 비롯한 다른 일꾼들과 어울렸다.

목사의 프라우는 함자의 회복이 그야말로 기적이라며 그에게 정의로운 삶을 살아야 한다고 했다. 함자의 기분이 좋아지라고 회복을 과장하며 그를 놀리는 말이라는 것을 알았지만 그래도 함자는 고마움을 느꼈다. 큰아이 리제와 작은아이 도르테 자매는 함자가 그늘에 앉아 있으면 찬송가가 적힌 종이를 가지고 나와 단어를 알려주었다. 함자가 혼자 쉽게 읽을 수 있을 때도 그에게 단어를 말해주고 따라 하게 했다. 함자는 최선을 다해 찬송가를 배웠지만, 자매는 엄격한 선생님이었고 그에게 가사를 몇 번씩 따라 하도록 했다. 언젠가는 둘이서 한 단어의 발음을 놓고 의견이 갈렸는데, 함자가 별생각 없이 손을 뻗어 리제가 들고 있던 종이를 가져갔다. 직접 보려는 것이었다. 리제는 즉시 종이를 다시 낚아챘다. 무의식적으로 그런 것 같았다. 내 거야, 리제가 말했다. 그 순간 가사를 보면서 함자는 장교가 떠나기 전에 했던 책 얘기가 어렴풋이 떠올랐다. 그게 무슨 책이었지? 환각이었나? 꿈이었을까?

"오벌로이트난트가 저한테 책을 남겨주셨나요?" 그가 파스칼에게 물었다.

"무슨 책?" 파스칼이 물었다. "글 읽을 줄 알아요?"

함자는 장교를 생각하며 조금은 읽을 줄 안다는 걸 떠올렸다. "네, 읽을 줄 알아요." 그가 말했다.

"나도 읽을 줄 알아요. 읽을 걸 원한다면, 예배당 찬장에 전단지가 좀 있어요." 파스칼이 말했다. "어쩌면 저녁에 함께 읽을 수 있을지도 모르겠네요. 난 위트니스와 수비리에게 가끔 글을 읽어줘요. 둘은 대단히 헌신적인 신도거든요."

"아뇨…… 제 말은, 네, 원하신다면 같이 읽을 수도 있겠죠. 그런데 그분이 저한테 책을 남겨주셨나요? 지휘관님 말이에요." 함자가 말했다.

파스칼은 어깨를 으쓱했다. "그분이 왜 그러셨겠어요? 당신하고 형제인가요?"

목사의 프라우가 미소 지으며 그에게 말했다. "리제 말로는, 자기가 가르치고 있는데 네가 찬송가 종이를 가져갔다더구나. 네가 너무 멋대로 굴었다며 화를 내던걸. 혹시 나한테 읽는 법을 배우고 싶은 건지 궁금한데."

"전 글을 읽을 줄 알아요." 함자가 말했다.

그녀는 잠시 살짝 눈썹을 치켜올렸다. "몰랐네." 그녀가 말했다.

"조금이지만요." 함자가 겸손하게 덧붙였다. "연습을 더 해야 해요. 혹시 오벌로이트난트가 저한테 책을 남기셨나요?"

그녀는 대답하지 않고 고개를 돌리더니 말했다. "목사님께 여쭤보마. 근데 그건 왜 묻는 거니?"

함자는 그녀가 고개를 돌리기 전 찰나에 눈이 잠깐 반짝이는 것을 보았으므로, 자신이 환각을 본 것이 아니라 장교가 책을 남겨두었을 가능성이 매우 크다는 걸 알았다. 그들이 함자가 보지 못하게 책을 숨겨두고 있었다. 함자는 자기도 확실하지 않거나 별일 아니라는 듯 고개를 저었다. 열 때문에 생겨난 상상일 뿐일 수도 있는데 소란은 피우고 싶지 않았다. "그런 일이 기억나는 것 같은데, 확실하지는 않아요. 기억이 너무 혼란스러워요."

생각할수록 함자는 확신이 들었고, 장교의 말도 더 완전한 조각으로 되살아났다. 화재와 동생이 죽은 일, 동생이 얼마나 어렸는지에 관한 이야기였다. 장교는 함자가 독일어를 연습하는 데 책이 도움이 될 거라고 했고, 그뒤에는 검둥이 범죄자에 대해서 뭐라고 말했다. 그게 무슨 말이었는지는 기억나지 않았다. 함자는 운동을 하고 속으로 목사와 파스칼에게 돌봐주어 고맙다고 인사한 다음, 책에 대한 갈망을 부숴버렸다. 혹은 그러려고 노력했다. 지금도 체중을 지탱할 목발이 필요하기는 했지만, 이제 상처는 표면이 완전히 나았다. 그사이 여러 주가 흘러 크리스마스와 새해 첫날이 지났고 영국인 장교가 왔다 갔다. 장교가 왔을 때 함자는 눈에 띄지 않는 곳에 있었다. 영국인 장교는 목사에게 독감이 내륙과 전 세계에서 기승을 부리고 있으며 이미 수천 명이 사망했다고 말했다. 독일은 대혼란이었다. 카이저를 쫓아내고 공화국이 되었다고 선포했다. 러시아에서도 혁명이 일어나 차르와 그의 일가가 전부 살해당했고 혼란과 전쟁이 뒤따랐다. 전 세계가 혼란에 휩싸여 있다고 했다. 이곳에는 음식과 보급품이 있으니, 더 확실한 명령이 내려오기 전까지는 당분간 여기에서 지내는 게 좋을 터였다.

책 이야기를 다시 꺼낸 사람은 목사였지만, 말을 빙빙 돌렸다. 평소처럼 검진을 끝낸 어느 날, 목사는 함자가 운동을 좀 해야 하니 산책을 나가자고 제안했다. 늦은 오후였고, 그들은 선교지 건물 정문을 지나 합숙소 대문까지 갔다. 목사는 그 자리에 멈춰 서서 눈앞의 평원을, 그다음에는 멀리 떨어진 벼랑을 훑어보았다.

"노을이 지면 풍경이 온화해 보이지, 안 그런가? 하지만 저 풍경 속에서 중요한 일이라고는 하나도 벌어지지 않았다는 걸 우린 알고 있어." 그가 말했다. "인간의 성취나 노력의 역사에서, 저곳은 아무 의미가 없는 곳이야. 인간사의 이 한 페이지를 찢어낸다 한들 아무것도 달라지지 않겠지. 사람들이 그토록 많은 질병에 시달리면서도 이런 장소에서 행복하게 살 수 있는 이유도 알 만해." 그는 함자를 힐끗 보더니 긴장이 풀린 듯 미소 지었다. 스스로의 말에 마음이 편안해진 듯했다. "최소한, 우리가 와서 진보니, 죄악이니, 구원 같은 불만어린 말을 저 사람들에게 가르쳐주기 전까지는 그랬다는 걸세. 여기 사람들은 모두 한 가지 똑같은 특징이 있는데, 하나의 관념에 대해 오랫동안 생각하지 못한다는 거지. 그러는 척하는 것처럼 보일 때도 있지만, 사실은 진지함이 결여된 것이네. 신뢰할 수 없고 응용력이 없는 거야. 지시를 반복하고 감독하는 게 꼭 필요한 이유지. 상상해봐. 우리가 내일 이곳을 떠나면, 저 사람들은 덤불처럼 원래의 모습으로 돌아갈 걸세."

그는 다시 함자를 힐끗 보더니 돌아서서 걸어갔다. 함자는 목사가 지시받은 대로 지배해야 한다는 생각과 돕고 싶다는 내면의 열망 사이에서 갈팡질팡하는 남자라고 생각했다. 그들처럼 뒤처진 사람들과 일하는 유럽인 선교사들은 다 그런 건지 궁금했다.

"자네를 공격한 장교는 정신이 나갔던 게 틀림없어." 목사는 함자와 함께 어슬렁어슬렁 돌아가며 말을 이었다. "오벌로이트난트가 나한테 그 사람 얘기를 해주었네. 대단히 능력 있는 장교지만, 독일의 귀족과 지배계급에 대한 불만이 가득한 정치적인 사람이라고도 했지. 우리 나라는 고통스러울 정도로 분열된 국가야. 군사적으로 패배하고 난 지금은 불평분자들이 카이저를 쫓아냈고, 혼란이 지배하고 있다네. 이런 상황을 보면 펠트베벨 같은 남자가 독일령 동아프리카의 제국군에서 뭘 하는 건지 궁금해지기 마련이지. 아마 그자는 폭력에 이끌렸고, 슈츠트루페가 그럴 여지를 줬을 거야. 오벌로이트난트는 그 장교가 통제하기 어려운 사람이었다고도 했다네. 그가 원주민을 너무 싫어해서, 원주민을 상대로 허용되지 않은 행위를 계속 저질렀다고 했지. 아스카리에 대한 처우도 그렇고 말이야. 그 사람이 자네에게 저지른 일은, 슈츠트루페의 규율에 따르면 범죄였다네. 오벌로이트난트는 그자가 자네를 공격했을 때 실제로는 자기를 공격하고 싶어했던 것 같다고 했어.

내가 한 말을 다 이해하나? 당연히 이해하겠지. 오벌로이트난트는 자네가 독일어를 아주 잘한다고 했고, 나도 자네가 독일어로 말하는 걸 직접 들어봤으니 말이야. 어쩌면 다른 독일인 장교들에게는 오벌로이트난트가 자네를…… 곁에 둔 것이, 그분이 자네를…… 보호하는 방식이 그렇게…… 친밀한 게 부적절해 보였을지도 모르네. 추측일 뿐 나는 잘 모르지만, 오벌로이트난트가 한 다른 말 때문일 수도 있고. 어쩌면 그의 행동은 독일인의 명망을 깎아내리는 것처럼 보였을지도 몰라. 난 사람들이 그런 식으로 생각할 수 있다는 걸 안다네. 전쟁이 예상치 못한 연대감을 만들어낸다는 것도 알고."

목사는 진료소로 돌아올 때까지 더는 말을 잇지 않다가 창가에서서 창밖과 함자를 번갈아 보며 시선을 피했다. "그래, 자네가 프라우에게 물었듯 오벌로이트난트는 자네에게 책을 한 권 남겼다네. 오벌로이트난트는 자네가 글을 읽을 줄 안다고 했지만, 난 프라우에게 그 얘기를 하지 않았어. 오벌로이트난트는 자네가 슈츠트루페에 어울리지 않는 사람이라고 했는데, 몇 달 동안 여기에서 지내는 자네를 보니 나도 알겠더군. 나는 자네가 지성과 신심을 갖춘 사람이 발휘할 만한 금욕적인 인내심으로 건강을 회복하는 모습을 지켜봤어. 종교적인 신심을 말하는 게 아니야. 그 점에 관해 자네가 어떻게 생각하는지는 잘 모르겠네. 파스칼은 분명 자네가 주님을 영접하기를 바라지만. 파스칼은 대단한 낭만주의자면서 현명한 사람이지.

책을 치웠을 때, 나는 자네의 이런 면을 몰랐고 오벌로이트난트가 신중하지 못했다고 생각했어. 자네 부상에 책임감을 느끼고 감정적으로 군다고 말이야. 그래서 오벌로이트난트가 자네를 지나치게 보호하려 한다고 생각하게 된 거야. 그런 일종의…… 배려가 펠트베벨을 도발해 폭력을 불러왔다고 생각했지. 오벌로이트난트는 자네를 보면 어린 시절에 알던 누군가가 생각난다고 했고, 나는 그게 독일인 장교가 원주민 군인을 두고 하는 말로는 지나치게 감성적이라고 생각했어. 오벌로이트난트가 남기고 간 선물도 한낱 원주민에게 주기에는 너무 귀한 것이라고 생각했지. 아내한테서 자네가 책에 관해 물었다는 이야기를 들었을 때, 나는 내가 한 일을 다시 생각해봤네. 아내에게는 자네가 글을 읽을 줄 안다는 장교의 말을 전하지 않았어. 그 책이 너무 귀한 것이라 아무데나 둘 수는 없다고 했고 아내는 내 말을 믿었네. 그게 사실이기도 했고. 아내는 자네가 책에 관해 물었다는 말을 하면서, 자네가 글을 읽을 줄 안다는 얘기도 하더군. 나는 알고 있었다고 말했지. 그랬더니 아내가 자네에게 책을 돌려줘야 한다고 했어. 함자한테 남겨준 거잖아요. 아내가 그렇게 말할 줄 알았어. 그래서 침묵을 지켰던 거야. 나는 아내에게 자네가 책을 읽고 진정으로 이해할 수 있을지 무척 의문이라고 했어. 지금도 그 생각에는 변함이 없네. 하지만 아내는 나더러 그건 내가 신경쓸 일이 아니라고, 정당한 주인에게 책을 돌려주어야 한다고 했지."

목사는 이 말을 하며 미소를 지었다. "모든 면에서 아내가 나를 이겼어. 책을 가져간 행동이 잘못되었다고 나를 설득하는 데 성공했다는 말이 정확하겠지. 그래서 나는 자네에게 책을 돌려주고, 애초에 왜 책을 가져갔는지 완전히 설명하기로 결심했다네. 내가 잘못 생각한 거야. 아마 시간이 지나면, 자네도 오벌로이트난트가 기대한 만큼 즐겁게 그 책을 읽을 수 있게 되겠지."

목사는 금색과 검은색 표지로 된 작은 책을 건넸다. 실러의 『1798년 문학연감』이었다.

3부

8

그들의 배는 저녁노을 속에 방파제를 돌았다. 나호다는 항구로 조심스럽게 접근하며 돛을 내리라고 명령했다. 물이 빠질 때였고, 그는 물길을 자신하지 못하겠다고 했다. 때는 카스카지 몬순* 이 불어온 다음으로 바람과 해류의 방향이 남동쪽으로 바뀌기 전이었다. 그 시기의 거친 해류는 이따금 물길을 바꿔놓았다. 나호다의 배는 무거웠고, 그는 모래톱에 처박히거나 바닥의 무언가에 부딪히고 싶지 않았다. 결국 그는 선원들과 토론한 끝에 안전하게 부두에 접근하기에는 날이 너무 어둡다고 판단했고, 얕은 물에 닻을 내린 뒤 아침이 오기를 기다렸다. 해변에는 불이 밝혀져 있었고 부두에서는 사람들이 움직였다. 그들의 길어진 그림자가 어스름 속에서 앞뒤로 뻗어 있었다. 부두 옆 창고들 너머로는 읍내가 펼쳐져

* 동아프리카에서 11월부터 3월 사이에 부는 강한 북동풍.

있었고 하늘은 저무는 태양빛에 호박색으로 물들어 있었다. 오른쪽으로 더 멀리 가면, 어둑하게 밝혀진 해안 도로가 곶 쪽으로 멀어져가다가 곧 시골의 어둠 속으로 사라졌다. 함자는 그 길이 자기가 살던 집을 지나 쭉 이어지다가 좁아져서 내륙으로 들어가는 작은 틈새가 된다는 것을 기억하고 있었다.

먼바다를 바라보면, 하늘은 별로 가득했고 커다란 달이 뜨기 시작해 방파제 너머에서 들썩이는 물과 저멀리 튀어나온 암초에 이는 포말을 비추었다. 달은 점점 높아지며 이 세상 것 같지 않은 그 빛으로 온 세상을 잠기게 했다. 창고와 부두, 그리고 부두를 따라 묶여 있는 배들이 저마다의 실체 없는 실루엣으로 바뀌었다. 그때쯤 나호다와 세 선원은 배급을 받아 함자에게도 나누어준, 얼마 안 되는 쌀과 소금에 절인 생선을 다 먹은 뒤였다. 그런 다음 그들은 싣고 온 수수와 렌틸콩 자루를 빽빽하게 모아둔 곳 위에 누워서 쉬었다. 함자도 그 근처에 누워서, 밀물이 솟아오를 때마다 배도 같이 높아지는 가운데 그들의 대화와 음담패설, 고향을 그리워하는 우울한 노래를 들었다. 그들은 거의 동시에 잠들었다. 몇 차례 깊이 숨을 들이쉬다가 갑자기 조용해졌다. 그들의 목소리에 뒤이어 잠깐 침묵이 흐르고 나자, 바다가 불안해하는 배를 이리저리 당기면서 배가 다시 괴로운 듯 삐걱거리기 시작했다. 함자는 성한 몸쪽을 바닥에 대고 누웠으나 고통이 되살아나는 것은 막을 수 없었으므로, 모여 있던 사람들에게서 물러나 조금 거리를 두었다. 잠시 후, 잠들지 못하는 자신 때문에 선원들이 쉬지 못할지도 모른다는 생각에 아예 그들에게서 멀어졌다. 함자는 고통으로부터 마음을 돌릴 수 있게 적당히 불편한 곳에 비집고 들어가 어찌어찌 잠이 들었다.

새벽에 그들은 연보라색 빛을 받으며 조용히 움직여 배를 부두에 묶어놓았다. 이제는 물이 완전히 들어왔고, 배는 물위에 높이 얹혀 있었다. 나호다는 짐 내리는 걸 돕겠다는 함자의 제안을 거절했다. 그는 재미있는지 얼룩덜룩한 이를 드러내며 가소롭다는 듯 씩 웃었다.

"이 일이 장난 같나?" 그가 친근한 투로 놀리며 함자를 위아래로 훑어보았다. "이 일을 하려면 기술도 필요하고 황소 같은 힘도 필요해."

함자는 뱃삯을 받지 않고 태워다준 나호다에게 고맙다는 인사를 하고 선원들과도 악수했다. 그러고는 조심스럽게 널빤지를 내려가 부두에 내려섰다. 엉덩이에서 느껴지는 통증을 억누르느라 온몸이 긴장되어 있었고, 배 옆면에 틀어박힌 채 하룻밤을 보내는 바람에 통증은 더욱 심했다. 함자가 다리를 절뚝이는 것을 못 봤을 리 없는데도, 남자들은 함자에게 고통에 대해 묻지 않았다. 함자는 그 점이 고마웠다. 이런 상황에서 연민을 받으면 그 대가로 반드시 비밀을 털어놓아야 하기 때문이었다. 함자는 거의 비어 있는 부두를 걸어가며 뒤를 돌아보지 않았지만, 나호다와 선원들이 지켜보고 있을지 궁금했다. 아마 그에 관해 이야기하고 있을지도 몰랐다.

함자는 지키는 사람도 없이 열려 있는 항구 정문을 지나 읍내로 나아갔다. 일을 하러 성큼성큼 항구로 가는 사람들을 지나쳐 걸었다. 이곳은 마을에서 함자가 잘 아는 구역이 아니었다. 예전에 그는 외곽에 살면서 중심가에는 거의 들르지 않았다. 하지만 머뭇거리거나 길을 잃은 것처럼 보이고 싶지는 않았으므로 엉덩이의 통증이 허락하는 한 단호하게 걸으며 익숙한 거리나 건물을 찾았다. 처음에 그가 있던 거리는 폭이 넓고 양옆에 멀구슬나무가 늘어서 있었지만, 머잖아 길은 좁아지고 다른 샛길들이 나타났다. 더 멀리 가자 마음속에서 약한 두려움이 솟아나기 시작했다. 샛길에서 나오는 사람들은 가는 길을 확실히 알고 있었지만, 함자는 자신이 어디에 있는지 여전히 알지 못했다. 인파가 많아지면서 돌아다니기가 어려워졌지만 한편으로는 마음이 침착해지기도 했다. 부산스러운 거리에 있으면 그의 머뭇거림이나 망설임이 눈에 띄게 드러나지는 않을 터였다. 머잖아 알아볼 만한 무언가가 나올 것이 틀림없었다. 그는 오래된 우체국 건물과 마주치자 안심하며 바깥쪽 계단에 앉아 두려움이 잦아들기를 기다렸다. 보행자들과 자전거 탄 사람들이 지나다녔고, 이따금 자동차가 그들과 뒤섞이며 인내심 있게 인파를 헤치고 나아갔다.

함자는 우체국을 지나 조용한 거리를 찾았다. 이제는 자기가 어디에 있는지 좀더 분명해졌지만, 아직도 크게 확신이 들지는 않았다. 그는 시원하고 그늘진 골목들을 따라서, 반쯤 열린 문과 오물이 넘쳐흐르는 하수구를 지나 정처 없이 걸었다. 아침식사를 하러 온 손님들로 붐비는 카페들을 지나 큰 도로를 건넌 뒤 집들이 위협적일 정도로 서로에게 가까이 기울어진 좁은 골목으로 들어갔다. 함자는 이런 거리가 편하게 느껴지지 않았다. 이런 곳에서는 요리하는 냄새와 고인 하수의 악취가 풍겼고, 문 닫힌 뜰에서 울리는 여자들의 목소리가 들렸다. 자신이 침입자가 된 기분이었다. 그래도 익숙한 동시에 으스스한 이 골목들이 불러일으키는 괴로운 낯섦을 즐기며 계속 걸었다. 잠시 후 함자는 자신이 똑같은 거리들을 다시 걸으며 사람들의 흥미어린 시선을 끌고 있다는 것을 깨달았다. 그는 우연히 그리게 된 빙빙 도는 경로에서 빠져나와 다른 쪽으로 향했다.

나무 대문이 활짝 열려 있는 어느 사업장에 이르렀을 때는 오전 나절이었다. 흙길이 이어지고 길 건너편과 양옆에는 주택들이 서 있어서 이 사업장도 거리의 평범한 일상에 속해 있는 것처럼 보였다. 함자는 뭔가에 이끌려 잠시 그 자리에 서 있다가 이곳이 일자리를 구하거나 최소한 잠시 쉴 수 있을 만한 곳처럼 보인다는 생각에 가까이 다가갔다. 열린 대문 너머로 왁자지껄한 목소리와 망치 두드리는 소리가 들렸고, 정직한 노동의 분위기가 풍겼다. 두 남자가 벽돌더미 위에 밴을 올려놓고 바퀴를 교체하고 있었다. 한 명은 손에 바퀴를 든 채 무릎을 꿇고 있고 다른 한 명은 옆에 서서 스패너와 망치를 준비해 들고 있었다. 무릎을 꿇고 있는 덩치 큰 사람은 활기가 넘치는 목소리로 말하고 있었다. 왁자지껄한 소리는 전부 그가 내는 것이었다. 그는 동료 쪽으로 고개를 돌리고 있었고, 동료는 웃음이 터지려는지 입술을 벌리고 있었다. 동료는 몸에 비해 머리가 컸는데, 그냥 보아 넘기기 어려울 정도였다. 함자는 그들을 힐끗 보는 것만으로도 조롱과 잘난 척, 고통스러운 웃음 등 누가 엿듣기를 바라고 하는 길거리 농담의 익숙한 어조를 알아차렸다. 두 남자는 근처에 서 있는 함자에게 아무 관심도 기울이지 않았는데, 어쩌면 못 본 체하는 걸지도 몰랐다.

두 남자와 밴 너머로 마당 구석의 어린 코코넛나무 밑에서 한 소년이 포장용 목함에 못을 박아넣고 있었다. 근처에는 이미 봉해 놓은 목함 세 개가 있었고 톱밥이 가득한 열린 목함도 하나 있었다. 소년이라고밖에 할 수 없는 다른 두 젊은이는 막대 두 개 사이로 뜨거운 금속 냄비를 들고서 커다란 마당 한쪽 전체를 차지하고 있는 건물로 운반하고 있었다. 함자는 냄새를 맡고 그 냄비에 기름이나 광택제가 들어 있겠다고 생각했다. 건물 문은 활짝 열려 있었고, 안에서는 목공 작업을 하는 소리가 들렸다. 톱질과 대패질 소리가 났고 이따금 망치질소리도 들렸다. 톱밥의 톡 쏘는 향도 났다. 목공 작업실 건물 한쪽 끝의 작은 문이 열려 있었는데, 그 너머로 책상에 앉아 장부를 들여다보는 남자가 보였다. 그는 코에 금속테 안경을 낮게 걸쳐 쓰고 있었다. 함자는 부상을 감추려고 애쓰느라 좁은 보폭으로, 절뚝거리며 천천히 그에게 다가갔다.

책상에 앉아 있던 남자는 헐렁하고 소매가 긴 얇은 면직물 셔츠를 입고 있었고, 시원하고 편안해 보였다. 머리는 밀었고 숱 없는 턱수염에는 흰 가닥이 섞여 있었다. 그의 수놓은 모자가 장부 옆 책상에 놓여 있었다. 삼십대 초반이었으며 체격이 건장하고 강해 보였다. 지금처럼 책상 위로 허리를 숙이고 있으니 자기 일에 완전히 빠져 있는 사람처럼 보였다. 어느 모로 보나 이 목공소의 주인 같았다. 함자는 아무 말도 하지 않고 문 앞에 서서 남자가 고개를 들어 사무실에 들어오라고 하거나 자신을 쫓아내기를 기다렸다. 시원한 아침이었고, 함자는 기다리는 데 익숙했다. 그는 조바심이

나 초조함을 절대로 티 내지 말아야 한다고 스스로에게 경고하면서, 몇 분 정도 되는 시간 동안 그 자리에 서 있었다. 남자는 날카롭게 시선을 들었다. 처음부터 함자를 의식하고 있었으나 갑자기 인내심을 잃은 것 같았다. 그는 안경을 머리 위에 얹어놓고 세상에서 정당한 자기 자리를 이미 찾은 사람 특유의 느긋한 확신을 띤 채 함자를 보았다. 그는 잠시 인상을 썼지만 입을 열지는 않았다. 이번에는 그가 함자가 자기 신분과 용건을 밝히기를 기다렸다. 잠시 후 그는 턱을 약간 기울였고, 함자는 그것이 말을 하라는 고압적인 요청이라고 해석했다.

"일자리를 찾고 있습니다." 함자가 말했다.

남자는 손을 오므려 왼쪽 귀에 갖다댔다. 함자가 작게 말했기 때문이었다.

"일자리를 찾고 있습니다, 부탁드립니다." 함자는 더 큰 소리로 되풀이하며 인사치레도 덧붙였다. 함자가 겸손한 태도로 간청하기를 남자가 원할지도 모른다고 생각했기 때문이었다.

남자는 등받이에 몸을 기대고 머리 뒤로 깍지를 낀 채 어깨를 펴면서 일하다 잠깐 쉬는 시간을 가졌다. "무슨 일을 찾는데?" 그가 물었다.

"아무 일이나 됩니다." 함자가 말했다.

남자는 미소 지었다. 못 믿겠다는 듯한 씁쓸한 미소, 시간 낭비를 예상한 지친 남자의 미소였다. "무슨 일을 할 수 있나?" 그가 물었다. "막노동?"

함자는 어깨를 으쓱했다. "네, 하지만 다른 일도 할 수 있습니다."

"막일꾼은 필요 없어." 남자가 딱 잘라 거절하는 투로 통명스럽게 말하더니 다시 장부를 들여다보았다.

"저는 글을 읽고 쓸 수 있습니다." 그렇게 말하는 함자의 목소리에는 약간 반항기가 어려 있었다. 그러다 그는 자기 입장을 떠올리고 덧붙였다. "브와나."

남자는 그를 똑바로 보더니 기다렸다. 더 구체적이고 자세한 정보를 듣고 싶은 것이었다. "학교는 어디까지 다녔나?" 그가 물었다.

"학교에 다니지는 않았습니다." 함자가 말했다. "누가 조금 가르쳐줬고…… 그다음에는 대부분 제가 직접 익혔습니다."

"어떻게? 아, 됐어. 장부는 쓸 수 있나?" 남자가 장부를 가리키며 물었지만, 함자는 진심으로 하는 말이 아니라는 걸 알았다. 상인이 낯모르는 사람에게 대신 장부를 써달라고 할 것 같지는 않았다.

"배울 수 있습니다." 함자가 한참 뒤에 말했다.

남자는 한숨을 쉬더니 머리에서 안경을 벗어들었다. 그리고 오른쪽 손바닥으로 두피의 까칠한 털을 문질렀다. 털에서 작게 부스럭거리는 소리가 났다. "목공은 할 줄 아나?" 그가 물었다. "작업실에서는 사람을 쓸 수 있지."

"배울 수 있습니다." 함자가 되풀이하자 남자는 다시 웃었는데 이번에는 덜 씁쓸해 보였다. 조금은 친절해 보이기까지 했다. 함자는 그 미소를 보며 희망에 조금 몸이 떨리는 것을 느꼈다.

"그럼 목공은 할 수 없지만 읽고 쓸 줄은 안다는 거군. 마지막으로 한 일이 뭔가?" 그가 물었다.

예상하지 못한 질문이었다. 예상했어야 했다. 대답이 나오기까지 시간이 너무 오래 걸리자, 남자는 다시 안경을 코에 얹어놓고 장부 쪽으로 허리를 숙였다. 함자는 그 자리에, 문 바로 안쪽에 그대로 서서 남자가 뭔가를 쓰는 동안 가만히 기다렸다. 남자가 짜증을 내며 못되게 굴기 전에 떠나야 할까 생각했지만, 몸이 마비된 것처럼 움직일 수가 없었다. 몇 분 뒤 남자는 지친 듯 오랫동안 함자를 보더니 펜 뚜껑을 닫고 모자를 집으며 말했다. "같이 가지."

함자는 그런 식으로 예기치 못하게 상인 나소르 비아샤라 밑에서 일하게 되었다. 나중에 상인은 함자에게 그를 받아준 건 생김새가 마음에 들었기 때문이라고 했다. 당시 스물네 살이던 함자는 돈도 묵을 곳도 없었고, 한때 살았지만 거의 아는 것이 없는 마을에 와 있었다. 지쳐 있었고 좀 아프기까지 했다. 그로서는 상인이 자신의 생김새 어느 부분이 마음에 들었는지 상상이 되지 않았다.

나소르 비아샤라가 함자를 마당으로 데리고 나가더니 포장용 목함 옆에 있는 소년을 소리쳐 불렀다. 상인은 책상에 허리를 숙이고 있을 때 받은 인상보다 키가 작았으나 힘차고 급한 발걸음으로 성큼성큼 다녔고, 소년이 미처 움직이기도 전에 그에게 다가갔다.

"이 사람을 창고로 데려가라. 자네 이름이 뭐랬지? 칼리파한테 내가 곧 간다고 해." 상인이 소년에게 말했다. 알고 보니, 소년의 이름은 숭구라였다. 진짜 이름은 아니었지만 말이다. 숭구라는 토끼라는 뜻이었다. 또 알고 보니 그는 소년이 아니라, 열두세 살 먹은 야윈 아이 정도로 보이는 성인 남자였다. 표정이 풍부하며 풍파에 시달린 잿빛 얼굴은 처음 쓱 보았을 때와는 다른 이야기를 전했다. 그의 생김새에는 어딘지 익숙한 구석이 있었다. 그는 얼굴이 각지고 날카로웠으며 광대뼈가 높고 턱이 뾰족했다. 코는 가늘었고 이마에는 주름이 파여 있었다. 코이족의 얼굴이었다. 함자는 최근 코이족의 얼굴을 많이 보았는데, 병약한 십대 소년 같은 가냘픈 몸에 얹혀 있으니 약간 불길하게 보였다. 코이족의 얼굴이 아니라, 함자가 맞닥뜨린 적 없는 사람들의 얼굴일 가능성이 더 컸다. 마다가스카르나 소코트라섬 출신이거나, 함자가 들어본 적도 없는 머나먼 섬 출신일지도 몰랐다. 최근의 전쟁 이후로 그들의 세상에는 낯선 얼굴이 가득했다. 대양과 접한 해안의 이런 마을에는 특히 그랬다. 이런 곳은 늘 물 건너, 땅 건너에서 온 사람들을 끌어들였다. 모두가 기꺼이 온 것은 아니었지만 말이다. 하지만 아닐지도 몰랐다. 그저 궁핍하고 고통스럽게 어린 시절을 보낸 사람이거나, 인간사를 진저리나게 쫓아다니는 수많은 괴로움 중 하나를 겪은 사람의 얼굴일 뿐인지도.

숭구라가 앞장섰고 함자는 그 뒤를 따랐다. 밴을 고치던 남자들 옆을 지날 때, 무릎을 꿇고 있던 덩치 큰 남자가 쪽 하고 입맞춤하는 소리를 내더니 숭구라에게 침을 흘리듯 외설적인 느낌으로 눈알을 굴려대며 거의 숨길 수 없는 욕망을 드러냈다. 그의 둥근 얼굴은 억세고 뻣뻣한 짧은 수염으로 거칠었다. 종아리까지 내려오는 너덜너덜한 캘리코 반바지를 입은 다른 남자는 바보같이 웃으며 낄낄거렸다. 목공소의 깡패가 지배하는 궁정에서 봉신 역할을 맡은 게 분명했다. 숭구라는 아무 말도 하지 않았고 표정도 바뀌지 않았지만, 함자는 그의 몸이 움츠러드는 것을 느꼈다. 그런 태도의 어떤 면 때문에 함자는 그가 이런 식의 취급에 익숙하며 모욕적인 일을 요구받는 경우가 많다는 것을 알게 되었다. 방향을 틀어 길가에 접어들자 숭구라는 속도를 늦추고 함자의 엉덩이를 힐끗 보았다. 함자가 다리를 저는 것을 보았다는 표시였다. 불구자 한 명이 다른 불구자를 알아보고, 함자에게 앞장서라고 한 것이다.

그들은 상품이 넘쳐나는 가게들이 양옆에 늘어선, 먼지투성이의 붐비는 거리를 천천히 따라갔다. 옷, 프라이팬, 냄비, 기도용 매트, 샌들, 바구니, 향수와 피우는 향이 있었고, 가끔 청과상이나 커피 가판대도 보였다. 아침은 따뜻해지고 있었지만 아직 덥지는 않았고 밀치락달치락하는 사람들도 아직 기분이 나쁘지 않았다. 수레는 보행자들을 밀치며 길을 나아갔다. 수레꾼들이 부딪치지 않게 비켜서라고 큰 소리로 외쳤고, 자전거는 벨을 딸랑거리며 밀려오는 몸뚱이들 사이로 이리저리 비집고 다녔다. 나이든 두 부인이 아무렇지도 않은 듯 발을 끌며 돌아다녔고 사람들은 두 사람이 시냇물 속 바위라도 되는 것처럼 그 주변으로 갈라졌다.

몇 분 걸은 끝에 널찍하고 그늘져 있으며 창고들이 가장자리에 모여 있는 공터에 이르자 마음이 놓였다. 창고는 다섯 개였는데, 세 곳은 한 건물에 있었고 다른 둘은 구분되어 있긴 해도 나란히 서 있었다. 나소르 비아샤라의 창고는 길 옆 공터 한구석에 홀로 있었다. 페인트칠하지 않은 나무문이 반쯤 열려 있었지만, 캄캄한 안쪽은 너무 어두워서 아무것도 알아볼 수 없었다. 숭구라가 문 앞으로 다가가 소리쳐 불렀다. 함자에게는 몇 분처럼 느껴지는 시간이 흘렀고, 숭구라는 다시 소리쳐야 했다. 그런 다음에야 한 남자가 어두운 창고에서 나왔다. 그는 쉰 살쯤 된 키가 크고 날씬한 남자로, 깨끗하게 면도했으며 머리가 희끗희끗했다. 체크무늬 셔츠와 카키색 바지를 깔끔하게 입고 있었는데, 창고지기보다는 사무직처럼 보였다. 그는 불친절하고 찡그린 얼굴로 방문객들을 번갈아 보더니 숭구라에게 말했다. "뭐하러 그렇게 시끄럽게 굴어? 넌 뭐가 문제야, 이 멍청아?" 말투가 신경질적이고 비웃는 듯했다. 금방이라도 뭔가 더러운 것을 내뱉을 것만 같았다. 그는 주머니에서 깨끗한 손수건을 꺼내 두 손을 닦았다.

함자가 듣기에는 그렇게 시끄럽지도 않았지만, 숭구라는 항의하지 않았다. "브와나 나소르가 이 사람을 데려다주라고 했습니다. 직접 오실 겁니다. 저는 이제 갑니다." 그는 그렇게 말하더니 떠나려고 돌아섰다.

"야, 무슨 소릴 하는 거야?" 창고지기가 말했지만, 숭구라는 대답하거나 뒤돌아보지 않고 계속 걸어갔다. 걸음걸이가 조심스러우면서도 고집스러웠다. 남자는 떠나는 숭구라의 등에 대고 콧방귀를 뀌더니 함자로서는 완전히 알아들을 수 없는 무슨 말을 했다. 창고지기는 함자를 맞아들이려고 팔을 들어 문을 더 열고 바로 안쪽의 벤치를 가리켰다. 함자는 시키는 대로 그 벤치에 앉았다. 남자의 눈길이 그를 살피는 것이 느껴졌다.

"무슨 일인가? 손님이야?" 그가 물었다.

함자는 고개를 저었다.

"자네를 왜 보낸 거지?"

"일하러 왔습니다." 함자가 말했다.

"나한테는 아무 얘기 안 했는데."

칼리파로 생각되는 남자는 함자가 좀더 말하기를 기다렸다가, 아무런 말이 없자 짜증스러운 듯 고개를 저었다. 그는 잠시 가만히 앉아 마음을 다스리더니 화는 나도 체념한 듯한 분위기로 천천히 여러 번 고개를 끄덕였다. 깊이 한숨을 쉬고 한번 더 함자를 쳐다본 뒤 어두운 창고로 돌아갔다. 정말이지 쓸모없는 행동으로 보였다. 그는 어느 모로 보나 퉁명스러운 사람이었다. 상인 타지리가 함자에게 원하는 것이 이 사람 밑에서 일하는 것이라면, 그래야 했다. 함자는 배울 생각이었다.

밖에서 봤을 때는 큰 창고가 아닌 것 같았다. 길이가 육십 걸음을 넘지 않아 보였고 방 여섯 개짜리 막사와 비슷했다. 산호석과 모르타르로 지어졌는데, 바깥쪽 외장이 부식된 곳 일부가 드러나 있었으며 지붕은 양철로 씌워져 있었다. 창문이 있더라도 전부 닫혀 있었고, 실내에 퍼진 빛은 처마밑에서 새어들어오는 것뿐이었다. 함자의 눈이 어둠에 익으면서 가까운 곳에 있는 목함과 상자, 안쪽 깊숙한 곳에 쌓여 있는 불룩한 황마 자루가 보였다. 목재와 가죽 냄새, 어쩌면 엔진오일 냄새가 나는 것 같았고 낡은 황마 섬유의 짙은 냄새도 풍겼다. 그 냄새를 맡으니 이 마을에서 보낸 예전의 시간이 기억났다. 그는 공터를 내다보았다. 한 남자가 저쪽 끝에서 건너오고 있었고 그것 말고는 다른 움직임이 없었다. 넓은 공터였는데, 아마 비어 있어서 더 그렇게 보이는 듯했다. 다른 창고의 문은 다 닫혀 있었다. 이곳은 황량하고 조용한 장소였다. 손상된 건물은 하나도 없었으나 인적이 없고 왠지 버려진 느낌이었다. 결의를 다졌다가도 힘이 빠질 법한 풍경이었다.

함자는 머릿속에서 그런 생각들을 지우려고 고개를 저었다. 우울해지려는 자신의 성향에 저항했다. 파스칼은 슬픔이 저항할 수 있는 힘을 약하게 만든다고 말하곤 했다. 파스칼을 떠올리자 미소가 지어졌다. 신중해야 했고, 일자리를 확실히 얻기 전에는 선불리 감사하지 말아야 했지만, 마을에 들어온 지 얼마 되지도 않아 일자리가 생길 전망이 보이다니 행운이었다. 여러 달, 여러 해 동안 떠돌아다녔다. 이제 그는 비난을 일삼는 허깨비들과 함께 또 한번 새 출발을 할 참이었다. 마을로 돌아온 것은 예상치 못한 일이었다. 도망쳤을 때는 그 행동으로 인생을 되돌릴 수 있을 것 같았지만, 지금 보니 결론은 나이들고 반쯤 망가진 채 약해져 빈손으로 원래 있었던 곳에 돌아오는 것인 듯했다.

상인이 그에게 무슨 일을 시키고 싶어하는지는 알 수 없었다. 함자는 빛을 피해 눈을 내리깔고 벤치에서 기다렸다. 문 앞이 그늘져 있는 것도, 쉴 수 있다는 것도 감사했다. 엉덩이 통증이 약간 줄어들었다. 그건 확실했다. 그날 하루가 흘러가고 걸어다닐수록 통증은 잦아들었다. 하지만 오래 걸을 수는 없었다. 아직도 자주 쉬어야 했다. 그냥 고통을 더 잘 견딜 수만 있으면 되는 걸지도 몰랐다. 다른 선택지는 고통이 그를 압도해 무능력한 존재로 바꿔놓도록 놔두는 것이었다. 전쟁이 많은 사람들에게 그랬듯이 말이다. 그런 길은 생각할 가치도 없었다. 오랜 시간이 걸렸지만, 함자는 결국 나았다. 그러다 선교지를 떠난 이후에 스스로를 너무 일찍 밀어붙이다가 다친 몸이 어디까지 견딜 수 있는지 그 한계를 놓치고 말았다. 더 잘 견뎌내야 할 것이다. 벤치에 앉아 있으면서 함자는 자신이 지쳐서 나가떨어질 지경이고 고통스러워하고 있으며 탈진하기 직전이라는 걸 알았다. 머리가 욱신거렸고 눈이 아팠다. 자야 했다. 그의 몸은 음식을 아주 조금만 먹고 사는 데 익숙해졌지만, 늘 잠이 부족한 것에는 아직 익숙해지지 않았다.

어두운 창고 저 안쪽에서 희미한 소리가 들리는 것 같았는데, 함자는 이런 어둠 속에서 칼리파는 어떻게 앞을 볼 수 있는지, 상품에 부딪히지 않고 어쩌면 이렇게 조용히 돌아다닐 수 있는지 궁금했다. 한동안 벤치에 앉아 있는데 시야 가장자리에서 무언가 움직이는 것이 보였고, 그는 칼리파가 몇 발짝 떨어진 곳, 창고 바로 안쪽에 서 있는 것을 보고 놀랐다. 칼리파는 함자를 살펴보며 눈을 빛내고 있었다. 함자가 먼저 시선을 돌렸고, 잠시 그는 옆통수에 닿는 칼리파의 시선을 느낄 수 있을 것만 같았다. 다시 돌아보자 그 자리에는 아무도 없었다. 함자는 놀라지 않았다. 칼리파는 위협이 되기에는 너무 세심하고 예의바른 사람으로 보였고, 지친 함자는 그의 특이한 행동에 약간 당황했을 뿐이었다.

창고에 도착했을 때 상인 나소르 비아샤라는 바빠 보였다. 크림색 리넨 재킷을 걸치고 모자를 쓴 그는 다른 일을 보러 가는 길이었다. 함자는 벤치에서 일어났다. 시키는 대로 할 준비가 되어 있었다. "칼리파!" 상인이 소리쳤다. "어디 있습니까? 칼리파!"

칼리파는 잠시 후에 나타났다. "나암, 브와나 음쿠브와." 그가 말했다. 말투가 빈정거리는 듯, 놀리는 듯했다. 네, 큰 주인님.

"이쪽은 우리 새 직원입니다." 나소르 비아샤라가 말했다. "창고 일을 도우라고 내가 보냈어요."

"나를 어떻게 돕는다는 건가?" 칼리파가 무례하게 물었다. "이젠 또 뭘 꾸미는 게야?"

상인은 이런 사나움을 넘겨듣고 단호하고 사무적인 목소리로 말했다. "새로운 화물을 받을 공간은 비워두셨어요? 그 일을 도와줄 수 있을 겁니다. 앞으로 며칠이면 도착할 테니까요."

"그건 다 했네." 칼리파가 강조하려고 두 손을 비비며 말했다.

"사와.*" 나소르 비아샤라가 말했다. "바퀴를 교체하는 대로 밴이 와서 목재를 실어갈 겁니다. 다른 타이어를 정비소에 가져가 수리해야 하니 시간이 좀 걸릴 거예요. 그 밴 때문에 돈이 한두 푼 들어가는 게 아니라니까. 아무튼, 저 사람에게 밧줄을 보여주세요. 짐 싣는 걸 도울 수 있을 겁니다. 지금부터는 저 사람이 우리 야간경비원이 될 거예요. 문을 잠근 다음, 저 사람을 목공소로 데려가세요. 길을 익힐 수 있도록 말입니다. 나는 이제 은행에 가야 해요."

"이름이 뭔가?" 상인이 떠나고 나자 칼리파가 물었다.

"함자입니다." 그가 말했다.

"무슨 함자?" 칼리파는 함자가 느끼기에 놀랍도록 무례한 태도로 물었다. 대답 대신 함자는 어깨를 으쓱했다. 이런 말투로 던진 이따위 질문에는 대답할 의무가 없었다. 그는 벤치에 도로 앉았다. "자네 식구들은 누구야?" 칼리파가 물었다. 함자가 자기 질문을 알아듣지 못했다고 생각하는 것 같았다.

"당신이 신경쓸 일은 아닌데요."

* '알았다'라는 뜻의 스와힐리어.

칼리파는 미소 지었다. "그렇군. 뭔가 숨길 게 있나보지? 됐네. 이 쓰레기를 쓰는 것부터 시작하면 될 거야." 그가 창고 문 앞의 공간을 가리키며 말했다. 그곳에는 쓰레기가 거의 없었다. "빗자루는 문 뒤에 있고…… 먼지를 너무 날리지는 말게. 하야 하야, 여기 쉬러 온 건 아니니까."

함자는 이런 무례함에 당황했다. 그는 시키는 대로 공터를 쓸고 먼지와 쓰레기를 문 옆에 작은 더미로 쌓아둔 다음 다시 벤치에 앉았다. 밴이 목재를 가지러 오자 칼리파가 창살이 달린 창문을 열었다. 창고에는 늦은 아침의 빛이 흘러넘쳤다. 앞서 함자가 목공소에서 보았던 두 사람 중 떠버리는 이름이 이드리스였는데, 창고 그늘에서 농땡이를 피우며 담배를 피우고 방해하듯 힘내라는 말을 외쳐댔다. 그러는 동안 함자는 넝마를 입은 그의 짝을 도와 목재를 실었다. 목재는 거칠게 대패질한 널빤지 형태로, 작업실에 보내는 것이었다. 함자는 허리를 숙여 그 연분홍색 나무의 향기를 들이마시고 싶은 마음을 참을 수 없었다. 칼리파는 창고 문 옆에 서서 눈으로 그들을 좇았지만, 전혀 돕지는 않았다. 밴에 짐을 싣는 데는 겨우 몇 분밖에 걸리지 않았고, 이후 칼리파는 벤치에 앉았다. 함자는 근처의 나무상자에 앉았다. 할일은 더 없는 듯했다. 그는 칼리파에게 목재 이름을 묻고 싶었지만, 칼리파의 얼굴에 못마땅한 표정이 떠올라 가볍게 떨리는 것을 보고 자제했다.

"우리 야간경비원이라." 칼리파는 나소르 비아샤라의 말을 따라하더니, 함자를 보고 경멸하듯 미소 짓다가 공터 건너편으로 시선을 돌렸다. "자네를 여기로 데려온 진짜 이유가 뭔가? 뭘 꾸미는 거야? 자네한테 창고지기 자리라도 약속했나? 우리 야간경비원이라니! 자네를 한 번 보기만 하면 강도들이 목숨을 잃을까봐 두려워서 반대 방향으로 있는 힘껏 내빼나보지? 우리 타지리가 야간경비원을 고용하다니! 왜 하필 지금이지? 지난 세월 내내 이 창고에는 귀중한 상품이 보관돼 있었지만, 타지리는 한 번도 경비원을 고용하겠다는 생각을 해본 적이 없네. 몸에 덮을 마레카니 이불 하나랑 막대기 하나를 던져주고, 여기 사는 모든 셰타니*와 귀신들과 함께 앉아 밤을 지새우라고 했지. 돈 문제에는 조바심을 낼 때가 있거든. 새로 산다는 그 장비 때문이겠지. 자네는 경비원처럼 보이지 않는데. 경비원은 허벅지가 굵고 피부가 반짝반짝하고 거시기도 크잖아. 왜 자네같이 약해빠진 사람을 경비원으로 골랐는지 모르겠군."

함자는 별 이유 없는 이런 공격에 미소를 지을 뿐 항의할 말이 전혀 떠오르지 않았다. 함자라도 자신을 야간경비원으로 뽑지 않았을 것이다.

"자네는 아파 보이는데." 칼리파가 말했다. "타지리 안에 있는 비교적 착한 마음을 건드린 게 틀림없겠군. 타지리 자신이 겪었던 불안한 시절을 떠올리게 한 거야. 그 녀석은 때로 멍청한 생각을 떠올리곤 하니까. 대단한 사업가인 척하는 그 꼴 봤나? 나는 이제 은행에 가야 해요, 라니. 오죽 바쁘실까!"

칼리파는 무겁게 한숨을 쉬더니 눈을 감은 채 창고 문에 기댔다.

* 동아프리카 신화에 나오는 악령.

찌푸린 그의 얼굴은 어느 면에서는 금욕적으로 보였다. 술과 오락을 즐기지 않는 사람, 아니면 씁쓸함과 실패에 대해 아는 사람 같았다. 함자는 이처럼 뚱하고 짜증을 잘 내는 사람 밑에서 일할 생각에 조용히 한숨을 쉬었다.

"당분간은 여기 아무것도 없을 거라네." 칼리파가 오랫동안 침묵한 끝에 말했다. 그는 뭔가 내뱉을 것처럼 입을 비죽거렸다. "자네도 예전 여기 모습을 봤어야 하는데. 뒤섞여서 흥정하는 무역상과 사람들로 가득했지. 커피 상인은 저기에 가판대를 세워두었고, 수레들이 항구에서 상품을 실어왔어. 청과상은 자기 가리*를 가져왔고, 아이스크림 장수는 손수레를 끌고 왔지. 사방이 시끄럽고 부산스럽고 왁자지껄했어. 저기, 지금 판자가 쳐진 저곳은 카페였고, 저 가운데에 주스와 카사바를 파는 사람들이 있었지. 여기 한쪽에는 수도가 있었고. 마실 수 있을 만큼 깨끗한 물이 나왔어. 그런데 지금 꼴을 봐. 아무도 오지 않지. 사방이 뼈다귀처럼 바짝 말랐다고. 저기 저 창고들은……" 그는 창고 세 곳이 붙어 있는 구역을 가리키며 말했다. "……어느 도급업자가 보호라 타지리 알리디나한테서 저 창고들을 인수했네. 대단한 사람이었는데! 보호라 알리디나 얘기 들어봤나? 저긴 그 사람 창고였네. 여기 말고도 대호수까지 이어지는 이 지역 사방에 저장소나 창고가 있긴 했지만. 그 사람은 인도, 페르시아, 영국, 독일과 무역을 했네. 한때는 저기에 곡식과 설탕과 쌀이 가득했는데, 이제는 시멘트와 변기와 파이프를 보관

* '차' '수레'를 뜻하는 스와힐리어.

하지. 자네도 보게 되겠지만, 그 도급업자는 이틀에 한 번씩 이리로 트럭을 보내서 부자들의 저택을 채울 물건들을 실어간다네. 한때는 사람들이 여기를 참 많이 드나들며 물건을 사고팔았지. 이곳 전체가 생기 넘치고 거래로 부산스러웠어. 하지만 지금은 그냥 우리보다 잘사는 사람들이 우리로서는 가질 수 없는 것들을 보관하는 곳이 되고 말았지."

칼리파는 다시 한동안 침묵을 지켰다. 분노에 빠진 채, 답변을 기대하는 듯 불만스러운 눈으로 이따금 함자를 힐끔거렸다. "자네는 뭐가 문제인가? 말도 못해?" 결국 그가 말했다. 그리고 양볼을 빨아들이더니, 시큼한 무언가를 씹는 것처럼 턱을 움직였다. 함자는 아무 말 없이 그 자리에 앉아 있었다. 잠시 후 함자는 조용히 기다리면서 칼리파의 분노가 잦아드는 것을 느꼈고 그의 숨소리가 변해 진정되는 것도 들었다. 칼리파가 다시 입을 열었을 때는 원한이 훨씬 덜 느껴졌다. 한때 짜증을 불러일으킨 것이 무엇이든 이제 체념한 듯했다.

"저기, 저 다른 창고는 중국인 것이라네." 그가 외따로 떨어진 건물을 가리키며 말했다. "말린 상어 지느러미와 해삼, 비푸사를 보관하지. 비푸사, 코뿔소 뿔 말이야. 중국 사람들이 좋아하는 다른 것들도 보관하고. 그 사람은 저기에 그런 물건을 보관했다가, 충분히 쌓이면 몇 달에 한 번씩 배에 전부 실어 홍콩으로 보내요. 불법인 것 같은데, 그 사람은 문제를 일으키지 않는 방법이나 세관 애들 비위 맞춰주는 방법을 알더군. 중국에서는 그런 물건을 좋아해. 그래서 고생스럽게 일하게 되는 거야. 그 중국인은 절대로 쉬지 않고, 가족들도 아무도 못 쉬게 한다네. 그 사람 집 봤나? 뒤뜰에는 쟁반에 국수를 담아 말리고 있고, 앞쪽 진흙탕에서는 오리들이 뒤뚱뒤뚱 걸어다니고, 식품 가판대는 새벽부터 밤늦게까지 열려 있지…… 그러는 내내 그 사람은 막일꾼처럼 반바지에 러닝셔츠를 입고 다녀. 낮이고 밤이고 한 시간도 쉬지 않고 일해. 그 사람 말하는 거 들어봤나? 거의 자네나 나랑 똑같이 말하더군…… 중국인한테서 들을 법한 쏼라쏼라 소리는 전혀 내지 않아. 그 사람 자식들도 다 마찬가지고. 눈을 감고 그 사람들 하는 얘기를 들으면 중국인인 줄 전혀 모를 걸세. 그 사람들 말하는 거 들어봤나?"

"아뇨, 못 들어봤습니다." 함자가 말했다.

칼리파는 잠시 그를 보더니 말했다. "그 중국인 몰라? 그러고 보니 자네를 본 기억이 없는 것 같은데. 여기 처음 온 사람인가?"

함자는 잠시 침묵을 지켰다. "딱히 그런 건 아니고요." 그가 입을 열었다.

"딱히 그런 건 아니라니? 아직도 뭘 숨기고 있구먼." 칼리파가 지친 듯 미소 지으며 말했다. "왜 그냥 거짓말을 하지 그러나? 그게 더 쉽고 골치 아플 일도 없을 텐데. 그냥 거짓말을 하면 끝나는 거야. 그러지 않으면 뭔가 숨기는 것처럼 들리잖나."

"여기 처음 온 건 아닙니다." 함자가 말했다. "몇 년 전에 여기 살다가 떠났습니다."

"자네 식구들은 누구인가?" 칼리파가 다시 물었다.

"멀리 삽니다." 함자는 칼리파가 시킨 대로 거짓말을 했다.

"멀리 갔었나? 보아하니 그랬던 것 같은데." 칼리파가 말했다. 얼굴에 살짝 경멸하는 빛이 떠올라 있었다. "말해보게, 전쟁에 나갔나? 자네를 봤을 때 들었던 생각은 그거야. 부랑자처럼 보이거든."

함자는 어깨를 으쓱하며 대답하지 않았고, 칼리파도 그를 압박하지 않았다. 정오 기도를 알리는 외침이 들려오고 얼마 지나지 않아 칼리파가 문을 잠갔고 두 사람은 목공소로 돌아갔다. 이제 날이 더웠지만 못 견딜 정도는 아니었다. 가게가 있는 붐비는 거리에 이르기까지 걷는 길은 즐거웠다. 넘쳐나는 물건들로 인해 도로와 인도의 정체가 더욱 심해졌다. 혼란과 소란, 정오의 인파가 일으키는 짜증스러운 욕설 때문에 그들은 어쩔 수 없이 사람들을 떠밀면서 마찬가지로 집이든, 시장이든, 모스크든 최대한 빨리 가려는 다른 사람들을 억지로 밀치고 지나갔다. 나소르 비아샤라는 아직 은행에서 돌아오지 않았으므로, 칼리파가 상인의 사무실 밖에 앉아 기다리는 동안 함자는 이제 조용해진 작업실로 들어갔다. 나무와 송진 향에 이끌린 것이었다. 그는 구석에 앉아 모자에 수를 놓고 있는 나이든 남자를 보았다. 남자는 안경 너머로 시선을 들더니 다시 수를 놓기 시작했다. 함자는 남자가 점심시간에 쉬고 있는 목수라고 생각했다. 그는 인사하고 물러날 준비를 했다.

작업실 주변에는 목재로 된 다양한 물건이 있었다. 안락의자, 작은 탁자, 화려한 장식을 조각한 벤치, 그릇과 서랍 같은 더 작은 물건들이 놓여 있는 사이드보드. 일부는 청동색 나무로, 일부는 옅은 색 나무로 되어 있었고 완성되지 않은 것이 많았다. 꼭 목수가 동시에 몇 가지 물건을 만들고 있거나, 그게 아니면 목수가 한 명 이상 있는 것 같았다.

이곳의 나무는 냄새가 무척 강해서 함자는 종류가 무엇인지 궁금했다. 선교지에서 했던 가구 수리 작업은 헐거워지거나 떨어진 것을 고정하는 정도로 초보자가 어설프게 한 일에 불과했다. 그는 목재에 관해 아무것도 몰랐으나, 나무 냄새가 건강하고 자연스럽다고 느꼈다. 그는 바닥에서 톱밥을 한줌 집어들고 숨을 들이쉬었다. 노인이 수를 놓다 말고 고개를 들더니 말했다. "음불레." 함자는 고마운 마음으로 그 이름을 기억해두었다. 그리고 다른 톱밥더미로 다가갔다. 톡 쏘는 냄새가 나는 더미였다. 그가 톱밥더미에 이르기도 전에 노인이 "음소노바리"라고 말하더니, 장난이라도 치는 듯 미소 지었다. "음불레는 영원하지, 금속보다도 단단해." 그가 말했다. "살 것을 찾나?"

"아뇨, 상인 밑에서 일하려고 왔습니다." 함자가 말했다. 노인은 끙 소리를 내더니 다시 모자에 수를 놓았다.

함자는 마당으로 나갔다가 칼리파가 가버린 것을 알았다. 그는 그늘에 앉아서 상인의 지시를 기다렸고, 오후가 되어 일꾼들이 한가롭게 돌아오기 시작했을 때도 그 자리에 있었다. 전에는 보지 못한 한 남자가 마당을 가로질러 작업실로 왔다. 새까만 머리는 윤이 났고 하나로 묶고 있었다. 그는 별로 서두르지 않는 태도로 태연하게 어슬렁거리며 들어오더니 지나가면서 숭구라에게 큰 소리로 음란한 말을 해댔다. 야, 이 개새끼야, 너희 어머니한테 기름칠 좀 해놓으라고 해. 오늘 밤늦게 내가 찾아갈 테니까. 숭구라는 놀림받은 아이처럼 낄낄 웃으며 입안 가득 비뚤배뚤한 치아를 드러냈다.

함자는 오후 내내 앉아서 기다렸다. 그러는 동안 이드리스와 그의 조수가 밴에서 한두 시간 뻗어 있다가 슬금슬금 사라지는 것을 보았다. 나이든 목수와 머리가 매끈한 그의 조수가 작업실을 닫고 떠날 때까지도 거기에 있었다. 함자는 그렇게 오래 기다리는 것이 바보같이 느껴졌으나 달리 갈 데가 없었고 고단했다. 상인이 그의 존재를 기억하는지조차 알 수 없었다. 상인은 몇 시간 뒤 목공소에 돌아왔다. 무아딘이 막 오후 기도 시간을 알렸을 때였다. 그곳에 있는 다른 사람은 문을 잠그려고 기다리는 숭구라밖에 없었다. 나소르 비아샤라는 함자가 자신을 기다리는 걸 보고 놀랐다.

"여기서 뭐하나?" 그가 말했다. "지금까지 내내 여기 있었던 거야? 자넨 뭐가 문제야? 이제 집에 가게. 창고 일은 내일부터 시작하면 돼."

9

함자는 그날 밤 창고 문 옆에서 잤다. 달리 묵을 곳이 없어서였다. 그는 아는 곳을 찾아 거리를 잠시 돌아다녔으나 알아볼 수 있는 곳이 거의 없었고, 자기가 있는 곳이 어딘지조차 알 수 없는 경우가 많았다. 인파를 따라가다보니 잠시 후 예상치 못하게도 해안도로에 이르렀다. 그는 이따금 뭔가를 알아보고 조금씩 짜릿함을 느끼며 그 길을 따라갔다. 어린 시절에 살았던 집을 찾아 계속 걸었으나 찾을 수 없었다. 맞는 위치를 찾았다고 생각했지만 집이 철거되고 그 자리에 다른 게 지어진 듯했다. 아무리 그때는 독일령 동아프리카였고 지금은 영국 식민지라지만, 그것만으로는 벽이 둘러진 정원과 앞쪽에 가게가 있는 집이 사라진 이유가 설명되지 않았다. 꼭 마을이 원래의 경계선을 넘어서 자라나는 바람에 인근 지역 일부가 사라진 것 같았다. 함자는 겨우 칠 년을 떠나 있었고 그동안 마을이 그토록 많이 변했을 리는 없었다. 아니면 그가 엉뚱한 곳을 살펴보고 있는지도 몰랐다. 예전에 이곳에 살았을 때 함자는 밖에 나간 적이 거의 없었고, 가게 뒷방에서 겁에 질린 채 살아갔다. 아마 그가 알던 몇 안 되는 거리조차 머릿속에서 사라졌을 것이다. 어쩌면 함자는 그동안 겪은 잔인함에 압도되어 기억을 일부 잃은 걸지도 몰랐다. 그는 너무 지쳐 있었다. 아마 그래서 이곳의 모든 것이 낯설어 보이는 느낌이 더 심해졌을 것이다. 몇몇 사람들이 그를 아는 것처럼 미소 지으며 인사를 건넸고 친근하게 손을 흔들거나 심지어 악수를 하기도 했다. 하지만 그는 그 사람들이 자신을 알 리 없다는 걸 알았다. 그들은 함자를 다른 사람으로 착각한 게 틀림없었다. 어쨌든, 그는 그들을 몰랐다.

함자는 날이 어두워져갈 때 창고로 돌아왔다. 공터 저쪽 끝 구석에 가로등이 있었다. 가로등이 드리운 빛은 어두웠고 그림자의 수를 여러 개로 늘렸으나 불안한 공허감을 어느 정도 지워주기도 했다. 아까 정오에 무아딘이 외치는 소리를 들었으므로 저쪽 길을 따라가면 모스크가 있을 것이었다. 그는 손을 씻으러 모스크에 갔다가 예배에 참석했다. 사람들이 꿈지럭대며 자리를 만들어주었고, 그는 사람들과 같이 있으려고 잠시 그곳에 머물렀다. 밤이 되어 모스크 문이 잠기자 그는 창고로 돌아와 그날 이른 시간에 쓸어둔 문 옆에 몸을 뻗고 누웠다. 모든 소지품이 들어 있는 헝겊 가방을 베개로 썼다. 지쳤는데도 거의 잠을 자지 못했다. 옆구리가 아팠고 모기들도 그를 가만두지 않았다. 근처에서 고양이들이 돌아다니며 보이지 않는 곳에서 울부짖더니 어둠 속에서 그를 노려보았다. 깜빡 잠이 들면 꿈 때문에 불안해졌다. 어두운 허공을 가르며 추락하고, 쓰러진 시신들 위를 기어가고, 도저히 달랠 수 없는 증오로 일그러진 얼굴에 위협당했다. 고함과 주먹질이 쏟아지고, 저멀리 언덕에서는 반투명한 붉은색 내장이 흘러넘쳤다.

그의 잠자리에는 심란한 꿈이 자꾸만 찾아왔다. 기도하라는 새벽 외침을 듣고 몸을 씻으러 다시 모스크에 갔을 때는 안도감이 들었다.

창고에 도착한 칼리파는 함자가 맥없이 땅바닥에 앉아 문에 기대어 있는 것을 보고 놀랐다. 그는 우뚝 멈춰 서서 놀란 감정을 과장하며 함자를 빤히 바라보았다. "이렇게 일찍 여기서 뭘 하는 건가? 일곱시도 안 됐는데." 그가 말했다. "근처에 사나?"

함자는 가식을 떨기에는 너무 지쳐 있었다. "여기서 잤습니다." 그는 땅바닥을 가리키며 말했다.

"타지리가 그러라고 하진 않았는데." 칼리파가 말했다. "자넨 뭔가? 무슨, 거리에서 자는 불량배 같은 거야?"

함자는 대답하지 않았다. 그는 조심스럽게 일어나 서서, 칼리파의 격분한 시선을 피해 눈을 돌렸다.

"타지리는 화물이 도착한 다음에 야간경비원을 두고 싶어하는 거야." 칼리파는 멍청이에게 뭔가를 설명하는 말투로 이야기했다. "타지리는 낚시 장비 쪽으로 새로운 판로를 만들려 하는데, 어부 중 하나가 몰래 들어와 장비를 훔쳐갈까봐 걱정하는 걸세. 어부들은 늘 해시시* 때문에 반쯤 미쳐 있거든. 하지만 난 그 사람들이 그

* 대마초의 일종.

런 짓을 할 거라고 생각하지 않네. 자네가 여기서 잘 필요는 없었어. 타지리가 그러라고 한 건 아닐 텐데, 설마?"

"달리 잘 데가 없었어요." 함자가 말했다.

칼리파는 대답하는 대신 함자를 노려보면서 그가 그럴듯한 말을 지어내거나 투덜거리기를 기다렸다. 하지만 함자가 그러지 않자 문으로 한 발짝 다가서더니 맹꽁이자물쇠를 열었다. 함자는 서둘러 길을 비켰다. 칼리파는 문 한쪽을 열더니 안으로 들어갔다가 금세 불쑥 뛰쳐나왔다. "그게 무슨 뜻이야, 달리 잘 데가 없었다니? 아는 사람이 없나? 여기 산다고 들은 것 같은데."

"오래전에, 마을 외곽에 살았어요. 그 사람들이 아직 살아 있는지는 모릅니다." 함자가 말했다. "살아 있다고 해도 제 소식을 듣고 싶어하지는 않을 거예요."

칼리파는 잠시 침묵을 지켰다. 망설이는 듯 인상을 쓰고 있었고 눈은 의문으로 불타는 듯했다. "그러니까 그냥 거리에서 잔다는 거야? 부랑자처럼? 자네 식구들은 누군가? 거리에서 잘 수는 없지." 그가 화를 내며 말했다. "그러다 다쳐. 찾아갈 만한 아는 사람이 아무도 없어? 돈도 없나?"

"전 이제 막 여기 왔습니다." 함자는 그걸로 충분히 설명이 된다는 듯 말했다.

"어제 타지리에게 돈을 달라고 하지 그랬나? 나소르 말이야. 왜 상인에게 가불해달라고 하지 않았어?" 칼리파는 분노하며 물었고, 함자가 대답하지 않자 다시 물었다. "마지막으로 뭘 먹은 게 언젠가? 자네 바보야? 무슨 성자 같은 건가?" 그는 함자의 오른쪽 손목을 잡더니 손바닥에 동전 한 개를 탁 내려놓았다. "가서 카페를 찾아. 차 한 잔과 빵을 사 먹게. 가, 여기서 나가게, 나중에 돌아와."

함자는 거절을 당하거나 상인이 제안했던 일자리를 물릴까봐 멋쩍어서 가불을 부탁하지 못했다. 그는 봉급이 얼마인지조차 묻지 않았다. 함자는 칼리파에게 그런 말은 하지 않고, 시키는 대로 카페를 찾아가서 빵과 큰 머그잔에 담긴 차 한 잔을 샀다. 그가 돌아오자 칼리파는 모른 척했다. 함자의 생각에는, 아마 함자가 너무 한심해서 신경쓰고 싶지도 않은 것 같았다. 오후 늦게 도급업자의 트럭이 나타났고 그의 직원 세 사람이 시멘트 여러 자루와 철근을 싣더니 떠났다. 운전사는 사람들로 붐비는 도로를 헤치고 나아가는 것처럼 경적을 꽉 누르고 있었다. 중국인도 나타났다. 셔츠와 바지를 완전히 갖춰 입은 차림이었다. 그는 잠깐 멈춰 서서 칼리파와 이야기를 나누었는데, 대화를 하며 칼리파는 함자를 힐끗 보았다. 잘 들어봐…… 우리 같다니까, 이 중국인은 쏼라쏼라거리지 않아, 라고 말하는 것만 같았다.

상인의 목공소에서도 밴이 왔다. 숭구라가 전날 포장하느라 바빴던 그릇과 작은 서랍이 담긴 목함을 배달하고 목재를 좀더 가져가기 위해서였다. 칼리파는 함자에게 목함을 어디 쌓아두어야 하는지 보여주고, 창고에 또 어떤 상품이 쌓여 있으며 그 상품들을 어떻게 분배하고 정리해야 하는지 설명했다. 여기는 목재고, 저기는 작은 장식용 상자들이 들어 있는 목함이야. 저쪽은 수수 자루고, 여기 선반 위에는 짚으로 싼 유향을 두지. 그는 함자에게 들어오고 나가는 모든 상품이 기록된 장부를 보여주었다. 글을 읽을 줄 아나? 그가 물었다. 함자가 고개를 끄덕이자 칼리파는 그를 날카롭게 보았다. 쓸 줄도 알아? 칼리파가 물었다. 함자는 다시 고개를 끄덕였고, 칼리파는 씁쓸하게 미소 지었다. 함자를 고용한 상인의 동기에 대해 했던 의심이 이제야 사실로 확인됐던 것이다. 내 자리를 차지하도록 자네를 준비시키는 거군, 안 그래? 함자의 두번째 날 아침은 이래저래 분주했다. 공터는 조용하고 인적 없는 쓰레기장이라기보다 일하는 공간이었다. 아침이 한참 지나서야 좀 조용해졌고, 함자는 아픈 다리를 쉴 수 있었다.

"자네는 무슨 일이 있었던 건가?" 칼리파가 함자의 엉덩이를 가리키며 물었다. 칼리파의 눈이 함자의 다리를 한차례 위아래로 훑더니 그의 얼굴로 향했다. "병인가? 부상인가?"

"부상입니다." 함자가 말했다.

"무슨 일이 있었던 거야?" 칼리파가 다시 말했다. "전쟁에 나갔었나?" 그렇게 물으며 칼리파는 조바심이 나는 듯 턱을 앞으로 살짝 내밀었다. 함자의 느릿느릿한 태도가 점점 짜증나는 듯했다.

"사고요." 함자는 그렇게 말하고 고개를 돌렸다. 칼리파가 계속 물으면 일어나서 가버릴 생각이었다. 취조당할 마음은 없었다.

하지만 칼리파는 웃었다. "틀림없군. 자네는 더러운 비밀이 있는 과묵한 남자야." 그가 씩 웃으며 말했다. "하지만 난 자네 생김새가 마음에 들어. 난 사람을 잘 보지. 잘 들어, 이 동네는 밖에서 자도 안전한 곳이 아니야. 밤에 사람 없는 이 공간을 누가, 혹은 무엇이 떠돌아다닐지는 모르는 거라네. 어두울 때 누가 뭘 하러 올지도 모르고. 좋은 일을 하러 밤에 여길 찾는 사람은 없을 거야. 무슨 일이 일어난대도 자네를 도와주러 올 사람이 없다네. 창고 문을 잠그고 그 안에서 자야 해. 하지만 나소르는 자네를 믿을 수 있다고 확신하기 전까지 열쇠를 주지 않겠지."

칼리파는 잠시 말을 멈추고 함자가 말하기를 기다렸지만 함자는 잠자코 있었다. 칼리파는 체념하며 한숨을 쉬었다. "내가 자네한테 하는 말을 이해하긴 하나? 거리에서 자는 건 안전하지 않아." 그가 말했다. "우리집에 자네가 며칠쯤 쓸 수 있는 별채 창고가 있네. 전에는 이발사에게 임대해주었던 곳이야. 그 사람은 이 년 정도 거길 쓰다가 갑자기 떠났지. 이발사의 의자와 거울이 아직 거기에 있네. 가엾은 친구. 그 사람한테 무슨 일이 일어났는지는 몰라. 혹시 다시 일을 시작할 준비가 되면 그 물건들을 찾으러 올지도 모르지.

원한다면 자네가 그 방을 며칠 써도 되네. 하지만 며칠만이야. 자네는 거지보다 별로 나을 게 없으니, 임대료를 달라고 해봐야 소용없겠지. 어쨌든 아직은 말이야. 자네가 알아서 방법을 찾을 때까지 한두 주쯤 거기서 지내도 돼. 그냥 영원히 눌러앉을 수 있을 거라고는 생각하지 말게. 여자나 미친 친구들을 데려오는 것도 안 돼. 그냥 자네가 안전하게 잘 곳을 주려는 거야. 꼭 깨끗하게 써야 하네, 알았나?"

그 말에 함자는 칼리파를 다시 보게 되었다. 이 너그러운 제안도, 그날 이른 시간에 준 동전도 새삼스러웠다. 이토록 짜증스러운 태도와 떫은 표정으로 그 모든 친절을 베풀다니. 난 자네 생김새가 마음에 들어. 칼리파는 그렇게 말했었다. 나소르 비아샤라도 함자에게 똑같은 말을 했다. 예전에도 그런 일이 있었다. 그의 외모가 예상치 못한 방식으로 친절함을 얻어낸 것이다. 독일인 장교도 그렇게 말했었다, 한 번 이상을.

*

칼리파의 집은 은욤바 야 치니, 그러니까 위층이 없는 단층집이었다. 한쪽 면은 더 높은 집과 붙어 있고 다른 쪽은 골목과 접해 있었다. 그는 그 집을 키반다 체투, 우리 헛간이라고 불렀다. 실제로는 그렇지 않았지만 말이다. 집 전면에는 지붕을 올린 깊은 포치가 있고, 그 안쪽으로 물러난 현관문이 있었다. 포치 지붕은 니스칠을 한 굵은 맹그로브 기둥 두 개가 받치고 있었다. 함자의 방이 될 창고는 포치 맞은편에 있었는데, 문을 열면 거리와 바로 통했다. 칼리파가 말한 대로 이발사의 의자와 탁자 위에 놓인 거울이 있고, 차례를 기다리는 손님이 앉아 있을 수 있도록 나무 벤치도 갖춰 벽에 기대놓은 작은 방이었다. 칼리파는 단단한 나무 덧창이 달린 창문을 열어 작은 방을 빛으로 가득 채웠다. 함자는 이발소였던 그 방의 모습을 쉽게 상상할 수 있었다. 손님 한두 명이 기다리면서 수다를 떨거나, 이발사의 친구가 하루 중 빈 시간을 이야기로 채우려고 찾아오는 모습. 콘크리트 바닥에 머리카락과 보송한 먼지가 뒤섞여 굴러다니는 모습이 보인 것 같았지만, 아마 그건 상상이었을 것이다. 칼리파가 창문 옆에 서서 함자를 지켜보았다. 한 손은 여닫이창의 창살에 대고 있고 찡그린 얼굴은 여느 때처럼 대단히 비판적이었지만 입꼬리는 스스로 흡족한 듯 움찔거렸다. "전하께 어울리는 방이온지요?" 그가 물었다.

칼리파는 맹꽁이자물쇠 열쇠를 건네주고 함자에게 빗자루를 가져다주었다. 함자는 거미줄과 바닥을 쓸고, 거울을 벽 쪽으로 돌려놓고, 가구를 옮겨 잘 만한 공간을 만들었다. 그런 다음 의자에 앉아 면도용 머리받이에 몸을 기댔다. 운이 좋아서 기뻤다. 문밖의 거리는 더 높은 집들로 그늘졌고 포장하지 않은 노면은 사람들이 지나다녀 단단하게 굳어 있었다. 함자가 그 자리에 앉아 있는 동안 사람들이 창문 앞을 지나다니며 곁눈질로 열린 문을 들여다보았다. 그는 문을 닫고 오랫동안, 몇 시간 동안 꿈쩍하지 않은 채 앉아 점점 어두워지는 방안에서 안전한 느낌을 만끽했다.

무아딘이 마그립 기도 시간을 알리는 소리가 들렸다. 외치는 소리의 순서가 약간 엉망이었다. 함자가 세어보니 외치는 사람이 네 명이었다. 이 마을에는 늘 모스크가 많았다. 몇 년 전의 기억으로는 그랬다. 함자는 몸을 씻고 사람들과 함께 있으려면 모스크를 하나 찾아봐야겠다고 생각했다. 함자가 거쳐온 아주 많은 곳에는 모스크가 없었고, 그는 모스크가 그리웠다. 기도 때문이 아니라, 모스크에 가면 늘 느껴지던 여럿 중 한 명이 된 기분 때문이었다. 그는 용기가 사라지기 전에 재빨리 자리에서 일어나 모스크를 찾으러 나갔다. 모스크에 도착하자 아무에게도 말을 걸 필요가 없었다. 그는 다른 신도들과 함께 줄을 맞출 시간이 될 때까지 눈을 내리깔고 조용히 앉아 있었다. 그러고는 기도를 마친 뒤 조용히 양옆의 남자들과 악수하고 길을 나섰다.

그는 불이 밝혀진 거리의 가게와 가판대, 카페를 지났다. 사람들이 어슬렁거리거나 삼삼오오 앉아 있거나 이야기하거나 그냥 행인들을 구경하고 있었다. 그들은 평화롭고 만족스러워 보였다. 함자는 그게 이곳이 마을의 다른 구역들과 달리 더 번영한 곳이기 때문인지, 아니면 유달리 사람들이 이런 상태로 있게 되는 시간에 그가 걸어다니고 있는 것인지, 혹은 사람들이 그냥 지루해서 잠잠히 있는 것인지 궁금했다. 집으로 돌아와보니 칼리파가 불을 밝혀놓은 포치에 매트를 깔고 앉아 있었다. 그는 함자에게 와서 앉으라고 손짓하고는 플라스크에 담긴 커피를 작은 잔에 따라주었다.

"밥은 먹었나?" 그가 물었다.

칼리파는 안으로 들어가더니, 찐 녹색 바나나 한 접시와 물주전자를 가지고 나왔고, 함자는 감사히 받았다. 칼리파의 친구들이 도착하자 함자는 그들에게 인사를 건네고, 예의를 차리느라 몇 분 자리를 지키다가 창고방으로 물러났다. 그는 어둠 속에, 맨바닥에 오랫동안 누워 있었다. 잠이 오지 않았다. 마음이 이 마을에서 보낸 인생 초기와 지금까지 잃은 모든 사람들, 그가 겪어온 치욕을 떠돌아다녔다. 함자는 자기 몫의 치욕을 받아들이는 수밖에 다른 방법이 없었다. 그가 인생 초기에 이 마을에서 살며 저지른 최악의 실수는 치욕을 두려워한 결과로 생겨난 것이었다. 그 실수로 함자는 형제와도 같았던 친구와 사랑하는 법을 배워가던 여자를 잃었다. 전쟁은 함자에게서 그런 것들을 샅샅이 앗아갔고, 그에게 아찔한 잔혹성을 보여주며 겸손을 가르쳐주었다. 이런 생각이 함자를 슬픔으로 가득 채웠다. 함자는 그 슬픔이 인간의 피할 수 없는 운명이라고 생각했다.

*

함자가 보기에, 이후 며칠 동안 칼리파는 그에게 퉁명스러운 태도를 보이는 경우가 적어졌고 조언을 해줄 때가 많았다. 함자는 말대꾸하지 않고 그런 조언에 귀기울였다. 어느 날 오후 칼리파는 함자가 상인한테 부탁해 가불을 해야 한다고 우겼다. 그들은 집으로 돌아가는 길에 목공소에 들렀고, 함자는 사무실에 있는 상인을 찾아가 월급을 일부 달라고 했다. 그동안 칼리파는 문밖에, 모습이 보이기는 해도 소리는 들리지 않을 게 분명한 곳에 서 있었다. 함자는 상인이 별로 탐탁지 않아한다는 것을 알 수 있었지만, 그 짜증의 이유가 칼리파의 존재인지 돈을 달라는 요청인지는 확신할 수 없었다.

"여기서 일한 지 사흘이 됐는데 벌써 돈을 달라고 하는군. 돈은 일을 하기 전이 아니라 다 마친 다음에 받는 걸세." 나소르 비아샤라는 물러서지 않고 말했다. 사흘이 아니라 닷새였지만, 함자는 나소르 앞에 조용히 서 있었다. 간청도, 애원도 덧붙이지 않았다. 결국 나소르 비아샤라가 함자에게 5실링을 내주고 다시 장부를 들여다보았다. "습관 들이지 말게." 그는 장부 쪽으로 고개를 숙인 채 말했다.

함께 집으로 걸어가는 길에 칼리파가 킬킬거렸다. "참 치사한 구두쇠지, 바킬리 말루운! 사람들을 먼지처럼 대해도 되는 줄 알아.

심지어 수수빵을 굽는 옆집 노파한테도 빚을 지고 있다니까. 매일 모파빵을 가져다달라고 하고서는 돈을 안 줘. 그 할머니가 작은 빵을 하나 굽겠다고 얼마나 수고하는지 자네도 봐야 해. 밤사이 곡식을 물에 담가두었다가 분쇄기로 빻은 다음 섞어서 반죽한 뒤 뒤뜰에 있는 진흙 오븐에 구워내야 한다네. 그렇게 많은 일을 하고 빵 한 덩이에 20센트를 받는데, 그 치사한 타지리는 노인네가 애원할 때까지 기다렸다가 돈을 준단 말이야."

그들이 집에 돌아왔을 때, 칼리파는 기분이 좋았다. 함자가 보기에는 상인을 난처하게 만들어서 그런 것 같았다. "들어와서 뭘 좀 먹게." 칼리파가 너그러움이 넘쳐흐르는 제안을 했다. "호디,* 손님이 있어." 그는 문을 열며 소리쳤다.

함자가 집에 들어간 건 그때가 처음이었다. 너무 일찍, 너무 큰 환대를 받는 건 아닌가 싶었다. 전혀 모르는 것이나 다름없는 사람을 이런 식으로 집안에 들이는 건 평범하지 않은 일이었다. 함자는 칼리파가 예측하기 어려운 사람이며, 첫 만남 때 받은 인상은 오해였다는 것을 이미 알아가는 중이었다. 칼리파는 성질을 부려도 오래가지 않았고, 이미 함자에게 놀랄 만큼 후한 모습을 보여주었다. 함자는 어린아이였을 때 잠깐을 제외하면 가족과 함께 제대로 살아본 적이 거의 없었다. 나중에는 가게 뒷방에서 살았고, 그후로는 오랫동안 도망자이자 떠돌이로 살아왔으므로 실제로 사람들이 뭘 하고 뭘 하지 않는지 잘 몰랐다. 그저 아주 어린 시절의 기억이 남

* '똑똑' '계십니까'라는 뜻의 스와힐리어.

아 있을 뿐이었다.

집안에는 현관문 양옆에 방이 두 개 있었고, 복도가 집 뒤쪽까지 쭉 이어져 담장으로 둘러싸인 안뜰로 통했다. 함자는 골목을 따라 걷다가 반대편에서 그 담장을 본 적이 있었다. 칼리파는 함자를 왼쪽 방으로 안내했는데, 방바닥에는 줄을 꼬아 만든 매트가 깔렸고 벽에는 쿠션이 몇 개 기대어져 있었다. 손님을 맞는 방이 분명했다. 칼리파는 잠시 함자를 그 방에 두고 나갔다 돌아오더니 자기와 함께 가서 식구들에게 인사하자고 했다. 함자는 그를 따라 뒤뜰 문으로 향했고, 나오라는 말을 듣기 전까지 그 자리에서 기다렸다. 통통한 사십대 여자가 차양 아래 낮은 의자에 앉아서 음식을 준비하고 있었다. 냄비가 얹힌 화로가 왼쪽에 있었고, 발치 반대쪽에는 짚으로 만든 음식 덮개를 덮어둔 토기 냄비가 있었다. 여자는 머리에 덮은 캉가로 이마와 두 뺨을 팽팽하게 감싼 터라 압박된 얼굴이 불거져 있었다. 칼리파에게 손님이 왔다는 말을 듣고 좀전에 다잡은 게 분명했다. 흰머리 몇 가닥이 팽팽한 속박에서 풀려나 있었다. 그녀는 말을 하지도 미소 짓지도 않고, 혐오감을 담아 함자를 강렬하게 바라보았다. 칼리파는 그녀가 자기 아내인 비 아샤라고 소개했고, 함자는 시카무라고 인사했다. 그녀는 별 감흥 없이 그의 인사를 들었다는 뜻으로 소리를 냈다.

"당신이 말한 사람이 이 사람이에요? 당신 것도 아닌 방을 내줬다는 사람? 당신은 우리한테 골칫거리를 떠안겼어요." 그녀가 단호하고 불만으로 가득한 목소리로 말했다. 그러면서 칼리파를 힐끗 보더니, 함자에게로 흔들림 없는 시선을 돌렸다. "어디서 온 사람이래요? 어디 출신인지는 알아요? 생판 모르는 사람인데, 당신은 이 집 주인이라도 되는 것처럼 이 사람한테 방을 내줬어요."

"그런 식으로 말하지 마." 칼리파가 성마르게 말했다.

"그냥 이 사람을 좀 봐요, 바바." 그녀가 더욱 커다란 목소리로, 틀림없는 분노를 담아 말했다. "골칫덩어리일 뿐이에요. 당신은 당신 이름으로 된 거라곤 하나도 없으면서, 우리가 자선사업이라도 하는 것처럼 이 사람을 들여서 먹고 자게 했어요. 이런 식으로 시작되는 거지. 이제 당신이 이 사람을 데리고 들어왔으니, 이자는 우리를 잘 살펴보고 우리한테 무슨 짓을 하면 좋을까 궁리하겠죠. 당신은 이 사람의 식구들이 누군지, 이 사람이 어디에 있다 왔는지, 무슨 말썽을 저질렀는지도 모르고 그런 건 대수롭지 않게 생각해요. 그런데도 이 사람을 여기 들여서, 뭐든 이 사람이 원하는 대로 우리한테 피해를 끼치게 두죠. 당신 머릿속은 쓰레기로 꽉 찼다고요!"

"그런 얘기는 그만하라니까. 전혀 모르는 사람한테 악담을 퍼부으면 안 되지." 칼리파가 말했다.

"내가 말하잖아요, 그냥 이 사람을 좀 보라니까. 하나 마나, 쓸모없는 인간이에요." 그녀가 분노로 뒤틀린 얼굴을 하고 말했다. "이 사람은 발라아*일 뿐이에요. 그냥 골칫거리라고요."

"알았으니까 음식이나 내와." 칼리파는 그렇게 말하며, 집안으로 들어가라고 함자를 쿡 찔렀다. "다시 들어가게, 나도 곧 갈 테니까."

---

* '재앙'이라는 뜻의 스와힐리어.

함자는 손님방으로 돌아가 앉아서 기다렸다. 하나 마아나라니, 그토록 예상치 못한 멸시에 충격을 받았다. 하지만 그 감정을 더 살피지는 않았다. 나중에 생각해볼 참이었다. 지금은 그저 칼리파가 돌아와 나가라고 하기만을 바랐다. 어쩌면 비 아샤는 어디가 아파서 성질이 나빠진 것일지도 몰랐지만, 그보다는 천성이 못되고 불안정한 사람일 가능성이 컸다. 함자는 그녀의 눈에서 그것이, 일종의 광기가 보였다고 생각했다. 밥과 생선이 담긴 접시 두 개를 가지고 들어왔을 때는 칼리파도 성질이 나 있었다. 아내와 말다툼을 한 것 같았다. 그들은 재빨리, 조용히 식사를 했다. 나중에 칼리파는 손을 씻으러 밖으로 나가 함자를 불렀다. 비 아샤는 그곳에 없었다. 함자는 칼리파가 시키는 대로 세면대에서 손을 씻었다. 함자가 처음 이 뜰을 내다보았을 때, 차양 맞은편의 창고나 방 같은 곳으로 들어가는 문 옆 한쪽 구석에 소녀인지 성인 여자인지가 쪼그리고 앉아 있었다. 하인인가보다고 생각했는데, 지금 손을 씻으면서 보니 그 소녀가 구석의 수도 옆에서 냄비를 닦고 있었다. 머리를 가렸고 고개도 들지 않았기에 그녀의 얼굴은 볼 수 없었다. 함자는 그녀에게 인사를 건넸고, 그녀는 고개를 숙인 채 대답했다.

*

칼리파와 비 아샤는 전보다 더 자주 서로에게 그런 식으로 말을 던졌다. 비 아샤가 칼리파에게 보이는 가혹함은 늘 어느 정도 과장되어 있었는데, 그 때문에 비 아샤는 실제보다 더 불만이 많아 보였고 그게 비 아샤에게는 그런 터무니없는 말을 해도 된다는 면허나 다름없었다. 그렇다고 비 아샤가 한 말이 진심이 아니라거나, 자기 뜻을 관철시키려는 생각이 없었다는 뜻은 아니다. 비 아샤는 집안에서 벌어지는 대부분의 일에 지배력을 행사하는 데 익숙해지게 되었으며, 실제로도 지배력을 행사했다. 칼리파는 기꺼이 장단을 맞춰주면서도 필요할 때는 단호하게 버틸 줄 아는, 인내심 많고 이용당하는 남편 역할을 연기했다. 둘의 불화는 서로의 연기를 꿰뚫어봤다는 듯, 눈치챌 수 없을 만큼 작은 미소를 주고받으면서 끝나기도 했다. 하지만 최근에 칼리파에게 말을 거는 비 아샤의 목소리는 보통 날카롭고 의심에 차 있었으며, 칼리파는 핑계를 댈 때 거의 징징거리는 것처럼 방어적으로 굴거나 무뚝뚝하게 비 아샤를 무시했다.

아피야는 바바가 그 남자를 저 안쪽까지 들인 이유를 알 수 없었다. 전에는 한 번도 그런 적이 없었다. 최소한 아피야가 그들과 함께 산 이후로는 없었다. 일리아스도 이 집에 왔을 때 손님방을 넘어선 적이 없었고, 비 아샤가 밖으로 나와 그를 맞이했었다. 바바는 빔쿠브와가 전혀 낯모르는 사람을 그런 식으로 집안에 들이면 좋아하지 않으리라는 것을 틀림없이 알 터였다. 집을 정기적으로 들르는 생선장수와 숯장수조차도 뜰의 문을 넘어서지 않았다. 아피야가 기억하는 한 유일한 예외는 나이가 많고 비 아샤를 어릴 때부터 알아왔으며 그 시절부터 비 아샤의 매트리스를 고쳐주던 매트리스 제작자뿐이었다.

바바는 비 아샤가 그 남자를 싫어하게 됐다는 점도 기억했어야 했다. 어느 정도는 바바가 젊은이에 대해서 비 아샤에게 들려준 이야기 때문이었다. 함자가 아파 보인다는 얘기, 그가 자기 식구들이나 어디에 있다 왔는지에 관해 아무것도 털어놓지 않는다는 얘기.

"부랑자 같은데요." 비 아샤는 무시하듯 말했다.

"내 생각에는 전쟁에 나갔던 것 같아." 바바가 말했다.

"그럼 마찬가지로 위험하겠네요, 살인자인데." 그녀가 바바를 도발하려는 듯 말을 내뱉었다.

"아니, 아니야." 바바가 말했다. "고생을 한 게 틀림없소. 일리아스도 저렇게 될 수 있다고."

"아니긴, 당신이 아니지! 일리아스한테는 자기 사람들이 있었어요. 이 사람에게는 아무도 없다고 당신이 말했잖아요." 비 아샤가 말했다. "괜찮은 사람한테 어떻게 자기 사람이 한 명도 없을 수가 있어요? 그냥 몽상가지."

아마 바바는 비 아샤가 낯선 사람을 싫어한다는 걸 잊지 않았을 것이다. 아마 바바는 일리아스도 살아남았을지 모르며, 오랜 시간을 거쳐 집으로 돌아오고 있다고 말하려 그를 안쪽까지 들였을 것이다. 전쟁이 끝난 지 삼 년이 지났는데, 일리아스에게서는 여전히 아무 소식도 없었다. 아피야는 아무에게도 말하지 않았지만, 속으로는 오빠를 잃었다고 생각했다. 바바가 다른 남자를 안쪽까지 들인 것이 일리아스를 다시 떠올리게 하려는 뜻이었다면, 그건 실수였다. 그래 봐야 비 아샤가 재앙에 관해 악의에 찬 예언을 하는 계기가 되었을 뿐이니까. 발라아! 그녀는 바바에게 낯설고 사납게 굴기 시작했고, 아피야는 자신도 비 아샤가 조바심을 내며 불안해하는 한 가지 이유라는 걸 알았다. 열아홉 살이 되도록 그녀가 아직 결혼하지 않았기 때문이었다. 다만 아피아는 이 점이 비 아사에게 왜 그렇게까지 중요한지 알 수 없었다. 아마 비 아샤는 몇몇 지인들에게 아피아한테 청혼해도 된다고 말했을 것이었다. 그녀는 이미 두 번 청혼을 받고 거절했다.

첫번째 청혼은 영국 총독부에서 설치한 새 농업부 사무실의 사십대 경리였다. 아피아는 그를 본 적도, 그에 관해 들어본 적도 없었지만 그는 아피아가 걸어가는 모습을 보고 조사를 해본 다음 그녀를 달라고 했다. 바바는 그 사람 평판이 어떤지 다 아는데 왜 서두르냐며 거절했다. 바바가 그 말을 했을 때 아피아도 그 자리에 있었다.

"무슨 평판이요?" 비 아샤가 불만을 터뜨리며 말했다. "그 사람은 정부에 좋은 일자리를 갖고 있어요. 점잖은 사람을 통해 청혼을 넣었고, 지참금도 괜찮게 불렀어요. 이 청혼을 거절해야 하는 합당한 이유를 한 가지라도 말해봐요."

"한 가지 합당한 이유는, 그 청혼이 당신이 아니라 아피아한테 들어왔다는 점이지." 바바가 화를 내며 말했다. "그러니 받아들이고 말고는 아피아가 결정할 일이오."

"나한테 큰소리칠 생각 하지 말아요. 이건 아피아가 결정할 문제가 아니에요. 올바른 결정을 하려면, 아피아한테는 조언이 필요해요. 무슨 평판이요?"

"나중에 말해줄게." 바바가 말했다. 아피아는 그 평판이란 게 바바로서는 그녀 앞에서 하고 싶지 않은 이야기라는 걸 알았다.

비 아샤는 조롱하듯 웃더니 말했다. "당신이 아피야를 원하는 거지요? 내가 장님인 줄 아나보네. 당신은 두번째 아내로 삼으려고 아피야가 자랄 때를 기다리느라 모든 청혼을 거절할 셈인 거예요."

그 말이 아피야의 가슴에 쿵 내려앉았다. 아피야는 놀라서 입이 쩍 벌어진 바바를 힐끗 보았다. 잠시 후 그가 가라앉은 목소리로 말했다. "그 사람의 평판이란, 자유로운 여자들에게 엄청나게 집착한다는 거요…… 그 사람한테 대가로 돈을 받는 여자들…… 창녀들 말이야. 그게 그자의 오락거리요. 우리 애가 그런 비극을 겪지 않게 그냥 거절하시오."

두번째 청혼은 겨우 몇 주 전, 다른 나이든 남자인 카페 관리인에게서 들어왔다. 그는 워낙 잘 알려진 인물이었으므로 아피야도 그를 알았다. 그의 카페는 중심가에 있었고, 아피야도 그 가게를 몇 차례 지나친 적이 있었다. 이제껏 결혼한 적이 없었던 첫번째 청혼자와 달리, 카페 관리인은 결혼을 좋아했다. 아피야가 그의 아내가 된다면, 여섯번째 아내가 될 터였다. 그가 한 번에 둘 이상 아내를 둔 적은 없었지만 말이다. 그는 누구든 현재의 아내에게 충실한 남편이었다. 그리고 자신이 제시하는 지참금에 감사할 만한 가난한 가족 출신의 소녀나 어린 고아를 선호했다. 이런 여자들과 결혼하고 몇 년쯤 데리고 있다가, 다른 젊은 여자가 눈에 들어오면 이혼하고 다시 결혼했다. 성공적으로 카페를 운영하고 있었으므로 이런 취미를 이어나갈 수 있었다. 이 청혼을 거절하기 위해서는 비 아샤를 설득할 필요가 없었다.

"그 짐승 같은 놈, 그 더러운 놈. 그놈의 역겨운 지참금이 필요할 정도로 우리 형편이 어려운 건 아니야." 비 아샤가 말했다.

바바에 대한 그녀의 비난은 그들 주위를 맴돌았고, 그 때문에 아피아에게는 비 아샤의 어떤 적대감이 분명히 보였다. 비 아샤가 아피아와 자기 남편에게서 그런 배신을 당할까봐 두려워한다는 것이 아피야는 안쓰러웠다. 비 아샤에게 두려움의 근거가 있다는 걸 아피야로서는 상상조차 할 수 없었다. 아내가 그런 말을 한 이후, 바바는 일어나서 집을 나섰고 비 아샤와 아피야는 몇 분 동안 조용히 앉아 있었다. 그런 뒤 비 아샤도 자리에서 일어나 자기 방으로 갔다. 그녀는 다시는 그런 비난을 하지 않았지만, 아피야를 결혼시키려는 끈질긴 작전을 그만두지도 않았다. 아피야는 그게 바바가 낯선 사람을 집에 들인 또다른 이유는 아닐지 궁금했다. 아피야는 낯선 이가 인사를 건넸을 때 고개를 들고 싶다는 충동을 눌러 참았지만, 처음 뒤뜰에 들어온 그의 모습을 언뜻 보았었다. 바바의 이야기 덕분에 그가 젊은 남자라는 것은 알고 있었다. 바바는 아피아에게 매력을 느끼는 듯한 방종하고 늙은 구혼자들이 아니라 아피야 또래의 누군가를 보여주고 싶은 걸지도 몰랐다.

어떻게 그랬는지는 모르겠지만, 청혼에 대한 소식이 퍼져서 자밀라와 사아다가 아피야를 놀려댔다. 누군지는 몰라도 중매쟁이가 장난을 치느라 말을 흘린 것 같았다. 자밀라는 이제 결혼해 첫아이를 임신하고 있었다. 칼리다의 친구들은 거절당한 구혼자들 이야기를 듣고 한바탕 웃으며, 아피아에게는 더 나은 사람이 어울리니 언젠가 나타나 청혼할 게 틀림없는 부유하고 잘생긴 젊은 남자를 기다려야 한다고 말했다. 대체 누가 두번째 아내가 되고 싶겠어?

칼리다가 그 말을 했을 때, 아피야는 가슴이 철렁했고 바바에 대한 비난까지도 어떻게든 새어나간 게 아닌지 궁금해졌다. 그런 말에 뒤따르는 의미심장한 눈짓도, 그뒤에 흐르는 어떤 의미가 깃든 침묵 같은 것도 없었으므로, 아피야는 그 말이 특정한 사람에 대한 것이라기보다는 둘째 아내가 된다는 생각 자체에 대한 일반적인 경멸이라고 받아들이기로 했다.

10

같은 날 오후, 칼리파의 집에서 비참한 점심을 먹은 뒤 함자는 가불로 받은 5실링을 쓰러 시장에 갔다. 방에 켤 양초 하나와 짚을 넣은 매트 한 두루마리, 면 이불을 샀다. 그는 매트를 깔아놓고 그 위에 몸을 쭉 뻗어 눕고는 익숙하고 날카로운 통증이 몸에 번지자 신음했다. 몇 분 뒤에는 통증의 강도가 줄어들었고, 그는 최대한 몸을 쉬게 해주었다. 엉덩이에 난 추한 흉터를 손으로 쓸어보고 상처가 아문 근육을 주물렀다. 나아질 것이다. 이미 나아졌다. 더 할 수 있는 일은 없었다. 함자가 거의 알아보지도 못하는 이 마을은 그에게 고향과 가장 가까운 곳이었다. 통증은 나아질 것이다.

아침에 함자는 일찍 집을 나와 모스크로 가서 몸을 씻고 감사 기도를 올린 다음, 카페에서 달콤한 차 한 주전자를 샀다. 그런 다음 창고로 가서 칼리파를 기다렸다. 거의 매일 뭔가가 목공소와 창고를 오갔다. 어떨 때는 창고와 부두를 오가기도 했다. 그렇게 상품은 점차 목적지로 분배되고 창고는 천천히 비어갔다. 거의 매일, 이드리스와 그의 조수가 덜컹거리는 밴을 타고 와서 물건을 놔두거나 가져갔다. 이드리스는 입을 열 때마다 더러운 말을 쏟아내는 듯했고 그의 조수 두부는 의무적으로 웃음 발작을 일으켰다.

창고 앞 공터를 비로 쓰는 것은 함자의 일이었다. 바람이 많은 날에는 먼지가 일지 않도록 그 구역에 물을 뿌리기도 했다. 밴을 따라 목공소를 비롯한 이곳저곳으로 가서, 이드리스와 두부가 화물을 싣고 내리는 것을 도와주는 경우도 있었다. 그래도 칼리파와 창고 그늘에 앉아서 텅 빈 공터를 내다보며 이야기할 시간은 남았다. 칼리파는 이야기하기를 좋아했고, 함자는 착실하고 끈기 있는 태도로 들었다. 함자가 보기에 칼리파는 자기가 이런 존중을 받아야 마땅하다고 생각하는 것 같았다. 칼리파는 함자가 비 아샤와 만났던 일은 한 번도 이야기하지 않았다.

"이드리스는 추잡한 놈이야." 칼리파가 말했다. "그놈이 오면 살이 떨려. 더럽고 잔인한 깡패 놈이지. 발정난 짐승처럼 늘 더러운 얘기만 해. 데리고 다니는 두부라는 놈을 노예처럼 취급하고. 그놈이 왜 두부*라고 불리는지 아나? 그놈이 어렸을 때, 사람들이 그 녀석을 멍청하다고 생각했기 때문이야. 자네도 봐서 알겠지만 그놈은 머리가 커. 기형인 것처럼 말이지. 지금은 별로 흉해 보이지 않지만 어렸을 때는…… 때로 그런 식의 놀림은 절대 사라지지 않지. 두부라는 잔인한 이름을 직접 붙이지는 않았을지 몰라도, 이드

* '곰'이라는 뜻의 스와힐리어.

리스는 늘 그 녀석이 그 이름에 맞춰 살도록 해. 녀석을 놀리지. 남는 시간에 또 무슨 짓을 저지를지 누가 알겠나? 두부 그 녀석은 멍청하고 약해.

숭구라는 남는 시간에 뭘 하는지 아나? 그 조그만 토끼는 포주야. 그거 알았나? 짐작이나 했어? 그놈이 변태라는 걸 어떻게 몰랐나? 물론, 폭력적인 놈은 아니야. 하지만 한번 보면 뭔가 역겨운 일을 꾸미고 있구나 싶지. 놈이 데리고 있는 여자는 두 명이야. 다들 알아. 그 두 여자 중 하나를 품고 싶으면 숭구라에게 한마디만 하면 돼, 그럼 녀석이 모든 준비를 해주지. 그래서 숭구라라고 부르는 거야. 토끼처럼 작고 겁이 많지만 약삭빠르거든. 아무도 감히 숭구라를 건드리지 않아. 두 여자가 그놈을 아기라도 되는 것처럼 보호하거든. 숭구라는 그 여자들을 엄마라고 부르지. 그 여자들은 혓바닥으로 사람을 발가벗길 수도 있는, 목소리 크고 부끄러운 줄 모르는 치들이야. 그놈하고도 거리를 둬, 나쁜 영향을 주니까."

함자는 창고방에서 조용히 살며 최대한 소란을 일으키지 않고 드나들었다. 이제는 비 아샤가 화가 나거나 급한 마음에 언성을 높이면 그 목소리를 알아들을 수 있었다. 하지만 함자가 다시 안으로 초대받는 일은 없었다. 칼리파가 간혹 저녁에 그를 보러 와서, 누구든 집을 찾아온 사람과 함께 포치에 잠시 앉아 수다를 떨자고 했다. 그의 바라자에는 특히 자주 들르는 두 남자가 있었는데, 학교 선생인 마알림 압둘라와 근처에 살며 어린 시절부터 칼리파, 압둘라와 친구로 지낸 세탁부 토파시였다. 포치는 바닥에는 짚을 꼬아 만든 두꺼운 매트가 깔려 있었고, 천장 서까래에 갈고리로 매달아놓은 칸딜리라는 기름등잔으로 불을 밝혔다. 등불은 탁 트인 구역도 실내로 바꾸어놓는 부드러운 황금빛을 냈다. 거리를 지나는 사람들은 큰 소리로 그들을 부르면 방해가 된다는 듯 웅얼웅얼 인사를 건넸다. 세 남자는 모두 가십을 좋아했다.

보통 마지막으로 말하는 사람은 마알림 압둘라였다. 셋 중에서는 그가 지혜로운 사람이라, 토파시가 최근의 소문을 전해주고 나면 자주 진정시키는 역할을 했다. 토파시가 토파시, 그러니까 쓰레기 수집가라고 불리는 이유가 그래서였다. 그는 소문을 무척 좋아했다. 토파시가 최신 소식을 전하고 나면, 칼리파는 늘 그렇듯 모든 것이 아수라장이 됐다고 분노를 터뜨렸다. 그러면 마알림 압둘라가 그들의 대화에 지혜를 불어넣을 차례였다.

마알림 압둘라는 잔지바르에서 처음 학교를 다니기 시작해, 읍내에 있는 상급 독일인 학교에서 교사 교육을 받았다. 그는 읍내에 있는 영국 식민 총독부 세금 징수 관서의 전령으로 일하는 사람을 알았고, 그 사람을 통해 이미 철해진 과거 신문을 읽을 수 있었다. 정부에서 발행하는 〈탕가니카 테리토리 가제트〉와 케냐 정착민 신문인 〈이스트 아프리칸 스탠더드〉였다. 마알림 압둘라의 영어 실력은 초보적인 수준으로, 잔지바르에서 초급 학교를 다닐 때 슬쩍 배운 정도였지만 그는 이 실력을 바탕으로 직업 면에서나 바라자에서나 많은 것을 이루었다. 그는 스스로 국제적 간행물이라 부르는 것에 이따금 접근할 수 있었으므로 자기 의견이나 판단에 타의 추종을 불허하는 무게를 실을 수 있었다. 최소한 그 자신이 보기에는 그랬다. 남자들의 토론은 편견에 사로잡혀 있었으며 신파적인 경우도 많았고, 많은 웃음과 과장이 뒤따랐다. 함자는 굳이 대화에 낄 필요가 없었다. 그러나 남자들이 대화를 나누다 말고 자세한 내용을 설명해주곤 했기 때문에 자리를 뜨지는 않았고, 남자들도 그 점을 잘 알았다. 함자는 토파시에게 토파시라는 별명이 생긴 이유도 그런 식으로 알게 되었다. 함자는 과묵해서 자주 그들의 놀림감이 되었지만, 함께 앉아 그들의 일원이 되어주었으며 자신이 그들에게 무해한 오락거리라는 걸 알았다.

이샤 기도를 하라는 외침이 들렸지만 세 친구 중 누구도 반응을 보이지 않았다. 조금 뒤 집 문이 살짝 열렸고 칼리파가 일어나 커피포트와 컵이 담긴 쟁반을 받았다. 쟁반을 가져다준 사람을 쳐다보는 건 예의 없는 행동이 될 터였기에 함자는 그쪽을 보지 못했다. 하지만 안에 들어갔을 때 본 어린 하녀일 거라고는 생각했다. 이 집의 성질 고약한 안주인 비 아샤가 포치에서 수다 떠는 사람들에게 커피 쟁반을 가져다주는 하찮은 일을 할 거라고는 상상할 수 없었다. 처음 쟁반이 나왔을 때는 컵이 세 개밖에 없었고, 함자는 그걸 핑계로 자리를 뜨려 했다.

"성자야, 성자." 칼리파가 말했다. "모스크에 가려나보지? 글쎄, 시간에 맞춰서 갈 수는 없을 텐데."

"자네의 멍청한 이야기를 듣다가 지쳐서 그럴걸." 마알림 압둘라가 말했다. "가, 젊은이. 가서 축복을 받게."

며칠 뒤 저녁, 함자가 바라자에 있는데 이샤 기도 시간을 알리는 무아딘의 외침이 들려온 직후 전에 그랬듯 문이 살짝 열렸다. 칼리파가 힐끗 보자 함자는 쟁반을 받으려고 일어섰다. 엉덩이 문제를 깜빡 잊고 있었기에, 일어나면서 막아볼 새도 없이 작게 헉 소리가 나왔다. 그는 넘어지지 않으려고 맹그로브 기둥 쪽으로 손을 뻗으며 다른 남자들이 움직이거나 뭐라고 하기 전에 빠르게 문으로 다가갔다. 그러고는 쟁반을 받아들고 문 안쪽 그늘에 서 있는 여자를 보았다. 그녀의 눈에서 놀라움, 그리고 어쩌면 걱정하는 기색이 보였다. 함자는 여자를 안심시키느라 살짝 미소 지은 뒤 고맙다고 웅얼거렸지만, 한마디라도 똑똑하게 나왔는지는 알 수 없었다. 쟁반을 가지고 돌아서는데 그 위에 컵이 네 개 놓여 있는 것이 보였다. 그는 칼리파 앞에 쟁반을 내려놓았으나 다시 앉지는 않았다.

"노친네들이랑 커피나 좀더 마시지 그러나." 칼리파가 말했다. "기도는 나중에 따라잡아도 되니까."

"야, 이런 카피르*를 봤나." 토파시가 말했다. "기도를 방해하면 안 되지. 아직 골치가 덜 아픈가보네. 그 말 때문에 죄를 한 양동이는 받게 될 거야. 벌써 장부에 어마어마한 죗값이 달려 있을 텐데."

"신과 인간 사이에는 절대 끼어들지 말라고 했어." 마알림 압둘라가 선언했다.

함자는 미소를 지을 뿐 대답하지 않았다. 그가 모스크로 가는 게 단지 기도하고 축복을 받기 위해서만은 아니라는 말도 하지 않았다. 수다를 떠는 곳에서, 모두에게서 벗어나면 안도감이 느껴질 때가 많았다. 모스크에서는 사람이 붐비더라도 이야기를 할 필요가 없었다. 그는 자리에서 물러나며 여자의 눈에 깃들었던 걱정하는

* '이단자'라는 뜻의 아랍어.

기색을 곰곰이 생각했고, 그 눈빛이 자신에게 일으킨 놀라움과 가벼운 불안을 곱씹었다. 짧은 순간, 함자는 얼굴과 눈에 정직함이라는 깨끗한 모습이 어려 있는 자그마한 사람을 보았다. 달리 어떻게 설명해야 할지 알 수 없었지만, 자신이 본 모습이 바로 정직함임을 알았다. 그 눈빛을 보자 함자는 이해할 수 없는 방식으로 스스로가 안쓰럽게 느껴졌고, 사랑 없는 그 자신의 인생 몇 년과 그 사이사이에 경험했던 너무도 짧은 온화한 순간들이 슬프게 느껴졌다. 그는 여자가 어린 하녀라고 생각했었다. 아마 하녀는 맞겠지만, 소녀가 아니라 스무 살쯤 된 여자였다. 함자는 결국 여자도 칼리파의 아내일지 궁금했다. 칼리파 나이의 남자가 다시 결혼하되 훨씬 어린 여자를 선택하는 건 특이한 일이 아니었다. 함자는 한 시간 남짓 거리를 걸어다니며 자신의 순진한 감상과 향수를 호되게 나무랐다. 이 모든 것이 외로움과 자기 연민에서 나왔다. 짧은 인생 동안 온갖 사건을 겪고도 머리를 맑게 하고 몸을 안전하게 지키는 데 그가 가진 모든 지력이 필요하다는 걸 깨닫지 못한 것처럼 말이다.

며칠 뒤 그는 상인에게 심부름을 갔다가 항구로 화물을 찾으러 가는 이드리스, 두부와 동행하라는 지시를 들었다. 상인이 기다리던 무슨 장비가 도착했다고 했다. 함자가 부두에 가는 건 마을에 돌아온 날 아침 이후로 처음이었다. 시간이 너무 빠르게 흘렀고 가득찬 것처럼 느껴져서 꼭 마을에 들어온 지 몇 달은 지난 것만 같았다. 이드리스가 밴을 운전했다. 한 팔은 열린 창문에, 다른 팔은 핸들에 올려놓고 흙길을 따라 덜컹덜컹 달리며 간혹 보이는 지인들에게 인사를 건네는 그는, 자신을 무척 좋아하는 농노들 사이로 황금 마차를 타고 지나가는 귀족처럼 오만했다. 그러면서 그는 느릿느릿 계속 수다를 떨어댔는데, 대부분은 더러운 얘기였다. 운전석 벤치 시트 가운데에 앉은 두부는 의무적으로 낄낄거렸고, 함자는 고개를 돌려 창밖을 보았다. 이드리스의 더러운 헛소리에서 해방될 방법은 아직 찾지 못했지만, 그들에게 처음만큼 혐오감이 느껴지지는 않았다.

알고 보니, 상인이 주문한 장비는 커다란 프로펠러였다. 이드리스가 부두 창고 한 곳의 정문 바로 앞까지 차를 몰아 갔다. 나소르 비아샤라가 거기에서 기다리고 있었다. 그는 층층이 쌓인 황마 포대 위의 반짝이는 프로펠러 옆에 서 있었다. 서류 작업은 다 끝났어, 그가 말했다. 기계를 창고로 가져가지. 그들은 프로펠러를 먼저 싣고 밴에 탔다. 상인은 이드리스와 함께 앞쪽 운전석에 탔다. 나소르 비아샤라는 새로 손에 넣은 물건에 흥분했고, 그와 칼리파가 창고 한가운데에 마련한 공간에 보관하도록 물건 부리는 일을 직접 감독했다. 프로펠러는 그보다 덜 멋진 상품들로 보호되고 위장되었다. 작업을 마치자 나소르 비아샤라는 밴을 보내고 함자에게 밖으로 따라오라고 손짓했다. 칼리파는 짜증스러운 표정으로 어두컴컴한 창고로 사라졌다.

밖으로 나와 창고 문 옆에 서자 상인은 지켜보는 사람이 없는지 확인하려는 듯 주위를 둘러보았다. 그리고 재킷 안에 손을 넣어 접은 지폐 몇 장을 꺼냈다. "지난 삼 주 동안의 임금이네. 지금부터 삼 주 뒤에 다시 돈을 주지." 그가 말했다. 반발을 예상하기라도 한 듯 완고한 목소리였다. "후한 돈을 주는 건 자네가 일을 잘했기 때문이야. 잘해낼 줄 알았어. 지금부터는 창고의 야간경비원으로 일했으면 하네. 매일 밤을 이곳에서 보내면서 안에 있는 값진 물건을 지켜. 당분간은 그 일을 하고, 나중에 달리 무슨 일을 할 수 있을지 이야기해보세. 낮에는 평소처럼 여기에서 일하고, 밤에는 창고에 들어가서 문을 잠가. 알겠나?"

나소르 비아샤라는 지폐를 건넸고, 함자는 말없이 그 돈을 받아 세지도 않고 주머니에 넣었다. 상인은 미소 지으며 고개를 끄덕였다. 거지가 품위를 지키는 것이 재미있나보다고 함자는 생각했다. 나소르 비아샤라는 모자를 벗고 특유의 동작으로 머리를 문지르더니 성큼성큼 자리를 떠났다. 함자는 칼리파가 즉시 밖으로 나와 이런 지시에서 배제당했다며 불만을 토로할 줄 알았다. 그런데 생각보다 더 큰 상처를 입은 모양이었다. 함자는 문 옆 벤치에 앉아 그를 기다리다가, 일이 분쯤 뒤 소리쳐 불렀다. 칼리파가 나오자 함자는 지폐를 들어 보였다. 칼리파가 돈을 가져갈 것처럼 손을 뻗어 함자는 지폐를 다시 주머니에 넣었다. "오늘밤부터 야간경비원이 될 겁니다, 낮에는 창고에서 일하고요." 그가 말했다.

"그놈은 멍청한 놈이야." 칼리파가 말했다. "돈은 얼마나 주던가?"

"모르겠어요." 함자가 말했다. "안 세어봤습니다."

"자네도 멍청한 놈이야. 하지만 자네한테는 안쓰러운 마음이 드는군. 자네가 그런 식으로 행동하는 건 예의나 품위를 지킨다는 게 어떤 건지 정확히 모르기 때문이니까. 난 자네 같은 사람들을 알아, 정말이네." 칼리파가 말했다. "하지만 저 녀석은 한 번도 철든

적 없는 어리석은 사람이야. 저깟 프로펠러 때문에 저렇게까지 흥분하는 이유가 뭔가? 마을의 모든 선원과 어부가 저 프로펠러를 호시탐탐 노리고 있다고 생각하지. 저게 자기 새 계획이거든. 몇 년 전에는 배를 산다고 돈을 수천이나 썼다네. 이 지역 화물을 날라서 돈을 벌겠다는 거였지. 실제로는 그렇게 되지 않았어. 그런데 이제는 프로펠러가 돈을 벌어다줄 거라면서, 프로펠러를 사는 데 수천을 쓴 거야. 물론 돈을 벌 수도 있겠지. 하지만 그러느라 멍청이같이 굴면서 자네를 위험에 빠뜨리고 있어. 날이 어두워진 다음에는 창고 안에 들어가서 문을 잠그고, 누구에게도 문을 열어주면 안 되네. 취객이나 해시시를 피우는 자들이 사람도 없고 낡은 이곳에 와서 잠을 자려고 할 거야. 알겠나? 밖에서 무슨 소리가 들려도 문을 열지 말게. 놈들이 서로에게 무슨 짓을 하든 놔두고, 자넨 안에 있어."

칼리파가 자신의 안전을 너무 걱정하는 것 같아서, 함자는 살면서 취객이나 해시시 피우는 사람보다 훨씬 심한 걸 많이 보았다고 말하려다 그저 고개를 끄덕이며 조심하겠다고 했다. 그날 오후, 함자는 칼리파의 집 창고방에서 소지품을 챙기고 카페에 들러 작은 빵 한 덩어리와 생선 한 토막을 사서 창고로 돌아왔다. 밤이 되자 고양이가 지붕 위에서 돌아다니고 골목에서 구슬프게 울어대는 소리가 들렸고, 잠들기 직전에는 어떤 사람이 취해서 울다가 흐느끼며 괴로울 정도로 그립다는 듯 누군가의 이름을 부르는 소리가 났다. 함자는 아직 어두울 때 잠을 깨어 새벽이 오기를 기다리면서 누운 채 생각에 잠겼다.

매일 어두워지기 전 초저녁에 그는 층층이 쌓인 황마 자루 위에 짚 매트, 그의 부사티*를 깔아 잠자리를 마련했다. 자면서 몸을 뒤척일 때는 예외였지만, 스프링과 자루의 탄력성이 옆구리 통증을 얼마간 흡수해주었다. 이후 함자는 염소고기 카레나 생선, 가끔은 그냥 버터를 바른 빵 등 뭔가를 먹으러 카페로 갔다. 그런 다음 모스크로 가서 몸을 씻고 기도한 다음 창고로 돌아갔는데, 그때쯤이면 사방이 꽤 어두웠다. 그는 상인에게 요청해 받은 기름등잔을 밝히고 문을 잠근 다음 잠자리에 들었다. 잠이 오지 않으면 가방에서 책을 한 권 꺼내 훑어보았다. 실러 책의 오래된 글자를 편안히 읽기에는 불빛이 약간 어두웠고, 이미 아는 부분만을 다시 읽을 수 있을 뿐이었다. 그는 읽을 수 있어서라기보다는 그것을 만지작거리는 즐거움 때문에 책을 꺼내곤 했다.

그런 다음 함자는 그 황금색 불빛 속에 누워 자루와 목함 사이에서 피할 수 없이 들려오는 쥐 돌아다니는 소리를 무시하려 애썼다. 때로는 낮이 저물면 땅속의 굴로 들어가야 하는 원시시대의 인간, 밤의 공포를 피해 숨는 혈거인이 된 느낌이었다. 함자는 그런 공포를 막으려고 밤새 불을 켜두었지만, 잠이 오지 않는 밤에 그를 찾아 기어드는 속삭임을 막을 수는 없었다. 애쓰지 않고 잠이 들 때도 많았으나 그러지 못하는 밤이면 꿈에서 찢기고 훼손당한 시신들을 보고 시끄럽고 증오로 가득찬 목소리에 괴롭힘을 당했으며 그를 노려보는 끈적끈적하고 투명한 눈길에 시달렸다. 창고에서

* '매트' '깔개'를 의미하는 스와힐리어.

보내는 밤이 몇 주 동안 이어지자 그는 더 오래 자게 되었다. 심지어 첫 빛이 들어올 때까지 쭉 자기도 했다. 그는 매일 아침 자신이 이토록 오래 잤다는 것에 놀라며 눈을 뜨고, 현금통에 쌓여가는 푼돈을 헤아리는 수전노 가게 주인처럼 방해받지 않고 잔 시간을 헤아렸다. 그는 휴식이라는 혜택이 고마웠다.

*

프로펠러를 끼우는 정비공이 나소르 비아샤라의 다우선*을 살펴볼 시간을 내기까지는 거의 한 달이 걸렸다. 작업은 보통 선체 수리가 이루어지는, 항구 뒤쪽 하천의 모래곶에서 할 예정이었다. 하천의 물은 저멀리 바다까지 물러났다가 오후 늦게 다시 밀려들었다. 모래곶까지 물이 차는 것은 보름달이 뜰 때뿐이었다. 정비공은 온다고 했다가 약속을 미루기를 네 번 반복했다. 그가 정말로 나타나기 며칠 전에 보트는 썰물 때 모래곶으로 밀려 올라왔다. 선원들은 기다란 맹그로브 통나무를 하안에 내려놓고 물이 들어오기를 기다렸다가, 상인의 직원과 호기심에 몰려든 행인까지 쓸 수 있는 모든 노동력을 동원해 배를 굴림대에 올려놓고 할 수 있는 한 모래곶 가장 높은 곳까지 밀어올렸다. 그러고는 배가 다시 굴러내리지 못하도록 단단한 기둥에 묶어놓고, 정비공이 더 시간을 끌며 지체하는 동안 그 자리에 두었다. 칼리파는 이런 노력에 전혀 참여하지

* 아랍과 동아프리카 일대에서 쓰는 돛단배의 총칭.

않고 미꾸라지 같은 정비공에 대해 빈정거리는 질문만 던졌다. 상인도 자기 사업의 진행에 별 관심을 기울이지 않았다. 심지어 정비공이 계속 나타나지 않는데도 짜증조차 내지 않았다. 마치 이 모든 일이 자신과는 아무 상관도 없다는 투였다. 함자는 상인의 행동이 의아했지만, 아마 그게 상인 나름대로 품위를 유지하는 방법일 거라고 생각했다. 정비공에게 그가 없으면 안 된다는 식의 만족감을 안겨주기 싫었던 것이다. 배는 그렇게, 뒤집힌 딱정벌레 같은 모습으로 며칠을 기다렸다. 정비공이 시간을 낸 날, 프로펠러를 싣고 현장에서 돕기로 한 함자를 태우러 밴이 왔다. 칼리파조차 프로펠러를 장착하기 위해 정비공이 확실히 나타나는 극적인 순간의 유혹에는 저항하지 못하고 최후의 의식을 지켜보러 따라왔다.

상인과는 달리 배의 나호다는 품위를 유지하는 데 별 관심이 없었고 마침내 정비공이 도착한 날에는 둘이 서로 비난과 욕설을 던져대느라 첫 한 시간을 보냈다. 그러는 동안 두부와 함자는 배의 빈약한 그늘에 앉아 있었으며 이드리스와 칼리파는 밴의 운전석에 남아 있었다. 키가 작고 머리가 희끗희끗한 오십대 남자인 나호다는 햇빛과 바다 때문에 피부가 검게 그을려 거친 가죽으로 변한 사람으로, 정비공더러 모두의 시간을 낭비한 무식한 멍청이이자 예의를 모르는 뭣 같은 새끼라고 했다. 서른 살쯤 되어 보이는 정비공은 턱수염을 깔끔하게 다듬고 높은 모자를 쓴 채 오토바이를 타고 왔는데, 자기가 얼마나 중요한 사람인지 잘 알고 있었다. 그는 나호다에게 자기가 즐겨 놀아주는 예쁘장한 소년도 아니면서 말조심하라고 했다. 그리고 자기는 나름대로 볼일이 있으니, 불만이 있으면 가서 다른 정비공을 찾아보라고도 했다. 다른 정비공이 그보다 빨리 나타나리라는 확신이 전혀 없었으므로 이 위협은 효과가 있었다. 잠시 후 울화는 잦아들었고 그들은 점점 더 드물게 욕설을 주고받으며 프로펠러 설치를 진행했다. 물이 들어오자 그들은 배를 다시 물에 띄웠고 그곳에서 정비공은 설치를 마쳤다. 정비공이 프로펠러에 시동을 걸 때 상인이 그 자리에 있을 수 있도록 이드리스가 다시 밴을 목공소로 몰고 가 상인을 데려왔다. 상인은 환성을 터뜨리고 고함을 지르며 시동 거는 모습을 지켜보았다. 이때쯤 나호다와 정비공은 평생지기라도 되는 것처럼 자축하며 함께 이야기를 나누고 웃었다. 아마 실제로도 평생지기일 가능성이 매우 컸다.

소중한 프로펠러 설치를 축하하는 순간에도 상인의 미소에는 불안감이 어려 있었다. 아마 새로운 사업의 미래 때문이었을 것이다. 그는 함자를 불렀고 두 사람은 하천 옆 모래곶에 섰다. 나소르비아샤라는 함자에게 이제 프로펠러가 안전하게 설치되었으니 창고에서 경비원 노릇을 할 필요는 없다며 짐을 챙겨 집으로 돌아가도 좋다고 말했다. 내일 아침에 창고 열쇠를 가지고 자기를 찾아와 돈을 받으라는 것이었다. 함자에게 시킬 다른 일이 있을지도 몰랐지만, 상인은 아무것도 약속하지 않았다.

함자는 이렇게 빨리 버려질 줄 몰랐다. 창고지기 일이 끝나서 아쉬웠다. 가끔 외롭고 괴로운 기분에 압도되긴 했지만, 대체로는 평화로운 시간이었다. 낮에는 칼리파와 이야기하거나, 이야기하고 싶어하는 칼리파의 말에 귀기울이며 창고에서 시간을 보내고, 밤에는 기름등잔의 황금색 빛과 그 모든 상품이 뿜어내는 곰팡내며 묘한 열기 속에 조용히 잠들고…… 덕분에 함자는 쉬면서 생각하고, 인생에 침착함을 들여올 여유가 생겼다. 그리고 덕분에 수많은 후회와 슬픔을 넘어서 다시 살 수 있었다. 그런 후회와 슬픔은 어쨌든 함자와 함께 머물 것이며, 아마 절대로 해결되지 않겠지만 말이다.

다음날 그는 칼리파에게 더이상 경비원으로 일하지 않게 되었다고 말했다. "오늘 아침에 열쇠를 돌려달래요. 더이상 할일이 없다는 것 같았는데, 잘 모르겠습니다."

"족제비 같은 놈. 그놈은 비열하고 기만적인 기회주의자야." 칼리파는 상인의 못된 성품을 즐기는 듯 말했다. "자네는 그자가 제복을 주고, 자네를 제대로 된 경비원으로 고용하고, 자네가 목욕재계하고 기도할 수 있도록 창고에 욕실까지 지어줄 줄 알았겠지. 그놈을 믿은 자네가 바보야." 그러더니 잠시 후, 나지막하게 툴툴거리고는 말했다. "뭐, 그럼 우리집 창고방으로 돌아오는 게 좋겠군. 아마 다른 일자리가 생기겠지."

함자가 가보니 나소르 비아샤라는 가구 작업실에 있었다. 그는 몇 주 전 작업실에서 보았을 때 모자에 수를 놓고 있던 남자와 이야기를 나누는 중이었다. 함자는 이후로도 몇 번 목공소로 심부름을 갈 때마다 작업실을 들여다보았다. 무슨 일을 하고 있는지 보고 싶기도 했고, 그냥 나무의 냄새가 기분좋기 때문이기도 했다. 이제 함자는 노인의 이름이 술레마니이며, 그가 작업실의 수석 목수라는 것을 알게 되었다. 아마 오십대밖에 되지 않았을 텐데, 다들 그를 음지* 술레마니라고 불렀다. 음지 술레마니 밑에서 일하는 젊은 남자가 한 명 있었는데, 그는 매끄러운 검은색 머리카락을 뽐내듯이 뒤로 넘겨 하나로 묶고 자주 만지작거리는 인물이었다. 그날 아침에는 그 젊은이의 모습이 보이지 않았다. 젊은이는 이름이 메흐디였고, 보통 전날 밤 술을 마시고 일어나서 입도 헹구지 않고 직장에 나온 것처럼 퀴퀴한 알코올냄새를 풍겼다. 때때로 머리가 아픈지 손가락으로 관자놀이를 눌러댔는데, 함자가 생각하기에 숙취를 느끼면서 두들기고 망치질하고 톱질하는 등 그가 맡은 일을 하는 것은 악몽이었다. 함자는 독일인들이 흥청망청 과음을 하며 즐긴 이후에 장교가 숙취로 얼마나 괴로워했는지 떠올렸다. 작업실에는 세푸라는 이름의 십대 소년도 한 명 있었는데, 그는 사포질이나 광택제 바르기 같은 작업을 했으며 하루가 마무리될 때 정리를 하기도 했다. 그의 남동생도 가끔 일을 도와주러 왔다. 그냥 할 일이 없어서 오는 것이기도 했고, 나중에 자리가 생길 경우 일하고 싶다는 의지를 보여주기 위해서이기도 했다. 함자가 목공소에 도착한 첫날, 광택제가 담긴 냄비를 나르던 사람들이 그들 형제였다. 나소르 비아샤라 자신도 간혹 작업실에서 일했다. 그는 자기 사무실의 모든 가구를 설계했고, 작은 장식품의 마무리 작업을 직접 하는 경우도 많았다.

함자가 두 사람을 작업실에서 보았을 때, 평소 이맛살을 찌푸리는 일이 없고 무표정하며 초연한 음지 술레마니가 약간 인상을 쓰고서 상인의 말에 귀기울이고 있었다. 상인은 말을 마치더니 함자

---

* '노인'이라는 뜻의 스와힐리어.

쪽을 돌아보며 열쇠를 달라고 손을 내밀었다. 따라오게. 그는 그렇게 말하며 기다리지 않고 가버렸다. 함자는 무표정하게 돌아보는 목수를 힐끗 보았다.

작업실 옆의 작은 사무실로 간 나소르 비아샤라를 따라잡자 상인은 방금 생각났다는 듯 말했다. 함자가 볼 때는 처음부터 이 순간을 기다려온 게 분명했지만 말이다. "자네, 나무 만지는 일을 하고 싶지? 자네가 종종 저기 들어가는 걸 봤어. 나는 나무 좋아하는 사람을 늘 알아볼 수 있지. 자네가 목재 냄새를 맡는 걸 봤거든. 그게 늘 단서가 되지. 아무튼, 창고에서 자네 일은 끝났어. 난 그저 자네 생김새가 마음에 들었고, 자네한테 일거리가 필요했기에 자네를 도와주었네. 하지만 자네가 잘해냈어. 그 늙은 불평꾼 칼리파를 어떻게 처리했는지야 모르겠지만, 칼리파가 자네를 꽤 좋아하게 된 것 같더군. 보통은 그런 사람이 아닌데. 그래서, 작업실 일은 어떻겠나? 자네는 음지 술레마니를 도와줄 수 있을 걸세. 그러면 술레마니가 이것저것 가르쳐줄 테고. 아주 솜씨 좋은 목수거든. 말은 별로 없지만 믿을 만한 사람이야. 술레마니한테서 많은 걸 배울 수 있을 걸세. 심지어 목수가 될 수도 있지. 비피, 어떤가?"

너무도 예상치 못한 제안이라, 함자는 잠시 놀라서 씩 웃는 것밖에 할 수 없었다. 상인은 마주 미소 지으며 고개를 끄덕였다. "그렇게 미소 지으니 훨씬 잘 어울리는군." 그가 말했다. "이 생각이 마음에 드나본데. 이제 메흐디는 돌아오지 않을 거야. 완전히 정신이 나갔어…… 그렇게 술을 많이 마시고 거리를 비틀비틀 돌아다니며 여기저기 시비를 걸고는 집에 가면 아내와 누이를 두들겨팼다네. 마음 같아서는 여기에 오래 두고 싶지 않았는데, 메흐디의 아버지가 내 아버지의 친구여서 두 분 생각을 해서라도 데리고 있는 수밖에 없었지. 그런데 이번에 메흐디가 또 싸움을 일으켰어. 누가 녀석을 칼로 찌르겠다고 위협한 모양이야. 메흐디의 어머니가 메흐디더러 다르에스살람의 어느 친척에게 가라고 애걸했다네. 그러면 메흐디가 자기 자신으로부터 안전할 거라고 생각했나보지. 아무튼, 자네 뭘 기다리나. 작업실로 가서 일을 시작하게."

음지 술레마니는 처음에 함자에게 간단한 작업을 시켰다. 가구를 작업실의 다른 곳으로 옮기라고 하거나, 자신이 대패질을 하거나 구멍을 뚫는 동안 널빤지 한쪽 끝을 잡고 있으라고 하는 식이었다. 그러면서 술레마니는 함자를 지켜보고 그에게 지시를 내렸다. 함자는 시키는 대로 했고, 아주 작은 실수만 해도 사과했다. 목수는 그에게 더 많은 목재 이름을 가르쳐주었다. 음캉가지, 마호가니, 음빈제, 사이프러스, 음자이투니, 올리브. 술레마니는 함자에게 다시 봐도 알아볼 수 있도록 나무 냄새를 맡아보고 널빤지를 쓸어보라고 했다. 함자는 질문을 던졌고 은근히 열정을 드러냈으며, 며칠 만에 노인이 품고 있던 의심을 많이 내려놓았다는 것을 알게 되었다. 하루 작업이 끝나면 음지 술레마니는 모든 공구를 직접 공구함에 넣고 맹꽁이자물쇠를 채운 뒤 열쇠를 주머니에 넣었다. 그러고는 창문을 다 닫고 사람들에게 작업실에서 나가달라고 말했다. 그가 하루 일과를 마치고 작업실 문을 잠그면서 함자의 이름을 부르며 함자, 내일 인샬라*, 라고 말할 때면 그 말이 환영 인사처럼 들렸다. 내일 다시 오라는 뜻으로 말이다. 음지 술레마니는 점심을 먹지 않았지만, 둘은 그가 수를 놓을 수 있도록 늘 점심시간에는 작업을 멈췄다. 목수라는 새 직업을 생각하면 함자는 여태 해온 다른 어떤 일에도 품은 기억이 없는 커다란 열정으로 가득찼다.

함자가 칼리파에게 새로운 직업 이야기를 너무도 신나서 전하는 바람에, 칼리파는 웃으며 그 이야기를 바라자 친구들에게 전해주었고 그들은 젊은이를 놀리며 푼디 세라말라**라고 불렀다. 함자는 전처럼 칼리파 집의 창고방에 자리잡았고, 예전의 일과로 다시 돌아갔다. 모스크에서 몸을 씻고, 카페에서 저녁을 먹고, 이따금 저녁에는 세상사를 고민하는 칼리파의 친구들과 함께 포치에 앉아 있는 일과였다. 하지만 그 일상은 겨우 며칠밖에 이어지지 않았다. 어느 날 아침, 비 아샤가 함자를 집 문 앞까지 부르더니 카페로 심부름을 보냈다. 보통 이른아침에 식빵과 번을 배달해주는 꼬마가 오지 않았으니, 함자더러 자기 대신 카페에 가달라는 것이었다. 비 아샤가 뒤뜰에서 성질을 내고 난 뒤 처음으로 말을 건 것이었지만, 둘 사이에 그런 일은 전혀 벌어지지 않았다는 투였다. 이 돈을 가지고 카페에 가서 식빵과 번을 사와. 어서 가. 그게 함자의 매일 아침 할일이 되었다. 함자가 문을 두드리면, 집안의 두 여자 중 젊은 여자가 그에게 카페에 치를 돈과 식빵과 번을 담을 바구니를 내밀었다. 함자는 돌아와 다시 문을 두드리고 바구니를 넘겼다. 그 대가로 그는 아침으로 먹을 빵 한 조각과 차 한 잔을 받았다. 여자가

---

* 이슬람교의 관용구로 '신이 원하신다면'이라는 뜻.

** '목수'라는 뜻의 스와힐리어.

그의 이름을 부르면 함자는 문 앞까지 가서 아침식사를 받아왔다. 그는 더이상 여자를 이 집 하녀로 생각하지 않았다. 그녀는 함자에게 자기 이름이 아피야라고 말했다.

함자는 다른 심부름도 다녔다. 소포, 음식이 담긴 바구니, 전갈을 이웃이나 친척에게 전하는 일이었다. 비 아샤가 그를 불러서, 뭔가 도움이 필요한 이웃에게 함자를 보내주기도 했다. 비 아샤는 그 이웃들에 대해 등뒤에서 자주 화를 냈는데, 그들이 끝없이 자신을 무시하고 반복적으로 신성모독을 한다는 것이었다. 그녀는 꼭 신성모독자들에게 둘러싸여 있는 것 같았으며, 이웃에게 함자를 보내주면서 쿠란 구절을 외우기도 했다. 그렇게 해서 함자에게 필요할지도 모를 보호를 제공하려는 것이었다. 비 아샤는 꼭 자기한테 이런 요구를 할 모든 권한이 있다는 것처럼, 상습적이고 갑작스럽게 심부름을 시켰다. 칼리파는 방세를 받지 않았는데, 그 때문에 함자는 이 집에 의지하면서 그들에 대한 의무를 지게 되었다. 함자는 이 집에 소속된 사람처럼 편안함을 느꼈고, 이리저리 불려다니는 것도 나쁘지 않았다. 심지어 그는 도무지 부드러워질 것 같지 않은 비 아샤의 날카로운 성품에도 익숙해졌다. 유용한 사람이 될 의무를 띠게 되었으니, 발라아, 하나 마아나 같은 닥쳐오는 재앙 취급을 받는 것보다 훨씬 나아진 셈이었다.

*

"음지 술레마니가 자네 작업에 만족하더군." 나소르 비아샤라가 말했다. "내 생각이 맞았지. 난 자네가 이 일을 잘할 줄 알았어. 음지 술레마니는 자네 태도도 괜찮다던데, 술레마니로서는 대단한 평가야. 술레마니한테는 그게 그냥 공손하다는 뜻이 아니거든. 아주 많은 뜻이 더 있지."

나소르 비아샤라는 잠시 말을 멈추고 기다렸다. 함자는 시험을 받고 있다고 느꼈으나 어떤 시험을 받는지는 알 수 없었다. 그는 상인이 설명해줄 때까지 기다렸다. 나소르 비아샤라가 말했다. "음지 술레마니가 나한테 그런 말을 했다는 건 아니지만, 내 생각은 그래. 나는 그 사람을 오랫동안 알아왔네. 그는 절대로 강한 언어를 쓰지 않지. 욕설을 말하는 게 아니야. 그는 심지어 다른 모든 사람처럼 신의 이름을 들먹이지도 않는다네. 뭔가를 강조하고 싶을 때 왈라히니 뭐니 말하는 우리와는 달라. 자네가 왈라히라고 말하면, 술레마니가 못하게 할 거야. 꼭 신의 이름을 싸구려로 만들었다는 것처럼 말이지. 술레마니가 다른 사람에 대해서 할 수 있는 최악의 한마디는 그 사람을 믿지 않는다는 걸세. 그는 진실에 큰 믿음을 두고 있어. 이렇게 말하니, 내 의도와는 다르게 술레마니가 잘난 체하는 사람인 것처럼 들리네만. 그보다는 술레마니가 요란 떨거나 허세 부리지 않는 솔직함, 개방성 같은 것에 신뢰를 둔다고 하는 게 낫겠군…… 자네도 꼭 그렇지. 예의도 바르고. 술레마니는 그걸 좋아한다네. 술레마니가 자네 태도가 괜찮다고 한 건 그런 뜻이었어. 술레마니가 직접 자네에게 이런 말을 해주지는 않을 테니 내가 해주는 걸세."

함자는 무슨 말을 해야 할지 몰랐다. 그는 누가 자기를 그렇게 좋게 생각해준다는 점에도, 그런 이야기를 전해준 상인의 친절함에도 감동했다. 북받치는 감정에 눈이 따끔거렸다. 때로 함자는 칼리파가 상인을 그토록 끔찍하게 여기는 것이 거북했다. 함자가 보기에 상인은 그렇게 나쁜 사람이 아니었다.

"술레마니 말로는 자네가 칼리파의 집에 산다는데." 나소르 비아샤라가 책을 부스럭거리며 말했다. 신뢰하는 기색도, 좋다고 여기는 기색도 적어진 투였다. "나한테는 그 말을 안 했지. 그럼 잘 적응하고 있는 거군. 말해두지만, 나라면 그 늙은 불평꾼과 살고 싶을 것 같진 않아."

"정확히 말하면, 그분 집에 사는 것은 아닙니다." 함자가 말했다. "예전에 이발소였던 별채 방을 쓰게 해주신 거여서요."

"내가 그 집을 아주 잘 아는데, 그 집이 딱히 칼리파의 것은 아니라네. 비 아샤의 것도 아니고. 비 아샤에 대해서는 어떻게 생각하나? 좀 거칠지? 서로 그토록 뚱해진 게 둘 중 누구 때문인지는 모르겠지만, 대체로 비 아샤의 탓이라고 생각하네. 불만으로 가득한 여자야. 가서 이 얘기를 떠들어대진 않겠지? 자네도 알겠지만, 우린 친척이라네. 뭐, 내가 그 가문과 관계가 있지." 상인은 그렇게 말하더니, 자리에 앉아 서류 작업을 시작하며 손을 내저어 이 화제에 관해서는 더이상 대화하지 않겠다는 뜻을 나타냈다.

"나소르 비아샤라와 친척이시라고 들었습니다." 함자가 나중에 칼리파에게 말했다. "아니, 그분 말로는 가문과 관계가 있다고 하시던데요."

칼리파는 잠시 생각해보더니 말했다. "그렇게 말하던가? 이 가문과 관계가 있다고?"

"왜 가문이라고 말하는 거지요?" 함자가 물었다. "비 아샤를 말하는 겁니까?"

칼리파는 고개를 끄덕였다. "그놈은 족제비 같은 놈이야, 내가 말했잖나. 그렇게 구식으로, 허세 떨면서 애매하게 말하는 걸 좋아하는 기만적인 놈이지. 그런 놈들은 집안 여자들에 대해 말하는 게 예의 없는 짓이라고 생각한다네."

함자는 칼리파가 다른 말을 하려다 망설이는 것을 느끼고 그에게 커피를 한 잔 더 따라주었다. 그날 저녁에는 두 사람만 포치에 앉아 있었다. 함자가 물었다. "어떻게 친척이세요?"

칼리파는 뜸을 들이며 커피를 한 모금 마시더니, 함자가 기다리는 동안 생각을 정리했다. 함자는 때가 되면 사정을 알게 되리라는 걸 알았다. "내가 그놈의 아버지인 해적 상인 아무르 비아샤라 밑에서 일했다는 얘기는 했었지. 그 사람 밑에서 여러 해 동안 일했네. 비 아샤와 내가 결혼한 건 그 시기였어. 브와나 아무르가 비 아샤의 친척이었는데, 그 사람이…… 뭐, 그 사람이 우리를 맺어주었네."

"어쩌다가 그분 밑에서 일하게 되셨습니까?" 칼리파가 그답지 않게 말을 아끼자, 함자는 오랫동안 침묵을 지킨 끝에 물었다. 보통 칼리파는 누가 재촉하지 않아도 말을 잘하는 편이었다.

칼리파가 말했다. "정말 이 오래된 얘기를 다 듣고 싶은가? 자네 얘기는 한마디도 하지 않으면서 내 이야기를 묻는군. 그런데도 난 참을 수가 없어. 늙은이 팔자지. 입을 다물 수가 없다네."

"나이든 해적 얘기를 정말 듣고 싶습니다." 함자가 말하며 씩 웃었다. 그는 칼리파가 자신에게 이야기하고 싶은 마음을 참을 수 없다는 걸 알고 있었다.

*

빠르게 어두워져가던 저녁에 함자가 마을로 돌아왔던 그날은 여름 몬순인 쿠시의 초기였다. 그때쯤 바다 건너에서 온 무역상들은 소말리아와 남아라비아, 서인도의 집으로 돌아간 뒤였다. 함자는 여러 해 전 마을에서 보낸 시절의 날씨가 잘 기억나지 않았고, 마을을 떠난 이후로는 몇 년 동안 해풍과 멀리 떨어진 내륙 깊은 곳에서 힘겨운 시간을 보냈다. 다들 한 해의 중간인 이 몇 달이 가장 달콤한 시기라고 했지만, 처음 돌아왔을 때 함자는 그 말을 제대로 이해하지 못했다. 땅은 오랫동안 내린 비로 여전히 푸르렀고 바람은 부드러웠다. 그 시기가 지나고 나면, 한 해의 마지막 삼분의 일 정도는 날씨가 더욱 건조하고 뜨거워졌다. 그런 다음, 겨울 몬순인 카스카지가 불어오기 시작하면서 처음에는 바다가 거칠어지고 바람이 거세지다가 짧게 비가 내렸다. 그리고 마지막으로, 새해에는 북동쪽에서 꾸준한 바람이 불어왔다.

그 바람이 바다 건너에서 무역선들을 다시 데려왔다. 배들의 진짜 목적지는 몸바사나 잔지바르 등 무역할 준비가 된 부유한 상인들이 있는 번영하는 마을이었으나, 일부는 뒤처져 함자가 사는 마을을 포함한 다른 항구로 들어왔다. 몇 주 전부터 배가 올 것이 예상되었고, 선장과 선원들에 관한 인기 있는 전설이 되살아나 사람들 입에 다시 오르내렸다. 이들이 빈터만 보면 널브러져 어디든 야영지로 바꿔놓을 때의 혼란, 거리에서 팔고 다니는 굉장한 상품들. 그중 다수는 싸구려 장신구였으나 일부는 판매자가 알고 있는 것보다 더 값비싼 것이었다. 두꺼운 깔개와 귀한 향수, 배마다 가득가득 실린 대추야자와 소금에 절인 킹피시와 상인들에게 싸게 팔아넘기는 말린 상어고기, 과일에, 특히 망고에 보이는 그들의 악명 높은 허기와 도저히 다스려지지 않는 폭력성. 그런 폭력성이 과거에는 거리에서 노골적인 싸움으로 이어졌고, 사람들은 겁에 질려 집에 들어가 문을 잠그고 있는 수밖에 없었다. 모스크에는 선원들이 흘러넘칠 정도로 밀려들었고, 바다의 짠내와 땀 얼룩으로 찌든 칸주와 코피아 냄새로 공기를 채웠다. 그런 옷들은 보통 때가 껴서 갈색으로 변색되어 있었다. 항구 근처 구역은 특히 이들의 무절제한 행위에 정면으로 노출되었다. 목공소와 칼리파의 집은 읍내 안쪽으로 좀 떨어져 있어서, 그쪽으로 오는 여행객은 고무와 향신료, 향수, 목걸이, 놋쇠 장신구, 케케묵은 색깔로 염색하고 수놓은 두껍게 짠 천을 바구니에 담아오는 행상인들뿐이었다. 길을 잃은 난봉꾼 수리족 상인들이 적진을 가로지르는 것처럼 지팡이를 높이 휘두르며 동네를 가로질러 다가올 때도 있었다. 아이들이 그들 뒤에 모여서, 낯선 이들은 이해하지 못하는 놀리는 말을 외치며 입으로 방귀 소리를 냈다. 수리족은 그 소리를 특히 모욕적이라고 느끼는 것으로 알려져 있었다.

목공소와 칼리파의 집이 무역상이나 선원들이 닿기에는 약간

면 곳에 있다면, 창고 앞의 탁 트인 공간은 그렇지 않았다. 배를 타고 온 상인들이 매일 그곳에 모여들었고, 일부는 밤에 그 자리에서 야영을 했다. 과일과 구운 옥수수, 카사바, 커피를 파는 사람들이 그들을 따라와 이제 그 구역은 칼리파가 여러 달 전에 함자에게 그리움에 가득차서 설명해주었던 바글바글하고 혼란스러운 시장통으로 바뀌었다. 창고는 지난 몇 주, 몇 달에 걸쳐 비워져 이제는 텅 비었으며 새로운 재고를 받을 준비가 되어 있었다. 나소르 비아샤라는 창고 문 바로 안쪽에 작은 책상을 하나 더 놓아 사무실을 차리고 이제 오전 시간은 목공소의 작은 방 대신 그곳에서 보냈다. 오후가 되면 그는 서류를 정리하러 목공소로 돌아가면서 칼리파에게 상품 운송과 적하를 맡겼다. 칼리파에게는 정신없이 바쁜 나날이었다. 그는 자주 늦게까지 일했고, 클립보드를 들고 젠체하며 부산스럽게 돌아다니면서 새로운 재고를 기록했다. 함자는 그가 이드리스와 두부를 항구로 오가게 하고, 상품을 쌓도록 고용된 짐꾼들을 감독하는 것을 보며 해적 상인의 경리라는 본모습을 찾았다고 생각했다.

칼리파의 평범한 근무 일과는 상당히 달랐다. 보통 칼리파는 오후 일찍 창고 문을 닫아걸고, 열쇠를 목공소에 갖다놓은 뒤 집으로 갔다. 작업실 일이 별로 없으면, 함자는 그와 함께 집으로 가 자기 방이나 포치에서 점심을 먹었다. 음지 술레마니는 작업실에 머물며 점심을 먹지 않았다. 함자는 점심을 먹고 돌아갔다가 무아딘이 오후 기도 시간을 알릴 때까지 일한 다음, 작업실을 쓸고 문을 잠갔다. 점심을 먹으러 집으로 가지 않은 날은 그의 몫이 따로 챙겨져 있었고 함자는 집에 돌아가서 그 음식을 먹었다. 이런 식으로, 그는 창고방이라는 집밖 공간에 있으면서도 집안의 일부가 되었다. 처음 그때 이후로 다시 안에 들어가지는 않았다. 비 아샤가 가끔 함자의 거처나 그 너머까지 잘 들리는 목소리로 심부름을 하라며 뜰 안에서 부를 때면 바깥쪽 문 옆에서 기다렸다. 그녀가 짜증스럽게 뭐라고 쏘아붙이며 들어오라고 하면, 그는 문 바로 안쪽까지만 들어가서 비 아샤가 다가올 때까지 기다렸다. 그는 하인이 되지 않도록 선을 지키려고 애썼다. 하인이 되고 싶지는 않았다. 그는 집안에 의무를 지고 있지만 주제넘게 굴지는 않는 딸린 식구로 남고 싶었다.

어느 날, 칼리파가 예상보다 오래 창고를 비웠을 때 함자는 습관대로 점심을 먹으려고 문을 두드렸다. 아피야가 문을 열었다. 그녀는 함자에게 물이 든 머그잔과 쌀밥, 시금치가 담긴 접시를 건넸다. 그녀가 평소와 달리 즉시 문을 닫지 않아서 함자는 문 옆 포치에 앉아 음식을 먹기 시작했다. 문 바로 안쪽 그늘에 그녀가 있는 것이 느껴졌다. 당시 함자는 창고방에 몇 달째 살고 있었으며, 자주 아피야를 생각하기는 했어도 몇 마디 꼭 필요한 말밖에 나누지 않았다. 음식을 몇 입 먹고 나서, 그러는 내내 아피야가 곁에 있었다는 걸 느낀 함자는 집안의 비 아샤는 듣지 못하도록 나지막하게 말했다. "이름은 누가 지어줬어요? 아버지? 어머니?"

"아피야요? 아피야는 건강하다는 뜻이에요." 그녀가 말했다. "어머니가 지어주셨어요."

함자는 그때 아피야가 문을 닫을 줄 알았지만, 아피야는 그러지 않았다. 그녀도 함자와 이야기를 하고 싶어서 그 자리에 남았다. 함자는 특히 자기 방에 혼자 있을 때 그녀를 자주 생각하게 된 터였다. 이따금 함자의 방을 지나갈 때 창문이 열려 있으면, 그녀는 안을 들여다보지 않은 채 인사를 건넸다. 그러면 함자는 골목을 따라 멀어지는 그녀를 서둘러 잠깐이라도 보았다. 때로 그녀는 인사를 건네지 않고 지나갔는데, 그래도 함자는 그녀를 보았고 마음이 흔들렸다. 문 앞으로 불려가거나 그녀가 지나가는 모습을 볼 때마다 함자는 그녀를 불쾌하게 만들지 않으면서 할 수 있는 몇 마디를 건넸다. 그냥 그녀의 목소리를 듣기 위해서였다. 그녀의 목소리는 목이 쉰 듯 깊었고, 함자는 그 목소리가 감동적이라고 느꼈다.

"건강하게 살라고 그렇게 부르셨나보네요." 아피야가 더이상 말하지 않자, 함자는 그녀가 입을 열게 하려고 말했다.

"네, 아마 어머니도 건강하게 살고 싶으셨을 테고요. 아프셨거든요." 아피야가 말했다. "저도 들은 얘기예요. 어머니는 제가 아주 어렸을 때 돌아가셨어요. 아마 두 살 때였을 테지만, 확실하지는 않아요. 전 어머니에 대한 기억이 없어요."

"아버지는 건강하세요?" 함자가 물었다. 이런 질문을 던져야 하는지, 말을 그만 걸어야 하는지 알 수 없었다.

"오래전에 돌아가셨어요. 아버지도 어떤 분이었는지 잘 몰라요."

함자는 웅얼웅얼 위로의 말을 건네고 쌀밥이 담긴 그릇을 보았다. 그는 아피야에게 자신도 부모님을 잃었다고 말하고 싶었다. 부모님과 강제로 떨어지게 되어서 두 분이 어디 있는지 모른다고, 부모님도 그가 어디 있는지 더는 모른다고. 아피야가 잘 모른다는 아버지에게는 무슨 일이 일어났는지 묻고 싶었다. 어머니처럼 아피야가 아기였을 때 돌아가신 걸까, 아니면 어머니가 돌아가신 뒤 그냥 아피야를 운명에 맡겨놓고 떠난 걸까? 함자가 질문을 던지지 않은 건, 이런 질문이 단지 그의 호기심을 만족시키기 위한 것일 뿐이기 때문이었다. 그는 자신의 질문이 어떤 슬픔을 풀려나게 할지 알고 싶지 않았다.

"다리가 아프신가요? 전에 아파서 움찔하시는 걸 봤어요. 방금도 앉다가 아파하시는 걸 봤고요." 그녀가 말했다.

"아프지만, 매일 나아지고 있어요." 그가 말했다.

"무슨 일이 있었어요?" 그녀가 물었다.

함자는 쿡쿡거리며 짧게 코웃음을 지었다. 가볍게 대답하고 싶었다. "언젠가 말해줄게요."

잠시 후 함자는 그녀가 멀어지는 소리를 듣고 그녀가 준 것에 답례를 하지 않은 것이 후회됐다. 곧 아피야가 돌아와 그의 빈 그릇을 치우고 작은 접시에 오렌지 조각을 담아 가져다주었다. "다 드시면 안에 들어와서 손을 씻어도 돼요." 그녀가 말했다.

함자는 오렌지를 다 먹고 나서 소리쳐 알리고 안으로 들어갔다. 그는 아피야가 안뜰로 가는 문 앞에 나타나기를 기다렸다가 그녀에게 빈 접시를 내밀고 그녀를 따라갔다. 아피야는 뜰 왼쪽 벽에 있는 세면대를 가리켰고, 함자는 그리로 가서 손을 씻었다. 비 아샤의 모습은 보이지 않았다. 함자는 아피야가 자신에게 마음껏 말을 걸고 자신을 안으로 불러들인 걸 보면 비 아샤가 집을 비웠나보다고 생각했다. 함자는 세면대에서 손을 씻은 다음 전에는 비 아샤의 성질 나쁜 환영 인사를 피해 서둘러 도망쳤던 곳을 대놓고 호기심을 보이며 둘러보았다. 세면대와 같은 쪽 구석에는 처음 왔을 때 아피야가 설거지를 하던 수도가 있었다. 이제 보니 세면장이 뜰 뒤쪽 벽의 차양 옆에 있었고, 오른쪽으로 방 두 개가 나란히 있었다. 한 방은 창고 같았는데, 앞쪽에 세레다니* 화로 두 개가 놓여 있고 그중 하나에는 불을 붙일 수 있도록 숯이 준비되어 있었다. 다른 방은 함자의 기억보다 컸으며 열린 창에 모기장과 커튼이 쳐져 있었다. 문은 닫혀 있었다. 그곳이 아피야의 방이라면, 관행에 비해 아주 좋은 것이었다. 때로 하인들에게는 아무것도 주어지지 않거나, 뭔가 주어진다 해도 복도 한구석의 매트 정도가 다였다. 어쩌면 아피야는 하녀가 아니라 함자가 처음 생각했던 대로 결국 칼리파의 둘째 부인일지 몰랐다.

아피야는 함자의 시선을 따라가더니 살짝 고개를 끄덕였다. 그녀의 캉가가 뒤통수로 흘러내려, 거기 꽂힌 머리핀인지 브로치에 걸렸다. 이토록 가까운 거리에서 보았던 적이 없지 않지만 함자는 그 어느 때보다도 그녀의 모습을 많이 볼 수 있었다. 아피야는 가운데 가르마를 타고 머리를 두 갈래로 땋아 뒤로 넘긴 뒤 한데 묶었다. 아피야가 캉가를 헐렁하게 쥐고 있어서, 그녀의 상체와 허리도 볼 수 있었다. 잠시 후 그녀는 캉가를 바로잡아 머리에 다시 제대로 썼다. 정숙함을 나타내는 익숙한 동작이었으나, 함자는 아피야가 일부러 그에게 보여주려고 덮어쓴 천을 잠시 헐렁하게 한 것

* '숯'이라는 뜻의 스와힐리어.

인지 궁금해졌다. 그들은 미소를 주고받았고, 함자는 그녀에게 고맙다는 인사를 한 다음 자리를 떴다. 하지만 함자는 아피야가 그녀에 대한 자신의 감정을 알리라고 생각했다. 그렇게 생각하자 흥분됐다. 함자의 감정을 알면서도 그런 식으로 마주 미소 지었다면 그녀가 칼리파의 아내일 리는 없었다. 비 아샤가 없을 때 아피야가 그와 함께 앉아 있다가 들어와서 손을 씻으라고 했다는 건 그녀가 작은 속임수를 저지르려 한다는 뜻이었다. 함자는 이런 면에서 설레발을 치지 않는 성격이었으나 이 상황은 구애의 모든 요소를 갖추고 있었다. 함자는 작은 기쁨을 느끼며 작업실로 돌아갔다.

하지만 그의 기쁨 이면에는 다른 흐름이 있었다. 함자에게는 그녀에게 줄 것이 거의 없었다. 직업은 안정적이지 않았고, 집은 지원받은 방이라 그가 기분을 상하게 하면 바로 빼앗길 수 있었으며, 침대는 바닥에 깔아놓은 부사티였다. 함자의 몸은 망가지고 상해 있었다. 그에게는 과거의 기쁨도 미래의 약속도 없었다. 그저 아피야의 비참한 사연에 더할 비참한 사연이 있을 뿐이었다. 아피야는 그녀 자신의 비참함에서 놓여나기만 기대하고 있을지 모르는데. 그녀가 다른 사람의 아내이고, 함자가 위험하고도 상스러운 문제에 휘말리기 직전일 가능성도 여전히 있었다. 하지만 아무리 자신을 타일러도 함자는 흥분에서 벗어날 수가 없었다. 자신에게 이 욕망을 충족시킬 의지가 없다는 우려가 들었는데도 말이다. 어쨌든, 그는 방금 일어난 사건을 완전히 오해했는지도 몰랐다. 함자는 너무 많은 부분이 파여나갔다. 이따금 자신이 하고 싶을지도 모르는 모든 것이 부질없다는 느낌에 마비될 정도였다. 함자는 매일 이런 기분과 맞서 싸웠다. 작업실과 목재를 가지고 하는 작업, 목수라는 무해한 동료와 보내는 매일이 어쩐지 그런 기분을 없애는 데 도움을 주었다.

오후에는 음지 술레마니도 조용히 즐거워하는 기색이었다. 그는 일하면서 가장 좋아하는 카시다를 흥얼거렸다. 기분좋은 소식을 들었거나, 최근에 놓던 코피아 자수를 방금 마쳤는지도 몰랐다. 이에 함자도 더욱 기분이 좋아졌고 미소를 참을 수가 없었다. 목수도 뭔가 달라진 걸 느끼고 아무 말 없이 궁금하다는 듯 그를 바라볼 정도였다. 한번은 함자가 멍하니 있다가 드릴을 떨어뜨렸고, 그다음에는 직각자를 떨어뜨리고서 눈앞에 있는 줄도 모르고 짜증을 내며 주위를 두리번거렸다. 보통은 함자가 저지르지 않는 실수였다. 또 한번은 음지 술레마니가 혼자 미소 짓고 있던 함자와 눈을 맞추고는 뭐가 기분이 좋으냐고 묻듯 눈썹을 치켜올렸다. 함자는 이렇게 경솔한 자신을 비웃었다. 평소 방식대로 목수는 아무 말도 하지 않았으나, 함자는 그 역시 미소를 눌러 참고 있다는 걸 알았다. 노인이 함자의 비밀을 짐작한 걸까? 이런 일은 늘 이토록 티가 나는 걸까?

"로이히트투름 지혀하이츠휜트횔처." 함자는 작업실 어느 서랍에 쑤셔박혀 있던 성냥갑을 찾아 상표를 소리 내어 읽었다. 음지 술레마니가 대패질을 하다 말고 궁금한 듯 고개를 들었다.

"뭐라고 했나?" 그가 물었다.

함자는 로이히트투름 지혀하이츠휜트횔처라는 말을 되풀이했다. 등대 안전성냥. 나이든 목수는 함자가 서 있는 곳으로 다가와 성냥을 건네받았다. 그는 잠시 성냥갑을 보더니 도로 내밀고는 어느 선반으로 가서, 굽은 못을 담아둔 깡통을 내렸다. 그가 함자에게 깡통을 가져왔고 함자는 "바게너-베버 킨더멜"이라고 읽었다.

"글을 읽을 줄 아는군." 목수가 말했다.

"네, 쓸 줄도 압니다." 함자가 말했다. 목소리에서 자긍심을 지울 수가 없었다.

"독일어로 말이지." 목수가 말했다. 그러고는 깡통을 가리키며 물었다. "여기엔 뭐라고 적혀 있나?"

"바게너-베버 분유요."

"독일어로 말할 수도 있나?"

"네."

"마샬라.*" 음지 술레마니가 말했다.

---

* '신의 뜻대로'라는 뜻의 아랍어로, 감탄사로 쓰인다.

11

그녀는 늘 그를 그리워하게 되었다. 아침에 그가 빵 살 돈을 가지러 오면 그녀는 비 아샤가 들을까봐 그에게 말을 걸고 싶은 마음을 참았다. 그녀가 알고 있는 죄악의 규범에 따르면 남자에게 말을 거는 행위는 그와 비밀리에 만날 약속을 잡는 것과 마찬가지였다. 함자가 하바리 자 아수부히*라고 말하면 그녀는 은주리**라고 대답한 뒤 그를 건드리거나 그와 몸을 맞대는 대신 바구니와 돈을 건넸다. 그의 방을 지나치는데 창문이 열려 있는 것이 보이면, 그녀는 몸을 기울여 잠시 이야기를 나누거나 그에게 손을 내밀고 싶은 충동을 참아야만 했다. 이따금 그녀는 인사를 건넸지만 감히 걸음을 멈추지는 못했다. 그가 문을 두드릴 때마다 기쁨에 마음이 조금 두

---

* '좋은 아침입니다'라는 뜻의 스와힐리어.

** '좋네요'라는 뜻의 스와힐리어.

근거렸고, 입술에 미소가 어리려 했다. 그녀는 문을 열 때 너무 간절하고 어쩔 줄 모르는 것처럼 보일까봐 그 미소를 눌러 참았다. 그녀는 그를 만나는 짧은 시간을 갈망했다. 이제는 빵 조각과 차 한 잔을 받아가라고 그를 소리쳐 부르지 않았다. 그러면 그가 꼭 주인집 개라도 되는 것 같다고, 어느 날 아침에 그에게 말한 터였다. 이제 그녀는 그의 방문을 두드리고 쟁반에 아침식사를 담아 그에게 가져다주었다. 그는 늘 출근 준비를 마치고 미소 지으며 그녀를 기다리고 있었다. 어느 날은 아침식사용 식빵과 번을 사다달라고 돈을 내밀면서 그의 손을 건드렸다. 실수처럼 보였지만 당연히 아니었다. 확실히 해두려고 그녀는 잠시 손을 대고 있었다. 아무리 머저리라도 그걸 오해할 수는 없었다.

"다리, 낫고 있죠?" 그녀가 말했다. "움직이는 걸 보니 알겠어요."

"낫고 있습니다." 그가 말했다. "감사합니다."

할말을 해야 할 순간이 다가오고 있었지만, 아피야는 자신이 밀어붙여야 할지 아니면 그가 행동하기를 기다려야 할지 확신할 수 없었다. 그에게 자신이 이런 일을 하는 방법을 알고 있다는 인상, 전에도 이런 일을 해본 적이 있다는 인상을 주고 싶지 않았다. 그녀는 자밀라와 사아다에게 털어놓을 수 있으면 좋겠다고 생각했다. 여러 번 혀끝까지 말이 나왔으나 뭔가가 그녀를 붙들었다. 그들이 그를 비웃으며 정신 차리라고, 가족이 누구인지도 모르는 남자 때문에 네 가치를 스스로 깎지 말라고 말할까봐 걱정되어서인지도 몰랐다. 어쩌면 그들은 그를 돈 한푼 없는 부랑자로 생각할지 몰랐다. 그녀라고 나을 건 없는데 말이다. 너는 여자라고, 결국 여자에게는 명예뿐인데 그 남자에게 명예를 걸어볼 확신이 서느냐고 그들은 물을 터였다. 감히 칼리다에게도 그 사람 얘기를 할 수 없었다. 칼리다는 그저 친구들에게 이야기를 전하기나 할 테고, 친구들은 웃음을 터뜨리며 아피야에게 그녀가 실제로 저지를 생각도 없는 대담한 짓을 하라고 부추길 테니까. 아무튼, 서두를 게 뭐가 있겠는가? 그녀는 조바심이 들지 않았고, 자신의 바람이 실현될 앞날을 예상할 때의 긴장감이 오히려 마음에 들었다.

그를 잃을까봐, 그가 왔을 때처럼 난데없이 떠나버릴까봐, 딱히 어디인지는 모르겠지만 그녀에게서 먼 곳으로 갈까봐 걱정될 때도 있었다. 그녀는 그를 살펴보고 그의 말에 귀를 기울였다. 그래서 그가 대롱대롱 매달린 사람, 뿌리 뽑힌 사람, 헐렁헐렁 떨어지기 쉬운 사람이라는 것 정도는 알고 있었다. 최소한 그녀가 본 것을 통해 짐작한 바는 그랬다. 그는 결정적인 행동을 하기에는 지나치게 소심한 사람 같았다. 그가 빵 살 돈을 받으러 문 앞에 오기를 아피야가 기다리고 있는데, 어느 날 문득 나타나지 않고 영영 그녀의 인생에서 사라져버릴 것만 같았다. 이런 두려움은 그녀를 낙담으로 가득 채웠다. 이런 순간에 그녀는 그에게 어떤 신호를 보내야겠다는 결심이 들었다. 그러다가 그 순간이 지나가면, 아피야도 그녀만의 조심성과 머뭇거림을 되찾았다.

아피야는 함자를 너무 많이 생각한 나머지 이따금 사람들과 같이 있다가도 딴생각에 빠졌다. 자밀라가 그런 눈치를 채고 웃으며 누구를 생각하느냐고 물었다. 누가 청혼했어? 아피야도 웃으며 화제를 옮겼지만, 최근에 집에서 무슨 일이 있었는지는 말하지 않았다. 몽상에 빠져 있던 것을 자밀라에게 들키기 바로 전날, 비 아샤가 언제나처럼 오후에 누군가의 집에 들렀다가 돌아오더니 그녀답지 않게 능글맞은 미소를 지으며 말했다. "곧 너한테 좋은 소식이 있을 것 같구나."

청혼이 들어올 예정이라는 뜻이 분명했다. 그것도 걱정거리였다. 두 번의 청혼을 거절한 지 몇 달이 지났다. 비 아샤는 너무 성급했던 건 아닌지 모르겠다며 이제 그들 눈이 너무 높다는 평판이 생겼을 거라고 투덜대기 시작했다. 비 아샤가 지은 안도와 기쁨의 미소는 아피야를 두려움으로 가득 채웠다. 그녀는 구혼자가 누구일지, 누가 그 사람에 대한 조사는 해보았는지 질문하지 않았다. 비 아샤는 살피는 듯한 눈으로 아피야를 보더니 자기 나름대로 결론을 내렸지만, 얼굴에 미소가 지워지지 않은 걸 보면 불안하게 여길 이유는 없을 듯했다. 자밀라가 질문했을 때, 아피야의 생각은 함자에게 자신의 감정을 전달할 방법에 붙박여 있었다. 쪽지를 써야 할까? 그의 창문으로 몸을 기울이고 당신 생각을 멈출 수 없다고 말할까? 그가 마음을 돌려주지 않으면 어떻게 해야 하나? 고통이었다, 할일 없이 보내는 시간은 너무 많은데 누구에게도 그에 관해 이야기할 수 없기에 훨씬 더 심해진 고통.

*

함자도 고민이 있었다. 그는 한때 살았던 집 방향으로 여러 번 해안 도로를 걸어갔다. 그는 겨우 어린아이였을 때 첫번째 집을 강제로 떠나온 이후로 슈츠트루페에 들어가려고 도망쳤을 때까지 몇 년 동안 그곳에 살았다. 그중 수많은 세월은 그를 소유한 상인의 가게에 갇혀서 보냈다. 상인과 함께 내륙으로 몇 달 동안 길고도 고된 여행을 떠났을 때만이 예외였다. 당시에 함자는 짐꾼들, 경비원들과 함께 한 번에 몇 주씩 쉬지 않고 경이롭고도 무시무시한 지방을 가로질렀다. 상인은 카라반에 속해 있었고, 함자는 나중에 독일인들이 이 무역을 끝장내고 해변과 산맥 사이의 모든 거래를 도맡고 싶어한다는 것을 알게 되었다. 독일인들은 연안무역상과 카라반의 저항을 겪을 만큼 겪었다. 턱수염을 기르고 쌀을 먹는 노예 침입자들에게 그들의 시간은 끝났으며 독일의 질서가 이곳을 점령했음을 알려야 할 때가 되자, 그러니까 알 부시리 전쟁이 터지자 강경하게 대처했다. 당시에 함자는 내륙을 여행하면서 독일군이 다가온다는 소식을 들었을 때조차 이런 상황을 제대로 이해하지 못했다. 함자가 이해한 것은 속박된 자신의 처지와 무력함이었다. 사실, 제대로 이해하지는 못했어도 그것이 자신의 영혼을 박살내고 유령으로 만든다고 느꼈다.

상인의 가게에서 살던 시절, 함자는 읍내에 들른 적이 거의 없었다. 첫 햇살이 비칠 때부터 늦은 저녁까지, 그보다 나이가 많은 한 소년과 가게에 서서 계속 밀려드는 손님들을 맞이했다. 어두워진 다음에는 가게를 닫고 뒷방에서 잤다. 함자는 그 집을 다시 찾을 수 없자 괴로웠다. 가게는 도로에 면해 있었고, 집의 한쪽 면을 따라 벽이 쳐진 정원과 목욕재계를 하는 수도가 있었다. 지금 그곳은 흔적도 없었고, 그 집이 있었던 곳으로 보이는 자리에는 부드러운 크림색 페인트가 칠해진 웅장한 집이 있었다. 2층으로 된 그 집에는 전면 전체를 따라 나 있는 격자창이 달린 베란다, 자갈이 깔린 앞뜰을 감싼 나지막한 담장이 있었다. 그는 그 집을 몇 차례 지나다녔지만, 여러 번 갔는데도 문을 두드리고 한때 이곳에 있던 옛 건물이 어떻게 됐는지 물어볼 용기가 나지 않았다. 누구든 문을 여는 사람에게 여러 해 전 이곳에서 자신의 비겁함과 소심함이 땅바닥에 토사물처럼 번들거리는 것을 보았다고 말하게 될 터였다. 이곳에서 겸손함과 수줍음이 어떻게 모욕으로 변하는지 보았다고. 그는 문을 두드리지 않았고, 이런 말도 하지 않았다. 대신 방향을 돌려 다시 읍내로 향했다.

읍내의 몇몇 구역에서는 그도 더이상 이방인으로 여겨지지 않았다. 함자는 늦은 오후와 이른 저녁에 이처럼 익숙한 지역을 걸어다녔다. 때로는 카페에 앉아서 간식을 먹거나 사람들이 대화를 나누고 카드게임을 하는 주위에 머물기도 했다. 사람들은 그를 환영하거나 미소를 지었고 심지어 몇 마디 말을 주고받기까지 했다. 어떤 질문을 던지지도, 자신에 대한 어떤 정보를 주지도 않은 채 말이다. 그는 들려오는 대화를 통해 몇몇 사람들의 이름을 알 수 있었고, 심지어 그들의 간략한 이력까지 알게 되었다. 그런 이력이라는 것도 카페 분위기에 휩쓸려 과장된 것일 수도 있었겠지만 말이다.

함자는 한적한 거리를 걷다가, 어느 집의 열린 문 맞은편 벤치에 앉은 사람들을 보았다. 그 집에서는 작은 무리를 이룬 음악가들이 연습을 하고 한 여자가 노래를 부르고 있었다. 그는 잠시 걸음을 멈추고, 쉭쉭대며 타는 휴대용 석유램프의 밝은 빛을 받으며 그

자리에 서 있었다. 석유램프는 공연장과 바깥에 앉거나 서 있는 사람들을 비추었다. 여자의 노래는 연인을 향한 그리움으로 가득했는데, 여자는 그 연인에게 헌신한 사례를 들고 또 들었다. 가사도, 목소리도 함자를 그리움으로, 슬픔으로, 동시에 환희로 채웠다. 음악이 잠시 끊겼을 때 그는 옆에 서 있던 젊은이에게 무슨 일이냐고 물었다.

"공연 연습을 하는 건가요?"

십대는 놀란 표정으로 어깨를 으쓱했다. "모르겠어요." 그가 말했다. "저 사람들이 여기서 연주를 하면 우린 와서 들어요. 공연에서도 연주할지 모르죠."

"자주 연주를 하나요?"

"거의 매일 밤 해요." 젊은이가 말했다.

함자는 다시 이곳에 오게 되리라 확신했다.

*

함자가 글을, 심지어 독일어를 읽을 수 있다는 걸 알게 되자 음지 술레마니의 호의는 더욱 커졌다. 그는 함자에게 어느 문장을 말하고 독일어로 옮겨달라고 하는 걸 좋아했다. 함자도 기꺼이 음지 술레마니의 놀이에 참여했다. 술레마니에게서 배우는 목공 기술이라는 선물에 대한 작은 보답이었다.

"저희를 곧은 길로 인도하소서. 의심이나 회의 없이, 그림자나 후회 없이 한결같이 나아가게 하소서. 이건 독일어로 어떻게 말하나?" 늙은 목수가 즐거운 기대감이 떠올라 있는 얼굴로 물었다.

함자는 최선을 다했지만, 패배를 인정할 수밖에 없을 때도 있었다. 수수께끼 같거나 신앙에 관한 선언을 옮길 때 특히 그랬다. 음지 술레마니는 웬 속담을 읊어주고, 함자가 더듬거리면 미소 지으며 기다렸다. 목수는 함자가 성공하든 실패하든 똑같이 웃으며 어쨌든 갈채를 보냈다. "난 쿠란을 읽을 정도로만, 그러고 나서는 겨우 일 년 더 학교에 다녔네. 그후로는 아버지와 아버지의 주인님이 시키시는 대로 일하러 갔지."

"주인님이요?" 함자는 이미 답을 알 것 같았지만 물었다.

"우리 주인님 말이야." 음지 술레마니가 평정심을 유지하며 말했다. "내 아버지는 노예였고, 나도 마찬가지였네. 주인님은 유언장을 통해 우리 모두를 해방해주셨어. 신께서 그분의 영혼에 자비를 베풀어주시길. 내가 목수가 되는 법을 배우는 게 아버지의 소원이었고, 주인님께서 허락해주셨지. 그래서 나는 더이상 학교에 다니지 않고 일하러 갔다네. 내가 아는 몇 안 되는 수라는 외워서 아는 거야. 알함둘릴라,* 그 몇 안 되는 수라조차 나를 짐승 상태에서 풀어주었다네."

음지 술레마니는 상인에게 함자의 능력에 관해 설명해주었고, 상인은 한동안 그 사실을 무시하다가 어느 날 물었다. "자네가 독일어를 읽고 말할 줄 안다니 무슨 얘긴가? 그걸 어디서 배웠지? 학교에 다니지 않았다고 말한 걸로 아는데."

* '신을 찬양하라'라는 뜻의 아랍어.

"학교에는 다니지 않았습니다. 여기저기서 배웠습니다." 함자가 말했다.

"정확히 어디서? 음지 술레마니가 쿠란의 몇 구절을 읊어주면 자네가 그걸 독일어로 옮겨준다던데. 그런 정도의 독일어를 여기저기서 배울 수는 없지."

"형편없는 번역입니다. 최선을 다할 뿐입니다." 함자가 말했다.

이런 대화를 나눌 때 칼리파도 그 자리에 있었는데, 그가 상인에게 히죽 웃더니 말했다. "이 녀석은 비밀이 있다네. 사람에게는 자기만의 비밀을 간직할 권리가 있지."

"무슨 비밀요?" 상인이 물었다. "무슨 얘깁니까?"

"그건 이 친구 일이야." 칼리파가 함자를 끌어당기고는 나소르 비아샤라를 답답하게 한 것에 기뻐하면서 말했다.

그날 저녁, 칼리파는 바라자의 친구들에게 함자의 언어 능력과 상인이 던진 질문에 관해, 또 어떻게 칼리파가 상인을 답답하게 만들었는지에 관해 전해주었다. 마알림 압둘라는 교사였고, 당연히 영어와 독일어 신문을 읽는 것으로 잘 알려져 있었다. 칼리파는 구자라트 출신 은행가들과 해적 상인 밑에서 경리로 일한 적이 있었다. 그러니 함자의 능력에 기쁨과 감탄을 표현하는 일은 학교에 다니는 호사를 누리지 못한 토파시의 몫이 되었다. 특히 함자가 학교에 다니지 않고도 그걸 배웠다는 추가적인 사실에 대해서 그랬다. "난 늘 학교에 다니는 건 시간 낭비라고 말해왔어. 미안하네, 마알림. 당연히 자네 학교는 시간 낭비가 아니지. 하지만 시간 낭비일 뿐인 학교가 많아. 학교에 가지 않아도 똑같이 잘 배울 수 있다니까."

"헛소리." 마알림 압둘라는 망설임 없이 그렇게 말했고, 토파시까지 아무도 그 말에 반박하지 않았다. 그 순간 커피 쟁반이 왔고 함자가 아피야에게서 쟁반을 받으려고 자리에서 일어났기에 특히 그랬다. 함자는 그늘에서 아피야의 미소를 보고 그녀가 대화를 듣고 있었다는 걸 알았다. 그는 나이든 친구들을 위해 쟁반을 포치에 놔두고 이샤 기도를 하러 모스크로 갔다. 이제 다들 가지 말라고 하거나 질문을 던지지 않고 함자를 보내주었다. 그는 기도를 마친 뒤 평소처럼 거리를 조금 거닐다가 돌아왔다. 칼리파의 친구들은 저녁을 먹으러 돌아갔고 칼리파 혼자 포치에 앉아 있었다.

"자네 줄 커피를 남겨뒀지." 칼리파가 말했다. "저애도 글을 읽고 쓸 줄 안다네." 그는 집 문을 가리키며 말했다. 아피야를 두고 하는 말이 틀림없었지만, 그녀의 이름을 꺼내지는 않았다. 칼리파가 어떤 식으로든 아피야 얘기를 한 건 그때가 처음이었다. 함자는 전에도 아피야가 조용히, 소심하게 돌아다닌다는 생각을 한 적이 있었고 칼리파는 그녀가 눈에 보이지 않는다는 듯이 행동했다. 집안의 결혼하지 않은 여자에게 예의를 지키는 칼리파 나름의 방식인지도 몰랐다. 그녀의 이름을 부르거나, 그녀에게 관심이 쏠리지 않도록 함으로써 베일을 드리우는 것이다. 아니면, 가족이 아닌 남성에게 자기 아내에 대해 이야기할 때의 예절인지도 몰랐다. 함자는 예의를 거스르게 될까봐 감히 묻지 못했다. 그는 가족이 아니었고, 집안의 여자들은 그가 신경쓸 바가 아니었다. 그는 머잖아 물어볼 방법을 찾아야 한다고 자신을 타일렀지만, 지금은 아니었다. 그들은 조용히 커피잔을 쥐고 잠시 앉아 있다가 동시에 일어났다. 칼리파는 쟁반을 들고 안으로 들어갔고, 함자는 매트를 말아 문 안쪽으로 집어넣었다.

*

그 생각은 밤에 떠올랐다. 그녀는 사람들이 그의 뛰어난 독일어 실력에 대해 하는 이야기를 들었으므로, 그에게 독일어 시에 대해 물어볼 생각이었다. 아무리 둠코프*라도 연애시를 번역해달라고 하면 오해할 리 없었다. 그건 연애편지를 써달라고 부탁하는 것이나 마찬가지였다.

"그러니까, 독일어를 읽고 쓸 줄 아신다는 거죠." 아침에 아피야는 빵 살 돈을 건네며 그에게 말했다. "좋은 시를 하나 찾아서 번역해주실 수 있을까요? 전 독일어를 읽을 줄 모르거든요."

"네, 물론입니다. 아는 시가 많지는 않지만, 하나 찾아볼게요."

아피야가 시에 대해 이야기한 그날 근무시간이 끝나고, 그는 해안 도로를 다시 거닐며 잠시 앉아 있을 수 있는 바닷가의 어느 그늘진 지점을 찾았다. 이곳에서는 바다가 삐죽삐죽한 바위 위로 밀려들었다. 어부들에게도 수영하는 사람들에게도 인기가 없는 해변이었다. 그는 이곳에서 파도를 지켜보는 게 좋았다. 그냥 잠시 멍하니 바라보며, 눈으로 파도의 선을 좇는 것이다. 파도가 먹먹하게

* '바보'라는 뜻의 독일어.

우르릉대며 다가왔다가 조바심이 나는 듯 쉭 하고 물러나는 모습을 지켜보는 것. 일터를 나서기 전에 상인의 사무실에 들러보니 상인은 음지 술레마니와 이야기하고 있었다. 함자는 상인의 책상에서 종이 한 장을 집어들었다. 맨 위에 상인의 이름과 주소가 인쇄되어 있었지만 그 부분을 찢어버리는 건 어렵지 않을 터였다. 연애편지는 비밀리에 전달되어야 했고 편지가 작을수록 숨기기도 쉬웠다.

함자가 아는 독일어 시는 장교가 준 책, 『1798년 문학연감』에 실려 있는 것뿐이었다. 그는 실러의 「비밀」 첫 네 줄을 가져다가 아피아가 읽을 수 있도록 번역했다.

지 콘테 미어 카인 뵈어첸 자겐,
추 필레 라우셔 바렌 바흐,
덴 블리크 누어 두어프트 이히 쉬흐터른 프라겐,
운트 볼 페어슈탄트 이히, 바스 에어 슈프라흐.

함자는 그 내용을 나소르 비아샤라의 사무실에서 훔쳐온 종이에 적고, 시구가 간신히 들어가는 크기로 잘라낸 다음 손가락 두 개 넓이를 넘지 않도록 접었다. 그는 누가 이 종이를 가로채기라도 하면 어떻게 볼지 잘 알았다. 함자가 걱정한 대로 아피아가 칼리파의 아내라면, 함자는 최소한 쏟아지는 욕설을 듣고 전적으로 정당한 매도 몇 대 맞으며 집에서 쫓겨날 터였다. 하지만 더이상 망설이기에는 이미 너무 멀리까지 와버렸다. 다음날 아침 그는 문 앞에서 아피아를 만나 네모난 종이를 그녀의 손바닥에 밀어넣었다. 종이에 적은 내용은 이랬다.

> 알리자리부 쿨리세마 네노 모자, 라키니 하쿠웨자—
> 쿠나 와시킬리지 웽기 카리부,
> 라키니 지초 랑구 라 호푸 리메오나 빌라 타파우티
> 루그하 그하니 지초 라케 리나세마.

함자가 카페에서 서둘러 돌아왔을 때 아피야는 이미 문 앞에서 기다리고 있었다. 그녀는 함자에게서 식빵과 번이 담긴 바구니를 받아들고서도 그의 손을 놓지 않았다. 그녀는 함자가 자기 뜻을 오해하지 않았으면 했다. "나도 당신 눈이 하는 말을 읽을 수 있어요." 그녀가 번역된 구절의 마지막 두 줄을 끌어와서 말했다. 내 눈은 분명히 알아듣는다네/ 그녀의 눈이 하는 말을. 그런 다음 그녀는 자기 손가락 끝에 입을 맞추고 그의 왼뺨을 건드렸다. 잠시 후, 그녀는 아침식사가 담긴 쟁반을 가져다주면서 방으로 슬쩍 들어와 그에게 안겼다.

"하비비.*" 그녀가 말했다.

"그분의 아내인가요?" 그녀가 그의 품에 안겨 둘이 서로 달라붙어 있을 때 그가 불쑥 말했다. 충격적인 말이었다. 그녀가 이 순간을 즐기며, 두 팔로 그의 달콤한 몸을 안고 있는 지금 그는 그녀가 누군가의 아내인지 물은 것이다! 그녀는 그에게서 몸을 떼며, 그의

* '나의 사랑'이라는 뜻의 아랍어.

팔이 자신을 조여오는 것을 느꼈다. "미안해요." 그가 속삭였다.

"누구 아내요?" 그녀가 물었다. 그녀의 눈에는 경계심이 떠올라 있었다.

그는 뒤쪽 집을 엄지로 휙 가리켰다. 그가 한 말의 의미가 선명하게 이해되자 그녀의 눈에 떠올랐던 경계심은 장난기로 바뀌었다. 그녀는 다시 그의 품에 폭 안기며 미소 지었다. "난 누구의 아내도 아니에요…… 아직은요." 그녀는 그렇게 말하고, 그의 품에서 빠져나와 떠났다.

*

아피야가 방으로 몰래 들어와 함자를 껴안은 다음 그가 기뻐서 아무 말도 하지 못하게 만들어놓고 떠난 건 금요일 아침이었다. 금요일마다 목공소에서는 하루의 절반만 일했다. 다른 곳도 거의 전부 한낮에 문을 닫았으므로, 사람들은 읍내의 큰 모스크에서 열리는 주마* 예배에 참석할 수 있었다. 물론, 직장에서 일찍 풀려났다고 모두가 예배를 드리러 가는 건 아니었다. 신의 명령에 순종하는 사람들과, 대체로 어린이와 청년 등 선택권이 없는 사람들만이 갔다. 칼리파도, 나소르 비아샤라도 가지 않았다. 작은 성자인 함자는 참석했는데, 그토록 무해한 분위기에서 수많은 사람들과 함께 앉아 이맘이 공들여 하는 경건한 설교를 반쯤만 주의를 기울인 채

* '금요일'이라는 뜻의 아랍어.

듣는 걸 좋아했기 때문이었다. 그는 어렸을 때 억지로 모스크에 간 적이 없었고, 지금은 직접 선택을 하게 된 것이 기뻤다. 그런데 불현듯 아피야가 그날 오후 그의 방에 찾아올 방법을 알아내리라는 걸 깨달았다. 그냥 알았다. 그는 창문을 닫고 문을 살짝 열어두었다. 제정신인 사람들은 실내에 머물거나 누워서 쉬는 이른 오후의 이글거리는 열기 속에, 그녀는 부이부이를 쓰고 어딘가로 가다가 다가왔다. 함자가 문을 닫자 방은 그녀의 향기로 가득찼다. 그들은 취할 듯한 몇 분 동안 입맞추고 애무하고 서로에게 속삭였다. 하지만 함자가 미끄러운 재질 때문에 그녀의 몸을 제대로 느낄 수 없게 하는 부이부이를 살짝 잡아당기자 그녀는 고개를 저으며 그에게서 풀려났다. 아피야는 비 아샤가 그녀를 찾으며 소란을 떨 테니 가야 한다고 했다. 밖에 나올 때 댄 핑계는 만들고 있던 디저트에 달걀이 필요하니 무카담 시크의 가게에 가서 사오겠다는 것이었다.

"뭐하러 서둘러요?" 그가 말했다.

"무카담의 가게가 겨우 몇 분 거리에 있다는 걸 아시거든요."

"꼭 그분 밑에서 일해야 하나요?" 함자는 그녀가 떠나게 두기 싫어 물었다.

아피야는 놀란 표정이었다. "전 그분 밑에서 일하는 게 아니에요. 전 여기 살아요."

"가지 말아요." 그가 말했다.

"이제 가야 해요, 나중에 말해줄게요." 그녀가 말했다.

남은 하루 동안 함자는 그녀와 포옹했던 기억을 곱씹으며, 조바심이 나서 그토록 우스꽝스럽게 군 자신을 나무랐다. 라마단 전 마지막 금요일이기도 해서, 그날 저녁에 본 초승달은 더욱 큰 흥분으로 그날을 가득 채웠다. 비 아샤는 함자에게 초승달이 떴다는 걸 모두가 알 수 있도록 이웃들에게 소식을 전하라는 임무를 맡겼다. 다음날 신성모독자들이 아무것도 모르고 먹거나 마셨다는 핑계를 대지 못하게 하려는 것이었다. 함자는 그러는 대신 오랫동안 걸으며 그녀를 피했다. 독실한 참견쟁이라고 조롱당하고 싶은 생각은 전혀 없었다.

라마단 기간에는 아주 많은 것이 달라졌다. 일도 더 늦게 시작됐고, 사람들이 낮을 짧게 보내고 밤늦게까지 깨어 있으려고 오후까지 잠을 잤기에 수많은 가게와 점포도 그 시간까지 문을 열지 않았다. 상인은 이런 관행을 게으른데다 구식이라고 여겼으며, 직원들에게 평소 일하는 시간에 일하라고 했다. 하지만 모두를 설득할 수는 없었다. 칼리파는 상인의 말을 들은 척도 하지 않고 한낮에 창고를 닫더니 집에 가서 잤다. 이드리스와 두부와 숭구라는 이른 오후 어느 시점에 배가 고프고 목이 말라 진이 다 빠졌다며, 목공소 그늘진 곳에 주저앉아 잠을 자거나 그냥 슬금슬금 빠져나갔다. 음지 술레마니는 점심시간에 쉬겠다고 고집을 부렸다. 그 시간에 그는 기도를 하고 외우고 있는 쿠란의 수라를 읊은 다음 모자에 수를 이어서 놓았다. 그는 함자에게 쿠란을 제대로 읽지 못하는 것이 한이라고 했다. 라마단 기간에 해야 하는 일이, 성스러운 책을 매일 한 장章씩 읽어 한 달이 끝날 때까지 서른 장을 모두 읽는 것이었으니 말이다.

식사 방식도 바뀌었다. 낮 동안 굶고 물을 마시지 않는 것만이 아니라, 허기와 갈증의 고통을 끝내는 방식도 그랬다. 라마단은 공동체의 행사였고, 해가 지고 나서 단식을 중지할 때 음식을 나눠 먹는 것이 미덕으로 여겨졌다. 그러므로 함자는 카페로 뭔가 먹으러 가는 대신 집안으로 초대받아 가족과 함께 음식을 먹게 되었다. 라마단 음식은 요리하는 사람이 엄청난 공을 들이고, 계획하고 준비하는 데에도 시간을 더 쓰기 때문에 늘 특별했다. 맛있는 식사는 하루 동안의 금욕에 대한 보상이기도 했다. 함자는 포치에서 칼리파와 함께 단식을 중지했다. 그들은 전통에 따라 대추야자 몇 개와 커피 한 잔을 나눠 먹은 다음, 안으로 불려가 비 아샤와 아피야가 준비한 제대로 된 잔치 음식을 즐겼다. 이때는 비 아샤와 아피야도 남자들과 함께 자리에 앉아 식사했다. 이런 식사가 잔치로 여겨지는 것은 음식의 양이 아니라 요리의 가짓수 때문이었다. 그들은 먹고 있는 음식을 칭찬하고 준비한 사람들을 칭송했다. 비 아샤조차도 전보다 부드러워졌고, 목수로서 실력이 늘어간다는 점이나 독일어를 읽을 줄 아는 것으로 새로 얻게 된 명성에 관해 놀리는 말을 찾아냈다. 이젠 시도 쓰겠구나, 그녀가 말했다. 함자는 간신히 참고 아피야를 보지 않았지만, 그 움직임을 미처 숨기기 전에 비 아샤가 그의 눈길이 향하려던 방향을 알아보고 다시 함자를 바라보았다. 함자는 시선을 내리깔고 부산스럽게 생선 요리를 뒤적거렸다.

식사를 마치고 그는 칼리파와 함께 포치에 앉았다. 머잖아 마알림 압둘라와 토파시가 합류했고, 때로 이웃들도 잠시 들러 수다를 떨었다. 라마단의 저녁은 이야기와 오가는 사람들로 가득했다. 다른 집 포치나 늦게까지 문을 여는 카페에서는 카드나 도미노나 동전치기 놀이가 마라톤처럼 이어졌다. 하지만 칼리파의 포치에는 그런 경박한 재미가 없었다. 이곳에서는 이야기 주제가 여전히 정치적 음모와 인간의 약점, 오래된 스캔들에 맞춰져 있었다. 함자는 거리로 산책을 나갔다. 거리에는 사람들이 가득했다. 그는 가끔 멈춰서 놀이를 구경하거나 거리에서 사람들이 나누는 재담을 들었다. 라마단이 시작된 이후로 음악가들은 연주를 멈추었는데, 함자는 처음 며칠만 그런 것이기를 바랐다. 지난 몇 주 동안 매일 밤, 함자가 처음에 우연히 연주하는 것을 들었던 그 음악가들은 함자도 구성원이 된 헌신적인 관객들을 위해 작은 공연을 했다. 그들은 순수하게 사랑을 위해 연주하는 것 같았다. 한 번도 돈을 요구하지 않았고, 아무도 돈을 주겠다고 하지 않았으니 말이다. 어떤 날 밤에는 여자가 노래를 불렀다. 함자는 시간이 지나면서 그녀의 사랑 노래 레퍼토리 중 몇 곡을 듣게 되었으며 그 노래에서 표현되는 그리움에 감동했다. 아피야를 데리고 와서 음악을 들려주고 싶었지만 어떻게 그럴 수 있을지, 심지어 언제 그녀에게 음악가들 얘기를 할 수 있을지조차 알 수 없었다. 지금은 라마단 기간이었으므로 아침식사를 하지 않았고, 그러니 카페에서 식빵과 번을 사올 돈을 받을 필요도 없었다. 그는 집안에 저녁식사를 하러 들어가 그녀를 보지 않으려고 조심했지만, 둘이 주고받는 눈빛을 비 아샤가 감지했다는 걸 알았다. 이제 비 아샤는 그를 의심스럽게 지켜보았다.

그러다가 라마단 첫 금요일, 그 전주와 똑같은 시간에 아피야는 함자가 열어둔 문을 통해 몰래 그의 방으로 들어왔다. 둘은 서로를 안고 완전히 옷을 벗은 다음 죄 많은 굶주림을 느끼며, 누가 엿들을까봐 서로에게 조용히 하라고 쉿, 쉿 하면서 사랑을 나누었다.

"처음이에요." 그녀가 속삭였다.

함자는 잠시 멈추었다가 마주 속삭였다. "나도요."

"나더러 그 말을 믿으라는 거예요?" 그녀가 말했다.

"믿거나 말거나." 그는 웃으며 속삭였다. 자신이 실패하지 않았고, 그녀가 자신을 더 노련한 사람으로 생각하게 됐기에 기뻤다.

"단식 기간에 이러면 안 되는데." 나중에, 벌거벗고 함자의 매트에 함께 누워서 그녀가 말했다. "이런 일이 올바른 것이 되는 단 한 가지 방법은 당신이 내 것이 되고 나는 당신 것이 되겠다고 약속하는 것뿐이에요. 난 약속해요."

"나도 약속해요." 함자는 그렇게 말했고, 어색한 사랑 이야기에 둘 다 키득거렸다.

아피야는 함자의 몸 너머로 오른손을 뻗어 그의 왼쪽 엉덩이에 난 흉터에 갖다댔다. 그녀는 몇 초 동안 손가락으로 흉터를 쓸어보고 어루만지며 그 울퉁불퉁한 윤곽선을 매끄럽게 해줄 것처럼 쓰다듬었다. 그녀가 입을 열려고 한 순간 함자는 왼손을 뻗어 그녀의 입을 막았다.

"지금은 안 돼요." 그가 말했다.

그녀는 부드럽게 그의 손을 치웠다. "알았어요, 당신 비밀이니까." 그녀는 그렇게 말하고, 그의 눈에 눈물이 고여 있는 것을 보았다. "왜요? 무슨 일이 있었던 거예요?"

"비밀은 아니에요. 그냥 지금은 말고요, 부탁이에요, 지금 이 순간에는 묻지 말아요." 그가 애원하며 말했다. "사랑을 나눈 뒤에는."

그녀는 그에게 조용히 하라면서 입을 맞추었다. 그가 잠잠해진 뒤, 그녀는 왼손을 그의 얼굴 가까이로 들어올려 주먹을 쥐려는 것처럼 손가락에 힘을 주었으나 손바닥이 오므려지지 않았다. "망가졌어요. 이 손을 꽉 쥘 수가 없어요." 그녀가 말했다.

"어떻게 된 거예요?" 그가 물었다.

아피야는 미소 지으며 다친 손을 그의 얼굴로 가져갔다. "나도 그걸 물은 건데, 당신은 눈물을 터뜨렸죠." 그녀가 말했다. "아저씨가 망가뜨렸어요. 진짜 친척 아저씨는 아닌데, 어렸을 때 그 사람 집에 살았거든요. 내가 글 쓰는 방법을 아는 건 잘못된 일이라면서 손을 부러뜨렸어요. 뭘 쓰려고? 넌 추잡한 것들을 쓰게 될 거야, 포주에게 쪽지를 보낼 거야, 라면서."

그들은 잠시 조용히 누워 있었다. "마음이 참 안 좋네요. 더 얘기해주세요." 함자가 말했다.

"나를 지팡이로 때렸어요. 내가 글을 쓸 줄 안다는 걸 알자 화를 냈죠. 오빠가 가르쳐준 건데, 그런 다음에 오빠가 떠나버려서 아저씨랑 다시 살러 가야 했어요. 내가 읽고 쓸 줄 안다는 걸 알더니, 아저씨는 성질을 내면서 내 손을 후려쳤어요. 하지만 엉뚱한 손을 때려서 지금도 글을 쓸 수는 있죠. 채소를 써는 건 힘들지만." 그녀가 말했다.

"처음부터 말해봐요." 그가 말했다.

그녀는 자리에서 일어나 옷을 입기 시작했고, 그도 그렇게 했다. 그녀는 이발사의 의자에 앉았고 그는 바닥에 남아 벽에 기댔다. "알았어요. 하지만 내가 말해준 다음에 당신한테 무슨 일이 있었는지 물으면, 날 밀어내지 말아야 해요."

"당신은 내가 사랑하는 사람입니다. 약속해요." 그가 말했다.

"빨리 말할게요. 가서 빔쿠브와의 요리를 도와야 하거든요. 이웃을 만나러 간다고 했어요. 늦으면 빔쿠브와가 그리로 사람을 보내 나를 데려오라고 할 거예요."

그런 다음, 그녀는 존재조차 몰랐던 오빠가 열 살 때 돌아왔던 이야기, 오빠와 일 년 동안 살며 읽고 쓰는 법을 배웠던 이야기, 그 다음에는 오빠가 전쟁터로 떠난 이야기를 했다. "우리 오빠는 일리아스예요." 그녀가 말했다.

"지금은 어디 있습니까?" 함자가 말했다.

"몰라요. 오빠가 전쟁에 나간 뒤로는 보지 못했고 소식도 듣지 못했어요."

"알아볼 방법이 없나요?"

그녀는 그를 한참 바라보았다. "모르겠어요. 노력은 해봤죠." 그녀는 그렇게 말하더니 그의 엉덩이를 힐끗 내려다보았다. "전쟁터에서 그렇게 된 건가요?"

"네," 그가 말했다. "전쟁 때였어요."

*

그날 밤, 단식이 끝나고 나서 칼리파는 평소처럼 포치에 앉아 있었으나 어떤 이유에서인지 그의 오랜 두 친구가 늦었다. 함자는 그의 말동무가 되어주려고 함께 앉아 있었지만, 그보다는 산책을 나가 음악가들이 돌아와 공연을 하고 있는지 알아보고 싶었다. 그들은 한동안 일상적인 대화를 나누었고 함자가 음악가들 이야기를 꺼냈다. 칼리파는 언제나처럼 포치에서 꼼짝도 하지 않았으면서 음악가들에 대해서나 그들의 이력에 대해 알고 있었다. "소문과 가십의 힘이란 거지." 그가 미소 지으며 말했다. "그 사람들은 라마단 기간에는 연주하지 않는다네. 그저 실내에서 연습을 할 뿐이지. 독실한 사람들은 신성한 달에는 축제 분위기를 내는 거라면 뭐든 못마땅하게 여기거든. 우리 모두가 고통받고 굶주리며, 이마가 벌겋게 벗겨지도록 기도나 하기를 바라지." 오랜 침묵이 흐른 끝에, 칼리파는 함자를 보지 않고 말했다. "자네는 그애를 좋아하지."

칼리파가 몸을 돌려 자기를 바라보자 함자는 고개를 끄덕였다.

"착한 여자야." 칼리파가 다시 시선을 돌리고 힐난하는 기색 없이 나지막하게 말했다. 이건 예민한 문제였다. "그애는 여러 해 동안 우리와 함께 살았고, 비 아샤와 나는 그애를 우리 딸처럼 지켜봤다네. 난 자네 의도를 알아야겠어. 그럴 책임이 있거든."

"친척이신 줄은 몰랐습니다." 함자가 말했다.

"그애 오빠에게 약속했다네." 칼리파가 말했다.

"일리아스요?" 함자가 말했다.

"일리아스를 아는 모양이군. 그래, 일리아스. 그는 이곳저곳 떠돌아다니다 돌아와서는 이 마을에서 동생과 함께 살았네. 독일어를 잘해서 커다란 사이잘삼 공장에 취직했지. 그 사람들은 독일어를 잘하는 걸 좋아했거든. 그와 친구가 된 건 그때쯤이라네. 우리가 결혼해 여기 살기 시작하고 얼마 안 되었을 때 일이지. 일리아스는 우리를 찾아올 때 이따금 어린 소녀를 데려왔어. 그러다가 전쟁이 닥치자 참전해버렸지. 나로서는 이유를 모르겠네. 자기를 독일인이라고 생각하게 되었거나, 늘 아스카리가 되고 싶었던 걸지도 몰라. 그는 샹간 아스카리가 자기를 납치해 산속 마을로 데려갔던 이야기를 하곤 했다네. 거기서 풀려난 다음에는 독일인 지주가 돌봐줬다는 거야. 일리아스는 언젠가 내게 샹간을 맞닥뜨렸던 그날 이후로 슈츠트루페가 되면 놀랄 만큼 만족스러울 거라는 생각을 남몰래 했었다고 말했네. 그러다가 전쟁이 닥치자 참을 수가 없었던 거야. 우리는 일리아스가 아직 살아 있는지 모른다네. 전쟁에 나간 지 팔 년이 됐고, 그후로는 소식을 듣지 못했어. 나는 그애를 지켜보기로 약속했다네." 칼리파가 말했다. "자네가 그애에 대해서 얼마나 아는지 모르겠군."

"저한테 시골 친척에 대해 말해주더군요."

"그 사람들은 그애를 노예처럼 대했어. 그 얘기도 하던가? 그애가 아저씨라고 부르던 남자는 지팡이로 그애를 때려서 손을 부러뜨렸다네. 그자에게 그런 짓을 당했을 때, 나한테 쪽지를 보낸 거야. 그래, 맞아. 일리아스는 그애에게 글을 읽고 쓰는 방법을 가르쳤고, 나는 곤란한 일이 생기면 내 앞으로 쪽지를 써서 마을의 가게 주인에게 주라고 했어. 그애는 바로 그렇게 했다네. 용감하기도 하지. 그애가 쪽지를 썼고, 가게 주인이 그 쪽지를 수레꾼에게 줬어. 수레꾼은 쪽지를 내게 가져왔고. 그래서 내가 가서 그애를 데려왔고, 그애는 지난 팔 년간 여기에서 산 것이라네. 이제 그애가 스스로 살아나갈 수 있다면 그애한테는 잘된 일이겠지." 칼리파가 말했다. "그애와 이야기는 해봤나?"

"네." 함자가 말했다.

"그 말을 들으니 기쁘군." 칼리파가 말했다. "내게 자네 쪽 사람들에 대해서, 혈통에 대해서 더 이야기해주어야 하네. 자네 아버지와 어머니의 성함은 무엇이고, 그분들의 어머니와 아버지 성함은 또 무엇인가? 이 얘기는 나중에 해줘도 되네. 나는 마음이 놓일 만큼 자네를 봐왔어. 하지만 일리아스한테 한 약속이 있으니. 책임감이 느껴져서 그래. 가엾은 일리아스, 그 친구는 인생에 어려운 점이 많았는데도 이 땅에서 자기한테 나쁜 일은 전혀 일어날 리 없다는 일종의 환상을 품고 살았다네. 현실은, 일리아스가 늘 비틀거리며 넘어지기 직전이었다는 거야. 일리아스만큼 너그럽고 자기기만에 빠진 사람도 없을 거야."

함자는 칼리파가 죄악을 떠안는 감상적인 사람이라고 생각하기 시작했다. 다른 사람의 문제나 그의 일생에 저질러진 잘못에 대한 책임을 나눠 지는 사람 말이다. 비 아샤, 일리아스, 아피야, 그리고 이제는 함자까지. 칼리파는 이처럼 예기치 못한 염려를 끌어안고, 노골적인 주제넘음과 지속적인 냉소로 위장한 채 조용히 그들을 신경썼다.

*

다음 금요일에도 아피야는 함자의 방을 찾아왔다. 이번에는 비 아샤에게 부모님 집에서 마을의 다른 지역으로 이사한 친구 자밀라를 만나러 간다고 했으므로 오후를 통째로 함께 보낼 수 있었다.

"내가 이렇게 대담하다니, 나조차 놀라워요." 그녀가 말했다. "거짓말을 하고, 라마단이 한창인데 오후에 연인의 방에 몰래 숨어들다니. 사랑을 나눈다는 것부터가 그래요. 나한테 이런 면이 있는 줄은 전혀 몰랐는데, 당신이 겨우 몇 걸음 떨어진 이곳에 누워 있다는 걸 알면서 오지 않을 방법이 없었어요."

그들은 속삭이며 사랑을 나눈 다음, 잠시 아무 말 없이 오후의 어스름 속에 누워 있었다. 결국 그녀가 입을 열었다. "이게 얼마나 아름다운 일인지, 그 생각을 떨쳐낼 수가 없네요."

아피야는 마치 그의 몸을 외우려는 것처럼, 천천히 온몸을 어루만졌다. 그의 이마와 입술, 가슴, 다리와 허벅지 안쪽까지. "소리를 지르던데." 그녀가 말했다. "다리 때문이에요?"

"아뇨," 그가 미소 지으며 말했다. "황홀해서 그랬어요."

그녀는 장난스럽게 그의 허벅지를 찰싹 때리더니 전에 그랬듯 엉덩이에 난 흉터를 마사지했다. 말해줘요, 그녀가 말했다.

함자는 그녀에게 전쟁 기간에 있었던 일을 이야기하기 시작했다. 훈련소로 들어가던 아침 행군에서부터 시작해, 보마와 엑서치어플라츠에서 받은 훈련에 대해서, 그런 훈련이 사람을 진 빠지게 하면서도 무척 신났다는 점이나 그곳의 문화가 얼마나 야만적이었는지에 관해서. 장교와 그가 독일어를 가르쳐준 일에 대해서도 말했다. 처음에는 할 얘기가 별로 없어서 빨리 말했다. 그녀는 끼어들지도 질문을 하지도 않고 귀를 기울였다. 그저 이따금 조그맣게 헛숨을 들이쉬며 반응할 뿐이었다. 그가 장교에 대해 말하자, 그녀는 살짝 고개를 젓더니 다시 이야기해보라고 했다. 함자는 아피야가 이야기를 그렇게까지 서두르는 걸 바라지 않는다는 것을 알고 속도를 늦춰 더 자세한 이야기를 전했다. 장교의 눈, 사람을 긴장시키는 친밀함, 즐겨 하던 언어 게임. 그는 옴바샤와 샤우시와 펠트베벨에 대해서도 설명했다.

"그 사람이, 펠트베벨이 이런 거예요." 함자가 말했다. "전투가 다 끝났을 때, 몇 년 동안 우리를 물들여온 유혈 사태와 잔인함으로 모두가 지치고 반쯤 미쳐 있을 때였죠. 잔인한 사람이었어요. 늘 잔인한 사람이었습니다. 화를 내면서 자기 군도로 나를 베었어요. 아마 오래전부터 나를 해치고 싶었을 거예요, 이유는 모르겠지만. 내 생각에는 장교 때문이었던 것 같아요."

"장교가 왜요?" 그녀가 물었다.

함자는 잠시 망설였다. "장교가 나를 심하게 보호하려고 했거든요. 나를 자기 곁에 두고 싶어했어요. 이유는 모르겠네요…… 이유가 확실하지 않아요. 그 사람 말로는, 내 생김새가 마음에 든다더군요. 내 생각엔 어떤 사람들은…… 펠트베벨이나, 아마 다른 독일인들도 그랬겠지만…… 그런 태도에 뭔가 잘못된 점, 부적절한 구석이 있다고 생각한 것 같아요…… 뭔가…… 뭔가 지나치게 애정어린 거요."

"장교가 당신을 건드렸어요?" 그녀는 함자가 명확히 말해주기를, 그가 해야만 하는 말을 해주기를 바라며 조용히 물었다.

"한 번 내 따귀를 때린 적은 있어요. 말하던 도중에 내 팔을 가볍게 건드리기도 했죠. 그냥 가볍게 건드린 거였어요, 그런 식으로 건드린 게 아니라. 내 생각에 사람들은 장교가…… 나를 건드린다고 생각했던 것 같아요. 그 사람이, 펠트베벨이 그런 얘기를 나한테 한 적이 있어요. 추잡하게 날 비난했죠. 그렇게 강박적인 잔인함이 나는 수치스러웠어요. 내가 꼭 그런 꼴을 당해도 싼 무슨 짓을 한 것처럼."

어둠 속에서 그녀는 고개를 저었다. "내게 단 하나밖에 없는 사람, 당신은 이 세상에 어울리기에는 너무 착한 사람이에요. 부끄러워하지 말고 그 사람을 미워하세요. 그 사람한테 나쁜 일이 닥치기를 빌고 침을 뱉어요."

그는 오랫동안 말이 없었고, 그녀는 기다렸다. 그러다 그녀가 말했다. "계속해요."

"내가 다친 이후에 장교는 나를 독일인 선교지로 데려갔어요. 킬렘바라는 곳이었죠. 그곳 목사님은 의사이기도 해서 나를 고쳐줬어요. 아름다운 곳이에요. 난 그곳에 이 년 넘게 머물면서 선교지 일을 돕고 점점 회복했어요. 프라우의 책도 읽었고요. 영국 의무대가 선교지를 점령하기까지는 어느 정도 시간이 걸렸는데, 그때 가서 목사님이 받은 의료 교육 수준이 공식적인 기준을 만족시키지 못한다더군요. 목사님은 완전한 자격을 갖춘 의사가 아니었던 거죠. 그 사람들은 선교지 진료소를 지역 병원으로 끌어올리고 싶어 했지만 목사님한테 그 일을 맡길 수는 없었어요. 그래서 목사님은 독일로 돌아갈 때가 됐다고 생각하셨죠. 나도 떠날 시간이었어요. 난 일거리가 생기는 대로 일을 하다가 다시 떠나곤 했어요. 농장에도 있었고, 카페와 식당에도 있었고, 거리를 청소하기도 했고, 어느 집 하인이 되기도 했죠…… 뭐든 할 수 있는 건 다 했어요. 다리 때문에 힘들 때도 있었고요. 아마 마지막에는 다리를 너무 많이 썼던 것 같아요. 어쨌든 난 타보라, 므완자, 캄팔라, 나이로비, 몸바사에서 일했어요. 딱히 목적지를 생각해두지는 않았어요. 최소한 당시에는 그렇게 생각했죠." 그는 미소 지으며 말했다. "이젠 나한테도 목적지가 있었다는 걸 알겠네요."

그의 말이 깊이 스며들 때까지 오랫동안 침묵을 지킨 끝에 아피야가 일어나 옷을 입기 시작했다.

"너무 늦었어요. 모든 얘기를 듣고 싶어요, 착한 목사님과 그분의 선교지, 그분이 당신을 고쳐준 얘기도요. 하지만 가야 해요." 그녀가 말했다. "내가 늦으면 빔쿠브와가 화를 낼 거예요. 의심하고 계시거든요. 빔쿠브와는 누가 나한테 청혼했다고 하셨는데, 이젠 너무 늦었죠. 난 더이상 결혼할 수 있는 상대가 아니니까요. 당신이 단식을 끝내고 음식을 먹으러 들어올 때까지도 나한테서는 당신 냄새가 날 거예요. 다시 사랑을 나누기 전까지 나는 당신을 사랑했던 일을 그리워하겠죠. 당신 얘기를 들으면 일리아스 생각이 나기도 해요. 일리아스는 당신보다 나이가 많아요. 일리아스의 노래 솜씨가 훌륭하다는 얘길 했던가요? 난 일리아스에게는 전쟁이 어땠을지, 일리아스가 어딘가에 잘 살아 있을지 상상하곤 해요. 당신이 나한테 이야기하듯이 누군가에게 이야기하고 있을지."

"알아낼 수 있어요. 노력은 해볼 수 있어요." 함자는 그렇게 말을 고쳤다. "기록이 있으니까요. 독일인들은 기록을 잘 남겨요. 그걸 보면 일리아스한테 무슨 일이 있었는지 알게 될 거예요."

“뭘 알아낼 수 있는데요? 어쩌면 굳이 그런 식으로 알 필요는 없을지도 몰라요. 일어난 일은 어쨌든 일어난 거니까. 일리아스가 어딘가에 잘 살아 있다면, 내가 그걸 안다고 해서 일리아스한테 달라질 건 전혀 없어요. 어딘가에 잘 살아 있다면, 아마 누군가 자기를 찾는 걸 바라지 않겠지요.” 그녀가 말했다. “가야겠어요.”

12

“행운은 설령 온대도 영원하지 않다네.” 이드 셋째 날, 다들 포치에 앉아 있을 때 칼리파는 그렇게 말했다. “자네가 우리와 함께 지낸 지 겨우 몇 달밖에 되지 않았으나, 나는 자네를 더 오래 알았던 것만 같은 기분이야. 자네에게 익숙해졌어. 나는 처음부터 자네의 산송장 같은 모습 뒤에 뭔가 살아 있는 것이 있다는 걸 알았지. 처음 도착했을 때, 자네는 내 앞에서 푹 쓰러질 것처럼 보였네. 허나 지금 자네를 보게. 자네는 자네한테 어울리는 일을 찾았고 심지어 우리의 둔한 수전노까지 기쁘게 했지. 이제 자네는 유능한 목수가 되었으니 그 녀석에게 봉급을 인상해달라고 요구하기만 하면 돼. 아아, 안 돼, 누가 알아서 디저트를 갖다주기만 겸손하게 기다리는 성자가 되어서는 안 되네!

하지만 내 말을 듣게. 행운은 절대 영원하지 않아. 좋은 순간이 얼마나 오래갈지, 또 언제 올지 항상 확신할 수 있는 건 아니야. 인생은 후회로 가득해. 자네는 좋은 순간들을 인정하고 그에 감사하며 확신을 가지고 행동해야 하네. 운을 시험해봐. 나는 눈먼 자가 아닐세. 나는 살펴보았고 내가 본 것들을 보았으며 이해했지. 내가 본 것 중에는 나를 불안하게 하는 것들도 있었네. 나는 자네가 내게 말할 준비가 될 때까지 기다려야겠다고, 자네를 재촉하거나 당황하게 하지 말아야겠다고 생각했어. 그때까지는 꼴사나운 일이 벌어지지 않을 거라고 생각했네. 이제 라마단이 끝났고, 모든 성스러운 일도 지나간데다 이드가 와서 새해가 시작되었으니, 자네가 어느 정도 확신을 보여줄 때도 된 셈이네. 너무 오래 기다리면 순간을 놓치거나 후회할 만한 일에 이끌리게 되지. 그래서 자네를 조금 자극하려 하네.

비 아샤도 눈이 달렸고 이것저것 생각해볼 머리가 있어. 자네도 지금쯤은 눈치챘겠지만, 그런 생각에 관해 이야기할 혀도 있지. 비 아샤가 아피야와 이야기를 했는지는 모르겠네. 만일 이야기를 나눴다면 우리가 알게 됐을 거라 생각하네만. 비 아샤에게는 자기만의 생각이 있고, 그 생각이 자네와는 맞지 않을 수 있어. 나는 아피야에 대한 자네의 감정을 나름대로 짐작하고 있지. 자네도 직접 말해주었고 말이야. 지금이 내가 이야기한 그 결정적 순간일지 모르네. 나는 자네가 이 순간을 놓치지 않기를 바라는 마음이 가득해. 내가 너무 수수께끼처럼 말하는가? 아니면 내 말을 알아듣겠나? 알아듣는 게 분명하군. 난 자네를 재촉할 생각도 없고, 아피야를 서둘러 내보내고 싶지도 않아. 전에 아피야와 이야기를 나눠보았는지 물었을 때, 자네는 그렇다고 대답했지. 자네 둘이 합의했다면야 나는 기쁘네. 난 그 생각이 마음에 들어. 하지만 해가 될 일이 벌어지지 않았다는 걸 우리가 확신할 수 있도록 자네도 자네 사람들에 관해 내게 이야기해주어야 하네. 왜 자네는 자네 이야기를 하지 않는가? 자네의 침묵은 의심스러워 보여. 자네가 꼭 뭔가 나쁜 짓이라도 한 것 같네."

"왜 전에 어르신께서 말씀하신 것처럼 거짓말을 하면 안 되는 겁니까? 그냥 뭔가 지어내면 안 될 이유가 있습니까?" 함자는 대화의 방향이 어디로 이어지는지 알고 있었고 그 결과에도 자신감이 있었기에 칼리파를 도발하며 물었다.

"그래, 내가 자네에게 그냥 거짓말을 하라고 했었지. 하지만 이건 다른 문제야. 농담할 문제가 아니라고. 좋게 좋게 넘어갈 사안이 아니란 말일세. 아마 자네는 내가 간섭하기 좋아하는 가부장이라고 생각하겠지. 젊은 여자가 자기 삶을 살아갈 길을 선택하는 데 끼어든다고 말이야. 나는 아피야의 아버지도, 오빠도 아니지만 그 애는 어렸을 때부터 우리와 함께 생활했고 나는 그애에게 책임이 있네. 우리가 마음을 놓으려면 자네에 대해 아는 것이 중요해. 자네는 지낼 곳도 없고, 우리와 함께 계속 여기에서 살 가능성이 크지. 나야 자네가 여기에서 우리와 함께 계속 살았으면 좋겠어. 그 역시 우리가 자네에 대해 더 알아야 할 이유라네. 자네가 누구인지 전혀 모르잖나. 물론, 나는 한순간도 자네가 여기 오기 전에 나쁜 짓을 저질렀을 거라고 생각하지 않았어. 적어도 나머지 우리가 저지른 것보다 더 나쁜 짓을 저지르지는 않았겠지. 하지만 자네 입으로 그 말을 들어야겠네. 내 눈을 들여다보고 말해. 자네가 자네 자신에 관해 거짓말을 한다면 눈빛에서 드러날 걸세."

"어르신의 힘을 대단히 믿으시는군요." 함자가 말했다.

"어디 시험해보게나. 나한테 진실을 말하면, 나는 즉시 알아차린다네." 칼리파는 함자의 얼굴에서 미소가 씻겨나갈 만큼 격렬한 기세로 말했다. "좋아, 내가 몇 가지 질문할 테니 자네는 원하는 대로 답하게. 자네는 오래전 어렸을 때 여기 살았다고 했지. 그건 어떻게 된 일인지 말해봐."

"그건 질문이 아닙니다." 함자가 말했다. 아직 도발하는 말투를 포기할 수 없었다.

"짜증나게 굴지 말게. 나도 그게 질문이 아니라는 건 알아. 좋네, 어렸을 때 어쩌다 이 마을에서 살게 됐나?" 칼리파가 짜증을 내며 물었다. 함자의 장난기가 조금도 재미있지 않은 듯했다.

"아버지가 빚을 갚으려고 저를 어느 상인에게 줘버렸습니다." 함자가 말했다. "상인이 데리고 갈 때까지 저는 그런 일이 벌어졌다는 것도 몰랐습니다. 그래서 아버지가 무슨 빚을 졌는지, 어째서 저를 줘버려야만 했는지 모릅니다. 어쩌면 상인이 빚을 갚지 못하는 제 아버지에게 벌을 준 것일지도 모르지요. 그 상인이 이 마을에 살았습니다. 그 사람이 저를 이리로 데려와 자기 가게에서 일을 시켰습니다. 상인은 가게만 지키는 사람이 아니었지만 말입니다. 그 가게는 상인의 사업에서 작은 부분일 뿐이었습니다. 그 사람은 카라반을 운영했지요. 어르신의 상인인 해적 아무르 비아샤라 같은 사람이었습니다. 온갖 사업을 했지요. 그가 내륙으로 여행할 때 저를 데려간 적이 있는데, 그 여행에 몇 달이 걸렸습니다. 놀라운 여행이었죠. 저멀리 호수까지, 그 너머의 산맥까지 갔습니다."

"그 사람 이름이 뭐였나?" 칼리파가 물었다.

"저희는 그 사람을 하심 아저씨라고 불렀지만, 정말로 친척 아저씨였던 건 아닙니다." 함자가 말했다.

칼리파는 잠시 생각하더니 고개를 끄덕였다. "하심 아부바카르로군. 누굴 말하는지 알겠어. 그러니까 그 사람 밑에서 일했다는 거지. 무슨 일이 있었나?"

"그 사람 밑에서 일한 건 아니었습니다. 저는 아버지의 빚 담보 같은 것으로 잡혀 있는 처지였지요. 상인은 아무것도 설명해주지 않았고, 제게 돈을 주지도 않았습니다. 저를 자기 소유물처럼 대했습니다."

그들은 각자 생각에 잠긴 채 잠시 조용히 앉아 있었다. "무슨 일이 있었나?" 칼리파가 다시 물었다.

"저는 더이상 그렇게 사는 걸 견딜 수 없어서 전쟁터로 도망쳤습니다." 함자가 말했다.

"일리아스처럼." 칼리파가 경멸하듯 말했다.

"네, 일리아스처럼 말입니다. 전쟁이 끝나고 나서, 어렸을 때 부모님과 함께 살았던 마을로 가보았지만 두 분은 더이상 그 마을에 안 계셨습니다. 그분들이 어디로 가셨는지 아는 사람도 없었고요. 저를 부모님에게서 빼앗아간 상인, 하심 아저씨가 제가 도망치기 몇 년 전에 말해주었습니다. 부모님은 더이상 그 마을에 살지 않는다고요. 하지만 확인해보고 싶었습니다. 저는 오랫동안 그분들을 찾고 싶지 않았습니다. 그분들이 저를 버렸고, 원하지 않는다고 생각했지요. 전쟁이 끝나고 나서는 두 분을 찾으려 했으나 찾을 수 없었습니다. 그래서 어르신께 말씀드릴 만한 식구가 없습니다. 저는 식구를 잃었습니다. 아주 어릴 때 잃었고, 다른 사람에게 책임감을 느끼는 성인에게 쓸모가 있을 만한 이야기는 아무것도 해드릴 수 없을 것 같습니다. 어르신께서는 제가 완성된 이야기라도 되는 것처럼 저 자신에 대해 말해달라고 하시지만, 제게 있는 건 골치 아픈 구멍이 숭숭 뚫린 파편들뿐입니다. 할 수만 있었으면 저도 그런 구멍에 대해서, 너무 일찍 끝나거나 결론이 나지 않은 그런 이야기들에 대해서 물어봤을 겁니다."

"자넨 이미 많은 얘기를 하고 있네. 이 마을에서 틀림없이 심한 수치를 겪었을 텐데 왜 돌아왔는가?" 칼리파가 물었다.

"수치요? 무슨 수치 말씀입니까?"

"다른 사람에게 매인 몸이 되는 것, 다른 인간에게 신체와 영혼을 소유당하는 것 말이네. 그보다 큰 치욕이 있는가?"

"상인은 제 신체와 영혼을 소유하지 않았습니다." 함자가 말했다. "그 누구도 다른 사람의 신체와 영혼을 소유하지는 않습니다. 저는 오래전에 그 사실을 알게 되었습니다. 상인은 제게 도망칠 지혜도, 기술도 없었을 때 저를 이용했습니다. 단지, 당시에 저는 저 자신을 안전하게 지키는 법을 몰랐고, 전쟁터로 도망쳤습니다. 제가 수치심을 느꼈다면 그건 아버지와 어머니 때문이었지만, 그런 생각도 나이가 들어서 수치심에 대해 알게 되었을 때나 떠오른 것입니다. 제가 이 마을로 돌아온 건 달리 아는 곳이 없었기 때문입니다. 저는 사방을 떠돌아다니며 천천히 저를 죽일 뿐인 일을 했고, 결국 이곳으로 다시 흘러들어왔습니다.

저는 처음 여기에서 지낼 때 한 친구를 사귀었습니다. 지난 시절을 돌이켜보면, 제가 살면서 사귄 유일한 친구가 그 녀석이었던 것 같습니다. 길을 잃고 너무 많은 것에 슬픔이 느껴지자 이리로 돌아오고 싶다는 끌림을 느꼈습니다. 그 친구도 상인에게 매인 몸이었는데, 돌아와보니 가게는 사라졌고 그 친구도 찾을 수 없었습니다. 아버지의 빚이 제게 상속되었을까봐 사람들에게 하심 아저씨에 관해서 묻지는 못했습니다."

"현명했군. 신중한 게 언제나 최고지. 자네가 그 사실을 안다는 걸 난 알고 있네. 자네의 상인, 하심 아부바카르에게 무슨 일이 있었는지는 내가 말해줄 수 있지." 칼리파가 말했다. 늘 그렇듯 소식을 전달하는 사람, 가십을 파는 행상인이 되어 기쁜 듯 미소 짓고 있었다. "하심을 대신해서 가게를 운영하던 젊은이가 상인이 집에 숨겨두었던 모든 현금을 가지고 종적을 감추었다네. 그 젊은이는 상인의 젊은 아내, 그러니까 두번째 아내도 데리고 도망쳤지. 둘은 사라졌고, 그후로 그들의 소식을 들은 사람은 아무도 없다네. 전쟁이 시작되기 직전이었으니 둘에게 무슨 일이 일어났을지 누가 알겠나? 너무도 많은 사람들이 전쟁통에 사라졌으니 말이야. 상인에게 그건 어마어마한 스캔들이었네. 그는 재산을 처분하고 어딘가로 떠났지. 내가 마지막으로 들은 소식으로는, 하심이 모가디슈인지 아덴인지 지부티인지, 그쪽 어딘가에 있다더군. 그는 마지막 카라반 중 한 명이었으니, 어쨌거나 그의 시절이 끝난 셈이기도 했네. 독일인은 그 모든 것을 끝장내고 자기들이 만사를 직접 통제하고 싶어했거든. 하심 아부바카르 밑에서 일했다는 자네 친구 이름은 뭔가?"

"그 친구 이름은 파리디였습니다." 함자가 말했다.

"바로 그 젊은이일세." 칼리파가 즐거운 듯 허벅지를 찰싹 내리치며 말했다. 이야기가 더욱 멋지게 들어맞았던 것이다. "대단한 악당 아닌가! 돈에, 아내까지 훔치다니! 자네 친구라는 그 녀석, 그야말로 악당이었어."

"처음 상인이 저를 이리로 데려왔을 때 저는 너무 어렸고, 그 친구가 형처럼 저를 돌봐주었습니다. 저희는 둘 다 딱히 아는 사람이 없었어요. 그저 밤낮으로 가게에서 일했습니다. 때로 읍내에 갔지만, 그 친구도 자기가 어디에 있는지 몰랐습니다. 우리는 길거리를 헤매고 다녔습니다. 전쟁이 터지기 전에 돈을 가지고 종적을 감췄다면, 제가 도망치고 나서 얼마 지나지 않았을 때가 틀림없습니다. 친구가 함께 도망친 젊은 아내는 그 친구의 누이였습니다. 그녀도 하심 아저씨에게 매인 몸이었습니다."

칼리파는 이런 새로운 정보에 한숨을 쉬었다. 이런 정보 덕분에 그의 이야기는 아무도 믿지 못할 만큼 말도 안 되게 풍성해졌다. "그게 자네 이야기군." 그가 말했다. "나는 여기서, 해적 상인 밑에서 일하고 있었고 자네와 자네 친구는 이 마을의 다른 쪽 끝에서 다른 해적을 무너뜨릴 계획을 짜고 있었던 거야. 이유는 모르겠지만, 자네 친구 파리디가 도망치면서 상인에게 수치를 안겨줬다고 생각하니 기분이 좋군. 우리는 모두 그 계획을 세운 게 젊은 아내일 거라고 생각했다네. 그게 아니라면, 상인이 돈 숨기는 곳을 그 젊은이가 어찌 알았겠나? 돈을 전부 가져가다니, 두 사람 다 악당이었을 게 틀림없어. 뭐, 둘을 위해서라도 나는 두 사람을 영영 찾지 못하기를 바라네. 파리디가 자네 친구라고 해도 그 돈을 가져간 건 잘못된 일이니까."

"그 집은 어떻게 됐습니까? 원래 해안 도로 끝에 있었는데요. 멋진 정원이 있었고요. 제 기억이 맞지 않습니까?" 함자가 물었다.

"인도인 사업가가 그 집을 사서 철거하고 지금 그 자리에 서 있는 저택을 지었다네. 모두가 정원을 좋아하는 건 아니니까. 그 사업가는 영국인과 함께 들어왔어. 영국인들은 독일에게 이 지역을 넘겨받으면서 여기서 사업을 할 자기 쪽 사람들을 데려왔지. 인도에서도 케냐에서도 데려왔다네. 그렇게 새로 들어온 인도인들이 재빨리, 확실하게 이곳에 이빨을 박아넣고 지금까지 있는 거야. 그 자들이 모든 상업을 차지하고 정부에 자기들은 영국 시민이며 음중구와 똑같은 권리를 누려야 한다고 말하고 있다네. 자기들을 우리 원주민보다 나을 것 없다는 식으로 대하면 안 된다는 거야."

*

이드의 넷째 날이자 마지막날, 아침 공기에 여전히 기념의 흔적이 남아 있을 때 아피야가 빵 한 조각과 차 한 잔을 올린 아침식사 쟁반을 가지고 함자의 창고방 문을 밀고 들어왔다. 아직 이드 기간이었기에, 그녀는 계란 물에 적셔서 튀긴 명절 빵을 가져왔다. 함자가 쟁반을 받아 탁자에 내려놓자 아피야는 그의 품에 자유롭게 안길 수 있었다. 바로 그때, 함자가 그녀에게 물었다. 그는 칼리파에게 자기가 직접 그녀의 의사를 묻겠다고 했다. 그것이 아피야도 원하는 일이라는 말을 그녀의 입으로 듣고 싶었기 때문이다. 칼리파는 그렇게 하는 게 아니라고 했다. 함자가 칼리파에게 말하면, 칼리파가 비 아샤에게 말하고, 비 아샤가 아피야에게 묻는 것이라고 말이다. 그러면 아피야의 답이 같은 길을 거슬러 전달될 터였다. 그게 일을 처리하는 방식이며, 함자가 아피야와 이야기를 나눈 뒤에도 그런 식으로 일이 진행될 터였다. 하지만 직접 묻는 것도 하고 싶다면 가서 물어보라고 했다.

아피야가 품에 안겨 있을 때 함자가 말했다. "우리가 결혼하는 게 당신 마음에도 들까요?"

아피야는 몸을 빼고 그의 얼굴을 보았다. 아마 그가 농담을 하는 게 아닌지 확인하려는 듯했다. 함자의 표정이 얼마나 진지한지 보더니, 그녀는 미소를 지으며 그를 더욱 꼭 끌어안고 말했다. "이드 무바락,* 제 마음에도 꼭 들어요."

"난 아무것도 가진 게 없어요." 그가 말했다.

"나도 그래요." 그녀가 말했다. "우리 둘 다 아무것도 없을 거예요."

"살 곳도 없을 겁니다. 그저 모기장조차 없는 이 창고방뿐이겠죠. 내가 더 적당한 곳을 빌릴 여유가 생길 때까지 기다려야 할 거예요." 그가 말했다.

* '은혜로운 축제'라는 뜻의 아랍어.

"기다리기 싫어요." 그녀가 말했다. "난 사랑할 사람을 찾게 될 줄 몰랐어요. 누군가가 와서 청혼하면 선택의 여지가 없을 줄 알았죠. 이제 당신이 왔으니, 기다리고 싶지 않아요."

"여긴 씻을 데도 없어요. 잠잘 곳이라고는 매트밖에 없고요. 당신은 땅굴 속 동물처럼 살게 될 거예요." 그가 말했다.

그녀가 웃었다. "과장하지 말아요." 그녀가 말했다. "집안에 들어가서 씻고 요리하면 돼요. 원할 때마다 바닥에서 사랑을 나누고요. 함께 여행을 하는 것 같을 거예요. 우리 몸에서 오래된 땀냄새가 나더라도 우리만의 길을 찾게 되겠죠. 빔쿠브와는 몇 년째 나를 여의고 싶어했어요. 바바가 나를 보는 눈길이 마음에 들지 않는다면서요. 내가 여자가 된 이후로 늘 그랬죠. 바바 칼리파가 나를 아내로 삼고 싶어한다면서. 빔쿠브와는 남자란 그런 동물이라고 했어요. 자제력이 없다고."

"몰랐네요." 함자가 말했다. "여기가 당신 집이라면서요."

"비 아샤는 억하심정이 많아요. 내가 젊은 여자라는 걸 무척 싫어해요. 나를 여의고 싶어하면서도 젊은 남자가 나를 보면 싫어했어요. 거리에서 살짝 눈길만 스쳐도 비난하기 시작했죠. 남자들이 나를 보는 시선이 역겹대요. 난 아무 짓도 하지 않았는데, 나더러 그 사람들을 부추겼다고 했어요. 나를 여의고 싶어하는데 나이 든 남자가 와서 나를 두번째 아내로 맞아들이기를 원했어요. 내가 매력적이고 젊다는 느낌을 받는 걸 원하지 않았죠. 자기 쾌락을 위해 나를 이용할 사람, 탐욕으로 모욕할 사람이 날 데려가기를 원했어요. 마음속에 억하심정이 있어서 그래요. 그래서 못돼지는 거예요. 내가 어렸을 때는 날 그런 식으로 대하지 않았어요. 지금 당신이 보는 대로 사나운 사람이었지만, 못된 건 아니었어요. 저렇게 된 건 내가 자라서 여자가 된 다음이에요."

"몰랐네요." 함자가 다시 말했다. "당신한테 청혼한 사람이 있었나요?"

아피야는 어깨를 으쓱했다. "두 번 있었어요. 그중 한 명은 모르는 사람이었어요. 또 한 명은 큰길가 카페 관리인이었고요. 그 사람이 내가 지나가는 걸 봤대요. 내가 열 살 때부터 돌아다니는 걸 몇 년이나 지켜봤다는 거예요. 그런 식이죠, 남자들은. 돈이 있으면 몇 달 데리고 놀 젊은 여자를 원해요. 여자가 거리를 걸어가는 걸 보고, 저 여자는 누구냐면서 쫓아가죠. 그냥 그럴 수 있어서 그러는 거예요. 바바 칼리파가 그렇게 말했어요."

"하지만 당신이 거절했군요."

"나도 싫다고 했고, 바바 칼리파도 싫다고 했어요. 빔쿠브와는 그게 바바 칼리파가 나를 차지하고 싶어서라고 했죠. 빔쿠브와가 처음으로 그 얘기를 털어놓은 게 그때였어요. 빔쿠브와는 며칠 동안이나 바바 칼리파를 그런 식으로 비난했어요. 그날 바바 칼리파가 당신을 데려왔을 때, 당신을 집안으로 데려왔을 때, 나는 바바 칼리파가 당신을 나에게 보여주고 싶어했다고 생각해요. 정말로 그럴 뜻이었는지는 잘 모르겠지만. 어쩌면 그냥 당신을 좋아한 걸지도 모르죠. 하지만 난 당신을 보았고, 당신을 볼 때마다 당신을 향한 갈망이 조금씩 커졌어요. 그런 식일 줄은 몰랐어요. 그래서 기다리고 싶지 않은 거예요. 그래서 이곳도 땅굴이 아닌 거고요."

"빔쿠브와하고는 이런 얘기를 한 적이 있습니까? 칼리파는 그걸 잘 모르겠다고 하던데요."

"이틀 전에 집안에 수치스러운 일을 일으키지 말라고 했어요. 하지만 그런 말이야 전에도 한 적이 있으니까요." 아피야가 그에게 미소 지었다. "이제 너무 늦었죠."

그날 함자가 둘이서 창고방에 살 계획이라고 말하자 칼리파는 듣지 않으려 했다. 함자는 아피야가 당한 괴롭힘에 관해 들은 이야기를 전할 수 없었고, 별수없이 말을 더듬거리다가 비 아샤의 이름을 입에 올렸다. 칼리파는 어깨를 으쓱하더니 세게 고개를 저었다. "자네들은 집으로 들어와 비 아샤와 함께, 우리와 함께 살게 될 걸세." 그가 말했다. "부랑자처럼 저 바깥에 살 수는 없지. 안이 자네에게도 더 편할 거야. 자네 같은 잘루타, 불량배처럼 떠돌아다니는 데 익숙한 사람한테야 저 방이 충분할지 모르지만 우리 딸에게는 적절하지 않네."

"빌릴 만한 곳을 찾아볼 생각입니다." 함자가 말했다. "제가 좀더 나은 곳을 구할 여유가 생길 때까지 잠시 기다리는 게 가장 좋은 방법일지 모릅니다."

"기다릴 게 뭐 있나?" 칼리파가 물었다. "지금 들어와 살다가, 집을 빌릴 준비가 되면 나가면 되지."

"음, 생각해보겠습니다." 함자는 억지로 안에 들어간다는 생각, 억지로 지금 당장 비 아샤의 고약한 성미를 견디며 살아야 한다는 생각에 마음이 내키지 않아서 말했다.

둘은 십사 일 후에 결혼했다. 둘의 결혼식은 너무도 조용하게 치려져서, 상인 나소르 비아샤라와 목공소 사람들조차 결혼식이 끝날 때까지 소식을 몰랐다. 칼리파는 이맘과 바라자 친구들을 식사에 초대했고, 비 아샤도 여자 이웃들을 불러들였다. 그들이 고용한 요리사는 집에서 비리아니*를 준비하느라 뒤뜰을 차지하고 있었다. 여자들은 침대를 뒤집어 벽에 붙여놓은 비 아샤와 칼리파의 침실로 들어갔다. 남자들은 손님방에 모였다. 이맘이 그곳으로 함자를 불러 아피야에게 청혼하라고 했다. 결혼식이란 증인들 앞에서 약속을 하는 것이었으므로, 이 시점에서 남자가 주고자 하는 마하리, 즉 지참금을 이야기하고, 신부나 신부의 친척이 그 액수가 만족스러운지 결정해야 했다. 이런 문제는 훨씬 전에 의논되기 마련이지만, 증인들 앞에서 확인을 받는 것이었다. 함자는 마하리로 제시할 것이 아무것도 없었다. 그가 칼리파에게 이 사실을 전하자 칼리파는 아무것도 받지 않고 그를 받아줄지 결정하는 건 아피야의 몫이라고 했다. 아피야가 손을 내젓는 것으로 그 대화를 끝냈으므로—우리 둘 다 아무것도 없을 거예요—예식의 이 부분은 조용히 넘어갔고, 함자는 그냥 아피야가 자신을 남편으로 받아들일 것인지만 물었다. 칼리파가 아피야 대신 수락했다. 이 소식은 다른 방에 있던 아피야와 비 아샤의 손님들에게 전해졌고, 그들은 왁자지껄하게 이 소식을 환영했다. 그런 다음, 이들에게 식사를 대접하는 것으로 잔치가 마무리됐다.

칼리파는 그들이 집으로 들어와 사는 것 말고는 그 어떤 대안도

* 쌀을 고기나 생선 또는 채소와 함께 요리한 남아시아 요리.

허락하지 않았다. 그는 대단히 고집스러웠으며, 아피야는 어깨를 으쓱하며 어디 해보자고 했다. 일이 잘 풀리지 않아도 늘 창고방이 있을 테니 말이다. 함자는 얼마 안 되는 소지품을 아피야의 방으로 옮겼다. 오벌로이트난트가 그에게 남겨준 『1798년 문학연감』과 프라우가 작별 선물로 준 하인리히 하이네의 『독일의 종교와 철학의 역사에 대하여』, 매트와 옷 등이 담긴 작은 가방이었다.

아피야의 방은 창고방보다 크고 편안했고 세면장에도 쉽게 갈 수 있었다. 창문과 문에는 모두 커튼이 내려져 있었는데, 아피야는 잠잘 시간까지 산들바람이 들어오도록 둘 다 걷어두었다. 침대 머리맡은 한쪽 벽에 붙어 있었고, 그들이 간신히 들어갈 수 있는 공간만 양옆에 남아 있었다. 직사각형 나무틀을 천장에 매달아 모기장을 걸었다. 반대쪽 벽에는 낡고 삐걱거리는, 얇은 널빤지로 된 찬장이 있었다. 함자는 그 찬장을 처음 보고서 아피야에게 작업실에서 새 찬장을 만들어오겠다고 했다. 그게 아피야에게 줄 마하리라고 말이다. 찬장 안에는 초록색과 빨간색으로 대각선 줄무늬가 칠해진 자물쇠 달린 작은 상자가 하나 있었다. 아피야가 그 상자를 열어서 안에 담겨 있던 보물을 함자에게 보여주었다. 오빠가 글 읽는 방법을 알려주었을 때 썼던 공책, 바바가 준 대리석 무늬 장부, 일리아스가 함께 살던 어느 해의 이드에 주었으나 지금은 너무 작아서 찰 수 없는 황금 팔찌, 그가 독일인 농장에서 일하고 학교에 다녔던 마을을 내려다보는 산이 있는 그림엽서 한 장, 함자가 그녀에게 번역해준, 작은 종잇장에 적힌 실러의 시.

아피야의 방문은 뜰을 향해 바깥쪽으로 열렸는데, 그 뜰에서 요리를 했고, 또 식사를 하고 몸을 씻기도 했다. 집안의 여자들이 낮 동안 몇 시간을 보내는 곳도 그곳이었다. 그곳은 집에서 여성들의 구역이었으며, 낯선 남자들은 그리로 들어가지 않았다. 함자는 더 이상 낯선 사람이 아니었으나 집안 식구가 된 것 같지도 않았다. 비 아샤의 억하심정에 대해 들은 이후로, 함자는 이런 식의 일 처리나 자기가 뜰 안에 들어왔다는 사실을 비 아샤가 어떻게 받아들일지 불안한 마음이 들었다. 함자는 비 아샤를 만나면 인사를 건넸고, 비 아샤는 눈을 마주치지 않고 살짝 알은체를 했으나 둘 사이에 대화는 없었다. 함자는 공기 중에 감도는 비 아샤의 반감을 느꼈고, 불편함과 자기혐오로 몸이 움츠러들었다. 그는 이곳에 있고 싶지 않았다. 그는 아침에 일어나자마자 세면장을 쓰고, 계속 이런 식으로 생활해야 한다고 고집하는 칼리파와 뜰에서 차를 마신 뒤 함께 집을 나섰다. 오후에 돌아오면 뜰에는 사람이 없었고, 함자는 아피야가 기다리는 방으로 곧장 갔다. 저녁이면 비 아샤와 아피야가 뜰에서 저녁밥을 준비했고, 이따금 이웃 여자들이 방문했으므로 함자는 그들이 누가 엿들을 걱정 없이 이야기할 수 있도록 반드시 방을 비워야 했다. 함자가 이해하는 예의범절에 따르면 그랬다. 이런 식으로 며칠 동안 안절부절못하는 시간이 이어지고 나자 아피야가 그에게 허둥지둥 도망치지 말라고 했다.

"우시지타아비셰, 걱정하지 말아요." 그녀가 말했다. "칼리파가 당신한테 여기 살라고 했으니, 비 아샤는 그냥 무시해요. 비 아샤도 적응하겠죠."

"비 아샤는 내가 여기 있는 걸 싫어해요." 그가 말했다. "발라아,

기억나죠? 비 아샤는 내가 재앙을 불러올 거라고 생각해요."

"그냥 못되게 굴었던 거예요." 아피야가 말했다. "그렇게까지 이상한 사람은 아니에요."

비 아샤에 대한 불안감도 아피야와의 새로운 친밀감이 가져다주는 기쁨을 줄이지는 못했다. 게다가 이제 함자는 비 아샤가 근처에 있을 때와 아피야와 단둘이 있을 때를 가리는 눈치가 생겼다. 행운이 전쟁 기간에도 그를 살려두고 아피야의 삶으로 이끌었다. 그 한가운데 혼란과 폐허가 있다 해도, 세상은 늘 움직인다.

아무튼, 뜰에 사는 것은 긴장되는 일이었다. 함자는 비 아샤와 일상적인 대화를 할 때조차 그녀가 금방이라도 뭔가 상처 주는 말을 할 것처럼 말에 날을 세우는 것을 느꼈다. 비 아샤가 칼리파에게 날카로운 말을 던지면 칼리파는 아무 말도 듣지 않은 것처럼 무시했다. 그녀는 생선값이나 시장에서 구할 수 있는 시금치의 품질 등 일상적인 이야기를 할 때조차 억하심정과 불만이 치미는 듯했다. 함자는 이처럼 성질 나쁜 주인을 얼마나 오래 견딜 수 있을지 알 수 없었다.

상인 나소르 비아샤라가 그에게 말했다. "이런, 왜 그리 우울해 보이나? 내 아내 말로는 자네가 며칠 전 결혼했다던데. 우리 중 누구도 결혼식에 초대하지 않았군. 기쁜 표정이어야지! 혹시 잠을 충분히 못 자서 그런 건가? 히히히. 난 아피야를 안다네. 아니, 어렸을 때 알았다고 해야 하나. 내 아내는 아피야가 이제 무척 사랑스러운 여인이 되었다고 하더군. 축하하네. 자네, 일이 술술 풀리는 것 같구먼그래? 그럴 만하지. 자넬 좀 보게. 좋은 일자리에, 이제는 자네의 짐을 덜어줄 좋은 여자까지 있어. 그게 다 내 덕분이야. 고마워하라는 얘기는 아니네, 자네는 열심히 일했으니까. 하지만 전부 나한테 달린 일이었어. 난 자네를 보면서 생각했지. 이 바보 같은 젊은이에게 한 번 기회를 주면 어떨까? 패배자같이 보이지만, 기회를 주면 좋은 결과를 낼지도 모르잖아. 보게, 난 사람을 잘 봐. 나는 자네가 세상에 보이는 형편없는 꼬락서니에서 뭔가를 보았다네. 이제 자네를 보란 말이야. 지금도 그 창고방에 살고 있나? 아니길 바라네, 새 아내와 함께 그런 데 살면 안 되지. 어디 괜찮은 살 곳을 찾았기를 바라네…… 그 불평꾼들과 산단 말인가! 결혼생활의 시작이 전혀 상식적이지 않군. 그게 무슨 말인가, 집을 빌릴 여유가 없다니? 그게 무슨 소리야? 욕조에 벽을 둘러친 정원과 격자창이 딸린 베란다까지 갖추어진 대저택을 빌리려 하나? 무슨 소리야, 봉급을 인상해달라니? 돈은 충분히 주고 있지 않나? 난 자네를 잘 대해주고 있어. 나한테 돈이라도 맡겨놨나. 이제 아내가 생겼다고 탐욕을 부리려는 건 아니겠지. 칼리파가 시킨 건가?"

음지 술레마니는 결혼식 얘기를 듣자 함자에게 이렇게 말했다. "그 노랑이에게 봉급을 올려달라고 해보게. 주정뱅이 메흐디가 떠난 이후로 자네가 여기에서 그 많은 일을 했는데 최소한 그 정도는 해줘야지. 알함둘릴라, 자네에게 많은 자녀를 낳는 복이 있기를. 그 말을 독일어로 할 수 있나?"

"뫼게스트 두 미트 필렌 킨더른 게제크네트 자인."

음지 술레마니는 함자가 통역을 할 때마다 늘 그러듯 즐거워하며 씩 웃었다.

4부

13

이전의 세월과 비교하면 함자에게는 편안한 시기였다. 몇 주, 몇 달이 흐르자 비 아샤, 칼리파 부부와 함께 사는 데서 오는 긴장감도 줄어들었다. 아니면 그냥 그런 긴장감에 단련된 것인지도 몰랐다. 그들은 감정이 좋지 않다는 티를 내지 않고도 서로를 피하는 방법, 비 아샤가 던지는 비난의 눈초리를 보지 않고 그녀의 투덜거리는 낮은 목소리를 듣지 않는 방법을 찾아냈다. 함자는 비 아샤와 마주치지 않는 방법을 너무도 잘 깨우친 나머지, 오후에 직장에서 집에 돌아올 때에만 잠깐 그녀를 보는 경우가 많았다. 비록 비 아샤의 목소리는 결코 멀어지지 않았지만 말이다. 가장 먼저 자리에서 일어나는 사람은 아피야였다. 하지만 함자도 보통 동이 튼 이후로 깊이 잠들 수 없어서 깨어 있었다. 아피야는 함자가 씻는 동안 차를 끓였고, 함자는 칼리파와 비 아샤가 방에서 나오기 전에 집을 나섰다.

함자가 목공소에 도착하면 나소르 비아샤라가 늘 이미 와 있었다. 그들은 서로 인사를 건넸고 상인은 아무 말 없이, 심지어 어느 때는 소중한 장부에서 눈을 들지도 않은 채 작업실 열쇠를 건네주었다. 음지 술레마니가 도착한 다음에는 세 사람이 잠시 만나 하루 일정을 의논했고, 나소르 비아샤라가 이따금 작업실에 와서 그들과 함께 그릇이나 서랍장의 마무리 작업을 하거나 새로운 디자인에 대한 비판적 의견을 내놓았다. 그는 속을 채워넣은 소파를 만들 계획이라 때가 되면 덮개 씌우는 일을 맡을 사람을 고용해야 했지만, 당분간은 소파 틀을 가지고 실험하는 중이었다. 가구 수요가 지속적으로 늘어났다. 그의 유통 사업도 확장되고 있었다. 칼리파의 예측과는 반대로, 프로펠러 투자는 엄청난 성공으로 밝혀졌다. 배 한 척으로는 소화할 수 없을 만큼 많은 일거리가 들어와 모터가 달린 대형 배를 구매할 필요가 생긴 것이다. 나소르 비아샤라는 그 배를 증기선이라고 부르는 걸 좋아했다. 사업이 너무 번창해서 상인은 간판까지 만들었다. 그는 직접 글씨를 새기고 색칠한 간판을 숭구라에게 목공소 대문에 붙여놓으라고 했다. '비아샤라 가구 및 잡화'였다.

"작업실을 확장하고 새 장비를 들여와야겠습니다." 상인은 일단 음지 술레마니를 보며 말했는데 술레마니의 얼굴은 그래도 무표정했다. 이어 그는 함자를 보았고, 함자는 찬성의 뜻으로 고개를 끄덕였다. "여기 부지가 크지 않습니까? 바로 맞은편에 새로운 작업실을 세울 수 있겠지요. 정부 계약을 따낼 수 있는 제대로 된 장비를 갖춰서 말입니다. 학교에 들어갈 책상이나 관공서용 가구 같은 것들을 만드는 거예요. 기존 작업실은 가정용 주문이나 장신구 같은 걸 처리하도록 유지하고요. 어떻게 생각합니까?"

상인은 이어지는 몇 주 동안 점점 더 자주 새로운 작업실 이야기를 했고, 그 작업실을 운영할 사람으로 꼽아둔 함자에게 점점 더 많이 말을 거는 듯했다. 영국 총독부는 학교를 더 많이 세우고 문맹률을 낮추겠다는 계획을 발표했는데, 그게 나소르 비아샤라가 정부 계약을 따내겠다고 신이 난 이유였다. 총독부는 농업, 공공설비, 보건 분야에서도 활동을 늘려가고 있었다. 다른 효과가 없더라도, 이를 통해 독일인에게 식민지를 제대로 운영하는 법을 보여줄 작정인 듯했다. 이 모든 부서와 사업에는 사무실이 필요했고, 사무실에는 책상과 의자가 필요했다. 이제는 상인이 아니라 사업가로 불리고 싶어하는 나소르 비아샤라가 새로운 사업을 해보자고 설득하면, 함자는 조심스럽게 헤아린 열정을 실어 고개를 끄덕였다. 머잖아 함자는 봉급을 크게 올려달라고 요구할 생각이었으나 지금은 때를 기다렸다.

그는 칼리파와 비 아샤가 먼저 식사할 수 있도록 점심 먹으러 돌아가는 시간을 늦추었다. 그가 도착할 때쯤, 둘은 보통 식사를 마치고 의무적인 낮잠 시간을 준비하고 있었다. 함자는 쌀밥과 시금치, 뭐든 그 계절에 나오는 과일로 가볍게 식사했다. 가끔은 파라타*와 생선 한 토막, 요구르트 한 사발을 먹고 일터로 돌아갔다. 퇴근하고 나서 오후에는 몸을 씻고 한 시간 정도 누워 쉬었다. 이

* 이스트를 쓰지 않고 기름을 바른 번철에 지져 만든 빵.

때 아피야도 집에 있으면 둘의 방으로 들어와 대화하고 그날 있었던 일을 이야기했다. 아피야는 그때쯤 자주 밖에 나가, 이제 엄마가 된 친구 자밀라나 나소르 비아샤라의 아내인 칼리다를 만나거나 장례식 이후의 추도식, 약혼식, 결혼식, 병문안, 아기를 낳은 어머니 방문 등 여자의 일상을 채우며 이어지는 의무를 돌보았다.

저녁이면 함자는 거리를 어슬렁거리다가 사귀게 된 사람들을 만났는데, 특히 기회가 될 때마다 연주를 들으러 갔던 음악가들 중 한 사람을 자주 만났다. 그의 이름은 아부였으며, 그 역시 목수였고 함자보다 나이가 몇 살 많았다. 마그립 기도가 끝난 뒤에 개울을 가로지르는 다리 옆의 카페에서 만나면, 그 카페의 단골들이 함자를 보고 자리를 내주었고 두 사람도 그들과 이야기를 나누었다. 수다쟁이들의 모임에서 함자는 그리 말이 많지 않았으므로 늘 환영받았다. 그들이 나누는 대화의 분위기는 가볍고 불손했으며 외설적인 경우가 많았다. 함자가 보기에는 누가 가장 터무니없는 농담을 던질 수 있는지를 두고 경쟁하는 것 같았다. 이따금 이런 코미디는 너무 저열하고 저항할 수 없어서, 함자는 웃느라 옆구리가 아팠다. 그럼에도 잠시 뒤면 중요한 이야기는 한마디도 나오지 않았으며 부끄러운 경박함에 시간을 낭비했다는 걸 알게 되었다. 이따금 저녁에 함자는 아부와 함께 연습실로 가서, 음악가들이 연주하고 연습하는 동안 한 시간 정도 함께 앉아 있었다.

그런 다음 그는 잘 곳으로 돌아왔다. 아직 그곳을 집이라고 부를 수는 없었다. 그는 세상사를 고민하고 가장 최근의 터무니없는 이야기와 가십을 뒤집어보며 분석하는 칼리파와 마알림 압둘라와 토파시와 함께 앉아 있었다. 당시에 총독부에서는 스와힐리어로 된 월간지 〈맘보 레오〉를 펴내기 시작했다. 이미 글을 읽을 줄 아는 사람들에게 세상일이나 집안일, 좋은 농사법, 의료와 위생, 심지어 스포츠 소식에 관한 정보를 전달하기 위해서였다. 칼리파는 그 잡지를 한 부 사서, 다 읽고 나면 함자와 아피야에게 건네주었다. 마알림 압둘라도 자기 잡지를 들고 바라자에 와서, 친구들에게 그 잡지에 실린 흥미롭고 눈길을 사로잡았던 이야기를 들려주었다. 보통은 잡지의 내용을 해체하고 틀린 점을 지적하고 오류를 드러내기 위해서였다. 때로 그는 날짜가 지난 〈이스트 아프리카 스탠더드〉를 한 부 가져오기도 했다. 총독부에서 일하는 친구가 장기로 대출해 빌려준, 나이로비의 정착민 대상 신문이었다. 〈스탠더드〉에 실린 몇몇 기사는 세 현자가 도저히 논의하지 않을 수 없는 토론거리를 제공했다. 특히 정착민들 사이의 열띤 언쟁이 그랬다. 일부는 모든 아프리카인을 케냐에서 쫓아내고 자기들이 '백인의 나라'라고 부르는 것을 만들고 싶어했고, 다른 일부는 모든 인도인을 쫓아내고 유럽인만을 받아주되 아프리카인은 구경거리 삼아 야만적인 목축민 몇 명을 곁들여 노동자이자 하인으로 남겨두고 싶어했다. 이런 주장도, 이런 주장을 하는 사람들도 너무 이상하게 보여 정착민들은 꼭 달에 사는 사람들 같았다.

함자는 아피야에게서 커피 쟁반을 받은 다음 바라자를 떠나 모스크로 이샤 기도를 하러 갔다. 가는군, 작은 성자. 칼리파는 늘 쾌활하게 그를 보냈다. 집에 돌아오면 함자는 곧장 자기 방으로 갔고 그곳에서 아피야와 만나 하루 중 가장 달콤한 시간을 보냈다. 그들은 몇 시간씩 이야기를 나누고, 오래된 신문을 읽고, 서로의 생활에 관한 소식을 나누고, 미래를 바라보고, 사랑을 나누었다.

*

어느 날 밤, 아피야는 함자 옆에서 흠칫하며 잠을 깼다. 그녀는 함자의 위팔을 꽉 잡고 그의 이름을 속삭였다. "함자, 쉿, 쉿…… 이제 그만해."

함자는 얼굴이 젖어 있었고 몸도 땀으로 흥건했다. 그가 눈을 뜰 때까지도 목구멍에는 흐느낌이 남아 있었다. 그들은 어둠 속에서, 아피야가 함자의 위팔을 단단히 잡은 채 아주 조용히 누워 있었다. "울던데," 아피야가 말했다. "또 그 사람이야?"

"응, 그 사람이야. 그 사람일 때도 있고, 장교일 때도 있어. 아니면 목사님이거나. 늘 그 사람들이야." 그가 말했다. "단지, 사람이 문제가 아니라 그 사람들이 주는 느낌이 문제야."

"어떤 느낌인데? 말해봐."

"위험한 느낌, 두려운 느낌. 엄청난 위험이 닥치고 있는데 탈출할 수 없다는 느낌. 소음과 비명과 피가 너무 많아."

그런 다음 그들은 어둠 속에 다시 오랫동안 누워 있었다. 한참 뒤에 그녀가 물었다. "늘 전쟁이야?"

"늘 그래. 전에, 어렸을 때도 자주 악몽을 꿨어." 그가 말했다. "내가 아무것도 못하고, 꼼짝도 못하고 누워 있다가 동물들에게 잡아먹히는 꿈이었어. 왠지 위험하다기보다는 패배처럼, 고문처럼 느껴졌어. 지금은 악몽을 꾸면 겁에 질려. 내게 다가오는 것이 엄청난 고통을 일으키며 나를 뭉개버릴 것 같아. 그게 나를 괴롭히고, 나는 내 피에 빠져 죽을 것만 같아. 목구멍에 피가 차는 게 느껴져. 내가 두려운 건 사람이 아니라 그 느낌이야. 하지만 때로는 그 사람, 펠트베벨 때문이야. 왜 목사님을 볼 때도 이런 기분이 드는지는 모르겠지만. 목사님이 이 그림에 어떻게 들어오는지 모르겠어. 목사님은 나를 고쳐주셨는데. 나는 그분 선교지에서 이 년을 지냈어."

"목사님에 대해서 더 얘기해줘." 아피야가 말했다. "담배 헛간과 과일나무, 프라우가 당신에게 읽으라고 빌려준 책들 얘기."

아피야는 함자가 어둠 속에서 미소 짓는 것을 느꼈다. "잘 듣고 있었네. 목사님의 프라우 얘기를 했을 때는 당신이 잠든 줄 알았는데. 목사님은 아주 철저한 분이었고, 담배 헛간에서 큰 기쁨을 느끼셨던 것 같아. 거기는 완전히 통제할 수 있었으니까. 목사님은 늘 옳은 사람이 되고 싶어했어, 그러지 않고는 못 견디셨지. 억지로라도 다른 사람들에게 귀기울이고, 친절하게 구는 방법을 스스로에게 가르쳐야만 한다는 듯이 말이야. 그분이 선교사가 되기로 했다는 게 의아한 일이었어. 그분의 천성은 엄격한데, 프라우가 그분에게 관대함을 가르친 것 같아. 프라우는 애쓰지 않아도 착하고 배려 깊고 관대한 사람이었어. 그분을 결코 잊지 못할 거야. 맞아, 프라우가 책을 빌려줬어. 독일 주소도 알려주셨고. 때때로 소식을 보내라고 하셨어. 내가 전에 말했던 하이네 책에 그렇게 적어두셨더라."

"언젠가 편지를 써도 좋겠네." 아피야가 말했다. "그분은 잊지 않더라도, 언젠가는 그 끔찍한 시간을 잊을 수 있게 될지도 몰라. 집 밖에 있을 때면, 나는 가끔 집에 돌아왔을 때 당신이 없는 건 아닐까 하는 생각이 들어. 당신이 아무 말 없이 나를 떠나서 사라졌을 것만 같아. 내가 당신의 모든 것을 아는지 아직 모르겠고, 언젠가 당신을 잃을까봐 겁이 나. 나는 부모님을 알기도 전에 두 분을 잃었어. 두 분이 기억나는지도 잘 모르겠어. 그런 다음에는 어린 시절에 축복처럼 나타났던 일리아스 오빠도 잃었어. 당신까지 잃는 건 견딜 수 없어."

"난 절대로 당신을 떠나지 않아." 함자가 말했다. "나도 어렸을 때 부모님을 잃었어. 도망치고 싶다는 눈먼 열망에 집도 잃고, 목숨까지 잃을 뻔했어. 여기 와서 당신을 만나기 전까지 내게는 삶이랄 게 별로 없었어. 난 절대로 당신을 떠나지 않을 거야."

"약속해줘." 아피야는 그를 어루만지고, 그를 받아들일 준비가 됐다는 신호를 보내며 말했다.

*

결혼식이 끝나고 다섯 달 뒤, 아피야는 처음 가진 아이를 유산했다. 그녀는 두 달째 생리를 하지 않자 함자에게 소식을 전하면서 다른 사람에게는 이 이야기를 하지 말라고 했다. 함자는 누구에게 말하겠느냐고 했다. 그들은 웃음을 참을 수 없었고 다가오는 출산에 관한 기분좋은 공상에 마음껏 빠져들었다. 성별과 이름을 생각하며, 아피야 안에 있는 생명에 대해 이야기하기 시작했다. 아피야는 그 일을 감히 임신이라고 부르지도 못했다. 그녀는 어머니가 한 번 이상 유산했다는 이야기를 일리아스에게 들었다고 함자에게 일깨워주었다. 그녀는 세 달째 생리를 건너뛰고도 아흐레가 지나기를 기다렸다가 함자에게 확실하다고 말했다.

"아들이야." 그녀가 말했다.

"아니, 딸이야." 함자가 말했다.

다음날 오후, 세 달째 생리가 없고 열흘이 지난 그날 비 아샤가 아피야에게 말을 걸었다. 처음에 비 아샤는 아피야의 아랫배를 힐끗 보더니 오래도록 그녀의 눈을 들여다보았다.

"임신한 거니?" 비 아샤가 물었다.

"그런 것 같아요." 아피야가 말했다. 자기들만 알고 있으려고 무척 주의를 기울였는데 비 아샤가 짐작했다니 매우 놀라웠다.

"몇 달이야?" 비 아샤가 물었다.

"석 달 같아요." 아피야가 머뭇거리며 말했다. 비 아샤에게 경멸을 받을까봐 너무 확실하게 말하고 싶지는 않았다.

"임신할 때가 됐지." 비 아샤는 목소리에 기쁜 기색이라고는 하나도 없이 말했다. "다만…… 여자들이 첫번째 아이는 자주 잃는단다."

다음날 아피야는 뜰에서 빨래를 널다가 허벅지에 축축한 감촉을 느꼈다. 서둘러 방으로 가서 확인해보니 속옷이 피로 검붉게 젖어 있었다. 그때 아피야와 함께 뜰에 있던 비 아샤가 방으로 따라 들어와 옷 벗는 걸 도와주었다. 그녀는 낡은 이불 몇 장을 가져와 아피아에게 누우라고 했다.

"잃지 않을지도 몰라." 그녀가 말했다. "옷이 많이 젖지는 않았어. 그냥 쉬면서 기다려보자꾸나."

출혈은 아침 내내 계속되며 아피아가 누워 있는 이불에 꾸준히 얼룩을 남겼다. 아피아는 내내 가만히 있으면서 이런 상실에 천천히 체념하게 되었다. 함자가 점심을 먹으러 돌아왔을 때, 비 아샤는 그를 방에 들어오지 못하게 막으려고 했다. 그녀는 이게 여자들 일이라고 했지만, 함자는 말리는 비 아샤의 손을 떨치고 들어와 아내 곁에 앉았다.

"너무 일찍 축하했어." 아피아가 눈물을 흘리며 말했다. "비 아샤가 어떻게 알았는지 모르겠어. 나더러 아이를 잃을 거랬어. 그러기를 바란 거야."

"아니야," 함자가 말했다. "그냥 운이 나빴던 거야. 비 아샤는 신경쓰지 마."

여전히 점점이 피가 나기는 했지만 심한 출혈은 다음날 아침이 되자 멎었다. 사흘이 지나자 피는 비치지 않았으나 아피아는 피로했으며 힘이 없었고 슬퍼하지 않으려 애썼다. 비 아샤는 그녀에게 쉬어야 한다고 했지만, 아피아는 고개를 저으며 일어나 할 수 있는 집안일을 했다. 소문이야 늘 어떤 식으로든 새는 법이라 아피아의 불행에 관한 소문도 새어나갔다. 아피아의 친구 자밀라와 사아다가 찾아왔고, 비 아샤와 남편의 불화 때문에 절대로 찾아오지 않는 칼리다는 위로의 말을 전하며 뭐든 필요한 대로 돕겠다고 했다. 한편 비 아샤는 아피아에게 좋다면서 옥수수수염까지 통째로 넣어

죽을 쑤고, 볶은 간 요리, 찐 생선, 우유 젤리, 끓인 과일 등 약해진 아피아의 상태에 적당하다는 음식을 만드는 식으로 우두머리 행세를 하며 아피아를 두고 수선을 떨었다. 아피아가 어린 시절에 알았던 비 아샤와 비슷했다. 목소리는 여전히 엄격했지만 손길은 친절했다.

아피아가 요양하는 동안에는 이런 자비로운 날들이 이어졌다. 삼 주가 지나자 특별한 음식은 끊겼고, 비 아샤의 목소리에 다시 날이 서기 시작했다. 유산 때문에 아피아는 더욱 함자의 아내가 된 기분이 들었다. 함자는 이후 며칠 동안 그녀를 달걀 다루듯 했다. 잘 때도 그녀를 안은 채 그녀의 어깨나 허벅지에 손을 얹고 있었다. 큰 목소리라도 내면 아피아의 기분이 상할 것처럼 그녀에게 말할 때는 목소리를 낮추었다. 이런 식으로 아피아를 대하면서 그녀와 성관계를 맺지 않고 금욕하는 날이 며칠 이어지고 나서, 아피아는 그에게 손을 뻗으며 이제 더 그런 관심을 쏟지 않아도 된다고 속삭였다. 함자는 그녀가 아플까봐 걱정된다고 했지만, 곧 아피아는 그에게 걱정할 이유가 없음을 보여주었다. 또한 이상하게도 아피아는 그 상실로 인해 집안의 제약으로부터 더 독립된 기분을 느끼게 되었다. 그녀는 자신을 성인으로, 아이의 어머니나 마찬가지로 느꼈다. 매일 아침 시장에 나가 미리 비 아샤에게 의논하지 않고도 가족의 점심으로 무엇을 준비할지 결정했다. 그녀는 가장 좋아 보이는 것, 그녀가 볼 때 가장 끌리는 것을 샀다. 특이한 건 없었고, 통통해 보이는 짙은 초록색 바나나, 흙에서 막 캐낸 얌이나 카사바, 혹은 밀랍으로 번들거리는 새로 수확한 호박 같은 것들이었다. 놀랍게도 비 아샤는 반대하지 않았다. 때때로 아피야가 사온 물건이 너무 비싸다고 생각하거나 요리가 잘못 나오면 그녀를 꾸짖거나 비웃을 뿐이었다. 이 오크라는 어디서 난 거냐, 썩었네, 하는 식이었다.

대부분의 오후에 아피야는 자밀라와 사아다를 만나러 갔다. 이제 자매는 집에서 옷 만드는 사업을 작게 하고 있었다. 아피야는 그들과 함께 앉아 자매가 맡겨주는 별 기술이 필요 없는 사소한 일을 했다. 단추를 달고 모두가 옷에 달고 싶어하는 레이스와 리본의 치수를 재서 자르는 일 등이었다. 시간이 지나면서 자매는 아피야에게 더 복잡한 일을 맡겼고, 아피야는 손님이 똑같이 만들고 싶어하는 옷의 천 치수를 재는 방법과 그 천을 가장 효율적으로 재단하는 방법, 친구들이 데려간 인도인 의류 자재상에게서 레이스와 리본과 단추를 고르는 법을 점차 알게 되었다. 모든 손님이 자매의 지인과 이웃들이었으므로, 자매는 그 일에 아주 적은 돈만을 받았다. 그들이 이런 일을 한 건 돈보다도 집안일을 하고 난 뒤의 남는 시간을 채우기 위해서였다. 이들은 정신을 쏟을 수 있고 기술이 필요한 일을 기쁘게 했다. 어쩔 수 없이 견뎌야만 하는, 집안에 갇힌 삶에서 오는 좌절감을 누그러뜨리기 위해서였다.

아피야는 몇 달 뒤 다시 임신했다. 결혼식을 하고 막 일 년이 좀 넘었을 때였다. 두 달째 생리를 하지 않자 그녀는 함자에게 말했다. 그들은 석 달을 훌쩍 넘길 때까지 정숙하게 기다리다가 출산 이야기를 하기 시작했다. 그때도 오직 둘이서만 이야기를 나누었다.

비 아샤의 고통이 시작된 것은 이때쯤이었다. 비 아샤라고 다른 모든 사람처럼 때때로 통증이나 고통을 겪지 않은 건 아니었지만, 이번에는 달랐다. 그들이 점심밥을 준비하고 있을 때 비 아샤는 더위를 느끼고 부채를 가져오려고 주방 의자에서 일어나다가 갑작스럽게 허리에 찌르는 듯한 극심한 고통을 느꼈다. 너무도 갑작스럽고 맹렬한 고통이라, 비 아샤는 놀라 소리를 지르며 다시 의자에 주저앉을 수밖에 없었다.

"빔쿠브와." 아피야가 두 팔을 내밀며 자리에서 일어나 소리쳤다. 비 아샤는 아피야가 뻗은 두 손을 잡고, 그녀답지 않게 훌쩍이는 소리를 냈다. 아피야는 비 아샤 곁에 무릎을 꿇고 앉아 떨리는 그녀의 손을 잡고 조용히 속삭였다. "빔쿠브와, 빔쿠브와." 조용히 헐떡거리며 몇 분이 흐른 뒤 비 아샤가 한 번 크게 숨을 내쉬더니 아직도 아픈지 시험해보려고 등을 구부렸다. 아피야의 도움을 받아 자리에서 일어난 그녀는 별다른 사고 없이 몇 발짝 뜰을 돌았다.

"이런, 꼭 누가 나를 반으로 자른 것 같구나." 비 아샤가 두 손으로 골반 바로 위 옆구리를 주무르며 말했다. "가서 매트를 한 장 가져다주렴. 잠시 바닥에 누워 있어야겠다. 쥐가 난 모양이야."

그날 저녁 늦게, 비 아샤는 아피야가 어린 시절부터 늘 그랬듯 등을 주물러달라고 했다. 비 아샤는 자기 방 매트에 몸을 쭉 뻗은 채 엎드렸고, 아피야가 그 옆에 무릎을 꿇고 앉아 어깨부터 엉덩이까지 마사지를 했다. 비 아샤는 만족스러운 듯 신음했고 훨씬 나아졌다고 생각했다. 하지만 통증은 사라지지 않았다. 그녀는 매일 옆구리 통증에 대해 불평했는데, 이따금 통증이 너무도 예상치 못한 방식으로 비 아샤를 사로잡아 비명을 지르지 않을 수 없었다. 시간이 지나면서 비 아샤는 상태가 더 나빠졌다. 고통은 침대에서 일어날 때부터 시작돼 거의 하루종일 지속되었고 비 아샤가 쉬려고 누운 밤에도 찾아왔다.

"병원에 가서 검사해봐야지." 칼리파가 말했다. "계속 끙끙대기만 하면서 아무것도 안 할 수는 없어."

"아니, 무슨 병원이요? 여자는 치료하지 않는데." 그녀가 말했다.

"무슨 헛소리야! 정부 병원 얘기라고." 칼리파가 말했다. 그는 비 아샤의 불평을 너무 심각하게 받아들이지 않으려 했다. "독일 시절부터 그 병원에서는 여자들을 치료했어."

"임신한 여자만 치료하죠." 그녀가 말했다.

"전에는 그랬는지 몰라도 더는 아니야. 정부에서는 우리가 더 열심히 일할 수 있도록 우리 모두가 건강하기를 바라. 〈맘보 레오〉에 그렇게 적혀 있어."

"헛소리 그만해요, 형편없는 사람 같으니. 그런 말이 재미있는 줄 알아요?" 그녀가 말했다. "날 가만히 놔둬요."

"인도인 의사는 어때?" 그가 제안했다. "그 사람은 이리로 불러올 수 있어. 왕진을 다니니까."

"그 사람은 그냥 돈 낭비예요. 돈만 받아가고 나한테 색깔이 나는 물을 주겠죠, 약이라면서."

"전혀 아니야." 칼리파가 미소 짓고 그녀를 놀리며 말했다. "당신은 그냥 주사가 무서워서 그러지. 그 사람이 무슨 병을 앓든 거의 모든 사람에게 주사를 놔준다는 걸 알고. 어떤 사람들은 주사에 중독돼서, 그 사람이 주사를 놔줄 때까지 돈을 내지 않겠다고 한대.

그 사람을 불러다가 진찰하라고 하지. 주사를 한 대 놔주면 당신도 곧 나을 거야."

이제는 아픈 것이 비 아샤의 허리가 아니라 안쪽, 그녀의 엉덩이 위 부드러운 부분 어딘가라는 점이 명백해졌다. 그녀는 뒤뜰에 매트를 깔고 눈을 감은 채, 자주 자기도 모르게 신음을 내며 오랫동안 앉아 있었다. 표정은 인상을 찌푸린 채 시무룩했다. 그녀의 불행을 일으키는 원인은 틀림없이 그녀 자신의 몸이었다. 아피야는 비 아샤가 어떤 집안일을 직접 하려고 할지 예상해보려 애썼다. 빔쿠브와, 제가 할게요. 비 아샤가 빗자루를 들고 뒤뜰로 가거나, 빨래할 옷과 침구를 모아들이는 걸 보면 아피야는 이렇게 말했다. 하지만 비 아샤는 오만하게 아피야를 밀어내며 난 쓸모없지 않다고 말했다.

비 아샤는 식욕이 떨어졌고 살이 빠지기 시작했다. 카사바나 쌀을 한두 입쯤 먹고 나면 삼키지 못하고 헛구역질을 했다. 아피야가 그녀에게 줄 사골 국을 끓이고 요구르트를 곁들인 과일도 준비해, 비 아샤가 먹는 동안 혹시 도움이 필요할까봐 함께 앉아 있었다. 결국 비 아샤의 자존심도 물러났다. 고통 때문에 그녀는 침대에 누워 신음하며 거의 환각에 시달렸다. 칼리파가 그녀에게 병원에 가거나 최소한 인도인 의사라도 만나보자고 애원했으나 비 아샤는 거절했다. 그런 식의 관심은 필요 없다고 했다. 그녀는 낯선 남자가 목에 걸고 다니는 그 도구로 자기를 여기저기 쑤셔보고 심장을 찔러 피를 뽑아내는 게 싫다고 했다. 대신 그녀는 마알림을, 하킴*

* 인도를 비롯한 이슬람권에서 전통 요법을 활용하는 의사.

을 불러달라고 했다.

"그 사람이 뭘 해주겠어? 나아지게 해달라고 기도나 하겠지. 당신, 무식한 여자로군." 칼리파는 그렇게 말하며 도와달라는 뜻으로 아피야를 돌아보았다. 아피야도 나름대로 설득하는 말을 보태주기를 바라면서 말이다. "당신은 하킴이 와서 볼 만큼 중요한 사람이 아니야. 하킴은 유명인사나 부자들 집에나 간다고. 그 사람 기도는 값이 싸지 않아. 당신 몸에는 뭔가 문제가 있어. 의사한테 보여야 해."

"의사한테 이리 와달라고 할 수도 있어요." 아피야가 제안했다. "의사가 환자 집으로 찾아오기도 하거든요. 제가 알아요." 아피야는 칼리다의 아들이 황달에 걸렸을 때 의사가 찾아왔기에 그 사실을 안다는 얘기는 하지 않았다. 칼리다라는 이름에 자극받아 비 아샤가 더 심하게 저항할지 몰라서였다.

비 아샤는 비웃음을 지었다. "그럼 그 쓰레기 같은 짓을 하고 더 많은 돈을 받겠지. 하킴의 집에 가서 내가 어떤 고통을 견디고 있는지 설명해다오. 내가 뭘 해야 하는지 조언해달라고 해."

아피야는 시키는 대로 하킴의 집에 갔다. 그 집은 모스크 옆, 옛 묘지 옆에 있었다. 독일인은 여러 해 전에 감염과 오염을 우려해 그 묘지를 계속 쓰지 못하도록 했고, 묘지를 파헤치겠다고도 했으나 전쟁이 터지는 바람에 그 위협을 가까스로 피할 수 있었다. 영국 총독부는 같은 위협을 하지는 않았으나 새로운 매장을 금지한다는 입장은 고수하면서, 말라리아 확산을 방지하기 위해 묘지에서 덤불이 자라지 못하도록 해야 한다는 명령을 내렸다.

아피야는 현관문 바로 옆에 있는 아래층 방으로 안내되었다. 임신한 지 거의 여섯 달이 되었으므로 조심스럽게 무릎을 꿇고 앉아 최대한 편하게 쪼그리고 하킴이 나타나기를 기다렸다. 바닥에는 두꺼운 짚 매트가 깔려 있었으며 독서대 위에는 쿠란 한 권이 놓여 있었고 그 옆에는 꺼져 있는데도 우드* 향을 뿜는 향로가 놓여 있었다. 창살이 쳐진 창문은 활짝 열려 있었고 바깥쪽 멀구슬나무의 늘어진 가지로 부드러운 빛이 걸러져 들어왔다. 옆의 묘지 공터에서 유일하게 살아남은 나무였다.

하킴은 나이가 많고 금욕적인 남자로, 상당히 유명하고 존경받는 인물이었다. 그는 소매 없는 갈색 로브를 걸치고 머리에 딱 맞는 흰색 모자를 쓰고 있었다. 아피야는 전에 그와 이야기해본 적이 없었으며 그가 풍기는 확고하게 침착한 분위기에 약간 경외감을 느꼈다. 그는 미소 짓지도, 손짓하지도 않고 조용히 독서대 옆 자기 자리로 가더니 아피야가 비 아샤의 상태를 설명하는 동안 잠자코 귀를 기울였다. 아피야가 말을 다 마치자 그는 비 아샤의 나이와 평소 건강 상태를 물었다. 목소리는 깊고도 나긋나긋했다. 많은 사람을 상대하는 데 익숙한 목소리였다. 그는 여인의 고통을 누그러뜨려줄 것을 준비할 테니 아피야더러 오후에 와서 가져가라고 했다.

아피야가 오후에 다시 찾아가자 그는 작은 사기 접시를 내밀었다. 가장자리는 도금되어 있고, 그 위에 쿠란 구절이 짙은 갈색 잉크로 적힌 그릇이었다. 그는 잉크가 호두 과육에서 추출한 것이며

* 아랍에서 사용하는 향의 일종.

그 자체로 약물의 성격을 지녔다고 말했다. 그는 아피야에게 부적도 한 장 주었다. 그의 지시는, 쿠란의 구절이 녹을 때까지 접시에 커피잔 반잔 분량의 물을 아주 조심스럽게 따르라는 것이었다. 그 액체를 젓거나 무엇이든 거기에 첨가하지 말고, 글씨가 다 녹자마자 아픈 여인에게 접시를 건네 마시도록 하라고 했다. 부적은 오른쪽 발목에 감는 용도였다. 아피야가 아침에 접시를 다시 가져오면 하킴이 오후에 또 한번 복용할 약을 준비해두겠다고 했다. 아피야는 이 물건들을 두 손으로 받아들고, 칼리파가 하킴에게 주라며 건네준 작은 주머니를 내밀었다. 하킴은 액수를 확인하지 않고 주머니를 받았다. 이 치료법은 몇 주 동안 비 아샤의 고통을 줄여주지 않은 채 계속되었다.

시일이 지날수록 비 아샤가 매우 아프다는 이야기가 번졌고, 이웃과 지인들이 그녀를 방문하기 시작했다. 비 아샤는 중병에 걸린 것으로 생각되기 싫어서 손님방에서 그들을 맞아들였으나 언젠가부터는 손님들이 침대 곁으로 다가오게 해주었다. 근처에 사는 음강가를 만나야 한다고 비 아샤를 설득한 건 그 사람들이었다. 전에도 만나봤지만 쓸모가 없었어요. 비 아샤는 그렇게 말했다. 아니, 그 사람 말고요. 병문안을 온 사람들은 고집을 부렸다. 이 사람은 평판이 좋아요. 약을 잘 안대요.

음강가가 집으로 와서 비 아샤와 방에 틀어박혀 오랫동안 그녀를 살펴보고 질문을 던졌다. 비 아샤는 아피야가 함께 있어야 하는지 물었다. 음강가는 정확한 나이는 모르나 중년으로 보이는 매우 마른 여자로, 콜*을 바른 눈빛이 강렬했고 움직임은 위압적이며 정확했다. 그녀는 비 아샤와 있는 동안 거의 끊임없이 말을 걸었다. 심지어 자신이 비 아샤에게 던진 일부 질문에는 복화술로 대답하기도 했다. 첫 진찰 후, 그녀는 허브를 몇 가지 남겨두고 갔다. 아피야가 그 약초를 따뜻한 물에 우려 비 아샤가 잠들기 전에 주어야 했다. 잠자는 데 도움이 될 거예요, 치유사는 말했다. 음강가는 그 후 매일 찾아와 아픈 부위에 약과 향유를 발랐는데, 그러면 비 아샤는 만족스럽게 신음하며 상태가 훨씬 나아졌다고 했다. 음강가는 비 아샤에게 바닥에 누워 몇 분 동안 두꺼운 푸른색 캘리코 천으로 온몸을 덮고 있으라고 했다. 그런 다음 비 아샤더러 왼쪽으로 돌아누워 머리끝부터 발끝까지 몸을 물결치듯 움직이라고 했다. 음강가는 비 아샤에게 오른쪽으로 누워서도 같은 동작을 반복하라고 했고, 그러는 동안 기도문을 읽으며 아피야로서는 알 수 없는 가사의 노래를 불렀다. 이 의식은 나흘간 벌어졌고, 이후에 치유사는 비 아샤가 하루에 한두 숟갈이라도 먹어야 할 음식에 관한 지시를 남겼다. 그런데도 통증은 사라지지 않았다. 음강가는 아피야에게 문제가 환자의 몸이 아닐 경우에 대비해서, 환자가 보이지 않는 존재에 씌었을 경우에 대비해서 영혼 치유사를 불러야 할지 모른다고 했다.

"비 아샤에게도 그렇게 말했어요." 음강가가 말했다. "영혼 치유사만이 보이지 않는 존재가 환자를 놓아주기 전에 뭘 하고 싶은지 들을 수 있어요. 하지만 비 아샤는 자기가 더 잘 안다는 듯이 고개

* 아라비아 등지에서 여성이 눈가를 검게 칠하는 데 쓰는 가루.

를 젓더군요. 영혼 치유사도 없는데, 보이지 않는 존재가 뭘 원하는지 어떻게 알겠어요? 보이지 않는 존재가 말하게 할 방법을 알아야 하는데요."

아피야는 칼리파에게 이 대화를 전하지 않았다. 칼리파가 코웃음칠 것을 알았기 때문이다. 하지만 함자에게는 말했고, 함자는 아무 말도 하지 않았다. 시간이 지나자 비 아샤는 아예 자리에서 일어나지 못해 환자용 변기를 써야 했다. 아피야가 그녀의 소변에서 혈액을 본 것은 그때였다. 변기에는 작은 똥덩어리들도 있었으므로 혈흔이 어디에서 나온 건지 처음에는 알 수 없었다. 그러다가 다음번에, 변기에 소변만 들어 있을 때 보니 그 안에 작은 핏덩어리가 있었다.

"빔쿠브와," 그녀는 변기를 내밀며 말했다. "피가 있어요. 진한 피예요."

비 아샤는 벽으로 고개를 돌렸다. 놀라지 않은 듯했다.

"빔쿠브와, 병원에 가셔야 해요." 아피야가 말했다.

비 아샤는 벽을 향한 채로 고개를 젓더니 경련을 일으키듯 한차례 온몸을 떨었다. 아피야는 칼리파에게 이 소식을 전했고, 칼리파는 더이상 망설이지 않고 인도인 의사를 데리러 갔다. 그러나 인도인 의사는 다른 집에 왕진을 가 있어서 다음날 아침에야 올 수 있었다. 의사는 오십대의 키 작고 통통한 남자로, 머리는 은발이고 태도가 얌전했다. 공무원처럼 흰 셔츠와 카키색 바지를 입은 차림이었다. 그가 칼리파는 방에서 나가고 아피야는 남아달라고 했다. 처음에 그는 이런저런 질문을 던지고 대답이 맞는지 확인하려고 아피야를 보았다. 비 아사에게서는 모든 반항심이 빠져나갔다. 그녀는 낙심한 목소리이기는 했으나 거리낌없이 대답했다. 소변에서 피가 보인 지는 얼마나 됐어요? 아침으로는, 점심으로는 뭘 먹었습니까? 음식을 삼킬 수 있습니까? 가장 아픈 데가 어디예요? 과거에 비슷한 통증을 경험한 친척이 있습니까? 어머니라든지, 아버지라든지? 그런 다음 그는 가장 아픈 옆구리 부위를 살펴보았다. 이후에 그는 칼리파와 아피야에게 처음에는 소변에 피가 섞인 게 방광에 빌하르츠 주혈흡충이 생겨서라고 생각했지만, 그보다는 비 아샤의 신장이 망가졌을 가능성이 크다고 말했다. 신부전 자체는 빌하르츠 주혈흡충을 치료하지 않고 방치한 결과일 수 있으니 병원에 가서 검사를 받아봐야 했다. 하지만 그보다 문제가 심각할 수도 있었다. 비 아샤의 옆구리에서 위험할 수도 있는 어떤 덩어리가 만져졌기 때문이다. 이렇게 오래 기다려서는 안 되는 거였다.

비 아샤는 병원에서 엑스레이를 찍어보고 왼쪽 신장에 오래된 종양과 방광에 그보다 작은 종양이 있다는 걸 알게 되었다. 빌하르츠 주혈흡충도 있었으나 종양이 이미 자라고 있는 것은 확실했으며 악성일 가능성이 매우 컸다. 인도인 의사는 병원에서 종양이 더 있는지 엑스레이를 추가로 찍어봐야 하니 다시 오라고 했다고 전했지만, 결정할 사람은 비 아샤라고도 했다. 발견된 종양을 치료할 방법은 없었으나, 인도인 의사가 빌하르츠 주혈흡충 약은 줄 수 있었다. 그는 칼리파에게 이제 남은 시간은 겨우 몇 달이며 자신이 제안할 수 있는 최선은 진통제 주사라고 말했다. 칼리파는 비 아샤가 마음도, 신변도 정리할 수 있도록 사실을 말해주는 것이 옳다고 생각했다. 칼리파는 비 아샤에게 그녀가 원하면 의사가 진통제 주사를 놔주기로 했다고 말하면서 미소를 억누르지 못했다. 신다노* 의사라더니, 그가 말했다. 그리고 비 아샤에게는 별다른 말을 하지 않고, 지금이 아내를 사촌 나소르 비아샤라와 화해시켜야 할 시간인지 모르겠다는 생각을 아피아에게 전했다. 비록 나소르 비아샤라에게는 그럴 만한 자격이 없었지만 말이다. 그런 식으로 원한을 남기는 건 옳지 않은 일이었다. 칼리파는 비 아샤에게는 이 말을 하지 않았는데, 비 아샤는 이미 들은 소식도 감당하기 어려웠기 때문이다. 이제껏 칼리파는 그녀가 자기보다 먼저 떠나리라고는 생각하지 못했다. 늘 그토록 강인한 사람이었으니까.

아피아는 나소르 비아샤라의 아내인 칼리다를 만나러 가서, 비 아샤의 질환에 관해 이야기했다. 이제 아피아는 산달이 다 되어 몸이 무거웠기에 그들의 집까지 계단을 올라가자 기진맥진했다. "바바가 이 소식을 전하라고 하셨어요." 아피아는 이 정보가 죽어가는 친척을 방문하라는 암묵적인 초대이기도 하다는 점을 확실히 밝히며 말했다.

칼리다는 그날 오후 처음으로 집에 왔다. 그녀는 침대에 누워 있는 비 아샤의 손에 입을 맞추고, 그 옆의 의자에 앉아서 환자의 침대 곁에서 사람들이 하는 대화를 나누었다. 절제된 화해였다. 칼리다도, 비 아샤도 극적으로 굴지 않았다. 한 시간쯤 뒤에 칼리다는 비 아샤의 쾌차를 빌어주고 떠났다. 비 아샤는 그녀가 떠난 뒤 시

* '주사'라는 뜻의 스와힐리어.

련이 끝났다는 듯 크게 한숨을 쉬었다. 마지막 며칠을 그들과 함께 머물면서, 비 아사에게서는 모든 저항이 빠져나갔다. 그녀는 정신 착란에 빠져들었다가 의식을 되찾곤 했고, 알아들을 수 없는 말을 중얼거렸다. 이따금 눈물을 흘리면서.

14

아피야는 집에서 아이를 낳았다. 마을의 다른 아기 수십 명을 받은 산파가 함께했다. 다른 많은 사람들이 그랬듯, 아피야도 전혀 모르는 사람들의 관심을 감내하느니 자기가 아는 여자들이 함께 있는 곳에서 아이를 낳고 싶어했으므로 총독부에서 모성 보건 캠페인을 했음에도 아이를 낳으러 새 병원에 가지는 않았다. 양수가 터지자마자 산파가 찾아왔다. 아이를 낳을 때 같이 있어주겠다고 약속했던 자밀라도 마찬가지였다. 아피야의 진통은 늦은 오후에 시작되어 밤까지, 다음날 아침 늦게까지 이어졌다. 함자는 손님을 맞이하는 방으로 보내졌고, 칼리파도 그리로 피했다. 그 긴장되는 시간 동안 누구도 잠들지 않았다. 그들은 비 아샤의 목소리를 들을 수 있도록 문을 열어두었고 칼리파는 비 아샤가 지쳐서 신음하며 그를 부를 때마다 그녀가 있는 방까지 왔다갔다했다. 뒤뜰 문도 열려 있었고, 죽어가는 여자의 신음과 아피야가 간헐적으로 헐떡이는 고통스러운 숨소리가 뒤섞였다. 함자는 도움이 필요할지도 모르는데다 안에 있으니 너무도 쓸모없는 기분이 들어서 잠시 뒤쪽 문 앞 계단에 앉아 있었다. 산파는 밖으로 나와 함자를 보더니 그를 쫓아냈다. 기나긴 밤이 될 텐데, 남편이 그토록 기대감에 차서 옆에 앉아 있는 것은 부적절하다는 거였다. 함자는 뭐가 부적절한지 알 수 없었지만 그 말에 따라 손님방으로 돌아갔다.

아침에는 칼리파가 출근할 수 있도록 한 이웃이 비 아샤를 돌봐주러 왔다. 여자들은 함자에게도 일하러 가라고 했다. 함자가 할 일은 아무것도 없고 무슨 소식이 있으면 사람을 보내 알려주겠다고 했다. 함자는 아피야가 아파할 때 그녀의 곁에 있고 싶었기에, 또 아기가 나올 때 근처에 있고 싶었기에 여자들이 자기를 괴롭힌다고 느끼며 마지못해 떠났다. 오전 내내 아무 소식이 없었고, 함자는 일에 거의 집중할 수 없었다. 정오 기도를 알리는 소리가 들리자마자 칼리파가 작업실에 나타났다. 그는 집에 돌아가야 할 여러 가지 이유를 대며 불안해했고, 그렇게 둘은 함께 집으로 갔다. 아피야가 아들을 낳았다는 소식을 전해준 사람은 비 아샤를 돌봐주던 착한 이웃이었다. 함자는 침대에 누워 있는 아피야를 보았다. 그녀는 지쳐 있었으나 의기양양해 보였다. 자밀라가 곁에 서서 씩 웃고 있었고, 산파는 조용히 자기 일을 했다.

"당신을 부르기 전에 청소를 하고 있었어요." 자밀라가 말했다.

그들은 아기를 일리아스라고 불렀다. 아기가 태어나기 전부터 정해진 이름이었다. 아들이면 일리아스, 딸이면 루키야.

아기가 태어난 이후로 비 아샤는 깊은 졸음에 빠져든 듯했다. 완전히 잠든 것은 아니지만, 그렇다고 깨어 있는 것도 아니었다. 그녀는 음식을 전혀 먹지 않았고 이웃이나 칼리파가 기저귀 삼아 허리에 둘러놓은 수건을 빼려고 몸을 굴려도 깨지 않았다. 호흡이 묵직하고 힘든 듯했으나 최근에 내던 지친 신음은 더이상 내지 않았다. 아기가 태어나고 사흘 뒤, 자밀라가 집안 식구들을 위해 점심밥을 준비해준 다음 자기 가족에게로 돌아갔다. 그녀는 다음날 아침에 다시 오겠다고 했다. 아피야는 이미 일어나서 돌아다녔고 아기가 낮잠을 자는 동안 집안일을 다시 시작했다. 그날 오후 늦게, 아기가 태어난 이후로 한 번도 정신을 차리지 못하던 비 아샤가 낯선 고요함 속에서 세상을 떠났다.

이어지는 며칠 동안 그들은 비 아샤의 곁을 의무적으로 지켰고, 이 일이 끝난 뒤에야 집안은 비 아샤가 없는 새로운 형태를 갖춰가기 시작했다. 공개적인 장소에서, 칼리파는 비 아샤를 기리는 의미로 슬픔에 젖은 남편의 엄숙한 표정을 지었다. 비 아샤가 세상을 뜨리라는 걸 몇 달째 알고 있었지만, 집에서도 칼리파는 약간 기운이 빠진 것처럼 보였다.

"너무 결정적이야, 그게 놀라워, 그게 내가 제대로 이해하지 못했던 거야." 칼리파는 말했다. "이 사람이 영영 떠나버렸다는 것 말이지." 그는 함자를 보더니 장난기를 참지 못했다. "모든 망자가 어느 날 되살아날 거라는 동화 같은 이야기를 믿으면 모를까?"

"쉿, 바바, 지금은 그럴 때가 아니에요." 아피야가 말했다.

"뭐, 어쨌든 몇 가지 변화는 있어야겠지." 그가 말했다. "나 혼자 빈집에서 왕처럼 살면서, 너희 둘과 아기를 뜰에 있는 창고에 살게 할 수는 없다. 그래서 제안하는데, 너희가 집안으로 들어와서 붙어 있는 두 방을 쓰거라. 내가 뜰로 나가마. 너희에게는 공간이 필요할 테고, 나는 신선한 공기가 좋거든. 어떻게 생각하니? 다른 방에 둘 새 가구를 마련하면, 너희가 거기서 손님을 맞을 수 있을 거다. 아기 왕자님도 놀면서 자기 손님을 부를 수 있겠지."

아피야는 창고 앞면에 구멍을 뚫어서 그곳도 집의 내부로 만들자고 제안했다. 그러면 손님이나 집에 묵으러 올 사람이 머물 곳이 있을 테니 말이다. 묵으러 올 사람이라니? 아무도 말은 하지 않았지만, 다들 그녀가 일리아스가 돌아올 때를 대비한다는 걸 알았다. 그들은 가장 좋은 방법이 무엇인지 결정하기 전에 한동안 이런 제안들에 관해 논의했다. 그러는 동안 함자는 두 사람에게 이곳은 그들의 집이 아니라는 점을 일깨워주었고, 벽을 무너뜨리기 전에 나소르 비아샤라와 의논해야 한다고 말했다. 이제 이 집은 논란의 여지 없이 나소르 비아샤라의 집이고, 나소르 비아샤라는 우리가 떠나기를 바랄지도 몰라요. 칼리파는 손을 내저어 일축했다. 감히 못 그럴걸, 그가 말했다.

그러나 특유의 침착하고 실용적인 태도에도 불구하고, 칼리파에게서는 뭔가가 빠져나간 것처럼 보였다. 그는 아침에 창고로 가서 매일 시간 낭비 운운하며 투덜거렸다. 저녁마다 포치에 친구들과 함께 앉아 분통을 터뜨릴 때도 전보다 자제하는 듯했으며, 토파시의 가십이 지나치게 공상에 가까워지면 전에는 즐거워하며 한마디 덧붙였을 법할 때조차 혀를 찼다. 그는 아피야와 함자에게 새로운 계획을 세워야겠다고, 남은 평생 창고 앞 벤치에 앉아 있는 것보다는 쓸모 있는 일을 해야겠다고 말했다. 정부에서 여는 학교가 이렇게 많으니, 나도 선생이 될 수 있을지 몰라.

나소르 비아샤라에게도 새로운 계획이 있었다. 새로운 작업실을 짓는 작업이 진행되었으며, 새로운 기계들도 주문했다. "작업실이 완성되기까지는 몇 달이 걸리겠지." 그가 함자에게 말했다. "작업실이 준비되면 자네가 운영해줬으면 하네. 기계가 도착하면, 다르에스살람에서 온 사람이 자네를 훈련시킬 거야. 음지 술레마니는 다른 작업실에서 우리가 평소에 만들던 물건들을 만들 걸세. 그러는 동안 술레마니를 도와서 소파와 안락의자 제품들을 만들 새 목수를 찾아야 해…… 젊은 세푸라면 준비된 것도 같은데, 자네 생각은 어떤가? 자네 친구 아부라든지. 그 친구도 목수 아닌가? 지금은 사람들한테 이것저것 잡다한 일을 해주는 것 같던데. 자네도 함께 일할 조수가 필요할 걸세. 제대로 훈련받은 사람 말이야. 일이 잘 풀리면, 한 명 이상이 필요할지도 모르지. 세푸는 그쪽 일을 하는 게 더 나을지도 몰라. 어리고 빨리 배우니까."

"아부가 저와 함께 일했으면 좋겠습니다. 저만큼 빨리 배울 테니까요. 세푸는 이미 음지와 함께 일하고 있고 거기에 뭐가 필요한지 잘 압니다." 함자가 말했다.

"자네 마음대로 하게." 나소르 비아샤라가 말했다.

"봉급 인상은요?" 함자가 말했다.

"봉급이야 올려주지. 사실, 새로운 작업실이 열리는 대로 두 배로 올려주겠네. 빌릴 집을 찾아서, 그 끔찍한 곳에서 나오게."

"칼리파는요?"

"그도 빌릴 집을 찾을 수 있겠지." 나소르 비아샤라가 말했다.

"집에서 내보내시려는 겁니까?"

"그러면 참 좋겠어. 그 집을 빌려주면 임대료를 꽤 받을 수 있거든." 그가 말했다.

"그럼 저한테 빌려주십시오." 함자가 말했다.

나소르 비아샤라는 놀라서 웃었다. "자넨 감상적인 바보로군." 그가 말했다. "그 늙은 투덜이를 왜 걱정하는 건가?"

"아피야의 바바니까요." 함자가 말했다.

"생각해보지." 나소르 비아샤라가 말했다. "대체 왜 자네가 그 집을 빌릴 여유가 있을 거라고 생각하나?"

"어르신이 훌륭한 사업가시니까요. 말도 안 되는 임대료를 받아 새 작업실 관리인을 비참하게 만들고 싶진 않으실 겁니다."

"자네, 음흉한 수작꾼이 되어가는군! 처음에는 그 늙은 투덜이를 매혹해 자기 집에 받아주도록 하더니, 그 사람 딸을 꾀어내고, 독일어 통역으로 늙은 목수의 정신을 빼놨어. 그러더니 이제는 나를 협박하려 하는군." 나소르 비아샤라가 말했다. "말했지만, 생각해보겠네."

*

새 작업실 건축은 빠르게 진행되었다. 나소르 비아샤라는 몇 년 전 프로펠러가 도착했을 때처럼 새로운 계획에 신이 났다. 이번에도 기똥찬 아이디어가 될 거라고 했고, 칼리파조차 비웃지 않았다. 음지 술레마니는 너그럽게 지켜보며 함자에게 더이상 일을 시킬 수 없을 때를 대비해 어린 도제를 훈련시키는 쪽으로 관심을 돌렸다. 번쩍거리는 장비가 도착하고 전력에 연결된 이후, 정비공 겸 목수인 인도인이 다르에스살람에서 와서 함자와 아부를 가르쳤다. 인도인의 아버지가 그 기계를 수입해 유통하는 회사의 주인이면서, 제재소와 운송 회사의 주인이기도 했다. 인도인은 나소르 비아샤라가 뒤에서 서성거리는 가운데 사흘에 걸쳐 함자와 아부에게 기계를 시연해 보였다. 사흘이 지나고 톱과 그라인더와 실톱을 여러 차례 시운전해본 뒤, 인도인 정비공은 떠날 준비를 하며 필요하면 다시 오겠다고, 또 연말에 서비스로 기계 점검을 하러 와주겠다고 약속했다. 충분히 시간을 들이세요. 기계를 만질 때는 위험을 무릅쓰면 안 됩니다, 그가 말했다. 나소르 비아샤라는 이런 새 동업 관계가 점점 성장하리라고 생각했고, 제재소가 새로운 사업에 목재를 공급할 거라고 보았다. 그래서 젊은이에게 감사인사와 축복을 퍼부었다.

아피야와 함자에게는 만족스러운 시절이었다. 아이는 건강했고 걷고 말하는 법을 배웠으며 아무 결점이 없어 보였다. 아들이 아직 아기일 때, 함자는 그애를 병원에 데려가 추천받은 백신을 맞히고 건강을 성실히 지켜보았다. 아동의 사망은 드물지 않은 일이었으나 목숨을 빼앗아가는 질병 중 상당수는 피할 수 있는 것이었다. 함자는 아스카리의 건강을 잘 돌봐준 슈츠트루페에서 시간을 보냈기에 그 점을 잘 알았다. 아기 일리아스가 태어난 해에, 영국은 국제연맹에서 부과한 의무 사항을 이행하는 초기 단계에 있었다. 그

의무 사항이란 옛 독일령 동아프리카를 관리하며 독립시킬 준비를 하라는 것이었다. 당시에 모두가 알아차린 것은 아니지만, 그 마지막 조항이 유럽 제국 종말의 시작이 되었다. 그때까지는 유럽 제국 중 어느 한 나라도 누군가를 독립시킬 준비를 하는 건 꿈도 꾸지 않았다. 영국 식민 총독부는 시늉만 하거나 그보다 못한 태도를 보이는 대신 의무를 진지하게 받아들였다. 아마 책임감 있는 관료들이 운좋게 화합한 덕분이거나, 독일의 지배와 그들의 전쟁, 뒤이은 기아와 질병으로 지쳐서 이제는 가만히 놔두기만 하면 별다른 저항 없이 기꺼이 따르게 된 사람들의 순응 때문이었을 것이다. 영국 관료들은 이 지역에서 게릴라나 노상강도를 걱정할 필요가 없었으며 피지배인들의 저항 없이 행정을 해나갈 수 있었다. 교육과 공중 보건이 이들의 우선 사항이 되었다. 그들은 사람들에게 보건 교육을 시키고, 의료 보조원들을 훈련하고, 식민지의 외지에 진료소를 설치하는 데 큰 노력을 기울였다. 정보가 담긴 전단지를 뿌리고 사람들에게 말라리아 예방법과 아이 돌보는 방법을 가르치기 위해 의료팀을 순회시켰다. 아피야와 함자는 이런 정보에 귀기울이고 자신들과 아이를 지키기 위해 할 수 있는 일을 했다.

둘은 집에도 변화를 주었다. 나소르 비아샤라의 허락을 받아, 옛 창고 벽에 문을 뚫고 그 구역을 침실로 삼았다. 이제 그 방은 크기도 크고 거리를 내다보는 창문도 뚫려 있어 바람이 잘 통했다. 아기 일리아스는 혼자 돌아다닐 수 있는 나이가 되자 온 방과 뜰, 심지어 칼리파의 방까지 뛰어다녔다. 칼리파는 방으로 아장아장 걸어온 일리아스와 함께 침대에 올라가는 것을 좋아했다.

함자와 아피야가 겪은 슬픔 중 하나는 일리아스에게 동생을 만들어주지 못했다는 것이었다. 이후 오 년 동안 아피야는 두 차례 임신했다가 셋째 달에 유산했다. 그들은 이런 실망을 품은 채로 살아가는 법을 배웠다. 다른 모든 일이 잘되어가고 있었기 때문이다. 어쨌든, 아피야가 또 한번 임신을 지속하지 못해 슬퍼할 때마다 함자가 하는 말은 그랬다. 또 한 가지 실망스러운 일은 아피야의 오빠 일리아스에게서 계속 아무 소식이 없다는 점이었다. 지금까지도 그가 보낸 소식이나 그에 관한 소식은 없었다. 전쟁이 끝난 지 올해로 육 년째였으니 아피야는 너무도 고통스러워 희망을 버리고 슬퍼해야 할지, 아니면 일리아스가 살아 있으며 집으로 돌아오고 있다는 생각을 놓지 말아야 할지 판단할 수 없었다. 어쨌거나, 전에도 거의 십 년 동안 그를 잃고 살았는데 그가 기적처럼 나타났으니 말이다.

"모든 게 정말로 잘되고 있어." 함자는 그렇게 단언했다. 새 작업실은 성공을 거두었고, 나소르 비아샤라는 부유해지자 그들에게도 너그럽게 대했다. "마알림 압둘라에게 다시 알아보라고 할게."

마알림 압둘라는 이제 큰 학교의 교장이 되어, 총독부 직원인 친구를 통해 영국 관료들과도 좋은 관계를 맺고 있었다. 그가 칼리파에게 초등학교 영어 교사 자리를 제안했으나, 칼리파는 예의 없는 열두 살짜리들이 귀찮게 하는 걸 정말로 바란다는 확신이 서지 않아 여전히 머무적거리고 있었다. 사업이 점점 번창하면서 창고 일도 바빠져 칼리파는 기분이 좋던 참이었다. 뜰에 자기 방을 두는 새로운 집의 배치도 만족감이 겉으로 드러날 만큼 편안하게 느꼈다. 그는 정말로 이 나이에 새로운 일을 시작하고 싶은지 확신하지 못했다. 할아버지 노릇만으로도 바빴다. 그에게는 늘 어린 일리아스에게 줄 무언가가 있었다. 시장에서 가장 달콤한 바나나, 잘 익은 빨간 구아버 한 조각, 두툼한 팬케이크. 우리 손주 어딨누? 그는 들어오면서 그렇게 소리쳤다. 둘이 가장 좋아하는 놀이를 할 때, 일리아스가 숨으면 칼리파는 아이가 숨은 곳이 보통 뻔한데도 찾는 척을 했다.

어린 일리아스는 잘생기고 늘씬한 소년이었다. 자라면서 아이가 침묵에 끌린다는 점은 명백해졌다. 아이의 침묵에 별로 골치 아픈 구석은 없는 듯했지만 다만 아피야는 정말 그런지 늘 확신할 수 없었고, 아이가 내면에 슬픔을 품고 있으나 단지 아직 말할 방법을 모르는 건 아닌지 궁금했다. 함자는 어깨를 으쓱할 뿐 슬픔을 피하는 건 불가능하다는 말은 하지 않았다. 이따금 일리아스는 함자가 매트를 깔아놓고 쭉 뻗어 누워 있는 방에 함께 있었는데, 둘 다 오랫동안 아무 말도 하지 않았다. 함자가 보기에 이런 침묵은 아들이 피신하는 도피처였다.

아이가 다섯 살이 되었을 때, 세계경제가 대공황에 빠져들었다. 그렇다고 아이가 그 공황에 대해 많은 것을 알지는 못했지만 말이다. 일리아스는 나소르 비아샤라의 사업이 다시 한번 쇠락하고 일상의 모든 것이 희귀하고 비싸지던 이처럼 궁핍한 때에 어린 시절을 보냈다. 새로운 병원과 학교를 짓겠다는 정부의 계획은 파기되었고, 노동자들은 해고당해 읍내나 마을이나 내륙을 배고픈 채로 돌아다녔다. 힘든 시절은 절대로 그들을 오랫동안 가만히 내버려두지 않는 듯했다. 나소르 비아샤라는 직원을 한 명도 해고하지 않았으나 임금을 삭감하고 전시에 했던 밀수 사업을 조용히 다시 개시해 펨바에서 물건을 사다가 관세 없이 들여와 폭등한 가격에 팔았다. 모두 살아야만 했다.

시간이 생기자, 칼리파는 일리아스에게 읽는 법을 가르치기 시작했다. 머잖아 학교에 가게 될 테니 지금 시작하는 게 좋을 거다, 그가 말했다. 칼리파가 이야기를 하면 일리아스는 입을 헤 벌린 채 들었고, 칼리파는 아이의 흥미를 유지하기 위해 그 이야기를 읽기와 쓰기 연습에 뒤섞었다. 옛날 옛날에, 라고 칼리파가 말하기 시작하면 일리아스는 눈이 초롱초롱해졌고 이야기에 빨려들어가면서 천천히 입이 벌어졌다.

"원숭이 한 마리가 바닷가 야자수에 살았단다."

이미 아는 이야기였지만, 일리아스는 안다는 뜻으로 미소 짓거나 씩 웃지 않았다. 그저 기대감에 눈매가 부드러워졌을 뿐이다.

"상어 한 마리가 근처 물속을 헤엄치고 지나가다가, 둘이 친구가 됐지. 상어는 원숭이에게 자기가 사는 바다 건너 상어 나라 이야기를 들려주었단다. 그곳의 빛나는 풍경과 행복한 상어들에 대해서 말이지. 자기 가족과 친구들에 대해서, 일 년 중 특정한 시기에 벌어지는 축제에 관해서 말해줬어. 원숭이는 상어가 말한 세상이 아주 멋질 것 같다면서 그곳을 볼 수 있으면 참 좋겠다고 말했어. 하지만 원숭이는 수영을 할 줄 몰랐고, 상어 나라로 가려다가는 물에 빠져 죽게 될 터였단다. 상어는 이렇게 말했지. 괜찮아, 내 등에 타면 돼. 내 지느러미만 잡고 있으면 안전할 거야. 그래서 원숭이는 나무에서 내려와 상어의 등에 앉았단다. 바다를 가로질러……"

"상어 나라로!" 칼리파가 남겨둔 틈새를 일리아스가 채웠다.

"상어 나라로 가는 여행이 너무도 신이 나서, 원숭이는 이렇게 소리쳤어. 이런 일을 해주다니, 넌 정말 좋은 친구구나. 그러자 상어는 마음이 안 좋아져서 이렇게 말했어. 너한테 고백할 게 있어. 내가 상어 나라로 너를 데려가는 이유는 우리 왕이 아픈데, 의사가 원숭이의 심장으로만 나을 수 있다고 했기 때문이야. 내가 널 데려가는 건 그래서야. 원숭이는 전혀 망설이지 않고 말했어. 왜 말 안 했어?"

"심장을 두고 왔잖아." 일리아스는 이 대사를 할 수 있어서 즐거운지 씩 웃으며 말했다.

"아, 이런. 상어가 말했지. 이제 어쩌지? 원숭이가 말했어. 나를 다시 데려다주면, 나무에서 가져올게. 그래서 상어는 원숭이를 바닷가의 나무로 도로 데려다줬고, 원숭이는 서둘러 야자수에 올라갔지. 상어는 다시는 원숭이를 보지 못했단다. 참 영리한 원숭이 아니냐?"

일리아스는 학창 시절 초기가 별로 기억나지 않았지만, 나중에 선생님들은 그의 훌륭한 실력과 고분고분한 태도를 칭찬했다. 때로 일리아스를 콕 찍어 다른 아이들에게 모범으로 삼으라고 하기도 했다. 일리아스 좀 봐라, 왜 나머지 너희들은 일리아스처럼 조용히 앉아서 계속 덧셈을 하지 못하는 거냐. 그럼에도 다른 아이들은 일리아스를 구박하거나 크게 의식하지 않았다. 일리아스는 다른 남자아이들이 활기 넘치게 노는 걸 옆에 서서 지켜보았고, 이따금 팀을 이룰 사람이 한 명 더 필요할 때면 끌려들어가 역할을 맡았다.

일리아스도 어린 시절에 으레 맞닥뜨리는 피할 수 없는 굴욕을 조금이나마 겪었다. 한번은 소변 보고 싶은 욕구를 잘못 판단했고 교실에서 화장실까지의 거리를 실제보다 짧게 생각했다. 또 한번은 교실의 다른 아이에게서 이가 옮아 머리를 밀어야 했다. 어느 날 집으로 돌아오다가 튀어나온 돌부리에 발가락을 찧고 넘어지면서 깨진 유리병이 종아리에 박히기도 했다. 아이가 집에 도착했을 때는 발이 피범벅이었으며, 아피야는 그 상처를 보고 흐느꼈다. 아피야는 일리아스의 종아리를 싸매고 병원으로 갔다. 그 앞에서 기다리는 동안 아이는 병원 일대를 두리번거렸고, 아이의 시선은 산들바람에 너무도 우아하게 흔들리는 목마황나무로 계속해서 돌아왔다.

어느 날은 일리아스가 길을 잃었다. 아버지와 함께 해안에서 열리는 보트 경주를 보러 갔을 때였다. 배들이 결승선으로 들어오고 있었고, 함자는 목을 쭉 늘이고 결과를 보다가 일리아스가 곁에 없다는 걸 알았다. 그는 사방으로 뛰어다니며 일리아스를 찾았지만 아이는 보이지 않았다. 결국 그들의 소중한 아이를 잃어서 정신이 나갈 지경이 된 함자는 아이를 아는 누군가가 거리를 헤매고 다니는 녀석을 찾아 집에 데려다주었기를 바라며 서둘러 집으로 돌아갔다. 하지만 일리아스는 집에도 없었다. 그래서 함자는 혹시라도 아이가 다쳤을지 몰라 정부 병원으로 갔다가, 평온한 목마황나무 아래에 조용히 앉아 나뭇가지가 산들바람에 우아하게 흔들리는 모습을 지켜보는 일리아스를 찾았다. 함자는 아이 곁에 앉아서 몇 차례 심호흡을 하며 마음을 가라앉혔다.

"일리아스한테 무슨 문제라도 있는 걸까?" 아피야가 함자에게 물었고, 함자는 힘주어 고개를 저었다.

"그냥 가끔 뭔가에 푹 빠지는 것뿐이야." 함자가 말했다. "몽상가거든."

"아빠처럼 말이지." 아피야가 말했다.

"내가 보기에는 엄마를 닮은 것 같은데."

"우리 오빠 일리아스를 닮았을까?"

함자는 고개를 저었다. "나이든 일리아스는 만나본 적이 없으니 모르지."

"안 닮았어." 아피야가 말했다. "우리 일리아스가 훨씬 더 잘생겼어. 바바한테 물어볼게."

잃어버린 오빠는 아피야의 뇌리에서 멀어지는 적이 없었다. 가끔 함자는 그의 이름을 따서 아이 이름을 지은 게 실수는 아닐지 고민이 됐다. 그 이름 때문에 이 자리에 없는 사람을 영영 여기 머물게 하고, 그가 사라진 데서 오는 고통을 되살리는 것 아닌가 싶었다. 오빠 일리아스와 보낸 행복한 시간을 떠올릴 때도 있긴 했지만, 그에 대한 기억은 아피야를 슬프게 하는 경우가 더 많았다. 일리아스 이야기를 하고 나면 그녀는 때로 침묵에 빠져들었고 함자는 이제 그런 침묵을 알아보기 시작했다. 아피야가 그런 회상에서 깨어나려면 시간이 좀 걸렸다.

"오빠한테 무슨 일이 있었는지 알았으면 좋겠어." 그녀가 말했다. "확인할 방법을 알고 싶지만, 나는 알 수가 없어. 당신은 사방을 여행하며 일하고 여러 곳에서 벌어진 전쟁에서 싸웠지. 가끔 당신이 본 사람과 장소 이야기를 듣다보면, 평생 여기에 갇혀 있었던 게 원통하게 느껴져."

"불행하게 생각하지 마. 밖은 당신 생각과 달라." 함자는 어둠 속에서 조용히 눈물 흘리는 그녀를 안고 말했다.

함자는 마알림 압둘라에게 영국 총독부 친구들에게서 무슨 소식이 없었는지 다시 한번 물었고, 없다는 대답이 돌아왔다. 사라진 아스카리에게 관심을 갖는 사람은 아무도 없었다. 행방불명된 사망자가 너무 많아 개인에 관한 정보를 얻는 건 불가능했다. 심지어 그들의 숫자조차 알려지지 않았다. 아마 수십만 명은 될 것이고 그 중에는 양측의 짐꾼과, 굶어죽거나 유행성 독감으로 죽은 남부의 민간인도 포함될 터였다. 아스카리 중에도 많은 사람이 병으로 죽었다. 마알림은 아피야와 오빠의 연락이 끊긴 건 오래전 일이라고 했다. 유감이네만, 그게 의미하는 건 한 가지밖에 없다네.

아피야는 칼리파에게서 조산사로 훈련시킬 젊은 엄마들을 모집하고 있다는 소식을 들었다. 새로운 조산원이 큰 성공을 거두었다. 예비 산모들이 그 병원에 가는 건 아기를 낳기 전에 문제가 생겼을 때뿐이었고, 대부분이 그곳에서 아기를 낳는 건 거부했지만 말이다. 병원에서는 집으로 산모를 찾아가는 것을 포함해 종합적인 서비스를 제공하기 위해 더 많은 조산사를 모집하는 중이었다. 후보자들은 기본적인 메모를 쓰고 간단한 지침서를 읽을 수 있을 정도로 글을 알아야 했으며 스와힐리어를 유창하게 할 수 있어야 했다.

이들의 출산 경험이 다른 예비 산모들에게 도움이 될 테고, 또 이들은 단순히 뭘 해라 마라 지시하는 대신 미묘한 어감을 실어 예비 산모들과 의사소통할 수 있을 터였다. 아피야가 함자에게 이 이야기를 하자 함자는 신이 났다. 당신이 모든 조건에 맞네, 그는 말했다. 그 직업이 아주 필요하기도 하고, 당신이 새로운 기술을 배울 수도 있을 거야.

*

속삭임이 시작됐을 때 일리아스는 열한 살이었다. 그는 외동이었기에 혼자 노는 데 익숙했다. 어쩌면 외동이 아니었더라도 성향 탓에 그리되었을지도 몰랐다. 그는 침묵에서 만족감을 느꼈다. 함자가 보기에는 그랬다. 그는 놀이를 하면서 애꿎은 온갖 물건들에 자기 이야기 속 중요한 역할을 맡겼다. 성냥갑은 집이 되었고, 작은 자갈은 항구에서 본 영국 전함이었으며, 버려진 실감개는 읍내 한가운데로 으르렁대며 들어오는 기관차였다. 일리아스는 이런 것들을 만지작거리면서, 오직 자신과 장난감들만이 들을 수 있는 친근한 목소리로 이야기를 전했다.

어느 이른 저녁 막 땅거미가 지기 시작했을 때 함자는 바닷가로 오후 산책을 나갔다가 돌아왔다. 그게 함자의 일과였다. 바닷가에서 오후 산책을 한 다음, 곧장 모스크로 가서 마그립 기도를 올리는 것이다. 이번에는 시간이 약간 일러서 먼저 집에 가기로 했다. 모스크로 가기 전 목욕재계를 하러 뒤뜰 세면장으로 가던 중, 그는 일리아스가 문 맞은편을 바라보는 옆쪽 벽 근처의 의자에 앉아 있는 것을 보았다. 일리아스는 함자가 온 것을 모르는 듯했다. 고개를 든 채, 익숙하지 않은 목소리로 속삭이고 있었다. 이야기를 늘어놓거나 집이나 토끼가 된 척하는 것이 아니라, 옆에 서 있는 키 큰 사람에게 말하는 듯했다. 일리아스가 재빨리 뒤를 돌아보며 말을 멈춘 걸 보면 함자가 무슨 소리를 냈든지 그의 존재로 공기가 흐트러진 게 틀림없었다.

함자는 나중에 일리아스가 시를 외우고 있었거나 영어 수업 때 배운 문단을 외우고 있었던 모양이라고 생각했다. 일리아스의 선생님은 그런 학습 방법을 좋아해서, 학생들에게 연습용 공책에 시를 베껴적고 외운 다음 암송하게 하면서 발음을 고쳐주고 점수를 주었다. 선생으로서는 가르치는 시간을 알뜰하면서도 즐겁게 쓸 수 있는 방법이었다. 선생은 학생들이 시를 평생 소중하게 여겨야 할 것으로 생각하기를 바랐다. 어쨌든, 학생들이 반항하려는 조짐이 보일 때마다 그렇게 말했다. 함자는 선생이 고른 시 몇 편을 보고 놀랐다. 함자는 그 시들도, 일반적인 영시도 잘 몰랐으나 아들 나이 또래에게는 지나치게 부담스럽거나 심지어 이해할 수 없는 교재로 보였다. 함자 자신도 영어는 조금밖에 이해하지 못했지만, 일리아스보다는 잘했다. 그는 대체 열한 살짜리가 「인생 찬가」나 「외로운 추수꾼」*을 뭐라고 생각할지 알 수 없었다. 하기야 목사도 실러와 하이네가 함자에게 너무 과하다고 생각했으나 함자는

* 각각 미국 시인 헨리 워즈워스 롱펠로, 영국 시인 윌리엄 워즈워스의 시.

그 안에서 자기 나름대로 뭔가를 발견했었다. 그래서 그는 일리아스가 그런 식으로 속삭이는 모습을 처음으로 보고, 그 광경에 대해 시간을 들여 생각해보면서 아이가 학교에서 시를 암송할 연습을 하고 있었나보다고 생각했다.

함자는 다음날 저녁에도 같은 시간에 집에 왔지만, 일리아스는 뒤뜰에서 이상하게 말을 하고 있지 않고 어디 밖에 나가 있었다. 함자는 확실히 하기 위해 며칠 동안 살펴보았다. 아피야와 함자는 예전에 창고로 쓰던 앞쪽 방을 침실로 썼는데, 지금 그 방에는 문이 있어서 한때 비 아샤와 칼리파가 쓰던 침실로 통했다. 일리아스는 그 안쪽 방에서 잤고, 그 방에는 학교 공부를 할 수 있도록 아버지가 만들어준 책상도 하나 있었다. 부모가 원할 때는 사생활을 즐길 수 있도록 문에 커튼을 걸어두기는 했지만, 두 방 사이의 문이 닫히는 경우는 거의 없었다. 함자는 몇몇 밤에 문 옆에 서서 일리아스가 속삭이진 않는지 골똘히 귀기울였지만 아무것도 듣지 못했다. 그는 연속으로 며칠 밤 이런 행동을 하다가 자신이 그날 저녁 땅거미가 질 때 들었던 것은 아이가 암송을 연습하는 소리였다고 확신했다.

이제 칼리파는 예순 살이 다 되어, 자기는 다리에 힘도 없고 죽을 날을 받아놓은 사람이라고 했다. 그는 실제로 휘청거릴 때가 있었다. 갑자기 방향을 틀거나 오랫동안 가부좌를 틀고 앉아 있다가 일어설 때 그랬다. 하지만 칼리파가 그런 말을 하면 아피야는 여전히 발끈했다. 그녀는 칼리파더러 자기 자신에게 불행이 닥치기를 기원하지 말라고, 자꾸 그러면 머잖아 그 소원이 이루어질 거라고 했다. 이런 말은 마알림 압둘라도 자극했다. 이제 마알림 압둘라는 교육부의 저명한 관료로서, 더이상 교사가 아닌 장학관이었다. 그는 칼리파에게 밀수한 상품들을 창고에 감추는 것 말고 제대로 된 일자리가 생기면, 인생이 말년에 접어들었다는 얘기는 하지 않게 될 거라고 즐겨 말했다. 칼리파와 마알림 압둘라, 토파시는 여전히 대부분의 저녁에 포치에 앉아서 짜릿한 가십에 낄낄대고 세상사에 관한 소식을 주고받으며 끝없이 벌어지는 도가 지나친 일들을 짚어내곤 했다. 함자도 이따금 그들과 함께 잠시 앉아 있었고, 전에 그랬듯 커피 쟁반을 날라다 주기도 했다. 이런 일은 일리아스와 나눠서 했다. 하지만 함자는 저녁나절을 안에서, 손님방에 앉아 아피야가 병원에서 하루를 어떻게 보냈는지 듣고 칼리파와 마알림 압둘라가 넘겨준 오래된 신문을 훑어보면서 보내는 편이 더 좋았다. 최근에는 신문이 몇 가지 더 생겼다. 스와힐리어, 영어, 심지어 전쟁이 끝났는데도 남기로 한 정착민을 위한 독일어 신문도 있었다. 이따금 일리아스도 함께 앉아 이야기에 귀기울이거나 신문을 읽었지만, 보통은 가장 먼저 자리에서 일어나 잠자리에 들었다.

"여기에 슈츠트루페의 연금과 미불 급료에 관한 내용이 실렸네." 함자가 어느 날 밤 독일어 신문을 읽다가 말했다. "독일 경제가 공황에서 빠져나오고 있는 만큼, 독일 정부를 설득해서 다시 연금을 지급하게 해야 한다는 캠페인이 있대. 당신도 기억나지? 몇 년 전부터 연금이 안 나왔잖아."

"아니, 기억 안 나." 아피야가 말했다. "연금을 받은 적이 있어?"

"전역증명서를 제출해야 돼. 난 그게 없고. 탈영병이니까." 함자가 말했다.

“우리 오빠 일리아스도 연금을 받을까? 그걸 알아보면 일리아스를 찾을 수 있을지도 몰라.”

“아직 살아 있다면 말이지.” 함자는 그 말을 하자마자 후회했다. 아피야는 튀어나오는 말을 막으려는 듯 손으로 입을 가렸고, 함자는 그녀의 눈에 갑자기 눈물이 차오르는 것을 보았다. 일리아스가 죽었을 가능성에 관해서는 아피야도 말한 적이 있었다. 그때 그녀에게 희망을 버리지 말라고 한 사람이 함자였다. 그런데 이제는 일리아스가 세상을 떠났다는 이야기를 불쑥 꺼내놓는 사람이 함자가 된 것이다.

“우리가 모른다는 게 너무 마음이 안 좋아.” 아피야는 갈라진 목소리로 말했다.

“미안해……” 함자가 그렇게 말하며 입을 열었지만, 아피야는 그를 조용히 시키더니 여전히 방에 있던 일리아스를 힐끗 보았다. 일리아스의 눈은 상처로 커다래졌으며 어머니에게 붙박여 있었다.

“아무튼, 당신은 탈영한 게 아니야, 부상당한 거지. 화가 난 독일인 장교가 당신을 베는 바람에. 부상병에게 주는 연금 얘기는 없어?” 그녀가 물었다.

함자는 아피야가 일리아스의 관심을 딴 데로 돌리기 위해 그런 말을 한다는 걸 알았으므로, 독일 제국군은 그를 군법회의에 부쳐 탈영하고 제복을 버린 죄로 총살할 거라던 목사의 말은 전하지 않았다. 그 말이 사실인지, 아니면 목사가 다시금 그의 기를 꺾으려고 한 말이었는지는 몰랐다. 부대를 떠났을 때 함자는 도망칠 수 있는 상태가 아니었고, 슈츠트루페를 도왔다는 이유로 영국인들이 자신과 가족을 강제수용소로 보낼지 모른다며 함자에게 제복을 태워버리라고 명령한 사람은 다름 아닌 목사 자신이었다. 함자는 어쨌든 연금을 받고 싶지도 않았다. "장군이 베를린에서 부하들을 위해 노력하고 있다고 하니까 모두가 연금을 받게 될지도 몰라." 그가 말했다. "여기 정착민들은 그 장군을 아주 좋아해."

방학 기간과 아피야가 조산원에 나가는 날이면 일리아스는 아버지와 함께 목공소에 갔다. 때로는 오전 내내 머물렀고 때로는 잠시 혼자 돌아다니다가 집에 갈 준비가 되면 돌아왔다. 음지 술레마니는 미소로 아이를 맞아주고 아이가 작업실에서 사소한 일을 할 수 있게 해주었다. 심지어 모자에 수놓는 법도 가르쳐주었다. 이드리스가 특유의 더러운 이야기를 한껏 쏟아낼 때면, 이제는 두부만이 아니라 일리아스까지도 그 이야기에 사로잡힌 관객이 되었다. 때로 이드리스는 아이를 즐겁게 해주려고 더욱 저열한 수준으로 떨어지는 것처럼 보였다. 사업이 번창하는데도 여전히 작은 사무실에서 일하던 나소르 비아샤라는 어쩔 수 없이 자주 끼어들어 입이 더러운 운전사를 조용히 시켜야 했다. 자네의 그 더러운 이야기가 아이의 정신에 독을 타고 있어. 일리아스는 극적인 장면에 씩 웃으며 더 많은 드라마가 펼쳐지기를 기다렸다. 그들은 점심을 먹으러 집으로 돌아가는 길에 시장에 가서 과일과 샐러드를 샀다. 어떤 날 오후에는 일을 마친 뒤 아이가 함자와 함께 잠시 바닷가를 산책하다가 집으로 돌아갔다. 둘이 많은 이야기를 하지는 않았다. 그건 둘의 방식이 아니었다. 하지만 때로 일리아스는 걸어가면서 아버지의 손을 잡았다.

포치에서 열린 바라자가 끝난 뒤, 칼리파는 보통 앞문을 잠그고 뒤뜰에 있는 자기 방으로 갔다. 두 사람이 아직 잠을 자지 않고 있으면 칼리파는 이따금 잠자리에 들기 전에 잠시 들러 이야기를 나누었으나 보통은 그냥 손만 흔들고 갔다. 어느 날 저녁, 칼리파는 지나가면서 함자의 이름을 불렀으나 걸음을 멈추지는 않았다. 아피야와 함자는 칼리파의 목소리에서 느껴지는 불퉁한 어조에 놀라 서로를 보았다. 아피야가 입 모양으로 대체 무슨 짓을 했느냐고 물었다. 함자는 어깨를 으쓱했고, 둘은 미소를 주고받았다. 함자는 포치 쪽을 엄지로 휙 가리켰다. 아마 저 바깥에서 승강이가 벌어진 모양이지. 가서 알아봐야겠어.

함자가 가보니 칼리파는 침대에 가부좌를 틀고 앉아 있었다. 함자는 늘 그랬듯 조심스럽게 몸을 낮춰 발치에 앉아 칼리파를 마주 보았다.

"토파시가 방금 한 말이 있어서, 자네와 직접 얘기를 해보고 싶었네." 칼리파가 말했다. "큰 문제는 아니지만, 일단 자네가 뭘 아는지 얘기해봐야겠어. 아이 때문일세, 일리아스 말이야. 사람들이 일리아스 얘기를 하더군. 아이가 혼자서 시골길을 오랫동안 걸어다닌다는 걸세. 열두 살짜리 읍내 소년이 혼자서 시골을 몇 킬로미터씩 걸어다닌다니 사람들은 이상하다고 생각하네."

"일리아스는 걸어다니는 걸 좋아합니다." 함자가 잠시 후에 말했다. 미소 짓고 있었지만, 아이가 이런 대화의 주제가 된다는 게 난처하기도 했다. "제가 절뚝절뚝 따라가는 경우도 많아요. 아마 이따금 다리를 풀고 싶은 모양이지요."

칼리파가 고개를 저었다. "일리아스는 걸어가면서 혼잣말을 해. 넓은 시골길을 따라 걸어가면서 혼잣말을 한단 말일세."

"뭐라고요! 뭐라고 혼잣말을 합니까?"

칼리파는 다시 고개를 저었다. "누가 가까이 가면 말을 멈추네. 아무도 일리아스가 뭐라고 하는지 들은 적은 없어. 자네도 알다시피, 많은 사람들은 그런 징후란……" 칼리파는 문제의 단어를 차마 입 밖에 내지 못하고 침묵했다. 이런 오명에 대한 반감으로 얼굴을 일그러뜨린 채였다.

"어쩌면 학교에서 선생님이 시키는 대로 시를 암송하고 있는 걸지 모릅니다. 그러는 걸 제가 들은 적 있습니다. 아니면 이야기를 지어내는 걸지도 모르죠. 그러기를 좋아하니까요. 제가 조심하라고 말하겠습니다."

칼리파는 고개를 끄덕이더니 다시 고개를 저었다. 그의 시선이 방 바로 안쪽에 서 있던 아피야에게로 향했다. 그는 아피야에게 들어오라고 손짓하더니 아피야가 문을 닫기를 기다렸다. "얘기 안 했구나." 칼리파의 말에 아피야는 고개를 끄덕였다. "이틀 전에, 내가 오후 늦게 여기서 쉬고 있었다네." 칼리파는 속삭이듯 목소리를 낮춰 함자에게 말했다. "보통 나는 그 시간에 여기 없어, 자네도 알겠지만. 뜰로 나 있는 창문은 열려 있었지만, 방문은 닫혀 있었지. 누군가가 아주 가까운 곳에서 말하는 소리가 들려왔네. 익숙하지 않은 목소리, 여자 목소리였어. 무슨 말인지 알아듣지는 못했지만, 슬퍼하는 말투였네. 잠깐은 아피야라고 생각했는데, 곧 그게 아니라는 걸 알았지. 아피야 목소리가 아니었거든. 어느 손님이 슬픈 사연을 가지고 와서 아피야와 이야기하나보다고 생각했지만, 조금 전 아피야가 집을 나서면서 일리아스에게 소리쳤던 게 기억났어. 걱정스럽더군. 누가 알리지도 않고 집에 들어온 거야.

침대에서 일어나 살펴보려 했지만, 목소리가 즉시 멈춘 걸 보면 내가 무슨 소리를 낸 모양이네. 나는 커튼을 걷었지. 그랬더니 일리아스가 거기에, 벽 옆 의자에 앉아 있더군. 내가 거기 있는 줄 몰랐는지 일리아스는 놀랐네. 누구랑 얘기한 거니? 내가 물었지. 아무랑도 얘기 안 했어요. 일리아스는 그렇게 말했네. 여자 목소리가 나던데, 내가 말했지. 일리아스는 어리둥절한 표정을 짓더니 어깨를 으쓱했어. 모르겠네. 왜 웃는 거야?"

마지막 질문은 함자에게 던진 것이었다. 함자가 말했다. "눈에 선하네요. 일리아스는 뭐든 대답하고 싶지 않은 질문에는 그렇게 반응하는 걸 좋아하지요. 잘 모르겠습니다…… 뭘 걱정하시는 거예요, 바바? 일리아스는 자기가 지어낸 이야기 속 슬퍼하는 여자인 척하고 있었던 게 틀림없습니다."

칼리파는 힘주어 고개를 저었고 조바심 내는 티가 나기 시작했다. "아피야가 돌아왔을 때 이야기해봤네. 내가 들은 낯선 목소리에 대해서 말했지. 자넨 그 자리에 없었잖나, 함자. 이상하고 나이 든 목소리였어. 슬퍼하는 동시에 불평하는 목소리였네. 나는 말을 꺼내자마자 아피야도 이 목소리에 대해 안다는 걸 알게 되었네. 네가 말해보거라."

함자는 이제 자리에서 일어나 침대 기둥에 기대서서 아피야를 마주보고 있었다. “나도 들었어.” 아피야가 다가와 여전히 낮은 목소리로 말했다. “그런 놀이야 일리아스가 늘 해왔던 거지. 자기가 모든 역할을 다 하는 놀이 말이야. 지금까지 나는 일리아스가 여기, 뒤뜰에서 바바가 말한 목소리로 얘기하는 걸 두 번 들었어. 슬퍼하는 목소리로 말이야. 일리아스는 내가 문 앞에 서 있는 걸 못 봤고, 나는 일리아스를 놀라게 하거나 불쾌하게 하고 싶지 않아서 기다렸어. 몽유병 비슷한 거라고 생각해서, 아이가 준비가 되면 깨어나게 둬야 한다고 생각했거든. 어느 날 밤에, 당신이 자고 있을 때 일리아스 방에서 무슨 소리가 나서 가보니까 아이가 그 목소리를 내면서 움찔거리고 몸을 뒤틀고 신음하고 있었어.”

“아이한테 무슨 어려움이 있는 거야.” 칼리파가 말했다.

함자는 분노한 표정으로 칼리파를 돌아보았지만 잠시 아무 말도 하지 않았다. 함자는 그들이 자신을 기다리고 있다는 걸 알았다. “나쁜 꿈을 꾼 걸지도 모릅니다. 상상력이 풍부한 걸지도 모르고요. 왜 일리아스에 대해서 이런 식으로 말하는 겁니까? 꼭 아이가…… 어디 아프기라도 한 것처럼요?”

“일리아스는 혼잣말을 하며 시골길을 걸어다니네.” 칼리파가 짜증스러운 듯 목소리를 높이며 말했다. 아피야가 즉시 그를 조용히 시켰지만 칼리파의 말은 끝난 것이 아니었다. “사람들이 일리아스 얘기를 해. 우리가 도와줄 방법을 찾지 못하면 그 사람들이 일리아스를 어디 아픈 애로 만들어버릴 걸세. 아이는 뭔가로 괴로워하고 있어.”

“제가 얘기해보겠습니다.” 함자는 이걸로 얘기는 끝이라는 듯이 말했다. 그리고 아피야를 힐끗 보더니 문으로 향했다.

아이를 당황하게 하지 마, 단둘이 되자 아피야가 말했다.

아들한테 말하는 방법은 나도 알아, 함자가 말했다.

단지, 이런 문제에 관해 아들에게 이야기할 방법은 함자도 잘 몰랐다. 함자가 아무 말도 하지 않은 채로 며칠이 지났고, 그 시간 동안 함자는 캐묻는 듯한 칼리파의 눈짓을 무표정으로 견뎠다. 며칠은 일리아스의 이상한 속삭임에 대해 더 들려오는 이야기가 없었고, 함자는 어쩌면 그 일은 끝났다고, 그들은 안전해졌다고 생각하고 싶다는 유혹을 느꼈다. 그러다가 토요일, 함자가 음악 클럽으로 가려는데 일리아스가 자기도 같이 가도 되느냐고 물었다. 함자가 몇 년 전에 처음 연주하는 걸 들었던 음악가들의 클럽이었다. 지금 그들은 오케스트라가 되어 토요일마다 소수의 관객을 상대로 공짜 공연을 했다. 연주 시간은 딱 한 시간으로 다섯시 정각에 끝났고 이후에는 문을 닫아건 채 연습을 계속했다. 그들은 바닷가를 따라 집으로 걸어갔다. 함자는 음악이 즐거웠고, 옆에 있는 일리아스의 뭔가에 몰두한 침묵도 따뜻하게 느껴졌다. 그래서 일리아스도 음악을 즐겼다고 생각했다. 그들은 해안의 빈 벤치를 보고 잠시 멈춰서 거기 앉아 바다를 내다보았다. 등뒤로 해가 졌다. 함자는 목소리라는 화제를 꺼낼 첫마디를 생각했다. 몇 가지 말을 떠올렸다가 버린 끝에 결국 이렇게 말했다. "이번 주말에 숙제 있니?"

"월요일에 대수학 시험이 있어서 공부해야 해요."

"대수학? 어려울 것 같은데. 너도 알겠지만, 난 학교에 다닌 적이 없어서 대수학을 배우지 못했어."

"네, 알아요. 딱히 어렵지는 않아요. 지금은 아주 간단한 대수학만 하거든요." 일리아스가 말했다. "나중에는 정말 어려워지겠죠."

"그럼 시는 안 배우니? 영어 선생님이 이번주에는 시를 외우라고 하지 않았어?"

"네, 똑같은 시만 계속 계속 외우라고 해요." 일리아스가 말했다.

"시골길을 오랫동안 걸어다닐 때 암송하는 게 그거야? 시?" 일리아스는 아버지의 설명을 기다리는 듯 함자를 돌아보았다. 함자는 꾸짖는 게 아니라는 걸 보여주려고 미소 지었다. "네가 오랫동안 걸어다니면서 무슨 말을 소리 내어 한다는 얘기를 들었거든. 시를 암송한 거니?"

"그럴 때도 있죠." 일리아스가 말했다. "그게 잘못된 거예요?"

"아니, 하지만 이상하다고 생각하는 사람들도 있어. 네가 혼잣말을 한다는 거야. 그러니까 시 암송을 연습하거나 이야기를 지어내는 건 집이나 학교에서 하는 게 좋겠구나. 무식한 사람들이 너더러 미쳤다고 하는 건 싫잖아?"

일리아스는 고개를 끄덕이며 낙심한 표정을 지었다. 바로 그 순간, 태양이라는 불타는 원반이 등뒤 마을의 하늘과 닿은 선 아래로 떨어졌고 함자는 화제를 돌릴 수 있었다. 잠시 후 땅거미가 졌고 그들은 집으로 가는 길에 올랐다.

*

이탈리아가 1935년 10월에 아비시니아를 침략했다. 그 바람에 전쟁 이야기가 다시 돌았다. 이탈리아는 1936년 5월에 아디스 아바바를 점령했고, 영국은 이를 경계해 이후 이 년에 걸쳐 식민지 주둔군인 KAR 신병을 모집하기 시작했다. 대공황 시기에 예산을 감축하느라 많은 부대를 해체한 터였다. 총독부에서는 식민지를 노리는 이탈리아의 의도만이 아니라, 옛 독일령 동아프리카에 남아 있는 독일인도 걱정했다. 이들이 영국에 반기를 들고 히틀러에게 찬동하리라고 생각한 것이다. 또한 민간인을 대상으로 화학무기를 사용하는 등 아비시니아 저항군에 대한 이탈리아의 폭력이 북부 전선에서 영국의 통치를 완전히 받아들이지 않고 있던 소말리족과 오로모족, 갈라족 사람들을 동요시킬 거라는 점도 걱정했다. 전쟁과 전쟁에 대한 소문이 신문을 가득 채웠다.

어머니와 칼리파를 너무도 걱정시켰던 일리아스의 속삭임 문제는 바닷가에서 함자와 대화를 나눈 뒤 몇 달 동안 잦아들었다. 그들은 이 속삭임이 잠깐 지나가는 유치한 행동이었을 뿐으로 밝혀져 마음이 놓였다. 그러다가 전쟁과 신병 모집 소식이 들려오자 속삭임도 돌아왔다. 아피야는 아들이 어느 날 늦은 저녁 자기 침대 옆 바닥에 푹 쓰러진 채 두 손으로 귀를 막고 있는 것을 보았다.

"왜 그래? 머리가 아프니?" 아피야는 일리아스 곁에 무릎을 꿇고 앉아 물었다. 아이의 얼굴에서 줄줄 흐르는 눈물이 보였다. 이제 아이는 열세 살이었고, 그 얼굴에서 눈물이 비치는 경우는 드물었다.

일리아스는 고개를 저었다. "목소리 때문이에요." 그가 말했다.

"무슨 목소리? 무슨 목소리?" 아피야가 놀라서 말했다. 그들이 안전해졌다고 생각했는데, 다시 곤경에 처했다는 걸 깨달았다.

"그 여자예요. 그 여자 목소리를 막을 수가 없어요."

"뭐라고 하는데?" 아피야가 물었지만, 일리아스는 고개를 저으며 더이상 말하지 않았다. 아이는 조용히 헉헉대며 흐느꼈다. 그칠 기미가 보이지 않자 결국 아피야가 아이를 일으켜 침대에 눕도록 도와주었다. 아피야로서는 안심되게도 일리아스는 금방 잠들었다. 잠든 척하는 것일지도 몰랐다. 다음날 아침, 아피야가 괜찮으냐고 묻자 일리아스는 괜찮다고 퉁명스럽게 대답했다. 여자가 아직도 있어? 아피야가 물었지만 일리아스는 고개를 젓고 학교로 갔다.

한숨을 돌릴 수 있는 것도 잠깐이었다. 며칠 뒤 또 한번의 사건이 있었다. 그들은 한밤중에 깨어 일리아스가 지르는 비명을 들었다. 아이는 일리아스, 일리아스, 하며 자기 이름을 외치고 있었다. 다만 목소리가 여자의 것이었다. 함자가 아이 침대에 들어가 발버둥치는 아이를 두 팔로 꽉 끌어안았다. 몇 시간처럼 느껴지는 시간이 흐르고 난 뒤 일리아스가 진정하자 함자가 물었다. "그 여자가 뭘 원하는 거야?"

"일리아스는 어디 있느냐?" 아이가 말했다. "그 여자는 일리아스가 어디 있느냐고 물어요. 계속해서요."

"네가 일리아스야." 함자가 말했다.

"아니에요." 아이가 말했다.

칼리파가 아피야에게 말했다. "네 오빠 일리아스를 말하는 거다. 아이 이름을 일리아스라고 짓는 게 실수일 줄 알았어. 이 모든 전쟁 얘기 때문에 다시 시작된 거야. 어쩌면 일리아스는 자신을 탓하고 있는지 모른다. 너를 탓하는 것일지도 모르고. 아마 그래서 여자 목소리로 말하는 것이겠지. 너를 대신해서 말하는 거야. 여기에 일리아스를 도울 수 있는 사람은 아무도 없다. 병원에 가면 여기서 수백 킬로미터는 떨어진 정신병원으로 데려가 사슬에 묶어놓겠지. 우리가 직접 아이를 돌봐야 해."

그후로는 목소리가 매일 밤 일리아스를 찾아왔다. "뭐라도 해야 해요." 아피야가 말했다. "자밀라는 하킴에게 아이를 도울 방법을 아는지 물어봐야 한대요."

"촌에서 커서 그래." 칼리파는 조롱하듯 함자에게 말했다. "촌사람들은 마녀니, 악마니 하는 것들을 모조리 믿지. 자네는 종교적인 사람이니까, 하킴이 무슨 가루를 줘서 악마를 쫓을 수 있다고 생각할지 모르겠군."

"안 될 것 없잖습니까?" 함자는 그런 식의 종교를 믿지 않았지만 그렇게 말했다. 그래서 아피야는 비 아샤가 아팠을 때 그랬던 것처럼 한번 더 하킴을 찾아가 쿠란 구절이 적혀 있는 도금된 접시를 가지고 돌아왔다. 그녀는 접시에 물을 부어 구절을 녹이고 일리아스에게 마시라고 했다. 여러 차례 쿠란 구절을 녹여 먹였는데도 증상은 나아지지 않았다. 이제 일리아스는 더이상 집밖으로 나가지 않았다. 아이는 살이 빠졌고 밤잠을 설쳤기에 낮에 오래 잤다. 아피야는 완전히 제정신이 아니었으며 점점 더 절망했다. 어느 날 밤, 일리아스가 누워서 조용히 자기 이름을 부르면서 신음하고 있을 때 아피야가 괴로워하며 큰 소리로 말했다. 신이시여, 이 고문을 견딜 수가 없습니다. 그날 밤 이후 아피야는 비 아샤가 죽음을 앓둔 날에 찾아왔던 음강가 이웃을 통해 알게 된 셰키야를 부르기로 결정했다.

"그 사람이 뭘 해준다고?" 함자가 물었다.

"아이한테 뭔가 찾아온 거라면 셰키야가 말해줄 거야."

"뭐가 찾아와? 내가 자네에게 말했잖나. 저애는 촌에서 자랐어. 우리집에서 주술을 부리게 되다니." 칼리파는 역겨운 듯 자기 방으로 들어가면서 말했다.

집으로 들어온 셰키야는 향내를 구름처럼 두른 듯했다. 작고 낯빛이 흰 여자로, 갸름하게 잘생긴 얼굴이었다. 그녀는 아피야에게 밝게 인사하더니 부이부이를 벗으면서도 명랑하게 이야기했다. 부이부이에서도 또 한번 향내와 향수 냄새가 구름처럼 풍겨나왔다. 셰키야는 손님방 매트에 앉았다. "바깥은 볕이 따가워. 그늘이 보일 때마다 멈춰서 쉬었지만, 보렴. 땀범벅이라니까. 카스카지 몬순이 와서 산들바람이 불었으면 좋겠어. 아무튼, 아가. 잘 지내니? 집안은 무탈하고? 알함둘릴라. 그래, 안다. 네가 사랑하는 사람이 곤란을 겪고 있지 않았다면 날 부르지도 않았겠지. 하야, 비스밀라히. 뭐가 문제인지 말해보렴."

아피야가 일리아스에게 일어난 일들과 목소리 이야기를 하는 동안 셰키야는 눈을 내리뜬 채 귀를 기울였다. 손가락은 갈색 사암으로 만든 묵주를 만지작거리고 있었다. 그녀는 하늘하늘한 소재의 빨간색 숄과 온몸을 덮는 헐렁한 흰색 시프트 원피스 차림이었다. 얼굴과 두 손만이 밖으로 드러났다. 셰키야는 아피야가 말하는 동안 아무런 질문도 던지지 않았으나 이따금 자세한 내용을 듣고 놀란 듯 고개를 들었다. 아피야는 자신이 설명하려는 일이 얼마나 큰일인지 제대로 전달했는지 확신이 들지 않아 이야기를 하고 또 하다가 결국 자신이 헛소리를 한다고 느끼고는 멈추었다.

"일리아스라는 이름을 외친다는 거구나. 그 이름은 아이 이름이기도 하고, 지난번 전쟁에서 돌아오지 못한 네 오빠의 이름이기도 하지. 너는 오빠가 세상을 떠난 건지, 아직 살아서 어딘가에 발이 묶여 있는 건지 모르고. 아이 아버지도 전쟁에 나갔지만, 돌아왔어." 셰키야는 그렇게 말하고 아피야가 확인해주기를 기다렸다. "이제 아이를 보자꾸나."

아피야가 소리쳐 부르자 일리아스가 병약하고 조금 긴장한 얼굴로 들어왔다. 셰키야가 밝게 미소 지으며, 일리아스에게 앉으라고 자기 옆 매트를 톡톡 두드렸다. 그녀는 계속 미소 지은 채 잠시 일리아스를 빤히 보았지만, 질문은 던지지 않았다. 그녀는 길게만 느껴지는 시간 동안 눈을 감고 있었다. 엄숙하고 정제된 표정이었다. 그러더니 그녀는 단번에 손바닥을 바깥쪽으로 해서 두 손을 들어올렸는데 일리아스를 건드리지는 않았다. 이어서 그녀는 눈을 뜨고 다시 일리아스를 보며 미소 지었다. 일리아스가 몸을 떨었다. "하야, 이제 가서 쉬렴. 네 어머니와 단둘이 이야기를 좀 해야겠다." 그녀가 말했다.

"네 아들에게 영이 찾아온 건 틀림없어." 셰키야가 말했다. "아이에게 영이 씐 거란다. 내가 무슨 말을 하는 건지 아니? 그 영은 여자고, 그래서 희망이 생기는구나. 여자 영들은 말을 하거든. 남자들은 화가 나서 횡설수설하기만 하는 경우가 있고. 그 여자가 아이에게 말을 거는데, 그 점도 희망적이야. 네 말대로라면, 그 여자는 아이를 나치게 하지 않았어. 또 아이가 여기, 내 곁에 있을 때 받은 느낌으로 봐서는 그 영혼이 아이에게 해를 끼칠 생각도 없는 것 같구나. 하지만 우린 그 여자가 뭘 원하는지, 어떻게 하면 그 여자를 달랠 수 있을지 알아본 다음 가능하면 해달라는 걸 해줄 거야. 네가 원한다면 내 사람들을 불러 이 방에서 아이를 정화하고, 영혼의 요구에 귀기울일 거야. 그 의식은 값이 싸지 않단다."

*

몇몇 사람들이 다가오는 의식에 대해 알게 되었다. 함자는 사람들이 조롱할까봐 걱정했지만 칼리파를 제외하고는 그러는 사람이 없었다. 음지 술레마니는 일리아스에 대해 물으면서도, 의식에 관해서는 아무 말도 하지 않았다. 함자는 늙은 목수가 그 일을 달갑게 여길 거라고는 상상할 수 없었다. 아이 건강을 위해 기도하마, 그는 그렇게 말했다. 나소르 비아샤라는 아피야한테 소식을 들은 아내를 통해 자세한 내용을 알게 되었다. 그도 일리아스의 안부를 묻고는 어깨를 으쓱하며 뭐든 해보는 게 좋겠지, 라고 말했다. 함자 자신은 깊은 의구심을 품고 있었지만, 이제는 의식을 치르는 것 밖에 다른 선택지가 없다는 걸 알고 있었다. 그는 보마 마을의 누비족 가족들 사이에서 매주 정기적으로 의식이 열리던 슈츠트루페 시절에 이런 의식에 관해 들은 바가 있지만, 그가 알기로 아피야는 그 의식 때문에 괴로워서 정신이 나갈 정도였으며 겁을 먹고 있었다. 아피야는 불안감으로 미칠 지경이 되어 스스로를 아프게 하고 있었다.

함자는 칼리파처럼 그 의식에 반대하거나 코웃음을 치지는 않았다. 함자도 아들을 괴롭히는 원인이 자신의 상처라는 나름의 죄책감을 품고 있었다. 그가 전쟁에서 한 어떤 짓의 후과인 것 같았다. 과연 어떤 나쁜 짓을 했는지는 떠오르지 않았으므로, 그의 과거 속 무언가가 해로운 분위기를 만들어냈다는 이런 생각에는 아무 논리가 없었다. 그리고 사라진 일리아스도 있었다. 그들은 일리아스의 이름을 따서 아들의 이름을 지었고, 어떤 식으로든 둘 사이에 관계를 맺어놓았다. 아이에게 아피야가 겪은 상실의 비극이라는 짐을 지우고, 아피야의 오빠를 찾거나 그의 운명에 관해 알아보려 노력했으나 실패했다는 그녀의 죄책감을 공유하도록 했다.

프라우의 주소가 하이네의 『독일의 종교와 철학의 역사에 대하여』에 적혀 있었다. 목사는 함자가 그 책을 들고 있는 것을 보더니 이렇게 물었었다. "그 책을 가지고 뭘 하고 있나?"

"프라우가 빌려주셨습니다." 함자가 말했다.

"자네에게 하이네를 빌려주다니!" 그렇게 오랜 세월이 지났는데도 목사가 충격받았던 것을 떠올리면 여전히 고소한 기분에 미소가 지어졌다. "지금까지 얼마나 읽었나?" 목사가 물었다.

"아주 천천히 읽고 있습니다." 함자는 겸손하게 말했다. 프라우가 독일어를 읽는 그의 능력을 칭찬할 때마다 목사가 불쾌해한다는 걸 알았기 때문이다. "하지만 독일에도 나이팅게일의 노랫소리를 들으면 사람들이 손으로 십자가 모양을 만들던 시절이 있었다는 걸 알게 된 건 재미있었습니다. 기쁨을 주는 모든 것에 대해서 그랬듯 독일인들은 나이팅게일을 악의 대리자라고 생각했더군요."

"무식한 독자라면 딱 그렇게 생각할 거라고 봤네." 목사가 말했다. "하이네의 깊은 사유는 포착하지 못하면서, 그 작품의 경박한 부분만 이해할 수 있는 거지."

목사가 독일로 돌아가기로 하고 함자도 떠날 준비를 할 때, 프라우가 함자에게 그 책을 주며 자기 이름과 주소를 속표지에 적었다. 베를린 주소였다. 뭔가 좋은 일이 일어나면 나한테 편지를 쓰렴, 그녀는 말했다. 함자는 그녀에게 편지를 보내 독일에 있는 기록으로 일리아스를 찾을 방법이 있는지 물어볼까 생각을 한 적이 있었다. 그러다가 너무 뻔뻔하게 느껴져 포기했다. 그녀가 굳이 알아봐줄 이유가 없잖은가? 그녀가 슈츠트루페 아스카리의 기록에 관해 어떻게 알겠는가? 사라진 슈츠트루페에게 무슨 일이 일어났는지 누가 신경이나 쓸까? 더욱이, 함자는 답장을 받을 우편 주소가 없다는 점에도 낙담했다. 최근에 '비아샤라 가구 및 잡화'에 사서함 주소가 생겼으니 그 문제는 해결된 셈이었다. 함자는 프라우에게 자신이 누구인지 기억을 되살리게 하고 아내의 오빠를 찾고 있다고 설명하는 내용의 편지를 짧게 정리했다. 혹시 그에게 무슨 일이 일어났는지 알 방법이 있을까요? 함자는 회사의 이름이 찍힌 종이에 편지를 베껴적고, 항공우편 봉투에 주소를 적은 다음 같은 날 우체국으로 가져갔다. 그게 1938년 11월이었다.

*

함자는 의식을 벌이기로 정해진 날 저녁 이샤 기도를 마치고 나서 편지를 보냈다. 그러자마자 셰키야가 수행원들을 데리고 집에 도착했다. 그녀는 머리끝부터 발끝까지 검은 옷을 입고 있었고, 눈꺼풀과 입술에는 콜을 발랐다. 여자 가수 하나와 남자 고수 둘은 평상복으로 비교적 평범하게 차려입고 있었다. 셰키야는 창문을 닫고 향초 두 개를 켰다. 장미수를 방에 뿌리고 향로에 향을 피웠다. 하나는 우드 향이었고, 하나는 유향이었다. 그녀는 방이 향내로 가득찰 때까지 기다렸다가 일리아스와 아피야를 불러 벽에 기대 앉으라고 했다. 방문은 닫지 않았지만, 다른 사람들은 들어오면 안 되었다. 그녀는 눈을 감은 채 일리아스와 아피야 앞에 가부좌를 틀고 앉았다. 이어서 고수들이 북을 치기 시작했다. 여자 가수가 노래를 흥얼거리는 동안 그들은 박자에 맞춰 부드럽게 북을 두드렸다.

함자는 침실에 혼자 앉아 있었다. 자신이 필요할 때를 대비해 문은 열어두었다. 그는 의식이 오랫동안 이어지며 때로는 시끄럽고 무질서해지고 사람이 다치기도 한다는 걸 떠올렸다. 칼리파는 친구들과 함께 포치에 앉아서 북소리와 노랫소리를 못 들은 체하려 애쓰고 있었다. 그날 저녁에는 평소보다 더 많은 사람들이 지나다녔다. 무슨 일이 벌어지는지 호기심에 엿보려는 것이었다. 하지만 그들은 실망하고 말았다. 앞문과 창문이 다 닫혀 있었으므로, 보이는 것이라고는 포치에 앉아 안에서 평소와 다른 일은 하나도 벌어지지 않는 척하는 노인 셋뿐이었다.

북소리는 한 시간, 두 시간 이어졌다. 단조로우면서도 점점 시끄러워졌다. 가수가 목소리를 높였지만, 가사는 여전히 알아들을 수 없었고 애초에 가사인지도 불분명했다. 셰키야는 기도를 읊고 있었으나, 시끄러운 북소리 때문에 들리지 않았다. 그녀는 향로에 계속 향을 피우고 옆에 둔 냄비에 계속해서 숯을 집어넣었다. 두 시간째가 된 어느 순간, 아피야가 고개를 푹 숙였고 일리아스의 고개도 곧 뒤따라 숙어졌다. 아피야는 중얼거리기 시작했고, 잠시 후에 그 중얼거림은 한 단어가 되었다. 얄라. 얄라. 세 시간째에는 아피야와 일리아스가 둘 다 최면에 걸린 것처럼 셰키야와 마찬가지로 몸을 앞뒤로 흔들고 있었다. 갑자기 일리아스가 옆으로 쓰러졌고 아피야는 비명을 질렀다. 고수들과 가수는 전혀 알아차리지 못했고 셰키야도 기도를 멈추지 않았다.

이때쯤 칼리파는 집 문을 닫아걸고 자기 방 침대에 앉아 있었고, 함자는 그 옆에서 이 드라마가 끝나기를 기다렸다. 자정이 되기 직전에 북소리가 멈추었고 두 남자가 방으로 다가갔다. 그들은 일리아스가 바닥에 옆으로 누워 있고 아피야는 벽에 기대 있는 모습을 보았다. 아피야는 감정이 격해져 눈을 휘둥그렇게 뜨고 있었다. 셰키야는 뒤를 돌아보지도 않고 두 사람에게 방으로 들어오라고 손짓했다. 고수들과 가수는 지친 듯 일어나 준비해달라고 부탁했던 음식을 먹으러 뜰로 갔다.

이때 셰키야가 그들에게 말했다. "영은 이 집에 살고 있어. 아이가 태어났을 때 이미 이곳에 있었어. 아이가 태어난 지 얼마 지나지 않아서 누가 죽었는데, 영이 그 사람을 떠나서 아이에게 씐 거야. 그 여자는 일리아스를 기다리고 있고, 괴로워하면서 아이를 곤경에 빠뜨릴 거야. 일리아스를 찾거나 일리아스에 관한 소식을 알 때까지는 치료법이 없어. 그때에야 영이 일리아스가 사라졌다는 고통을 안고 살아가는 법을 배우고 더이상 아이를 괴롭히지 않을 거야. 그 정보를 얻을 때까지는 아이가 위기를 겪을 때마다 나를 불러야 해. 그러면 우리가 영을 달래기 위해서 또 한번 의식을 행할게. 그 영은 아이를 해칠 생각이 없어. 그 영도 고통스러워하는 거야. 그 영은 일리아스를 보고 싶어해."

그러고 나서 셰키야는 요구한 돈과 선물을 챙기고 늦은 시간에 수행원들과 함께 집을 나섰다. 향내 가득한 침묵이 뒤에 남았다.

함자는 기진맥진한 일리아스를 일으켜세우고, 밤에 아이를 지켜보아야 할지 모르니 부부 침대로 데려갔다. 내가 일리아스 침대에서 잘게, 그가 말했다. 그는 아무 문제가 없는지 확인하러 돌아갔다가, 손님방 문 앞에 서 있는 칼리파를 보았다.

"헛소리야! 이 모든 향이며 북소리며, 멍청한 고함소리 같은 것 말일세!" 그가 말했다. "저 여자, 돈 나올 구멍은 귀신같이 아는군. 아피야가 무슨 말을 듣고 싶어하는지 알아낸 거야. 오빠를 찾으라는 말. 사랑에 정신 못 차리는 악마 이야기라니, 토파시조차 믿지 않을 개소리로군. 아무튼, 이걸로 아이가 진정이 되고 악몽이든 뭐든 나아질지도 모르지. 유일하게 말이 되는 부분은 그동안 내내 비아샤 안에 악마가 있었다는 얘기뿐일세. 내가 듣기엔 전혀 놀랍지 않군."

*

셰키야의 의식을 행하고 몇 주 뒤에 카스카지가 건조하고 꾸준한 바람과 함께 불어왔다. 학기가 시작되기 직전이었다. 그 몇 주 동안은 목소리가 들리는 일이 더이상 없었고, 아이의 얼굴에서는 당시에 짓고 다니던 특유의 긴장한 듯 기대감에 찬 표정이 점점 사라졌다. 처음에는 좀 우울하고 의기소침했지만, 태도만은 고분고분하고 상냥했다. 치료법이 아이에게서 목소리와 그것이 아이 안에 심어준 두려움을 없애는 데에는 효과가 있는 모양이었다. 최소한 당분간은 그랬다. 칼리파는 늙은 마녀가 겁을 주는 바람에 아이가 포기하고 더이상 헛소리를 속삭이지 않게 된 거라고 했다. 아피야는 불안한 눈으로 계속 아들을 지켜보았고, 치료법이 사실 치료법이 아니었을까봐 남몰래 두려워했다.

그해 초에 일리아스의 학교에 교장이 새로 왔다. 그는 일리아스의 영어 교사이기도 했는데 학생들에게 시를 외우라고 시키지 않았다. 대신 그는 손글씨를 비롯한 쓰기 일반에 열정적이었다. 학생들은 수업시간마다 선생이 칠판에 써놓은 짧은 문단을 최선을 다해 공들여 베껴적는 식으로 글쓰기를 연습했다. 선생이 만족스럽게 책상에 앉아 있는 동안 아이들이 하나씩 차례차례 일어나 같은 시를 암송하는 그 게으르고 지루한 수업은 더이상 없었다. 그들은 매주 주어진 주제로 이야기를 써야 했고, 월요일 아침이 밝자마자 반장이 글을 걷어갔다. 일리아스는 이런 새로운 체제를 열정적으로 받아들였다. 그는 선생의 격려를 받아가며 매번 점점 더 긴 이야기를 썼다. 선생은 공들인 손글씨로 쓴 이런 이야기에 찬사를 쏟아부었다. 그해 여러 달 동안 일리아스의 이야기에는 원숭이, 살쾡이, 시골길에서 만난 낯선 사람들, 칼을 들고 미쳐 날뛰던 잔인한 독일인이 등장했다. 심지어 이웃에 살면서 열네 살짜리 아이를 찾아가는 천오백 살 먹은 정령에 관한 이야기도 있었다. 일리아스는 아들이 방해받지 않고 공부할 수 있도록 함자가 손님방으로 옮겨놓은 책상에 앉아 헌신적으로, 틀림없이 즐거워하며 이야기를 썼다. 그 책상에 몇 시간씩 앉아서, 먼저 연습장에 글을 쓴 다음 일요일 밤에 완성된 작품을 숙제 공책에 옮겼다. 아피야도, 함자도, 칼리파도 모두가 일리아스의 이야기를 읽었다. 일리아스는 어떤 이야기에 특히 만족할 때면 큰 소리로 읽어주겠다고 제안하기도 했다.

"저 녀석은 상상력이 풍부해." 칼리파가 감탄하며 말했다. "속삭이는 대신 글쓰기를 시작했다니 마음이 놓이는군."

"말씀드렸잖아요, 저 녀석이 처음부터 해오던 일이 그거였을지 모릅니다." 함자가 잘난 체하며 말했다. "이야기를 지어내는 거요."

아피야는 의심스러운 듯 둘을 보았다. 그들은 정말로 그 피에 굶주린 목소리를, 한밤중에 터져나오던 눈물과 고통으로 가득한 고함을 벌써 잊은 걸까? 그게 단지 누군가 말해주기를 기다리던 이야기일 뿐이었을까? 아피야에게는 고문처럼 보였는데. 아피야는 셰키야 일행의 끝없는 북소리와 그 향내를 다시는 견딜 수 없을 것 같았다. 지금은 아이가 새로운 성취에 신나서 자신감을 느끼는 것 같았지만, 그 끔찍한 목소리가 다시 나타날까봐 여전히 두려웠다.

15

이듬해 3월의 어느 아침나절, 자전거를 탄 경찰이 '비아샤라 가구 및 잡화' 목공소를 찾아왔다. 가벼운 비가 내리고 있었고, 경찰의 카키색 제복에 얼룩은 거의 생기지 않았다. 불리 우기, 그러니까 짧은 우기가 끝나가고 있었다.* 경찰은 키가 중간 정도였고, 마르고 온순해 보이는 얼굴에 왼쪽 눈을 긴장한 듯 조금씩 움찔거리는 사람이었다. 그는 자전거를 기대놓고 덮개를 씌운 뒤 나소르 비아샤라의 사무실에 들어섰다.

"살람 알라이쿰." 그가 예의바르게 말했다.

"와알라이쿰 살람."** 나소르 비아샤라가 등받이에 기대며 대답

---

* 아프리카 지역의 우기는 단기간 비가 내리는 불리 우기와 장기간 비가 내리는 마시카 우기로 나뉜다.

** '살람 알라이쿰'과 '와알라이쿰 살람' 모두 '당신에게 평화가 있기를'이라는 뜻의 인사말이다.

했다. 그는 의심스러운 듯 이마에 안경을 얹어놓았다. 경찰이 찾아와서 좋을 일은 없었다.

"함자 아스카리가 여기 있습니까?" 경찰은 모습처럼 온화한 목소리로 물었다.

"함자는 있지만, 이름이 아스카리가 아니오." 나소르 비아샤라가 말했다. "오래전에 아스카리였던 적은 있지. 무슨 용건이오?"

"그 사람이 틀림없습니다. 어디 있습니까?"

"무슨 용건이오?" 나소르 비아샤라가 다시 물었다.

"브와나 음쿠브와, 저는 할일이 있고 그건 당신도 마찬가지입니다. 당신 시간을 낭비하고 싶지는 않습니다. 본부에서 그자를 찾기에 데리러 온 겁니다." 경찰은 미소까지 지으며 예의바르게 말했다. "크와 히사니 야코, 부탁이니 불러주세요."

나소르 비아샤라는 자리에서 일어나 경찰을 작업실로 데려갔고, 경찰은 함자에게 즉시 경찰서로 따라오라고 했다. 이 사람이 무슨 짓을 한 거요? 나소르 비아샤라가 물었지만, 경찰은 함자를 마주보고 왼팔을 뻗어 문을 가리키느라 알아채지 못했다.

"무슨 일입니까?" 함자가 물었다.

"나야 모르죠, 갑시다. 분명 곧 알게 될 거요." 경찰이 말했다.

"여기서 사람을 체포하면서, 이유가 뭔지조차 말을 안 할 수는 없소." 나소르 비아샤라가 항의했다.

"브와나, 전 해야 할 일이 있습니다. 저 사람을 체포하러 온 건 아니지만, 기꺼이 따라오지 않는다면 체포라도 할 겁니다." 경찰이 말하며 오른손을 허리띠에 찬 수갑으로 뻗었다.

함자는 달래듯이 두 손을 들었다. 그들은 거리를 가로질렀다. 함자가 약간 앞에 서고, 경찰이 바로 뒤에서 자전거를 끌고 왔다. 사람들이 흘끔거렸지만 아무도 말을 걸지는 않았다. 경찰서에서는 다른 경찰관이 함자의 이름을 장부에 쓰고 앉아서 기다리라며 벤치를 가리켰다. 함자는 왜 이런 호출을 당했는지 추측해보았다. 경찰관이 그에게 함자 아스카리냐고 물은 걸 보면 슈츠트루페와 관계된 일일 듯했다. 함자는 자신을 아스카리라고 칭한 적이 한 번도 없었다. 이렇게 오랜 세월이 지났는데 이제 와서 함자를 잡아두겠다는 걸까? 시골에 있는 독일인 정착민 중 일부가 떠날 준비를 하고 있다는 소문이 있었다. 영국과 독일의 전쟁 이야기가 점점 많이 돌면서 적국 국적의 거류 외국인 억류에 대한 두려움이 커졌다.

느낌으로는 한 시간 같지만 아마 그보다 적은 시간이 흐른 뒤, 경찰이 함자를 불러 짧은 복도를 지나 어느 사무실로 데려갔다. 머리가 벗어지고 콧수염이 빳빳하며 눈이 초롱초롱한 유럽인 경찰관이 책상 뒤에 앉아 있었다. 그는 경찰 제복 대신 흰색 반소매 셔츠와 카키색 반바지, 흰 양말과 윤이 나는 갈색 신발을 신고 있었다. 영국 식민지 관료의 제복이었다. 카키색 제복을 입었지만 모자는 쓰지 않은 다른 경찰관이 근처의 작은 책상에 앉아서 기록할 준비를 하고 있었다. 영국 관료는 말없이 의자를 가리켰다. 그는 함자가 자리잡고 앉기를 기다렸다가, 잠시 더 뜸을 들였다.

"이름이 함자인가?" 그가 스와힐리어로 물었다. 쉰 듯한 목소리는 악의로 가득했다. 입가에서 비어져나오는 듯한 목소리였다. 그의 눈에서 예상치 못하게 재미있어하는 빛이 잠깐 반짝였다. 그는 좀더 부드러운 목소리로 질문을 되풀이했다. "함자?"

함자는 독일인 장교들에게서 너무도 자주 들었던 억제된 폭력성이 그 말투에서 느껴진다고 생각했다. 지금껏 영국인 관료들과는 얽힐 일이 별로 없었고 이 경찰관이 함자가 마을에서 만난 첫 영국인 관료였다. "네, 제가 함자입니다." 그가 말했다.

"함자, 글을 읽을 줄 아나?" 영국인 관료가 이번에도 쉰 목소리로 물었다.

"네." 함자가 놀라서 말했다.

"독일어로?" 영국인 관료가 물었다.

함자는 고개를 끄덕였다.

"독일에 아는 사람이 있나?" 관료가 물었다.

"아무도 모릅니다." 함자는 그렇게 말했지만, 그 순간에도 프라우를 떠올렸다.

관료가 봉투 하나를 들어 보였다. 봉투는 열려 있었다. "'비아샤라 가구 및 잡화'의 사서함 번호를 써서, 함자 아스카리 앞으로 온 편지인데. 이게 자네인가?"

프라우가 답장을 보냈다! 함자는 자리에서 일어나 편지로 손을 뻗었다. 제복 경찰관도 일어섰다.

"앉아." 영국인 관료가 둘을 번갈아 보며 단호하게 말했다.

"제 편지입니다." 함자는 자리에 앉지 않고 말했다.

"앉아." 관료가 좀더 부드럽게 말하더니, 함자가 앉을 때까지 기다렸다. "이 여자를 어떻게 알지?" 그가 여자의 이름을 대며 물었다.

그렇다, 프라우가 답장을 보냈다! "오래전에 그분 밑에서 일했습니다." 그가 말하자 관료가 고개를 끄덕였다. 원주민이 유럽인 밑에서 일하는 데 이상한 점은 전혀 없었다. 관료는 편지를 꺼내 조용히 읽어보는 듯했다.

"제 편지입니다. 왜 못 갖게 하는 겁니까?" 함자가 큰 소리로 물었다.

"보안 문제지. 나한테 언성 높이지 말게. 그랬다간 이 편지를 다시 볼 수 없을 테니까, 영원히." 관료가 유창한 독일어로 말했다. "존경받을 만한 독일인 여성이 왜 자네에게 편지를 쓰는 건가? 어째서 자네 같은 사람이 이토록 세련된 언어로 쓰인 편지를 읽을 수 있는 거지? 이 여자와 또 어떤 편지를 교환했나?"

"저는 살면서 한 번도, 누구에게서도 편지를 받아본 적이 없습니다." 함자가 스와힐리어로 대답했다. 이제야 경찰관이 그의 편지에 흥미를 갖는 이유를 알 것 같았다. "저희는 아내의 오빠 소식을 오랫동안 기다려왔습니다. 그가 아스카리였습니다. 제가 독일어를 조금 알아서, 결국 프라우에게 도와달라고 편지를 보낸 겁니다. 편지에 그의 이름이 나옵니까?"

관료가 편지를 내밀었고, 함자는 그것을 받으려고 자리에서 일어섰다. "뭐라고 적혀 있는지 말해보게." 관료가 말했다.

함자는 조용히 편지를 다 읽은 다음, 다시 읽었다. 두 페이지에 달하는 긴 편지였다. 함자는 시간을 들여서, 그 내용을 모두 이해하는 게 힘든 척하며 읽어나갔다. "그가 살아서 독일에 있다고 적혀 있습니다." 함자가 말했다. "알함둘릴라, 프라우가 찾아내셨군요. 프라우를 도와준 어떤 분이 아스카리 기록을 다루는 부처에서 이름이 두 번 언급된 것을 보았습니다. 1929년 연금을 신청했을 때와 1934년에 훈장을 신청했을 때요. 그러니까 아내의 오빠는 살아 있는 거네요, 알함둘릴라. 하지만 프라우도 그 이상은 모른다고 합니다. 계속 찾아보겠다고 하시네요. 믿을 수가 없어요. 프라우가 이사를 가는 바람에 제 편지가 도착하기까지 오랜 시간이 걸렸지만 결국 편지가 도착했고, 연락을 해봐야 했다고……"

"그거면 됐네." 영국인 관료가 횡설수설하는 함자의 말을 끊었다. "나도 편지를 읽었네. 하이네가 쓴 책은 뭐가 어쨌다는 건가? 그 책을 읽었나?"

"아아, 아뇨. 부인께서 저한테 그 책을 주셨습니다." 함자가 말했다. "장난이었던 것 같습니다. 제가 읽기에는 너무 어려운 책이라는 걸 부인도 아셨으니까요. 오래전에 잃어버렸습니다."

영국인 장교는 잠시 생각해보더니 더이상 묻지 않기로 했다. "지금은 독일과의 관계가 매우 긴장돼 있네. 독일에 사는 사람과 편지를 더 주고받으면 우리가 조사하게 될 거야. 서신 교환을 중지시킬 수도 있네. 자네도 대가를 치르게 되겠지. 우리가 지금부터 자네와 이 주소를 신경써서 지켜보리라는 걸 알아두게. 가도 좋아."

함자는 봉투를 주머니에 넣고 어슬렁거리며 목공소로 돌아갔다. 나중에 아피아에게 소식을 전할 것을 생각하니 기대감에 즐거웠다. 함자가 목공소로 돌아오자 사람들이 몰려들었고, 함자는 별일 아니라는 투로 영국인 관료에게서 슈츠트루페 시절과 관련된 질문을 받았다고 말했다. 편지 소식은 아껴두었다가 아피아에게 가장 먼저 전하고 싶었다. "옛 아스카리들 상황을 확인하고 있는 모양이에요." 그가 말했다. "KAR에 모집하려고 말이죠. 저는 부상당했다고 했어요. 그걸로 끝이었고."

함자는 식구들이 점심을 먹으러 집에 돌아오기를 기다렸다. 칼리파는 더이상 창고에서 일하지 않고 오전 시간을 집에서 보내거나 여기저기 카페에 들러 그날의 소식을 나누었다. 그런 다음, 시장으로 가서 아피야가 시키는 대로 과일과 채소를 사왔다. 아피야는 오전에 조산원에서 일했다. 아피야가 점심밥을 준비하러 집에 올 때쯤 일리아스도 학교에서 돌아왔다. 식사는 보통 오후 두시가 되어야 했다. 함자는 점심밥을 다 먹을 때까지 기다렸다. 그는 조용히 즐기며 마토케*와 생선을 먹은 뒤, 손을 씻고 식구들에게 주목해달라고 했다.

"무슨 일을 꾸미는 거야?" 아피야가 미소 지으며 말했다. "뭔가 있는 줄 알았어."

함자가 셔츠 주머니에서 봉투를 꺼냈고 다들 그 정체를 즉시 알아차렸다. 식구들 중에는 편지를 받아본 사람이 아무도 없었다. 함자가 편지를 읽으며 동시에 내용을 통역해주었다.

함자에게, 네 편지를 받다니 정말 멋지고 놀라운 일이구나. 참 오래전인데, 우리는 동아프리카와 선교지에서 지낸 시절에 관해 자주 이야기한단다. 네가 잘 지내고 있고 지금은 목수가 되어 결혼까지 했다니 기쁘다.

---

* 동아프리카 고원에서 자라는 바나나로, 주로 삶거나 쪄서 먹는다.

네 편지가 오기까지 시간이 오래 걸렸어. 우린 더이상 베를린이 아닌 뷔르츠부르크에 살고 있어서, 편지가 우리에게 다시 전달돼야 했거든. 네 아내의 오빠 소식을 듣고 무척 안타까운 마음에 곧바로 문의해보았단다. 매우 다행스럽게도, 우리 친구가 베를린 외무부에서 일해. 그 사람이 슈츠트루페 기록에서 일리아스 하산에 관한 언급을 두 건 찾아냈어. 외무부에 보관돼 있던 기록이야. 그러니까 네 친척은 여기 독일에 있는 거지. 참 눈에 띄는 이름이라, 내 생각에 슈츠트루페 전체에 일리아스 하산은 한 명밖에 없을 것 같아. 처음 그 이름이 언급된 건 그 사람이 연금 수령을 신청했던 1929년이고, 두번째는 동아프리카 작전에 참전한 공으로 훈장을 받으려고 신청한 1934년이야. 신청은 두 번 다 함부르크에서 했어. 그러니까 거기서 살 가능성이 크지. 많은 외국인들이 함부르크에 살아. 뱃일을 하거든. 그러니까 아마 그 사람이 하는 일도 비슷할 거야. 전역 관련 서류가 없어서 연금은 받지 못했어. 훈장 신청도 받아들여지지 않았고. 훈장은 아스카리가 아닌 독일인에게만 주거든.

최근 몇 년은 독일에 힘든 시간이었어. 외국인인 그 사람도 인생이 쉽지만은 않았을 것 같구나. 하지만 최소한 지금은 그가 살아 있다는 걸 알지. 그 사람이 독일에 온 때나, 그전에 어디에 있었는지는 우리 친구도 알아내지 못했어. 알아낼 수 있는 정보가 더 있을 것 같으니 좀더 문의해보마. 뭐라도 더 알게 되면 알려줄게. 그 사람을 찾으면 네 주소도 알려줄 거야. 다시 연락이 닿는다면 참 좋겠구나.

그건 그렇고, 선교지에서 우리 우편물이 전달됐을 때 보니 오벌로이트난트가 보낸 편지가 있었어. 너를 우리한테 데려다준 옛 장교 말이야. 그분이 1920년에 본국으로 송환된 뒤 우리한테 편지를 보냈단다. 우리도 이미 독일에 돌아와 있을 때였어. 처음에는 다르에스살람에, 그다음에는 알렉산드리아에 억류되신 모양이더라. 네 소식을 물으셨어. 난 그분께 편지를 보내서, 네가 완전히 나았고 독일어 실력도 몰라보게 좋아졌다고 말씀드릴 수 있었지. 네가 실러를 열심히 읽고 있다는 얘기도 했고. 목사님이 안부를 전하시는구나. 하이네는 얼마나 읽었는지 궁금하다고 하시네. 목사님은 너를 그런 식으로 기억하셔. 자기가 다리를 고쳐주고 목숨까지 구해줬을지 모르는 사람이 아니라, 감히 그분의 하이네를 읽으려 했던 아스카리로 말이야. 내가 네게 준 책은 사실 목사님 것이었단다. 너와 네 가족에게 좋은 일이 가득하기를 빈다.

*

이후 편지는 영영 오지 않았다. 함자는 프라우에게 감사인사를 전하려고 답장을 보냈지만, 편지가 이 나라를 떠나지 못한 듯했다. 만일 편지가 외국으로 나갔고 프라우가 더 많은 소식을 담아 답장을 보냈다면, 그녀의 편지가 경계심 가득한 경찰관을 통과하지 못한 모양이었다. 그해 9월, 영국과 독일 사이에 전쟁이 선포되었고 그걸로 두 나라의 우편 서비스는 종료되었다. 아비시니아에서 이탈리아를 상대로 작전을 벌이기 위해 KAR가 탕가를 가로질러 파견되기는 했지만, 마을은 이번 전쟁과 동떨어져 있었고 사람들은 한동안 신문으로만 전쟁 소식을 접했다. 칼리파는 전쟁이 끝날 때까지 살아남지 못했다. 그는 1942년 어느 날 밤, 예순여덟의 나이로 조용히 숨을 거두었다. 장례 기도를 하기 위해 그의 시신을 관대에 올렸을 때가 칼리파에게는 수십 년 만에 처음으로 모스크에 들어간 순간이었다. 그는 넝마 몇 벌과 오래된 신문더미 말고는 아무것도 남기지 않았다.

일리아스는 1940년에 표준 학교 8학년 과정을 마쳤으나 마을에서는 그 이상의 교육을 받을 수 없었고, 많은 사람들이 보기에는 표준 학교 8학년만으로도 충분한 성취였다. 보건부든, 농업부든, 세관이든 총독부 어느 부서의 관료가 되기에는 충분한 교육이었다. 일리아스는 1942년 12월에 KAR에 지원했다. 칼리파가 세상을 떠난 지 얼마 되지 않았을 때, 아비시니아에서 이탈리아가 패배한 지 몇 달이 지났을 때였다. 그의 나이는 열아홉이었다. 그는 일 년 넘게 입대하겠다는 이야기를 했으나, 칼리파가 이런 움직임에 너무 격하게 반대했기에 감히 거역하지 못했다. 너랑은 상관없는 일이다, 그가 일리아스에게 말했다. 네 아버지와 외삼촌이 이런 허영심 강한 전쟁광들을 위해 목숨을 걸 만큼 멍청했다는 것만으로 충분하지 않은 거냐?

칼리파가 세상을 떠난 이후, 일리아스는 부모를 계속 졸라 지치게 만들었다. 영국 총독부는 전쟁이 끝나면 자격을 갖춘 KAR 출신 퇴역군인에게 더 많은 교육 기회를 주겠다고 약속했고, 일리아스는 이런 유혹을 뿌리치지 못했다. 그는 케냐 식민지 고원의 길길로 보내져 훈련을 받은 다음, 다르에스살람에 배치되어 전쟁이 끝날 때까지 해안경비대로 복무했다. 전투에는 참여하지 않았지만, 영국인과 그들의 목표에 대해서는 아주 많은 것을 배웠다. 그는 오토바이를 타고 지프를 모는 방법도 배웠으며 지프 엔진을 성공적으로 수리할 수도 있게 되었다. 럭비와 테니스를 했고 작살과 오리발을 가지고 낚시를 다녔다. 한동안은 파이프 담배까지 피웠다.

전쟁이 끝나자 영국이 약속했던 더 많은 교육 기회는 다르에스살람에서 교사가 되는 교육을 받는 것으로 바뀌었고, 이후 일리아스는 그곳의 학교에서 일자리를 찾아 카리아코 거리에 방을 빌렸다. 당시는 반식민주의 정서가 새롭게 번져가던 때였다. 인도에서 성공적으로 벌어진 반식민주의 운동과 황금해안에서 은크루마가 거둔 성공, 또 인도네시아에서 네덜란드가 맛본 패배에서 영향을 받은 것이었다. 마케레레대학교 아프리카 연합과 잉글랜드 및 스코틀랜드의 학생 조직에 참여하면서 얻은 경험으로 정치화된 학생들은 이 운동에 적극적이었다. 이 학생들을 비롯해 사태에 관해 알고 있는 모든 사람은 새로운 식민 총독부의 정착민들이 보이는 성향을 경계했다. 일리아스는 훗날 이런 활동에 관심을 갖게 되지만, 아직은 끌리지 않았다. 이십대 후반이던 이 시기에 그는 스포츠를 하고, 학교에서 학생들을 가르쳤으며, 시간이 흐르면서 스와힐리어로 이야기를 쓰고 그 이야기가 이따금 신문에 발표되며 명성을 얻었다. 1950년대에는 총독부에서 새로운 라디오 서비스를 도입했다. 라디오에서는 뉴스와 음악 프로그램, 보건과 농업 교육 분야의 진전에 관한 특집 방송을 내보냈다. 머잖아 뉴스는 케냐에서 벌어지는 마우마우족의 적대 행위를 공격적인 논조로 보도하는 것이 주된 내용을 차지했는데, 이런 방송 내용이 너무도 설득력 있어서 아이가 잘못을 하면 엄마들이 반란군이 나타날 거라면서 겁을 줄 정도였다.

일리아스는 방학마다 며칠씩 함자와 아피야를 만나러 갔다. 그들의 오래된 집을 포함한 읍내 일부 지역에는 이제 전기가 들어왔다. 일리아스는 어느 정도 기쁨을 느끼며 거리를 어슬렁거렸으나, 곧 조바심이 나서 도시로 돌아가고 싶은 열망을 느꼈다. 일리아스의 부모는 도시에서 일리아스가 겪은 일들에 대한 이야기를 무척 좋아했다. 그가 교실에서 어떤 성취를 이루었는지, 그리고 신문에 실린 그의 이야기는 어떤 성공을 거두었는지 자세히 들려달라고 했다. 아피야는 일리아스가 자랑스럽게 전하는 공적에 감탄해 헛숨을 들이켜며 놀라움을 과장했고, 일리아스는 이런 반응에 뿌듯하기도 했고 어린 시절의 소심함을 극복했다는 자긍심을 느꼈다. 그는 일리아스 외삼촌에 관해 다른 소식이 있는지 물었다. 전혀 기대하지 않으면서도 늘 물었다. 아버지는 일리아스에게 목사의 프라우에게 다시 편지를 보냈으나 답장을 받지 못했다고 말했다. 전시에 독일에서 벌어진 파괴에 관한 이야기는 뒤늦게 전달됐고, 함자는 프라우와 목사가 살아남지 못했을지도 모른다고 걱정했다. 이제 함자는 오십대가 되어 행동이 느려졌지만 만족하며 건강하게 지냈고, 나소르를 대신해 비아샤라 목공소를 관리했다. 나소르는 이제 더는 일개 사업가가 아니라, 제약 회사와 가구점과 거래하고 최근에는 라디오를 포함한 전자제품의 판로까지 확보한 거물이 되었다. 함자와 아피야에게도 라디오가 하나 있었다.

라디오의 인기 있는 프로그램 중 하나는 청취자들에게서 사연을 받는 이야기 프로그램이었다. 이 프로그램 PD가 조수를 통해 일리아스의 이야기에 관심을 갖게 되었다. PD는 일리아스에게 한번 만나보자고 했다. 큰 얼굴에 콧수염이 구릿빛인 그는 덩치가 크고 상냥한 영국인이었다. 흰 셔츠에 카키색 반바지, 종아리까지 올라오는 흰색 양말과 갈색 신발로 이루어진 식민지 관료의 제복을 입고 있었다. 옷으로 가려지지 않은 팔과 다리는 근육질이었으며 얼굴처럼 구릿빛 털로 덮여 있었다.

"난 버터워스라고 하네. 농업부 파견 공무원이지." 그가 일리아스에게 말했다. "라디오에도, 이야기에도 전문가가 아니야. 항구 및 터널 관리국으로 파견되는 편이 나았을 걸세. 하지만 어떻게든 힘을 모아서 버텨내야지. 이제 보니, 난 이야기에 교훈적인 요소가 있는 편을 좋아하더군. 교사로서의 경험을 쓴 여기 이 이야기면 아주 좋을 것 같아. 농사일에 관한 내용이 담긴 이야기도 쓸 수 있나?"

예비역 KAR 장교이기도 한 버터워스 씨는 일리아스가 퇴역군인이라는 걸 알게 되자 그에게 호의를 보여줄 여러 방법을 찾아냈다. 일리아스가 라디오에서 자기가 쓴 이야기를 읽고, 어느 정도 유명인사가 될 기회를 갖게 된 건 그래서였다. 버터워스 씨는 1950년대 중반 파견직에서 해제되어 서인도제도로 발령을 받았지만, 그때쯤 일리아스는 새로운 업계에 들어와 나름대로 입지를 다져가고 있었다. 시간이 지나면서 그는 방송국 제작팀의 전일제 직원이 되었다. 주로 보도국에서 일했으며 시간이 날 때마다 이야기를 썼다. 1950년대 중반은 줄리어스 니에레레가 이끄는 TANU*가 독립을 위한 행군을 벌이던 시기였다. 미션스쿨 출신 소년이었던 줄리어스 니에레레는 한때 가톨릭 사제 서품을 받으려다가 독립을 지지하는 급진적 활동가가 되었다. 1958년 선거 때는 영국 식민 총독부가 혼란에 빠져 물러나는 것이 분명해졌다. 총독부의 감독하에 치러진 1960년의 선거로 TANU와 니에레레는 의석의 98퍼센트를 차지하게 되었다. 부패한 선거위원회에서 되는대로 뽑아낸 결과가 아니라, 별다른 열의가 없던 식민지 관료들이 툴툴대며 감독한 끝에 나온 결과였다. 이 결과에 반박할 여지는 없었고, 다음해에는 영국이 떠나버렸다.

독립은 이 년 뒤인 1963년에 이루어졌고, 일리아스의 부모는 둘 다 살아서 독립을 보았다. 이해에 일리아스는 독일연방공화국에서 장학금을 받아 본에서 일 년간 선진 방송기법을 배우게 되었다. 그는 서른여덟 살이었다. 독일연방공화국은 일반적으로 서독이라고 알려진 나라로서, 미국과 영국, 프랑스가 전쟁 이후 점령하게 된 지역들의 연합체였다. 소비에트연방이 점령한 독일 지역은 독일민주공화국이 되었다. 독일민주공화국은 대단히 적극적인 식민지 정책을 썼고, 소비에트의 다른 동유럽 동맹국들과 함께 아프리카 여러 지역에서 벌어진 폭력적 해방운동에 피난처와 훈련, 무기를 제

* 탕가니카아프리카인민족동맹.

공했다. 독일민주공화국은 식민지에서 벗어나려는 나라들의 옹호자를 자처했고, 독일연방공화국의 장학금은 국제연합 같은 포럼에서 독일민주공화국 장학금에 뒤지지 않고 가난한 국가들을 지원하기 위해 주는 선물이었다. 일리아스는 면접을 보고 평가를 거쳐 기쁘게도 장학금을 받을 수 있었다. 그는 신병 훈련을 받으러 길길에 몇 달 가 있었던 것을 빼면 어디로도 여행해본 적이 없었다. 이제 그는 호기심어린 눈을 크게 뜨고 성인으로서 여행하게 될 터였다.

그는 처음 여섯 달을 본에서 지내며 독일어 심화 과정을 들었다. 모든 수업에 나가고, 몇 시간씩 연습하고, 매일 거리를 걸으며 뭐든 구경할 거리를 구경하고, 가게나 전시회를 헤매 다니고, 부모님과 직장의 친구들에게 엽서를 보내는 등 그곳에서의 시간은 즐거웠다. 그는 성인 학생에게 숙소를 제공하는 3층짜리 건물에서 살았다. 그곳에는 큰 방이 여섯 개 있었고 공용 욕실이 층마다 있었다. 대학 카페테리아에서 그리 멀지 않았으며 전체적으로 편안하고 일리아스의 필요에도 맞았다. 독일어 진도가 빠르게 나간 것을 보면 일리아스는 아버지에게서 뭔가 물려받은 게 틀림없었다. 선생들은 일리아스의 독일어 능력을 칭찬했다.

처음 여섯 달이 끝날 때쯤, 일리아스는 이 장학 프로그램의 방송 과제를 시작했다. 그 일환으로 연구와 인터뷰 녹화가 필요한 탐사 보도 프로젝트를 진행해야 했다. 그에게는 예산과, 기술적 도움을 줄 지도교수와의 자문 시간 여섯 시간이 주어졌다. 그는 독일에 오기 전부터 이런 과제가 있다는 걸 알았고 자신의 주제가 무엇이 될지도 이미 알았다. 그는 일리아스 외삼촌의 소재를 찾는 작업을 하기로 했다. 아버지가 가지고 있던 하이네 책에서 목사의 프라우 주소를 베꼈고, 아직 독일어 수업을 듣고 있을 때부터 뷔르츠부르크에 관해 읽기 시작했다. 그는 1945년 3월 16일 영국 랭커스터 폭격기가 소이탄 수백 개를 떨어뜨린 공습으로 도시의 90퍼센트가 파괴되었음을 알게 되었다. 이 공습은 군사적으로 볼 때 급박하게 밀어붙일 이유가 없었으며, 순전히 민간인의 사기를 떨어뜨리기 위한 것이었다. 일리아스는 대학 도서관에서 당시 재건된 도시의 지도를 발견해 프라우의 주소에 나오는 거리를 찾았다. 전면적인 파괴에 관한 자세한 내용을 보면 아직 그 거리가 남아 있을 것 같지 않았지만, 남아 있었다. 독일어를 충분히 잘할 수 있게 되자 그는 자신이 아스카리인 함자의 아들이라고 설명하고 목사와 프라우에게 아버지의 안부를 전하고 싶다는 뜻을 밝히는 편지를 썼다. 봉투의 왼쪽 구석에는 자기 주소를 적었다. 열흘 뒤, 그의 편지는 봉투 아랫부분에 니히트 베칸트 운터 디저 아드레세, 즉 이 주소에는 그런 사람이 없다고 적힌 채 개봉되지 않고 반송되었다.

일리아스의 지도교수인 쾰러 박사는 일리아스가 프로젝트를 설명하기 시작하자 인상을 썼다. "오십 년 전에 아프리카에서 벌어진 전쟁이라." 그가 말했다. "독일은 전쟁에서 놓여날 틈이 없군."

쾰러 박사는 사십대 초반으로 키가 크고 금발이었으며, 성큼성큼 걸어다니면서 미소 짓는 것으로 학과에서 존재감을 발휘했기에 일리아스는 그의 못마땅한 태도에 실망했다. 일리아스는 말을 계속하기 전에 잠시 기다렸다가, 자신이 추적하려는 슈츠트루페는 동아프리카에서 전쟁이 끝난 뒤 독일로 온 외삼촌이라고 말했다. 쾰러 박사는 턱을 들어올리더니, 계속해보라고 살짝 고개를 까딱했다. 일리아스는 아버지의 다리를 고쳐주었고 어쩌면 아버지의 목숨까지 구해주었을지 모르는 목사와 킬렘바의 선교지에 대해서, 목사의 프라우가 외삼촌에 관해 보내준 편지에 대해서 설명했다. 그는 쾰러 박사에게 자신이 뷔르츠부르크의 주소로 편지를 보냈는데 그대로 반송되었다고 말했다. 쾰러 박사는 어깨를 으쓱했다. 일리아스는 그 동작의 의미를 알 것 같았다.

"목사라면 루터교도라는 뜻이지." 쾰러 박사가 말했다. "가톨릭 지역인 뷔르츠부르크에 루터파 목사가 있다면 추적하기가 그리 어렵지 않을 거야. 어떻게 진행할 생각인가?"

"직접 가서, 그 거리든 목사님이나 프라우든 관련 단서가 뭐라도 남아 있는지 살펴볼 계획이었습니다."

"빠를수록 좋겠군." 쾰러 박사가 살짝 열정을 내비치며 말했다. "기록은 어디서 찾아볼 건가?"

"잘 모르겠습니다. 거기 도착하면 알아보려고요." 일리아스가 말했다.

쾰러 박사가 미소 지었다. "내가 자네라면 시청에서부터 시작하겠네. 자네도 알다시피, 교통비나 프로젝트에 관련된 여비는 청구할 수 있지만 사후에만 청구할 수 있다네. 우리 관료제도는 돈에 관해서 매우 철저하거든…… 아, 모든 것에 대해 철저하지. 독일의 관료제는 전 세계에서 부러워하는 것이니까. 자네한테 일단 쓰고 나중에 받을 돈이 충분히 있었으면 좋겠군. 자네 프로젝트이니 원하는 대로 진행하되, 이런 식으로 나와 일주일에 한 번씩 만나

보고해주었으면 하네. 그래, 가서 뷔르츠부르크 시청을 확인해봐. 아주 멋진 도시였는데, 난 전쟁 이후로 가본 적이 없네."

일리아스는 본에서 프랑크푸르트로 기차를 타고 간 다음 뷔르츠부르크행 열차로 환승했다. 시청에서 주민등록부로 안내되었고, 그곳에서 목사 가족이 살던 거리가 완전히 파괴되었으며 목사와 프라우, 그들의 딸은 공습에 이어진 화재 때문에 사망한 것으로 추정된다는 사실을 알게 되었다. 그의 기억으로는 딸이 둘이었는데, 당시에 다른 딸 한 명은 더이상 부모와 함께 살지 않았다. 시청에 보관된 기록은 그게 전부였다. 그들의 이름과 그들이 살았던 거리, 그리고 그 거리의 파괴. 시청의 여자 직원은 일리아스가 찾는 사람이 루터파 목사라면 뉘른베르크에 있는 바이에른주 루터파 문서고를 확인해봐야 한다고 말했다.

일리아스는 자신이 알아낸 내용을 쾰러 박사에게 보고했고, 쾰러 박사는 문서고에 가기 전에 통화를 먼저 해보라고 조언했다. 한편, 쾰러 박사는 겨우 몇 달 전에 필립스에서 출시된 소형 카세트 녹음기를 보여주었다. 학과에서 이런 녹음기를 두 개 구했는데 일리아스가 문서고 직원과 나눈 대화를 녹음할 수 있을지도 모르니 하나 가져가는 게 어떻겠느냐는 것이었다. 일리아스는 전화를 걸고 바이에른주로 또 한번 여행을 떠났다. 이번에도 프랑크푸르트와 뷔르츠부르크를 거쳤다. 이전 여행에서는 자신이 뉘른베르크에 그토록 가까이 있다는 걸 몰랐었다. 문서고 직원은 여위고 나이든 남자로, 입고 있는 짙은 색 정장이 약간 헐렁해 보였다. 그는 일리아스를 기다란 탁자가 있는 방으로 데려갔는데, 탁자 위에는 서류가 작은 더미를 이루고 쌓여 있었다. 문서고 직원은 자기가 볼 서류를 가지고 탁자 한쪽 끝에 앉았다. 아마 일리아스를 지켜보려는 것 같았다. 도움이 필요하면 망설이지 말고 물어보세요, 직원이 말했다.

일리아스는 서류를 통해 목사가 동아프리카에서 돌아온 뒤로 뷔르츠부르크에 있는 성 슈테판 복음주의 루터파 교회에 있었다는 걸 알게 되었다. 그 교회는 1945년 3월에 완전히 파괴되었다가 1950년대에 재건되었다. 그는 뷔르츠부르크 율리우스 막시밀리안스 대학교에서 시간제 강사로 일하기도 했다. 그가 가르친 것은 개신교 신학이었다. 프라우의 직업은 기록되지 않았다. 둘 다 공습중에 막내딸과 함께 사망했다. 다른 딸은 어떻게 됐는지 아세요? 일리아스가 문서고 직원에게 묻자 그는 말없이 고개만 저었다. 서류 중에는 신문인지 잡지인지에서 찢어낸, 킬렘바 선교지에 관한 짧은 스크랩이 있었다. 진료소와 학교와 목사의 이름이 나오는 겨우 두어 문단짜리 기사였다. 사진은 없었고, 기사의 제목과 날짜는 잘려나갔다. 일리아스는 문서고 직원에게 이 기사의 출처를 아는지 물었다.

그는 일리아스가 앉아 있는 곳으로 와서 스크랩을 잠시 살펴보더니 말했다. "〈콜로니에 운트 하이마트〉일 가능성이 가장 높지요. 라이히스콜로니알분트에서 인수하기 전의 예전 판이요."

"그게 뭔가요?" 일리아스가 물었다.

문서고 직원은 엄한 표정을 지었는데, 거의 일리아스의 무식함을 경멸하는 것처럼 보았다. "재식민화 운동을 위한 연합, 글라이히샬퉁이에요. 베르사유조약으로 빼앗긴 식민지를 되찾자는 캠페인이 있었지요."

"단어가 뭐라고요? 글라이히샬퉁?" 일리아스가 물었다. "부탁드립니다, 도와주시면 정말 감사하겠습니다."

문서고 직원은 고개를 끄덕였다. 아마 부탁하는 일리아스의 태도 때문에 누그러진 것 같았다. "글라이히샬퉁은 나치가 하나의 행정부 아래에 여러 조직을 모아둔 걸 말합니다. 의미는…… 협동, 통제죠. 라이히스콜로니알분트는 모든 재식민화 연합을 한데 모아 당의 통제하에 두었습니다."

"재식민화 운동이라니 전혀 몰랐네요." 일리아스가 말했다.

문서고 직원은 어깨를 으쓱했다. 둠코프. "그 사람들이 제국 시절의 간행물인 〈콜로니에 운트 하이마트〉를 부활시켰어요. 이 기사는 예전 것에서 오려낸 것으로 보입니다." 그는 그렇게 말하더니 탁자의 자기 자리로 돌아갔고 일리아스는 메모를 남겼다. 바로 이때 그는 자신이 필립스 소형 카세트 녹음기 켜는 것을 잊어버렸다는 걸 깨달았다. 그는 엄격한 남자에게 방금 라이히스콜로니알분트에 관해 했던 말을 다시 해달라고 부탁할 엄두가 나지 않았다. 그만 가려고 하는데, 일리아스는 갑자기 물어볼 것이 생각났다. 당신도 동아프리카에 가셨나요? 일리아스가 이 질문을 던졌을 때 둘은 문 앞에 서 있었고, 문서고 직원은 그렇다고 대답하더니 일리아스에게 더 물어볼 겨를도 주지 않고 돌아섰다.

쾰러 박사도 일리아스가 재식민화 운동에 관해 들어보지 못했다는 얘기에 놀랐다. "큰 운동이었다네. 국가사회주의자들이 이용하기 좋은 진짜 반감이었지. 그때의 행진이 기억나는군. 소형 카세트는 써봤나? 아, 그거 아쉽군. 자네는 라디오 프로그램을 만드는 것이니 문서고 직원 같은 사람에게서 따온 녹음이 있으면 좋을 거야. 다음번 조사 때는 해보게."

일리아스는 라이히스콜로니알분트의 문서고가 본에서 전혀 멀지 않은 코블렌츠에 있다는 것을 알게 되었다. 라인강과 모젤강이 교차하는 곳에 있는 아름답고 오래된 도시였다. 그는 〈콜로니에 운트 하이마트〉 문서고를 살펴보고 싶다는 요청을 전화로 미리 넣었다. 문서고의 여자 직원이 그를 마중나와, 책장이 여러 줄 늘어서 있는 커다란 방으로 안내했다. 그녀는 혹시 자기가 필요하면 옆 사무실에 있겠다고 말했다. 일리아스는 문서고에서 라이히스콜로니알분트가 1933년에 설립되었으며, 1936년에 국가사회주의당에 통합되었다는 걸 알게 되었다. 〈콜로니에 운트 하이마트〉는 1937년에 부활했으며 잡지인 동시에 사진 저널이기도 했다. 일리아스는 잡지들을 살펴보면서 식민지의 주택과 의식을 찍은 사진을 여러 장 보았다. 독일이 식민지를 잃기 전에 찍은 것이었다. 하지만 라이히스콜로니알분트가 식민지 반환을 주장하는 선전을 벌이기 위해 조직한 행사 사진들도 있었다. 행진을 하거나 단상에 오른 라이히스콜로니알분트의 구성원들은 슈츠트루페 제복을 입고 특별히 디자인된 깃발을 들었다. 1938년 11월호에서는 무대 위 한 무리의 사람들을 찍은 해상도 낮은 사진을 볼 수 있었다. 둘은 제복을 입은 독일인 성인이었고, 한 명은 흰 셔츠에 검은 반바지를 입고 마이크 앞에 서 있는 독일인 청소년이었으며, 그의 뒤쪽, 사진 왼쪽에는 슈츠트루페 군복을 입은 아프리카 남자가 있었다. 그들 뒤로는 라이히스콜로니알분트의 깃발이 걸려 있고, 그 깃발 한쪽 구석에는 스바스티카가 보였다. 캡션에 따르면, 함부르크 라이히스콜로니알분트 행사의 사진이었으나 네 사람의 이름은 나오지 않았다. 일리아스는 사진 원본이나 출처, 혹은 이 행사에 관한 자세한 내용을 찾을 수 있을지 물었다. 이번에는 필립스 소형 카세트 켜는 것을 잊지 않았다.

"원본은 많지만, 정확히 어디 있는지, 제대로 분류돼 있는지는 몰라요." 그녀가 미안하다는 듯 말했다. "제가 지금은 몇 가지 마감해야 할 작업이 있는데, 며칠 시간을 주시면 다시 연락할게요. 대학교 학과 전화번호를 가지고 있으니까요."

며칠 뒤, 일리아스는 다시 코블렌츠에 갔다. 카세트가 돌아가는 가운데 문서고 직원은 그가 연도별로 정리된 여러 상자의 사진들을 살펴보도록 도와주었다. 그들은 원본 사진을 쉽게 찾았다. 사진 뒷면에는 사진사 이름과 사진에 나오는 사람들 이름이 적힌 딱지가 붙어 있었는데, 사진 편집자가 그 내용을 캡션에서 빼버리기로 결정한 모양이었다. 그 딱지에는 이 행사가 함부르크에서 독일령 동아프리카 공동체에 관한 영화 시사회를 한 뒤 벌어진 행진이었다고 적혀 있었다. 슈츠트루페 제복을 입은 아프리카인은 엘리아스 에센이었다. 저 눈, 저 이마.

일리아스는 문서고 직원에게 원본을 복사해달라고 부탁해 어머니에게 보냈다. 어머니는 며칠 뒤 답장을 보내 그 사람이 일리아스 외삼촌이라고 말했다.

그는 본에 있었으며, 외무부를 포함한 정부 청사까지 걸어갈 수 있는 거리에 살았다. 연방정부 장학금을 받는 방송 프로그램 학생인 동시에 전업 기자라는 자격 덕에 그는 많은 관료들에게 접근할 수 있었다. 그들은 일리아스가 요청하는 정보를 제공하지 못할 때에도 어디를 찾아봐야 할지 조언해줄 수 있는 경우가 많았다. 일리아스는 집에 편지를 보내 조사의 진행 상황을 알렸지만, 그가 알아낸 것 중에는 결정적인 정보와는 너무 거리가 멀어 편지로 알릴 만하지 않은 내용도 있었다.

그는 프라이부르크의 군사연구소에 갔고, 식민지연합의 문서고를 살펴보러 베를린에 갔으며, 되찾은 식민지를 운영할 경찰과 행정가의 언어 훈련에 관한 문서고를 살펴보고 언어학자들을 만나기 위해 베를린의 오리엔트언어연구소에 갔다. 일부 자료는 일리아스가 이미 모은 정보를 정리하는 데 도움이 되었고, 일부는 더 많은 맥락과 배경을 알게 해주었다. 그는 군사정보 마니아들과 아마추어 및 전문 역사가들을 만났다. 대화 상대가 허락할 때마다 늘 필립스 소형 카세트 녹음기를 켜두었다. 점차 그는 어떤 대략적인 그림을, 이야기를 조합할 수 있게 되었다. 더 길고 자세하며 결연한 연구 조사를 통해 메워야 할 빈틈은 아직 남아 있었지만, 라디오 프로젝트로 쓰기에는 충분한 정도였다. 쾰러 박사는 일리아스의 노력에 기뻐하며 소형 카세트에서 나오는 저품질 음향이 어째서인지 이 조사 과정의 감정적 힘을 더욱 강화해주는 것 같다고 했다.

그는 집으로 돌아갈 때까지 기다렸다가 일리아스 외삼촌에게 일어난 이야기 전체를 부모님에게 전해주었다. 이것이 그 이야기다. 일리아스 외삼촌은 1917년 10월 마히와 전투에서 부상을 당했다. (나도 거기 있었는데, 함자가 말했다. 끔찍한 전투였어.) 그는 포로가 되어 처음에는 린디에, 그다음에는 몸바사에 억류되었다. (그러니까 여기, 우리가 있는 곳에서 겨우 하루 거리에 있었던 거네, 아피야가 말했다.) 전쟁이 끝난 뒤, 영국은 독일인 장교들을 독일로 송환했으나 슈츠트루페 아스카리는 되는대로 석방했다. 그들이 알아서 살아가도록 그냥 내보낸 것이다. 일리아스는 일리아스 외삼촌이 언제, 어디서 석방됐는지 확인할 수 없었다. 그 점에 대해서는 아무것도 찾지 못했다. 그는 해안 어느 지역이나, 심지어 바다 건너편에 가게 되었을지도 몰랐다. 외삼촌이 석방된 직후에 뭘 했는지도 확인할 수 없었다. 어느 시점에, 그는 배에서 웨이터나 일종의 하인으로 일했다. 독일 배에서 일한 건 분명했다. 프라우의 편지를 통해서나 일리아스가 외무부 기록에서 보고 알았다시피, 일리아스 외삼촌은 1929년에 독일에 있었다. 이때쯤 그는 이름을 엘리아스 에센으로 바꾸었으며, 함부르크에서 가수로 활동하며 생계비를 벌었다. 그는 제국군의 독수리 배지가 달린 타부시까지 갖춰 쓴 아스카리 군복 차림으로 무대에 오르는, 함부르크 하층민 카바레의 공연자 엘리아스 에센으로 기억되었다. 그는 1933년에 독일인 여자와 결혼해 세 아이를 두었다. 일리아스가 이 사실을 안 것은, 일리아스 외삼촌의 기록부에 올라 있는 내용 중 하나가 그의 아내가 임대한 집에서 퇴거되는 데 불응하며 올린 청원이었기 때문이다. 그녀는 자신의 결혼과 아이들의 출생, 슈츠트루페 퇴역군인인 남편에 관해 자세히 설명했다. 또다른 기록은 1934년에 일리아스 외삼촌이 참전 훈장을 신청한 것이었으나, 프라우가 말해주었기에 결과가 어찌되었는지는 그들도 이미 알고 있었다. 프라우도 몰랐기에 그들도 몰랐던 것은, 일리아스 외삼촌이 나치당의 조직인 라이히스콜로니알분트와 함께 행진했다는 점이었다. 나치는 식민지를 되찾고 싶어했고, 일리아스 외삼촌은 독일인들이 돌아오기를 바랐으므로 슈츠트루페 깃발을 들고 단상에 올라 나치 당가를 부르는 등 그들의 행진에 함께했다. 그러니까 두 분이 일리아스 외삼촌을 생각하며 슬퍼하고 있을 때, 일리아스 외삼촌은 독일 도시들에서 춤추고 노래하고, 식민지 반환을 요구하는 행진에서 슈츠트루페 깃발을 흔들어대고 있었던 거예요. 일리아스는 말했다. 그들에게 레벤스라움*은 우크라이나와 폴란드만이 아니었다. 나치의 꿈에는 아프리카의 눈 덮인 산맥 밑자락에 있는 언덕과 계곡과 평원까지도 포함되었다.

1938년에 일리아스 외삼촌은 베를린에 살고 있었으며, 아마 프라우가 그들을 대신해 문의하고 있었을 바로 그때 나치의 인종법을 어기고 아리아인 여성을 모독한 죄로 체포당했다. 독일인 아내와 결혼해서 체포당한 게 아니었다! 일리아스 외삼촌의 결혼은 1933년에 성사되었고, 인종법은 1935년까지도 통과되지 않았으므로 그들에게는 적용될 수 없었다. 일리아스 외삼촌이 체포된 건 1938년에 다른 독일인 여자와 불륜을 저질렀기 때문이었다. 그게

* '생활권'을 뜻하는 독일어로, 양차 세계대전 당시 독일에서 식민지 확장을 뒷받침하는 개념으로 사용되었다.

법치다. 일리아스 외삼촌은 1938년에는 정면으로 법을 어겼지만, 1933년에는 아직 인종법이 통과되지 않았기에 법을 어기지 않은 셈이었다. 일리아스 외삼촌은 베를린 외곽의 작센하우젠 수용소로 보내졌고, 외삼촌의 아들 중 유일하게 살아남았으며 동아프리카 전쟁 당시의 어느 장군 이름을 따서 파울이라고 불리던 아들은 자발적으로 아버지를 따라 수용소에 갔다. 아내는 어떻게 되었는지 알 수 없었다. 일리아스 외삼촌과 아들 파울은 둘 다 1942년에 작센하우젠에서 사망했다. 일리아스 삼촌의 사인은 기록되지 않았다. 다만 살아남은 어느 수용자의 회고록을 통해 볼 때, 아버지와 함께 있으려고 자발적으로 수용소에 들어왔던 흑인 가수의 아들은 탈출을 시도하다 총을 맞은 것으로 알려졌다.

그러니까 우리가 확실히 알 수 있는 건, 일리아스는 부모님에게 말했다. 강제수용소에서 죽을 게 확실하다는 걸 알면서도 함께 있겠다고 따라갈 만큼 일리아스 외삼촌을 사랑한 사람이 있었다는 거예요.

옮긴이의 말

누구도 부정할 수 없는 글로벌 시대다. 이제는 누구도 글로벌 시대를 낯설게 여기지 않기 때문에 한때 급속도로 가까워지는 세계를 설명하고자 만들어냈던 '지구촌'이라는 단어조차 다소 낡은 느낌을 줄 정도다. 그러나 지금도 세계를 한 마을처럼 작게 상상해보면 좀더 쉽게 이해할 수 있는 요소들이 몇 가지 있는데, 그중 하나는 체감되는 거리감이다. 한 마을에 살더라도 어떤 사람은 가깝게 느껴지고 어떤 사람은 멀게 느껴진다. 지리적인 거리도 이런 거리감을 결정하는 한 가지 요소이겠지만 그게 가장 중요한 요소는 아니다. 바로 옆집에 사는 이웃도 도통 집에서 나오지 않는 사람이라면 낯설게 느껴지고, 이장님은 마을 반대편에 살아도 마이크를 자주 잡기에 가깝게 느껴진다. 멀리 사는데 목소리도 작고 마이크를 쥘 기회도 없는 이웃이라면 그야말로 우리 머릿속 한구석에 '그런 사람이 있었지' 정도로만 자리잡을 가능성이 크고 그 정도의 생각도 평소에는 잘 떠오르지 않기가 십상이다.

나를 포함한 많은 한국인에게 『그후의 삶』이 주된 배경으로 삼고 있는 스와힐리 해변은 전형적으로 마을 반대편에 살며 마이크를 쥘 기회도 없는 이웃일 것이다. 현재 탄자니아라는 나라가 들어서 있는 이 지역에 대해 나는 거의 알지 못한다. 그곳에 사는 사람들이 어떤 언어를 쓰는지, 어떤 종교를 믿는지, 어떤 역사를 거쳐 현재에 이르렀는지에 관해 딱히 생각할 일도 없고, 설령 알아보고 싶은 마음이 들 때도 자료를 구하기가 쉽지 않다. 해외 사이트에 가입할 때 선택할 수 있는 국적이나 UN 같은 국제기구의 보고서에서 내는 통계자료에 '탄자니아'라는 이름이 올라와 있어서 그런 나라가 있다는 걸 잊지 않을 뿐, 아주 드물게 나오는 단편적인 신문기사를 제외하면 이들의 존재를 상기시켜줄 만한 목소리는 거의 들리지 않는다. 그런 이웃을, 마이크를 쥐고 좋은 쪽으로든 나쁜 쪽으로든 매일 떠들어대는 이웃처럼 생생하게 파악하기란 어렵다.

그런 면에서 탄자니아 태생의 노벨문학상 수상 작가인 압둘라자크 구르나의 『그후의 삶』은 우리가 잘 모르던 이웃을 생생하고 입체적으로 담아낸 귀중한 작품이다. 이 소설은 주인공인 함자와 아피아를 중심으로 탄자니아가 위치한 동아프리카 해안 지역 사람들의 삶을 그려낸다.

함자는 지역의 상인에게 빚을 진 아버지가 그를 일종의 노예로 넘겨주는 바람에 가족과 떨어져 지내다가 주인집에서 탈출해 당시 이 지역을 식민 지배하던 독일군에 들어간다. 함자가 군대에서 성추행과 따돌림 등의 사건을 겪으면서 훈련받던 중 독일과 영국의 전쟁이 벌어지고, 그의 부대는 내륙 지방으로 진군한 끝에 궤멸당하고 본인도 큰 부상을 얻어 고향으로 돌아오게 된다. 고향에서 그는 신원이 불명확하고 다리가 불편함에도 본인의 성실함과 칼리파와 같은 이웃의 도움으로 목수가 되어 자리를 잡는다.

그리고 함자는 칼리파가 딸처럼 키우고 있는 아피야와 서로 사랑에 빠진다.

아피야도 만만찮은 사연을 가진 인물이다. 찢어지게 가난한 집에서 태어나 마을 창고 경비원의 집에 맡겨진 아피야는 주인집 아들에게 성추행을 당하고 어린아이가 할 수 없는 온갖 노동에 시달리며 노예와도 같은 생활을 한다. 일찍이 가출해 독일인 농장 주인과 함께 지내던 오빠 일리아스가 돌아와 잠시 아피야를 구해주지만, 결국 그가 아피야를 남겨둔 채 독일군에 입대하는 바람에 그녀는 이전의 집으로 돌아가게 되고, 그 집에서 생활하던 중 호되게 매를 맞아 손에 장애가 생긴다. 이후 아피야 역시 일리아스의 친구인 칼리파에게 구조되어 그의 집에서 함께 살게 된다. 군대를 따라 끝없이 떠돌이 생활을 해야 하는 함자와는 달리 집안에 갇힌 채 조혼 등 이 지역 여자들이 무시할 수 없는 위협에 노출된 채로 말이다.

그리고 독자들은 둘의 고통에 공감하고 그들의 고민을 함께 고민하는 과정에서, 창백한 통계나 단편적인 기사로만 접했던 이 지역의 사회상—가난, 전쟁, 여성 학대, 식민 지배의 영향 등—은 물론 간략한 역사까지도 더 깊이 있게 이해하게 된다. 더욱 좋은 것은, 오직 그런 단편적인 정보만 접했을 때 품기 쉬운 값싼 동정심이나 혐오감, 도저히 끝이 보이지 않는 문제를 애초에 쳐다보고 싶지도 않다는 비겁한 마음, 나와 다른 문화와 역사를 갖고 있는 사람들에 대한 편견과 알량한 우월감 없이, 작가가 펼쳐 보이는 삶의 모습을 바라볼 수 있게 된다는 것이다. 『그후의 삶』에 등장하는 이들은 자신이 처해 있는 삶을 호들갑스럽지 않게 감당해내는 인물들이며, 이들이 속해 있는 사회는 인간성을 잃지 않은 이웃들로 촘촘히 채워져 있는 곳이다. 그렇기에 작품을 읽다보면, 이 지역 사람들의 아픔에 공감하는 한편으로 그들의 매력에 이끌리게 된다.

그 결과 『그후의 삶』을 읽은 독자는 '지구촌'의 이웃에 대해 한 뼘이나마 더 이해할 수 있으리라고 감히 말하고 싶다. 적어도 나는 이 책을 번역하기 전의 내 무지가 부끄럽게 느껴진 만큼 나 자신의 세계가 조금이나마 넓어졌다는 뿌듯함과 보람을 느낄 수 있었기에, 많은 독자도 같은 만족감을 느낄 수 있기를 바란다.

강동혁

압둘라자크 구르나 연보

1948년 잔지바르 술탄국에서 케냐와 예멘 출신의 부모 사이에서 태어나다. 모국어는 스와힐리어.

1964년 잔지바르 혁명이 일어나다. 아랍인 및 아시아인에 대한 박해가 시작되고, 잔지바르는 탕가니카와 합해져 탄자니아의 일부가 되다.

1968년 잔지바르를 떠나 학생비자로 영국에 도착해, 캔터베리 크라이스트처치 칼리지에 입학하다.

1969년 영어로 소설 습작을 시작하다.

1975년 교사 자격증을 이수하다.

1976년 런던대학교에서 교육학 학사학위를 받다(그가 다니던 캔터베리 크라이스트처치 칼리지는 당시 런던대학교에서 학위를 수여함).

1976~1979년 병원 잡역부로 임시 취업했다가 켄트에 위치한 학교에서 교사로 근무하다.

1980~1982년 켄트대학교에서 박사학위 논문을 쓰는 동안 나이지리아 바예로대학교에서 강의하다.

1982년 켄트대학교에서 「서아프리카 소설 비평의 척도*Criteria in the Criticism of West African Fiction*」로 박사학위를 받다.

1983년 켄트대학교 영문학 및 탈식민문학 교수로 부임하다.

1984년 아버지의 임종을 지키기 위해 17년여 만에 잔지바르를 다시 찾다.

1987년 장편소설 『떠남의 기억*Memory of Departure*』을 출간하다.

1988년 장편소설 『순례자의 길*Pilgrim's Way*』을 출간하다.

1989년 단편소설 「우리*Cages*」를 발표하다.

1990년 장편소설 『도티*Dottie*』를 출간하다.

1994년 장편소설 『낙원*Paradise*』을 출간하다. 이 작품으로 부커상 및 휫브레드상 후보에 선정되다. 단편소설 「두목*Bossy*」을 발표하다.

1995년 『아프리카 저술에 관한 에세이*Essays on African Writing*』를 편집하다.

1996년 장편소설 『침묵을 기리며*Admiring Silence*』를 출간하다.

1996년 단편소설 「호위*Escort*」를 발표하다.

2001년 장편소설 『바닷가에서*By the Sea*』를 출간하다. 부커상 및 로스앤젤레스 타임스 도서상 후보에 선정되다.

2005년 장편소설 『배반*Desertion*』을 출간하다. 이듬해 이 작품으로 커먼웰스상 최종후보에 선정되다.

2006년 단편소설 「내 어머니는 아프리카의 농장에서 살았다*My Mother Lived on a Farm in Africa*」를 발표하다. 왕립문학회 펠로에 추대되다.

2007년 『바닷가에서』로 프랑스 공영방송 RFI 테무앵 뒤 몽드 상을 수상하다. 『살만 루슈디 케임브리지 안내서*The Cambridge Companion to Salman Rushdie*』를 편집하다.

2011년 장편소설 『마지막 선물*The Last Gift*』을 출간하다.

2012년 단편소설 「왕자의 사진*The Photograph of the Prince*」을 발표하다.

2016년 부커상 심사위원에 위촉되다.

2017년 장편소설 『괴로운 마음*Gravel Heart*』을 출간하다. 켄트대학교 영문학 및 탈식민문학 교수직에서 퇴임하다.

2018년 켄트대학교 명예교수에 임명되다.

2020년 장편소설 『그후의 삶*Afterlives*』을 출간하다.

2021년 노벨문학상을 수상하다.

옮긴이 **강동혁**
서울대학교 영문학과와 사회학과를 졸업하고 동 대학원에서 영문학 석사학위를 받았다. 옮긴 책으로 『올드 스쿨』 『이 소년의 삶』 『밤의 동물원』 『일곱 건의 살인에 대한 간략한 역사 1, 2』 『워터 댄서』 『프로젝트 헤일메리』 『레스』, 해리 포터 시리즈 등이 있다.

문학동네 세계문학
그후의 삶

1판 1쇄 2022년 5월 20일 | 1판 2쇄 2022년 6월 10일

지은이 압둘라자크 구르나 | 옮긴이 강동혁

책임편집 윤정민 | 편집 박아름 박효정 오동규
디자인 김이정 이주영 | 저작권 박지영 형소진 이영은 김하림
마케팅 정민호 이숙재 박치우 한민아 김혜연 박지영 안남영 김수현 정경주
브랜딩 함유지 함근아 김희숙 안나연 박민재 박진희 정승민
제작 강신은 김동욱 임현식 | 제작처 영신사

펴낸곳 (주)문학동네 | 펴낸이 김소영
출판등록 1993년 10월 22일 제2003-000045호
주소 10881 경기도 파주시 회동길 210
전자우편 editor@munhak.com | 대표전화 031) 955-8888 | 팩스 031) 955-8855
문의전화 031) 955-3578(마케팅) 031) 955-2634(편집)
문학동네카페 http://cafe.naver.com/mhdn
인스타그램 @munhakdongne | 트위터 @munhakdongne
북클럽문학동네 http://bookclubmunhak.com

ISBN 978-89-546-8659-4 03840

www.munhak.com